What Happens in London

by Julia Quinn

レディ・オリヴィアの秘密の恋

ジュリア・クイン

村山美雪・訳

ラズベリーブックス

噂——サー・ハリー・ヴァレンタインは婚約者を殺したのか？
秘密——レディ・オリヴィア・ベヴルストークはロシアの密偵なのか？
謎——なぜサー・ハリーは暖炉に紙をやたら投げ入れるのか？
憶測——レディ・オリヴィアはロシアの皇子と結婚するのか？
事件——何もなし

ロンドンで何かが起こるとしたら……そこにいなければわからない。

献辞

グロリア、スタン、ケイティ、ラファ、マットに。
わたしに義理の親類なんていない。みな、ほんとうの家族なのだから。

そしてまた、ポールにも。
優性遺伝子ばかりの人だけれど。

ミッチ・ミッチェル、ボリス・スカイアー、モリー・スカイアー、サラ・ウィグルズワースに、ロシアに関するあらゆる専門知識をご教示くださったことに感謝申し上げます。

レディ・オリヴィアの秘密の恋

主な登場人物

オリヴィア・ベヴルストーク……………ルドランド伯爵令嬢。
ハリー・ヴァレンタイン……………准男爵。
ウィンストン・ベヴルストーク……………オリヴィアの双子のきょうだい。
ミランダ・ベヴルストーク……………オリヴィアの親友で兄の妻。
アン・フォーブッシュ……………ハリーの姉。
エドワード・ヴァレンタイン……………ハリーの弟。
サー・ライオネル・ヴァレンタイン……………ハリーの父。
カタリナ・デル・ヴァレンタイン……………ハリーの母。
オルガ・ペトロヴァ・オボレンスキー・デル……………ハリーの祖母。
セバスチャン・グレイ……………ハリーの従兄弟で親友。
アレクセイ・イヴァノヴィチ・ゴマロフスキー……ロシアの皇子。
ヴラディーミル……………アレクセイの従者。
メアリー・カドガン……………オリヴィアの友人。
ウィンスロップ……………陸軍省の役人。

プロローグ

ハリー・ヴァレンタインは十二歳のときには、十九世紀初めのイングランドで同じような上流家庭に育った少年たちとはだいぶ異なる特技をふたつ身につけていた。ひとつはロシア語とフランス語を正確かつじつに流暢に操る能力だ。この語学力については、ハリーが生後四カ月のときから、ことさら気位が高く我の強かった祖母、オルガ・ペトロヴァ・オボレンスキー・デルもヴァレンタイン家でともに暮らしはじめていたのを考えれば、さして驚くことでもない。

オルガは英語を毛嫌いしていた。祖母に言わせれば（口癖だった）ロシア語やフランス語では表現できないと言わざるをえないものは、この世に何ひとつないのだという。にもかかわらず当人がイングランド人に嫁いだ理由については、いっさい説明しようとはしなかった。

「たぶん、英語で説明しなければいけないからなのよね」ハリーの姉、アンは小声でそう言った。

その言葉が祖母の面前で放たれたときには、ハリーはただ肩をすくめ、笑みを浮かべて返した。賢明な弟ならばそうするのが当然だ。おばあちゃん《グラン・メール》は英語を揶揄しながらも完璧に理解できただけでなく、猟犬並みに聴覚が鋭敏だった。勉強部屋に祖母がいるときにひそひそ話をするのは――どんな言語であれ――得策ではない。まして英語でなら信じがたいほど軽率だ。フランス語やロシア語ですらすぐそばで口に出すのは望ましくないことを英語で言ったなら……。

率直に言って、姉が張り飛ばされずに済んだのがハリーにはふしぎなくらいだった。だが姉のアンはグラン・メールが英語を煙たがるのと同じくらいロシア語を激しく嫌った。面倒臭いし、フランス語と同じくらいむずかしいとこぼしていた。祖母がともに暮らすようになったとき、アンはもう五歳で、すっかり英語に慣れ親しんでいて、ほかの言語も同じくらい使いこなせるようになるには遅すぎた。

かたやハリーはいずれの言語で話しかけられても難なく応じられる。ふだんは英語で、フランス語は優雅に、驚きや興奮を伝えたいときにはロシア語にかぎる。ロシアは広く、寒く、なんといっても〝偉大〟だ。

ピョートル大帝も女帝エカテリーナも偉大な王を意味する呼称が付けられている。ハリーは子供の頃からそうした偉人たちの伝記に親しんでいた。

「ふん！」ハリーの家庭教師がイングランド史を教えようとするとオルガは何度となく鼻息荒く失笑した。「無策王エセルレッド？　無策王ですって？　そんな策もない人に統治をまかせるなんて、いったいどんなお国柄なのかしら？」

「エリザベス女王は偉大だったよ」ハリーは指摘した。

オルガはまったく動じずに訊き返した。「女帝エリザベスとでも呼ばれているの？　偉大なる女王とでも？　いいえ、そうではないはずよ。誇れることでもないでしょうに、処女女王《バージン・クイーン》と呼ばれているのよね」

　このとき家庭教師の耳がみるみる赤らんで、ハリーはいたく興味を掻き立てられた。

「ちっとも」オルガはこれ以上になく冷ややかに続けた。「偉大な女王などではなかったわ。王位継承者を国家にもたらすことすらできなかった」

「史学者たちの見解では、かの女王が婚姻を避けたのは賢明だったということで、おおむね一致しています」家庭教師が言った。「何者からも影響を受けないとの姿勢を示すことが必要でしたし……」

　その声が消え入っても、ハリーは意外にも思わなかった。グラン・メールは鷲《わし》にも似た、剃刀《かみそり》のごとき鋭い眼差しを家庭教師に向けていた。あの目で眺められながら話しつづけられた者はハリーの知るかぎりいない。

「つまらないおばかさんだこと」祖母はそう断じると、家庭教師にきっぱりと背を向けた。翌日、その男性は解雇され、新たな教師が見つかるまで、祖母がみずからハリーに勉強を教えた。

　そのときには三人となっていた（ハリーが七歳のときに末っ子エドワードが子供部屋に加わった）ヴァレンタイン家の子供たちの教師を雇ったり首にしたりといったことは、本来オルガの役割ではなかった。だがほかに教育にかかわろうとする大人はなく、ハリーの母、カタリナ・デル・ヴァレンタインは自分の母親にけっして逆らえなかったし、ハリーの父はといえば……つまり……。

要約すれば、ハリー・ヴァレンタインには十二歳にして試行錯誤の末に身につけた、類いまれなもうひとつの特技を発揮する場面が山ほどあったということになる。

ハリーの父、サー・ライオネル・ヴァレンタインは大酒飲みだった。

この点については類いまれな知識でもなんでもない。サー・ライオネルが度を越えた量の酒を飲んでいるのは誰もが知っていた。話す言葉も足もともつっかえがちでおぼつかず、誰も笑っていないときに笑い、ふたりの女中には（それにサー・ライオネルの書斎の二枚の絨毯にも）迷惑をかけながらも、アルコールを飲むわりに太らずにいられたのにはそれなりのわけがあった。

おかげでハリーは吐瀉物の掃除の達人となったのだ。

始まりは十歳のときだった。もともとは小遣いをねだるつもりで、しかも夜遅くになるまで言いそびれてしまったという失敗を犯さなければ、汚れを片づけることにはならなかったかもしれない。サー・ライオネルはすでに昼からブランデーを飲み、夕方にもアルコールで口を潤し、夕食ではワインを、食後にはポートワインを味わい、さらにはフランスからこっそり取り寄せている、昼にも飲んだお気に入りのブランデーにまた手を伸ばしていた。ハリーは間違いのない英語で小遣いを求めたつもりだったが、父はただじっと見つめ返し、息子の話が皆目理解できないといった顔で何度か瞬きを繰り返して、ついにはいきなりハリーの靴の上に嘔吐した。

これでは片づけないわけにはいかなかった。

以降はもはやあと戻りはできないように思えた。一週間後にもまた今度は足の上にかかりはしなかったが同じことが起こり、その後も月に一度は繰り返された。十二歳になる頃には、父の後始末をほかの子供なら数えられなくなるくらい何回も行なっていたが、ハリーは昔から几帳面で、一度数えはじめたらやめられない性質《たち》だった。

たいがいは七回目辺りで数えるのはやめてしまうだろう。これがほとんどの人々にとって目にしたものを受け入れられる最大値であることを、ハリーは論理学と算術の本を豊富に読みこなすことにより学んだ。一枚の紙に七つの点が打たれていれば、ほとんどの人々がちらりと見ただけで「七」と答えるが、八つに増やすと、大多数がとまどってしまうのだという。

ハリーの場合には二十一まで数えられた。

そうだとすれば、後始末を十五回繰り返したのちも、父が何回廊下でつまずき、床に倒れ込み、あるいは尿瓶に（的外れに）放水したのかをハリーが正確に憶えていたとしてもふしぎはない。ついに二十回目に達すると、どことなく研究のごとき様相を呈してきて、もはや極めずにはいられなくなっていた。

研究だとでも考えるしかなかった。そうしなければとてもやっていられず、ぼんやり天井を眺めて「四十六回目、だが先週の火曜より作業を要する範囲は大幅に縮小。夕食での摂取量が多くなかったためと思われる」などとつぶやく代わりに、泣き寝入りしていたに違いない。

母はとうにまるでそしらぬふりを決め込むようになっていて、何年も前に祖母がロシアから持ち込んだ多種多様の風変わりな薔薇を庭で世話することに多くの時間を費やしていた。姉のアンは十七歳になったらすぐにでも嫁いで〝この魔窟から抜けだす〟と弟のハリーに告げた。ちなみに両親のいずれにも娘を嫁がせるための努力はその時点までにいっさい見られなかったので、姉はいわば決意表明を行なったわけだ。末っ子のエドワードは兄のハリーに倣って慣れる術《すべ》を身につけた。父は午後四時を過ぎれば、たとえ見た目にはまともでも使い物にならなくなる（夕食まではがいして外見は保たれていたが、それ以降は完全に箍《たが》が外れた）。

使用人たちもみな承知していた。大勢と言えるほどの人数ではない。ヴァレンタイン家はカタリナの結婚持参金の一部として毎年百ポンドの収入も得ていて、サセックスの屋敷をじゅうぶん切り盛りできていた。といっても格別に裕福というほどではなく、使用人は八人だけだった――執事、料理人、家政婦、厩番、従僕がふたり、女中、洗い場女中だ。時には酒絡みの不快な務めをこなさねばならなかったとしても、そのほとんどが望んで働きつづけていた。サー・ライオネルは酒を飲むとはいえ、卑劣な酒飲みではない。けちでもないので、女中たちに至っては主人の頭に使用人たちに迷惑をかけた記憶がぼんやりとでも残っていれば、汚れ掃除で余分な収入を得られることも学んでいた。

つまりほかに片づけてくれる人々がいたにもかかわらず、なぜ父の後始末を続けたのか、ハリー自身にもじつのところよくわからなかった。これほど頻繁であるのを使用人たちに知られたくなかったからなのかもしれない。アルコールの恐ろしさを胸に刻みつけておきたかったからだろうか。父の父親もまた同じようだったと聞かされている。こうした悪癖は血筋で引き継がれるものなのか？

その答えは知りたいとも思わない。

しばらくしてまったく唐突に、グラン・メールが天に召された。眠るように安らかに息を引きとったわけではない――オルガ・ペトロヴァ・オボレンスキー・デルがそのようにおとなしくこの世を去るはずもなかった。食堂のテーブルについてスプーンでスープをすくおうとしたとき、胸を掻き抱き、何度か苦しげな喘ぎを洩らして、くずおれた。テーブルに突っ伏す直前まで多少なりとも意識はあったものと見られている。というのも顔はスープにかすめすらさせぬまま、熱々の液体を巧みにスプーンで弾いて、アルコールで鈍った反射神経ではとうていかわすことのできないサー・ライオネルのところまで勢いよく飛ばしてみせたからだ。

ハリーは当時十二歳で大人たちの食卓に同席を許されず、この場面を自分の目で見ることは叶わなかった。だが姉のアンが一部始終を目撃していたので、ハリーに息せき切って伝えてくれた。

「それで、お父様は首巻き《クラヴァット》をむしり取ったの！」

「食卓で？」

「食卓で！　そうしたら火傷してたのよ！」アンは片手を上げて親指と人差し指で数センチ

くらいの幅を示してみせた。「こんなに大きく！」

「それなら、グラン・メールは？」

アンの顔が少し沈んだ。ほんの少しだけだったが。「死んだと思う」

ハリーは唾を飲み込み、うなずいた。「ずいぶん、歳をとってたからね」

「九十にはなってたわ」

「九十にはなってないよ」

「九十歳に見えたもの」アンはつぶやいた。

ハリーは押し黙った。九十歳の女性がどんなふうなのかは知らないが、グラン・メールより皺《しわ》の多い大人を見たことがなかったのは確かだ。

「だけど、いちばんふしぎだったのは」アンが身を乗りだして言った。「お母様よ」

ハリーは目をまたたいた。「お母様が何をしたの？」

「何も。なんにもよ」

「グラン・メールのそばに坐ってたんだね？」

「いいえ、そういうことではないの。斜め前の席だったから、手を伸ばしても助けられなかったわ」

「それなら――」

「じっと坐ってたの」アンが遮って続けた。「まったく動かなかった。立とうともしなかったわ」

ハリーは考えた。言いづらいが、驚くことではなかった。

「顔つきも変わらなかった。こんなふうにじっと坐ってたの」姉がわざと無表情な顔をこしらえると、まさしく母そっくりだとハリーも認めざるをえなかった。

「言わせてもらえば」アンが続けた。「もしお母様が目の前でスープを飲んでいて倒れたら、わたしはいくらなんでも驚いた顔くらいはすると思うわ」首を振る。「どうかしてるのよ、ふたりとも。お父様はお酒を飲んでるだけだし、お母様はまったく何もしない。ああ、ほんとうに次の誕生日が待ちきれないわ。喪に服さなくてはいけないのはわかってるけど、かまってなんていられない。わたしはウィリアム・フォーブッシュと結婚する。どちらにも口出しはさせないんだから」

「その心配はいらないんじゃないかな」ハリーは言った。なんであれ母に意見があるとは思えなかったし、父は酒の飲みすぎで気づきもしないかもしれなかったからだ。

「ええ、まあ、そうよね。あなたの言うとおりかも」アンは寂しげに顔をゆがめて唇を引き結び、それから急に手を伸ばして弟の肩を握り、めずらしく姉らしい親愛の情を示した。「あなたももうすぐ出ていくんだもの。心配いらないわ」

ハリーはうなずいた。数週間後には寄宿学校に入ることになっていた。

姉と弟を残して家を出ることに少しだけ後ろめたさを覚えながらも、はじめて学校に入学してここを離れられるのだという、あふれんばかりの安堵の思いに押し流されそうなほどだった。

いなくなるのはよいことだ。グラン・メールとこの祖母お気に入りの皇帝たちには失礼ながら、だからこそ人はきっと偉大でありつづけられるのだから。

学生生活は期待してよかったと思えるものとなった。ハリーは、イートンやハロウにわが子を送り込む影響力に欠ける――ハリーの家の場合には欠けていたのは意欲だが――良家の子息向けのまずまず厳格なヘッスルホワイト校に入学した。

学校は楽しかった。心から楽しんだ。授業やスポーツを楽しめたのはもちろんのこと、深夜に父がどこも汚さず酔いつぶれてくれたのを人差し指と中指を交差させて祈りつつ、家のなかを隈《くま》なくまわらずとも、すぐにベッドに入れるのは嬉しかった。学校にいれば、談話室からまっすぐ寄宿舎の部屋に帰るだけなので、何事もなくすんなりたどり着けることに喜びを感じた。

だが良き物事にも必ず終わりは来るもので、ハリーは十九歳となり、従兄弟で親友でもあるセバスチャン・グレイやほかの同級生たちとともに卒業の時を迎えた。ほとんどの生徒たちが祝福されることを望む卒業式について、ハリーは家族に伝えるのをあえて忘れた。

「お母様はどちらに？」伯母のアンナに問いかけられた。ハリーの母と同じで身内だけのときにはロシア語のみを使うようオルガに強いられていたわりに、伯母の言葉にもまったく訛りは聞きとれない。アンナ伯母は伯爵家の次男に嫁いだのだが、妹のカタリナよりも結婚生活には恵まれた。そのせいで姉妹に亀裂が生じることはなかった。どうあれサー・ライオネルは准男爵で、カタリナが准男爵夫人であることに変わりはない。かたやアンナには有力な人々との繋がりや財産があり、おそらくそれ以上に重要なのは、夕食にワインを飲んだとしてもグラス一、二杯がせいぜいの伴侶と――その二年前に亡くなるまでは――暮らせたことだろう。

だからこそハリーが母は少し疲れが溜まっていてなどと言葉を濁すと、伯母は的確に甥の真意を読みとった――母が来れば、父も出席することになるからなのだと。一八〇七年のヘッスルホワイト校の新入学生を迎える全校集会で、サー・ライオネルが派手にふらつきまくって醜態をさらして以来、ハリーは学校の行事に父を招くのは避けていた。

サー・ライオネルは酒に酔うと言葉の頭がつかえがちになるので、ハリーはもう二度と「すっばらしい、すっばらしい、がっ、がっこう」などという挨拶を、しかも椅子の上に立って父に述べられて耐えられる自信はなかった。

それも静寂のなかでだ。

ハリーは父を引き降ろそうとしたし、父の向こう側の席に坐っていた母が手伝ってさえくれていたなら実際に引き降ろせていたはずだ。ところが母はそのようなときのつねで何も聞こえていないそぶりで、ただまっすぐ前を見ていた。となれば父がよろめこうが、ハリーひとりで片側から引っ張らざるをえなかった。サー・ライオネルは叫びをあげてどさっと転げ落ち、ハリーの前の椅子の背に頰を打ちつけた。

そんなことになれば腹も立ちそうなものなのだが、サー・ライオネルの場合はそうではなかった。お人好しな笑みを浮かべ、ハリーを「すっばらしい、わっが息子」と呼び、折れた歯を吐きだした。

　ハリーはいまもその歯を持っている。そして二度と父には学校の敷地内に足を踏み入れさせなかった。たとえ卒業式に親が出席していない生徒が自分ひとりだけになろうとも。

　伯母が家まで送っていくと申し出てくれたのはありがたかった。客を招くのは避けていたものの、アンナ伯母とセバスチャンはすでに父の事情についてはすべて、いや、正確にはほとんどを知っていた。百二十六回も父の後始末をした件については、ひと言も話していなかった。打ち明けていないと言えば、サー・ライオネルが椅子に蹴躓き、どういうわけかしなやかに跳び上がって——おそらくバランスを取ろうとしたのだろう——食器棚に腹から着地し、グラン・メールが大切にしていたロシア製の湯沸し《サモワール》の銀の胴部の釉薬がひび割れて、少し前に片づけられていたことについてもだ。

　同じ朝には卵料理と薄切りベーコンが盛られていた皿三枚もまた失われた。

　せめてもの救いは、猟犬たちがかつてないご馳走にありつけたことだろう。

　もともとヘッスルホワイト校に決められたのはヴァレンタイン家から近かったためでもあるので、卒業式を終えてほんの九十分後には馬車が敷地内の車道に折れ、あと少しばかりの直線の道を進みだした。

「今年はほんとうに葉が生い茂っているわ」アンナ伯母がぽつりと言った。「あなたのお母様の薔薇も、きっと見事に咲いているのでしょうね」

ハリーは時刻を推し量りつつ、うわの空でうなずいた。午後の半ば、あるいはもうすぐ夕暮れどきだろうか？　もし後者だとすれば、ふたりを夕食に招かねばならない。アンナ伯母が妹に挨拶しようとするのは間違いないので、いずれにしても家に招き入れなくてはいけないだろう。とはいえまだ午後も半ばなら、お茶だけとなり、それなら帰るまで父の姿はちらりとも見せずに済むかもしれない。

夕食をともにするとなれば話はべつだった。サー・ライオネルは夕食の席では正装を欠かさない。紳士のたしなみだというのが口癖だ。そしていくらささやかな夕食会であろうと――サー・ライオネルとレディ・ヴァレンタイン、それに家にいる子供たちのいずれかのみの晩餐が九分九厘を占める――、主人役を務めたがる。ほかの屋敷であればおおむね饒舌に、機知に富む至言も交えて語る役割なのだろうが、サー・ライオネルの場合には話の肝心な部分が抜け落ちやすく、機知に富むどころか言葉の選択は恐ろしいほど的外れだった。

つまるところ家族は舟形のソース入れが倒されようが、サー・ライオネルのワイングラスが注ぎ足されようがほとんど見て見ぬふりで、ひたすら苦痛な沈黙に耐えねばならない。

グラスはまた満たされる。

さらにまた。

むろん、その後もとめどなしに。

もはや控えるよう諫める者はいない。諫めてどうなるというのだろう？　サー・ライオネルは度を越えた酒飲みであるのを自覚していた。ハリーも、父にむせび泣きながら「ほ、ほんとうに、す、すまない。迷惑をかけるつもりはないんだ。どうかわかってくれ、ハリー」と何度言われたのかを数えるのはとうに断念していた。

詫びられても何も変わりようがない。サー・ライオネルがいったい何に駆り立てられて酒を飲んでいるにしろ、罪の意識や後悔で思いとどまれるものではなかった。病を引き起こしかねないことについても承知していたはずだ。それでも自分ではもう完全にどうすることもできなくなっていたのだろう。

どうすることもできなかったのはハリーも同じだ。父をベッドに括りつけようとまでは思えなかった。仕方がないので、けっして家に友人を招かず、夕食時にはなるべく家にいないようにしていたし、とうとう学校を卒業したからには大学に入る日を指折り数えて待つしかないと観念していた。

だがとりあえずはその夏をやり過ごさなければならなかった。車寄せに馬車が停まるなり、真っ先に飛び降りて、伯母が降りるのに手を貸した。最後にセバスチャンも降りてきて、三人揃って客間に向かうと、母のカタリナは針編みレースの刺繍にいそしんでいた。

「アンナお姉様！」母はいまにも立ち上がりそうなそぶりで言った（実際に腰を上げはしなかったが）。「なんて嬉しい驚きなのかしら！」

伯母は身を乗りだして妹と抱きあってから、向かい側に腰を降ろした。「学校からハリーを送ってきたのよ」

「あら、それなら学期が終わったのね？」カタリナは低い声で訊いた。

ハリーは硬い笑みを浮かべた。卒業式について伝えなかったのは責められても仕方がないが、母親なら息子についてその程度のことは気にかけていて然るべきではないだろうか。

「セバスチャン」カタリナは甥のほうを向いて声をかけた。「りっぱになったわね」

「そうでしょうか」セバスチャンはおどけて応じ、いつものように口もとをゆがめて笑い返した。

「まあ」カタリナは微笑んだ。「早くもご婦人がたには危険な殿方になりそうね」

ハリーはあやうく瞳をぐるりとまわしかけた。セバスチャンはすでにヘッスルホワイト近隣の村の娘たちをほぼ虜にしていた。何かあやしい香りでも放っているのではないかと思うくらい、この従兄弟には女性たちがこぞって引き寄せられるのだ。

ぎょっとさせられる光景ではあったが、どの娘もセバスチャンとすべてのダンスを踊る存在にはなりえなかった。靄《もや》が晴れれば、いつも従兄弟のいちばんそばに立っていられるのはハリーにとってなにより喜ばしいことだった。

「そんなことをしている暇はないでしょう」アンナがてきぱきと言った。「この子には将校の任命辞令を取得してあるの。ひと月も経たずに発つことになるわ」

「軍隊に入るの？」カタリナは驚いた顔で甥に問いかけた。「りっぱだわ」

セバスチャンが肩をすくめた。

「母上もご存じでしたよね」ハリーは言った。セバスチャンの卒業後の進路は何カ月も前に決まっていた。アンナ伯母は夫を亡くして以来、息子には手本となる男性が必要ではないかと気を揉んできた。しかもセバスチャンには爵位や財産を受け継げる見込みはないのだから、自力で生きていく道を見出さねばならないのは周知の事実だ。

それに、息子のごく当たり前の幸せを願う母親にかぎらず、誰もセバスチャンには聖職者の道を勧めはしなかっただろう。

セバスチャンはその先の十年に大いなる期待などけっして抱いてはいなかったし、ナポレオンと戦いたいと思っていたわけでもないが、本人も言っていたように、ほかにどのような道があるというのだろう？　伯父にあたるニューベリー伯爵からは嫌われ、金銭その他のいかなる特権も受け継ぐことはあきらめるよう言い渡されてもいた。

「どうせ、老い先短いだろうしな」ハリーは十九歳なりの精いっぱいの思いやりと気遣いからそう言葉をかけた。

とはいえ、そもそもセバスチャンを、それも伯父にかかわることでならなおさら、いらだたせるのはむずかしい。伯父の一人息子であるニューベリー伯爵位の後継ぎのことでもだ。

「その息子のほうがよけいに性質《たち》が悪い」セバスチャンはそう返した。「ロンドンであからさまに、ぼくのことなど知らないふりをしようとしたんだからな」

呆れた話にハリーはつい眉を上げた。親族を嫌うことと、公然と恥をかかせることとではまったく意味合いが違う。「何か、やり返したんだな？」

セバスチャンは唇をゆがめてゆっくりと笑みを浮かべた。「あいつが結婚しようとしていた女性を誘惑した」

ハリーはみじんも信じていないことを眼差しで伝えた。

「ああ、白状するとも」セバスチャンは大げさに答えたことを認めた。「でも、あいつが酒場で関心を向けていた娘に言い寄ったのはほんとうだ」

「それで、ほんとうに結婚しようとしているご婦人のほうとは？」

「もう求婚しても無駄だろうな！」セバスチャンは愉快そうに答えた。

「おい、セブ、いったい何をしたんだ？」

「いうなれば、永遠に変わらないものなどないということだ。さすがにぼくも伯爵の娘に手を出すほどばかじゃない。ただ……ちょっと気をそらさせてやったというわけさ」

だが母親にも指摘されたとおり、軍隊に入ることが決まっているのだから、セバスチャンが色恋にうつつを抜かしていられる時間はかぎられていた。ハリーは従兄弟の旅立ちについてはできるだけ考えないようにしていた。なにしろセブはこの世で自分が心から完全に信頼できる唯一の相手だ。

セバスチャンだけはけっして自分を裏切らない。

実際、理に適ったことではある。セバスチャンは愚かではない――それどころか、そのまったく正反対だ――が、勉学には向いていない。軍隊に入るほうがはるかに望ましい選択だ。それでもハリーは客間の小さすぎるエジプト製の椅子に窮屈に腰かけながら、身勝手にも少しばかり悔やまずにはいられなかった。セバスチャンにとって最善の選択肢ではないとしても、できることなら大学にも一緒に入学したかったと。

「軍服は何色なの？」母が尋ねた。

「紺青色だと思います」セバスチャンは礼儀正しく答えた。

「あら、青ならあなたにとてもよく似合いそうだわ。そう思わない、アンナお姉様？」

アンナ伯母がうなずき、母が続けた。「あなたにもよ、ハリー。あなたにも将校の任命辞令を取得したほうがいいのではないかしら」

ハリーは虚を衝かれて瞬きをした。軍隊は進路の選択肢として一度も話に出たことはなかったからだ。長男であり、屋敷と准男爵位と、そのほかにも父が死ぬまでに飲みつくさずにいてくれたものはすべて受け継げることになっている。命を危険にさらすわけにはいかないはずだ。

しかも、ヘッスルホワイト校でも数少ない、ほんとうに勉学が好きな生徒のひとりだった。〝教授〟と渾名《あだな》を付けられてもいやな気はしなかった。母はいったいどのようなつもりなのだろう？　息子のことを多少なりともわかっているんだろうか。もしや身なりを洗練させるために軍隊に入れようとでも考えてるのか？

「いや、ハリーに兵士は無理でしょう」セバスチャンがいたずらっぽく言葉を差し入れた。

「至近距離からでも的を撃ち抜けやしない」

「そんなことはない」ハリーは言い返した。「そちらには敵わなくても」セブのほうにくいと頭を傾けて続けた。「ほかのみんなよりはうまく撃てる」

「それなら、セバスチャンは射撃が上手なのね」カタリナが問いかけた。

「名手です」

「それでもずいぶん控えめなくらいだ」ハリーは言い添えた。だがほんとうだった。セバスチャンは尋常ではないほどずば抜けて射撃の腕が立つ。ポルトガルじゅうを誘惑しさえしなければ、軍隊にとって従兄弟の加入は願ってもない授かりものとなるはずだ。

いや、正確にはポルトガルの半分だ。セバスチャンが誘惑するのは女性にかぎられるのだから。

「あなたも将校の任命辞令を取得しなくていいの？」カタリナが訊いた。

ハリーは母に顔を振り向け、その顔から、母のすべてから何かを読みとろうとした。母はまるで生まれながらに備えていたもののすべてをこれまでの年月にゆっくりと洗い流され、何かを感じることさえできなくなってしまったかのように、いつでも腹立たしくなるほど無表情だった。母に意見はない。身の周りで何が起ころうともかまわず、何ひとつ関心がないふうにただじっと坐っている。

「あなたも軍隊に入りたいのよね」母が静かに言い、ハリーは母がいままでこのように断言したことがあっただろうかと考えた。息子の将来についての意見や、幸福な人生を願う気持ちを口に出したことが果たしてあっただろうか？

口に出すべき機会を待っていただけのことだったのか？

母はいつもと同じように、もうじゅうぶんすぎるほど努力したといったそぶりで小さなため息をついて微笑んだ。「あなたにも青はとてもよく似合うわ」それから姉のほうに顔を戻した。「そう思わない?」

ハリーは口をあけ、答えようと、いや、なんでもいいから言葉を発しようとした。思いつけた言葉をすぐに。軍隊に入ろうとはまったく考えていなかったし、大学に進学するつもりだった。オックスフォードのペンブルック・カレッジからすでに入学許可も得ていた。ロシア語を学べるかもしれないと思ったからだ。祖母が亡くなってからはもうほとんど使っていなかった。母はロシア語を話せるが、英語ですらめったにまともな会話をしないのに、ましてロシア語を交わす機会があるはずもない。

皮肉なものだが、いまとなっては祖母が恋しかった。つねに正しいとは言えず、いつも親切だったわけでもないが、愉快な女性だった。それに孫息子を愛してくれていた。

祖母なら、どのような進路を勧めただろう? 定かにはわからない。本気でロシア文学の勉強に打ち込むつもりなら、大学に進むことに賛成してくれただろう。でも祖母は軍隊をきわめて高く評価していて、ハリーの父が一度も国家に仕えていないことをあからさまに嘲《あざけ》りもしていた。

もちろん、ハリーの父についてはほかにもあらゆる点をあからさまに嘲っていたのだが。

「考えてみなさい、ハリー」アンナ伯母が真剣な口調で言った。「あなたも入隊するとなれば、セバスチャンも嬉しいはずだわ」

ハリーは困惑の眼差しをセバスチャンに投げかけた。このとまどいを間違いなく理解してくれると思ったからだ。母も伯母もいったいどういうつもりなのかと。このような決断をお茶を飲みながらくだせるだろうか？　ビスケットを齧《かじ》って、ちょっとばかり考えて、うん、たしかに紺青色は軍服としてすばらしく映える色だなどと答えられるはずもない。

ところがセバスチャンは片方の肩を小さくすくめ、暗にこう返しただけだった。ぼくに何が言えるというんだ？　この世はばかげた場所なのさ。

ハリーの母はティーカップを口もとに持ち上げたが、飲んだとしてもさほどカップを傾けたようには見えなかった。すぐにカップは受け皿に戻され、母は目を閉じた。

といっても、いつもの瞬きよりほんの少し長く目を閉じた程度だが、ハリーはそのしぐさの意味するところを察した。母は足音を耳にしたのだ。父の足音を。母はいつでも誰より先にその音に気づく。たとえほんとうの意味では同じ空間に生きているとは言えない相手であれ、同じ屋根の下で暮らすうちに身についた習性なのだろう。自分の人生がほんとうはどこかべつのところにあるかのようなふりとともに、できるだけ早く夫の居場所を察知する能力も培《つちか》われてきたわけだ。

見えさえしなければ、そしらぬふりを装うのははるかにたやすい。

「アンナ！」サー・ライオネルは現われるなり大きな声で呼び、ドア枠にもたれかかった。「それにセバスチャンも。嬉しい驚きだ。元気にしていたか？」

「おかげさまで」セバスチャンが答えた。

ハリーは部屋に入ってくる父を見ていた。どの程度酒が入っているのかを見きわめるのはむずかしかった。ふらついてはいないが、腕の振りに好ましくない兆候が窺える。

「おまえも元気そうだな、ハリー」サー・ライオネルは息子の腕を軽くぽんと叩いてから、食器棚へ向かった。「ということは、学校が終わったのか?」

「はい、父上」ハリーは答えた。

サー・ライオネルは何かを勢いよくグラスに注ぎ入れ——正確に何なのかを見定めるには遠すぎた——セバスチャンのほうを見て、締まりのない笑みを浮かべた。「何歳になった、セバスチャン?」

「十九歳です」

ハリーと同じだ。ふたりの誕生日は一カ月しか違わない。いつでもセバスチャンとハリーは同じ歳だった。

「お茶を出したのか、ケイティ?」サー・ライオネルは妻に言った。「いったい何を考えてるんだ? もう一人前の男だというのに」

「お茶でじゅうぶんですよ、父上」ハリーはすかさず口を挟んだ。

サー・ライオネルはそこに息子がいるのを忘れていたかのように、きょとんとして瞬きをした。「おう、ハリー。会えてよかった」

ハリーはぴたりと口をつぐみ、唇を引き結んだ。「ぼくもお会いできて嬉しいです、父上」

サー・ライオネルはグラスの中身をたっぷりと口に含んだ。「そうか、学期が終わったんだな?」

ハリーはうなずき、習慣から繰り返した。「はい、父上」

サー・ライオネルは眉をひそめ、またも飲んだ。「すると、学校を卒業したのか。そうだよな？　ペンブルック・カレッジから入学許可の知らせが届いていた」またも父は眉をひそめ、何度か瞬きを繰り返してから、肩をすくめた。「願書を出していたとは知らなかった」そしてたったいま思いついたかのように続けた。「よくやった」

「入学はしません」

自分の口からこぼれ出た言葉にハリー自身も驚いて慌てた。いったい何を言ってるんだ？　もちろん、ペンブルック・カレッジへ入る。自分が望んでいたことじゃないか。前々から望んでいたことだ。勉強が好きだし、本も好きだし、数学ももっと学びたい。空に太陽が輝いていて、セバスチャンにラグビーをしようと引っぱられたときでも、やはり図書室に坐っていたいと思うくらいなのだから（セバスチャンはいつでもこの戦いに勝利する。イングランド南部でも陽射しに恵まれる日はじゅうぶんとは言えず、できるかぎり浴びておこうとするのが当たり前のうえ、セバスチャンが何かにつけ説得するのが憎らしいほど巧みなのはいうまでもない）。

このイングランドでこれほど大学生活に向く男子がいるだろうか。それなのに——

「軍隊に入ります」

またしても思ってもいないはずの言葉が口をついた。いったい何を言ってるんだとハリーは自問した。どうしてこんなことを言いだしたんだ。

「セバスチャンと？」アンナ伯母が訊いた。

ハリーはうなずいた。「危ない橋を渡らぬよう誰かが監視してなくちゃいけませんから」

そんな罵り言葉にセバスチャンは冷ややかな眼差しをくれたが、この成り行きに気をよくしているのはあきらかで、反論しようとはしなかった。セバスチャンが軍隊に入るという進路に昔から迷いを感じていたのをハリーは見抜いていた。虚勢を張りはしても、従兄弟もまた同じ道を選んだことに安堵しているのに違いなかった。

「戦場に行かせるわけにはいかない」サー・ライオネルが言った。「おまえは私の後継ぎだ」その部屋にいた誰もが——親族四人だ——程度の差はあれ驚きを見せて准男爵に顔を振り向けた。なにしろ父の口から理に適った言葉を聞いたのはおそらく何年かぶりだった。

「エドワードがいます」ハリーは言い捨てた。

サー・ライオネルは酒を飲み、瞬きをして、肩をすくめた。「言われてみればそうだな」

自分でも父のどのような言葉を期待していたのかわからなかったが、それでもともかくハリーは胸の奥底に差し込むような落胆を覚えた。腹立たしさも。

そして傷ついてもいた。

「ハリーに乾杯！」サー・ライオネルが陽気に唱え、グラスを掲げた。誰ひとり応じずとも気にかける様子はなかった。「息子よ、幸運を祈る」グラスを傾けてから、注ぎ足し忘れていたことに気づいた。「おや、しまったな」つぶやいた。「さまにならんじゃないか」

ハリーは椅子にげんなりと沈み込んだ。と同時に、足だけは動きだしたがっているようにむずむずしてきた。駆けだすために。

「いつ発つんだ？」サー・ライオネルが喜びにあふれた声で尋ねた。

ハリーが目を向けると、セバスチャンがはきはきと答えた。「来週には出立しなくてはなりません」

「それならぼくもそうなるでしょう」ハリーは父に言った。「もちろん、将校の任命辞令を得る資金が必要ですが」

「当然だとも」サー・ライオネルは息子の有無を言わせぬ口ぶりに呼応して返した。「さてと」足もとを見おろし、それから妻に目をやった。

カタリナは窓の向こうを眺めていた。

「みんなに会えて、ほんとうによかった」サー・ライオネルは言った。グラスをどしんと置き、のんびりとドアへ歩きだし、一度だけ足を滑らせかけた。

ハリーはなぜかどこか遠くから眺めているような気分で、部屋を出ていく父を見ていた。むろん、この日が来ることは想像していた。軍隊に入ろうとは思っていなかったが、去る日のことをだ。いつもまず思い描いていたのは、荷物を家の馬車に積み込んで大学へ向かう、ありきたりの光景だった。だがそんな空想は芝居がかった様々な門出の場面へと膨らんだ――大げさな身ぶりから、氷のごとく冷ややかな眼差しに至るまで。なかでも壁に酒瓶を投げつけるというのがハリーのお気に入りだった。高価な酒を。フランスから密かに取り寄せているものを。息子が戦場で相対しているフランス野郎を父はなおも違法な購入で支えつづけるのだろうか？

もう誰もいないドア口をハリーは見つめた。そんなことを気にする必要があるのか？　ここでの暮らしは終わった。

終わったのだ。この家で、この家族と、夜ごと父をベッドへ導き、また嘔吐してもせめて窒息せずに済むよう気遣って横向きに寝かせていた暮らしが。

終わった。

やり遂げた。

だがずいぶんとむなしく、やけに静かに感じられた。この出立を表現するならば、いや、やはりなんとも言いようがない。

そして、このときまんまとそそのかされてしまったことにハリーが気づいたのは、それから何年も経ってからだった。

1

「最初の妻を殺したと言われてるのよ」

そのひと言には、レディ・オリヴィア・ベヴルストークもお茶をかきまわしていた手をとめた。「どなたのこと?」じつを言えば、それまできちんと耳を傾けていたわけではなかったので問いかけた。

「サー・ハリー・ヴァレンタイン。あなたの新しい隣人よ」

オリヴィアは険しい目つきでアン・バクストンを見て、それからメアリー・カドガンに視線を移すと、同意のうなずきが返ってきた。「冗談でしょう」と言ったものの、アンがそのような冗談を言うはずもないのはよくわかっていた。噂話はアンの活力の源だ。

「いいえ、ほんとうにあなたの新しい隣人よ」フィロミーナ・ウェインクリフが言葉を差し入れた。

オリヴィアがそこでお茶を口に含んだのは、期待されているはずのあからさまな嫌悪と疑念の入り混じった表情を押し隠すためのようなものだった。「人を殺したというのが、冗談でしょうと言いたかったのよ」いつにもまして称賛されるべき辛抱強さで説明した。

「あら」フィロミーナはビスケットをつまんだ。「ごめんなさい」

「わたしは、婚約者を殺したと聞いたけれど」アンが言いつのった。

「もし人を殺したのなら、監獄に入れられているはずよ」オリヴィアは指摘した。

「証明されなければ入れられない」

オリヴィアは左側にちらりと目をくれた。そちら側にある厚い石垣の向こうに出て、春の爽やかな風に吹かれて三メートルほど歩き、これもまた厚い煉瓦の壁の向こうの、この屋敷の真南に位置するところに、サー・ハリー・ヴァレンタインが最近借りて越してきた家が建っている。

ほかの三人の令嬢たちも同じように目をくれ、全員がなんの変哲もない客間の壁を眺めているのが、オリヴィアにはことさら滑稽に思えた。「誰も殺してなんていないわ」きっぱりと言った。

「どうしてわかるの？」アンがすぐさま訊き返した。

メアリーがうなずく。

「そんなはずがないもの」オリヴィアは言った。「もし人を殺していたら、このメイフェアのお隣りの家に住んではいないでしょう」

「証明されていなければ住めなくもないわ」アンが念を押した。

メアリーがうなずく。

フィロミーナはまたビスケットを食べた。

オリヴィアはほんのわずかながらも唇を丸めた。できるだけ口角を引き上げたかった。しかめ面にはならないように。午後四時。友人の令嬢たちがこの家を訪れ、あれこれお喋りをして、噂話はもちろんのこと、今後の三つの社交界の催しで身につける衣裳選びについても意見を交わして、一時間が過ぎていた。こんなふうにたびたび、だいたい一週間に一度は顔を合わせている。いちばんの親友で旧姓チーヴァー、現在の姓はベヴルストークとなったミランダとのように深い話こそしないものの、こうした集まりをオリヴィアは楽しんでいた。

そう、ミランダはオリヴィアの兄に嫁いだ。喜ばしいことだ。これ以上にないほどに。生まれたときからの友人が一生の姉妹となった。けれど同時に、ミランダはもう未婚の令嬢ではなく、未婚の令嬢の様々な約束ごとも必要がなくなったということでもある。

未婚の令嬢、レディ・オリヴィア・ベヴルストークによる、未婚の令嬢が守るべきこととは――

淡くやわらかな色の装い（肌や髪や瞳の色と調和していればなお望ましい）。

意見は（どんなに得意なことについてであれ）胸に留めて、笑顔を保つ。

両親の言いつけを守る。守れなかったら、その結果を受け入れる。

妻にいちいち指図しない花婿を見つける。

このように一風変わった碑文のごとく頭のなかで考えを列挙するのは、オリヴィアにとってめずらしいことではなかった。肝心な点を聞き逃してしまうことがよくあるのはそのせいなのかもしれない。

それにたぶん、本来は胸に留めておくべきことを何度かうっかり口に出してしまったのも、同じ理由からなのだろう。ただし念のため言っておくなら、サー・ロバート・ケントを〝大きくなりすぎたヤマイタチ〟と呼んでしまってからもう二年が経つし、率直に言って、そのとき頭に浮かんだどれより格段にましな喩えだった。

余談はさておき、今度はミランダが既婚婦人として守るべきことも列挙しておきたいところだけれど、装いは淡くやわらかな色にかぎらずともよく、いつでも付添役《シャペロン》を連れていく必要もなく、赤子を適度な間隔をおいて誕生させていくといったこと以外に、既婚婦人のなすべきことを教えてくれる人は誰も――ミランダですら話してくれず、この件についてはまだオリヴィアとしては納得がいっていなかった――いない。

ほかにも自分の知らない肝心な何かがあることは確かだった。尋ねるたび母が部屋から逃げ去ってしまうほどの何かが。

とりあえずミランダのことに話を戻そう。親友は赤子を誕生させ――オリヴィアにとっては愛しい姪にあたるキャロラインで、彼女のためなら馬であれなんであれ踏みつけられてもかまわず身を投げだせる――いまはまた新たな子を宿し、そのため週に一度の午後のお喋りの会にも加われない。そしてオリヴィアはお喋りが――それに流行の装いや噂話も――好きなので、アンとメアリーとフィロミーナとともに過ごす時間のほうがどんどん長くなっていた。四人はおおむね楽しんで語らい、陰口はいっさい口にせず、ばかげた話になるときもわりあい多い。

たとえば、いまのように。

「ちなみに、どなたから聞いたお話なの？」オリヴィアは尋ねた。

「どなたから？」アンが訊き返した。

「ええ。わたしの新しい隣人が婚約者を殺したと、どなたが話していたのかしら」

アンは口ごもった。メアリーを見る。「憶えてる？」

メアリーは首を振った。「いいえ、正確には。サラ・フォーサイスだったかしら？」

「違うわ」フィロミーナがきっぱりと確信を持って首を振った。「サラではないわ。二日前にバースから戻ったばかりだもの。リビー・ロックウッドではなかった？」

「リビーではないわ」アンが言う。「リビーから聞いたのなら、憶えているはずだもの」

「それが言いたかったのよ」オリヴィアは言葉を挟んだ。「どなたが話していたのかすらわからないのよ、誰ひとり」

「でも、作り話ではないわ」アンが弁解がましく言い返した。

「あなたが作り話をしたなんて言ってないわ。そんなことを思うはずがないじゃない」本心だった。アンは目の前で言われたことをほぼなんでもほかで繰り返すとはいえ、作り話などしない。オリヴィアはいったん沈黙し、考えを整理した。「そのような噂話は、やはり確かめたほうがいいわよね？」

ほかの三人は黙ってぼんやりとこちらを見ている。

オリヴィアはまたべつの方法で返答を引き出そうとした。「自分たちの身を守るためよ。

もしそのような話が事実だとしたら――」

「つまり、あなたは事実かもしれないと思ってるの？」アンが問いただすような口ぶりで訊いた。

「いいえ」だってとんでもないことでしょう。「思ってないわ。でも、もしもそうだったとしたら、けっして交流すべきではない方ということになる」

いったん長い沈黙が落ちて、ようやくフィロミーナが口を開いた。「すでに母から、あの方にはかかわらないようにと言われてるわ」

「だからこそなのよ」オリヴィアはぬかるみのなかを進んでいるようにいくぶん気が重くなりながらも続けた。「真相を突きとめるべきだわ。だって事実ではなかったとしたら――」

「とても美男子だわ」メアリーがそう言って遮り、さらに続けた。「ちなみに、これは事実よ」

オリヴィアは瞬きをして、粘り強く耳を傾けた。

「わたしはお目にかかったことがないわ」フィロミーナが言う。

「黒ずくめなの」メアリーが秘密を明かすように言い添えた。

「紺青色の服も着ていたわ」アンが異を唱えた。

「暗い色ばかり身につけてらっしゃるのよ」メアリーが言い直し、アンにちくりといらだたしげな眼差しを投げた。「それに目が――もう、見つめられでもしたら、焼き焦がされてしまいそうな目をしてるの」

「瞳の色は？」オリヴィアは尋ね、風変わりな色合いを次々に想像した――赤、黄色、オレンジ……。

「青よ」

「グレーだわ」アンが言った。

「青みがかったグレーね。だけどものすごく鋭い感じなの」

アンもその表現には何も訂正を加えず、うなずいた。

「髪の色は？」オリヴィアは問いかけた。意外に見過ごされがちな点だ。

「暗い褐色」ふたりが声を揃えて答えた。

「わたしくらい濃い色？」フィロミーナが自分の髪の房に触れて尋ねた。

「もっと濃いわ」メアリーが言う。

「でも黒ではないの」アンが言い添えた。「そこまで濃くはないわ」

「それで、背が高い」と、メアリー。

「みなさん、そうでしょう」オリヴィアはつぶやいた。

「でも、高すぎもしない」メアリーが続ける。「わたしはあまりひょろりとした男性は好みではないわ」

「あなたもお見かけしているでしょう」アンがオリヴィアに言った。「なにしろ、お隣りさんなのよ」

「それが、お見かけしていないのよ」オリヴィアは低い声で答えた。「隣家が貸しだされたのが今月の初めで、わたしはその週にマックルズフィールド家の泊りがけのパーティに参加していたから」

「ロンドンにはいつ戻ってきたの?」アンが尋ねた。

「六日前よ」オリヴィアは答えて、てきぱきと目下の事案に話を戻した。「独身紳士が移り住んで来られたことすら知らなかったわ」言い換えるなら、いまさらながらだけれど、知っていればもっと詳しく調べていたということだ。

きっとそうしていたとは思いながらも、認めるのは癪だった。

「こんなことも聞いたわ」フィロミーナが唐突に語りだした。「ジュリアン・プレンティスを叩きのめしたというの」

「なんですって?」これには全員が同じように訊き返した。

「それに、どうしていまになって思いだしたの?」アンがとうてい信じられないといったそぶりで付け加えた。

フィロミーナがその言葉を払いのけるように手を振った。「兄に聞いたのよ。ジュリアンとは大親友だから」

「何があったの?」メアリーが訊いた。

「そこがもうひとつよくわからないのよ」フィロミーナが率直に打ち明けた。「兄の説明がなんだかはっきりしなくて」

「殿方は細かいことを憶えてないのよね」オリヴィアは双子のきょうだい、ウィンストンのことを思い起こしつつ言った。ほんとうにくだらないことばかり言うきょうだいなので、噂話の種にする価値もない。

フィロミーナがうなずいた。「帰ってきたときの兄はひどい有様だったわ。なんていうか……こう……だらしがなくて」

全員がうなずいた。四人とも男性のきょうだいがいる。

「まっすぐに立っているのもやっとだったの」フィロミーナが続けた。「しかもとんでもなくいやな臭いがして」鼻の前で手を振り動かした。「母に見つからずに客間の前を通り抜けられるように、わたしも手を貸したわ」

「それなら、あなたに借りができたわけね」オリヴィアはいつでも考えずにはいられない点を指摘した。

フィロミーナがうなずいた。「兄たちはあきらかに殿方が外に出かけたらみなするようなことをして、ジュリアンも少し、つまり……」

「お酒に酔っていた?」アンが言葉を補った。

「よくあることね」オリヴィアは付け加えた。

「ええ。兄が帰ってきたときの状態からすれば、そう考えるのが自然だわ」フィロミーナはいったん口を閉じ、思いめぐらすふうに眉間に皺を寄せたが、たちまちその皺は消え、言葉を継いだ。「兄が言うには、ジュリアンは何ひとつおかしなことはしなかったそうなんだけど、そこにサー・ハリーが居合わせて、手脚も引き裂かれかねないほどの目に遭ったらしいの」

「血が流れたの？」オリヴィアは訊いた。

「オリヴィア！」メアリーが非難の声をあげた。

「必然の質問だわ」

「血が流れたのかどうかは知らないわ」フィロミーナがいくらかうるさがるような口ぶりで答えた。

「流れたでしょう」オリヴィアは考えをめぐらせた。「手脚も引き裂かれかねないほどの目に遭えば」


いままでのところ手脚を引き裂かれかけたことはないが、オリヴィア・ベヴルストークによる見解では、重力の法則からして血が流れないとは考えづらい。


いいえ、そんなことを考えるのはあとまわしだ。オリヴィアは室内履きのなかで爪先をもぞもぞと動かして気持ちを切り替えた。

「片方の目の周りに痣ができてたわ」フィロミーナが続けた。

「サー・ハリーの？」アンが尋ねた。

「ジュリアン・プレンティスのよ。サー・ハリーも目に痣をこしらえているかもしれないけど。わたしは知らないわ。お目にかかっていないから」

「わたしは二日前にお見かけしたわ」メアリーが言う。「目の周りは黒ずんでなかったわ」

「どこもけがをされている様子はなかった？」

「ええ。相変わらずすてきだったわ。黒ずくめだったけれど。ほんとうにふしぎ」

「ぜんぶ？」オリヴィアは念を押すように問いかけた。

「いいえ、正確にはほとんどね。シャツとクラヴァットは白かったわ。それでも――」メアリーは考えたくないことだけどとでも言いたげに、ひらりと手のひらを返した。「まるで喪服みたいだった」

「そうなのかもしれないわ」アンがその喩えに飛びついた。「亡き婚約者のための！」

「ご自分が殺したのに？」フィロミーナが訊いた。

「誰も殺してなんていないでしょう！」オリヴィアは大きな声で打ち消した。

「どうしてわかるの？」ほかの三人が声を揃えた。

オリヴィアは答えようとしたが、自分にわかるはずもないことなのだと口をつぐんだ。この午後まで、当の本人を見かけたことがないばかりか、噂話すら耳にしていなかった。とはいうものの良識で考えれば、自分のほうに分はあるだろう。婚約者を殺すなんて、アンとメアリーがいつも読んでいる怪奇《ゴシック》小説のなかでのこととしか思えない。

「オリヴィア？」誰かが呼んだ。

目をしばたたき、長々と黙り込んでしまっていたことに気づいた。「なんでもないわ」小さく首を振って答えた。「ちょっと考えていただけ」

「サー・ハリーのことね」アンがどこか得意げに言った。

「まるでほかのことを考えてはいけないみたいじゃない」オリヴィアは独りごちた。

「ほかにもっと考えたほうがいいことがある？」フィロミーナが訊いた。

オリヴィアは口をあけたものの、どう答えればいいのか見当もつかなかった。「あるわ」仕方なく言った。「なんであれ」

けれどもうすっかり好奇心を駆り立てられていた。しかもオリヴィア・フランシス・ベヴルストークがいったん好奇心を駆り立てられると、まさしく手に負えなかった。


北側の隣家の若い女性がまたもこちらを見ている。この一週間はほぼずっとこんな具合だった。当初ハリーはまったく気にかけていなかった。相手はあろうことかルドランド伯爵の娘か、そうではないとしても親族のひとりに違いない――使用人であれだけしじゅう窓辺に立っていたら、とうに解雇されているだろう。

それに家庭教師でもない。ルドランド伯爵には妻がいて、というか正確にはハリーはそう聞かされていた。そうだとすればその妻があのような女性を家庭教師として家のなかに雇い入れはしないだろう。

つまり、伯爵令嬢にほぼ間違いない。だとすれば例によって何かと知りたがりの上流階級の令嬢以外の何者でもなく、新しい隣人を覗き見ることに特段の思惑があると疑うべき理由はない。とはいうものの、なにせもう五日も毎日見られている。上着の好みや髪の色といったことを知りたいだけなら、すでに興味は尽きていてもいいはずだった。

ハリーは手を振ってみたい衝動に駆られた。にっこりと満面の笑みで手を振るのだ。そうすれば、お嬢様に密偵の真似事をやめさせられるのではないだろうか。それにしても、なぜこんなにも関心を向けられなければならないのかがさっぱりわからない。

納得がいかない。ハリーは答えの見出せない疑問を放ってはおけない性分だ。いうまでもなく、表情をはっきり確かめられるほど隣家の窓は近くない。そうだとすればやはり手を振るのは無意味だ。動揺させることができるのならぜひその顔を見てみたいが、それが叶わないのならどんな面白味があるというのだろう？

ハリーは令嬢がカーテンの内側から覗き見ていることにはまったく気づいていないふりで、机の椅子の背にもたれかかった。片づけなければいけない仕事があり、窓辺に立つブロンド娘について考えている暇はない。その朝早くに陸軍省からの使者により、かなり長たらしい書類が届けられ、すぐに翻訳に取りかからねばならなかった。ロシア語から英語への翻訳ではいつも同じ手順を踏んでいる――まずはざっと目を通して全体の概要をつかみ、それからより丁寧に見て、一語一語を確かめながら書類を解読する。そうして精読を済ませてからようやく羽根ペンを手にしてインクに浸け、訳しはじめる。

地道な作業だ。だからこそ好きなのだが、必ず頭を悩まされるのもまた楽しい。書類に向かって何時間でも坐っていられるし、陽が沈んでからはっと、一日じゅう何も口にしていなかったと気づくこともある。だがそんなにも仕事に熱中できる男にすら、日がな一日書類を翻訳する人物をただ眺めていられる自信はなかった。

　しかもあの令嬢はまた窓辺に立っている。よほど自分は隠れるのが上手で、眺めている相手のほうはとんでもなく愚鈍な男だとでも思っているのだろう。

　ハリーはふっと笑った。あの令嬢は何もわかっていない。陸軍省のなかでは冴えない部門――扱うのは銃やナイフや機密指令ではなく言葉と書類だ――の仕事をしているかもしれないが、訓練はじゅうぶん積んでいる。軍隊で十年を過ごし、そのほとんどは鋭敏な観察眼と状況の察知能力が生死を分ける大陸にいた。

　たとえば、あの令嬢にほつれた髪を耳の後ろにかける癖があることにもう気づいていた。それに晩にもたまに覗くことがあるので、その髪をおろすと――髪全体が陽射しのごとく信じがたいほどきらきら輝く――背中の真ん中辺りまで届く長さなのも知っている。

　青い化粧着をまとっていることも。しかもあいにく、たっぷりとした形状の化粧着だ。

　あの令嬢にはじっとしていられる辛抱強さがない。おそらく自覚はないのだろう。自分ではそわそわなどしていないし、微動だにせずまっすぐ立っているつもりなのに違いない。だが必ずどこかに気の緩みが窺えた――手の指先を少し動かしたり、息を吸うときの癖なのかわずかに肩が上がったり。

　それにむろん、いまだ覗き見に気づかれているとは思っていない。

　ハリーはふしぎで仕方がなかった。前かがみに書類と向きあっている男のどこにそれほど興味を引かれるのだろう？　なにせこちらもこの一週間、ほとんど同じことしかしていないのだから。

もっと活発に動きまわってやるべきなのかもしれない。いうなれば、思いやりというやつだ。あの令嬢は退屈でうんざりしているのに決まっている。

机の上に飛び乗って歌ってみるか。

食べ物を口にして喉に詰まらせたふりをしてもいい。そうしたら、あの令嬢はどうするだろう？

良心とのせめぎ合いでどのような行動に出るか見物《みもの》ではないか。ハリーは羽根ペンを置き、これまでに知りあった様々な上流婦人たちを思い起こした。さして物事を悪く考えるほうでもないので、少なくともそのうちの何人かは自分を救おうとしてくれるだろうとは思う。だが実際にためらわず救おうとするような行動力のある女性がいるのかは疑わしい。

食事はやはりじっくりと噛むことが肝心だ。

ハリーはふうと大きく息を吐き、仕事に注意を戻そうとした。窓辺の女性について考えているあいだも目はずっと書類に向けていたが、内容はちっとも頭に入ってこなかった。この五日間、何もしていないのも同じだ。カーテンを閉めれば済むことなのだが、それではあまりに露骨だろう。太陽が空の高い位置で輝いている午後十二時半ではなおさらに。

目の前の文字を見おろしても集中できなかった。あの令嬢はいまだ窓辺にいて、こちらを覗き見ていて、カーテンの内側に身を潜められていると思い込んでいる。

いったいどうして見てるんだ？

ハリーは気に入らなかった。いま訳そうとしているものがあの令嬢に見えるはずもなく、たとえ見えたとしてもキリル文字を読めるとはまず考えにくい。それでもこの机に置かれる書類は機密事項を含んでいる場合が多く、時には国家の大事にかかわることも記されている。誰かに覗き見られでもしたら……。

かぶりを振った。誰かに密かに探られることがあったとしても、ルドランド伯爵の令嬢がそのような役割を担うのはありえない。

そのとき奇遇にも、令嬢の姿が消えた。まず背を返し、おそらくはほんのわずかに顎を上げ、窓から離れていった。物音でも聞きつけたのだろう。誰かに呼びかけられたのに違いない。ハリーにはどちらでもよいことだった。消えてくれたのは喜ばしいことではないか。仕事に戻らなければいけない。

視線を落とし、一ページ目のなかほどまで読み進めた。

「おはよう、サー・ハリー！」

あきらかに愉快な気分のセバスチャンだった。そうでなければ従兄弟をサー付けで呼びはしない。ハリーは目を上げなかった。「もう午後だ」

「十一時に目覚める者には、まだ早い」

ハリーはため息をこらえた。「ノックがなかった」

「しない主義なんだ」セバスチャンは椅子にどっかりと腰を落とし、その拍子に濃い色の髪が目の上にかかっても気にするそぶりはなかった。「何してるんだ？」

「仕事だ」

「勤勉だな」

「ぼくたちは伯爵領を受け継げるわけじゃないからな」ハリーはさらりと返し、セバスチャンに完全に注意を向けさせられる前に、せめてあと一行だけでも読み終えようとした。

「そうかもしれないし」セバスチャンがぼそりと言う。「そうではないかもしれない」

従兄弟の場合にはそのとおりだった。伯父のニューベリー伯爵はジェフリーという一人息子しか授からなかったため、セバスチャンはもともと継承順位第二位となっていた。だが伯爵であるその伯父——十年間も大英帝国軍に仕えた甥セバスチャンをいまだどうしようもないろくでなしだと見なしている——には昔からまるで関心を向けてもらえなかった。それにどのみちセバスチャンに継承される可能性はほとんどないものと見られていた。伯爵の長男ジェフリーはセバスチャンが軍隊にいるあいだに結婚し、妻とのあいだに娘をふたり授かり、男子が誕生するのも時間の問題と思われたからだ。

ところがそのジェフリーが熱病にかかり、急逝した。未亡人は身ごもっておらず、当然ながら新たな後継ぎは誕生しないとわかるや、長らく男やもめとなっていた伯爵は伯爵領をセバスチャン・グレイに破滅させられてはかなわぬとみずから爵位を継がせる男子をもうけることを決意し、いまやロンドンであちらこちらに顔を出しては花嫁候補を物色中だ。

というわけで、セバスチャンの運命は誰にも予想できないものとなった。由緒ある裕福な伯爵領のとびきり美男子で人当たりもよい後継ぎならば、むろん結婚市場では最有力の花婿候補だし、何ひとつ引き継げないのにとびきり美男子の人当たりもよい紳士では、上流社会の既婚婦人たちにとっては恐るべき悪夢にほかならない。

いまのところセバスチャンはどのような催しにも招待されていた。こうした事情からロンドンの社交界についてはなんでも知っている。

だからこそハリーが「ルドランド伯爵には娘がいるのか？」と尋ねれば、答えが得られることもわかっていた。

セバスチャンはたいがいの人々からは退屈そうだと解釈されるはずの表情でまじまじと見返したが、ハリーにはその胸のうちが読みとれた。どういう風の吹きまわしだ、と。

「もちろんだ」セバスチャンは言った。

ハリーの耳には〝どういう風の吹きまわしだ〟という問いかけもそれとなく含んだ口ぶりに聞こえた。

「どうして？」セバスチャンが訊いた。

すでにその姿が見えないのはわかっていたが、ハリーは窓のほうにちらりと目をやった。

「ブロンドか？」

「まさしく」

「なかなかの美人か？」

セバスチャンはにやりといわくありげな笑みを浮かべた。「ほとんど誰の目から見ても、それ以上だろう」

ハリーは眉をひそめた。そうだとすれば、その伯爵令嬢がなぜあれほど興味津々に自分を見ているのかがますますわからない。

セバスチャンはあくびをして、ハリーが呆れた目を向けても、口を覆いもしなかった。

「何か急に興味をそそられた理由でもあるのか？」

ハリーは窓のほうに向きを変え、令嬢が立っていた窓を見上げ、いまさらながら二階の右から三つ目の部屋だと確かめた。「ぼくを見てるんだ」

「レディ・オリヴィア・ベヴルストークがきみを見ている」セバスチャンが復唱した。

「それが彼女の名前なのか？」ハリーは低い声で言った。

「きみを見てはいない」

ハリーは従兄弟に顔を向けた。「どういうことだ」

セバスチャンはぞんざいに肩をすくめた。「レディ・オリヴィア・ベヴルストークにきみは必要ない」

「そんなことを言ってるんじゃない」

「昨年は五人から求婚を受けた。そのほかの紳士たちにもあらかじめ恥をさらさないよう諌めておかなかったなら、求婚者の数は二倍にはなっていただろう」

「興味がないと言ってるわりには、社交界の事情に詳しいな」

「興味がないなんて言ったか？」セバスチャンは考え込んだふりで顎をさすった。「ぼくもいい加減な男だな」

ハリーは従兄弟にさっと目をくれてから立ち上がり、そこにはもうレディ・オリヴィアはいないとわかっているので臆せず窓辺に歩いていった。

「面白そうなものでも見えるか？」セバスチャンが低い声で言う。

ハリーは聞き流して、わずかに左に頭を動かしたものの、見え方はたいして変わらなかった。とはいえカーテンは通常よりだいぶ内側に括られたままなので、陽射しがガラスに反射していなければ、部屋のなかのほうまで見通せただろう。それでもいままでではいちばんよく見えた。

「そこにいるのか？」セバスチャンはいくぶんからかうふうに声をふるわせて訊いた。「いまもきみを見てるのか？」

ハリーは振り返り、セバスチャンが両手の指を中途半端に曲げて亡霊を振り払うかのごとく動かしているのを見たとたん、瞳をぐるりとまわした。

「まるで子供だな」ハリーは言った。

「だが男前だろ」セバスチャンは言い返し、すぐにまただらけた態度に戻った。「それに並外れて人当たりもいい。おかげでたいがいの窮地なら切り抜けられる」

ハリーは向きなおり、気だるげに窓枠に寄りかかった。「本日はどのようなご用件で？」

「きみとお喋りがしたくてたまらなかったのさ」

ハリーは辛抱強く待った。

「金を用立ててもらいに来たのかもな？」セバスチャンははぐらかした。

「さもありなんではあるが、信頼できる筋から、先週の火曜にウィンターホーの財布から百ポンドもせしめたと聞いている」

「きみこそ、噂話に関心はないなどとよく言ったもんだ」

ハリーは肩をすくめた。必要とあらば関心を向けもする。

「念のため言っておくなら、二百ポンドだ。ウィンターホーのご兄弟が現われて連れ去られてしまわなければ、もっとせしめられたはずなんだが」

ハリーは返答を控えた。ウィンターホーにもその兄弟にも親愛の情など抱いてはいないが、同情は禁じ得ない。

「悪いことをした」セバスチャンはハリーの沈黙の意味を正確に読みとって言い添えた。「ちなみに、こちらのちび助はどうしてる?」

ハリーはちらりと天井を見上げた。弟のエドワードはおそらく昨夜も羽目を外したと見えて、まだベッドから起きてこない。「まだぼくを嫌ってる」肩をすくめた。ハリーがロンドンにやって来たのはひとえに弟に目を光らせるためで、当のエドワードは兄に従わなければならないことにいらだっている。「そうやって成長するんだろう」

「最近のきみは弟さんにとって悪魔、それとも単なる堅物か?」

ハリーはふっと笑みを浮かべた。「堅物なんだろう」

セバスチャンはなおさら椅子にぐったりともたれかかり、肩をすくめるようなしぐさを見せた。「ぼくならむしろ悪魔がいいかな」

「そんな悩みとは無縁だからこそ言えるんだ」ハリーはつぶやいた。

「だが言っておくが、サー・ハリー」セバスチャンがなだめるように言った。「ぼくは無垢な相手をたぶらかすようなことだけはけっしてしないぞ」

ハリーはうなずきで同意を示した。見かけにそぐわず、セバスチャンは自分なりの倫理の基準を守って生きている。たとえ多くの人々が納得する基準ではないとしても、守っていることに変わりはない。だからもし純潔の女性を誘惑してしまったことがあったとしても、故意にではありえなかった。

「先週きみが誰かをぶちのめしたと聞いた」セバスチャンが言う。

ハリーは厭わしそうに首を振った。「もうすっかりよくなってるはずだ」

「そういうことを訊いてるんじゃない」

ハリーは完全に窓を背にしてセバスチャンと向きあった。「正確に言うなら、何も訊かれてはいないが」

「そうだな」セバスチャンはいかにも仕方ないといったように認めた。「どうしてそいつをこてんぱんにぶちのめしたんだ？」

「そんなんじゃない」ハリーはいらだたしげに言った。

「殴って気絶させたと聞いてる」

「あの男の自業自得だ」ハリーは憎々しげに首を振った。「泥酔していた。ぼくは顔面に一発食らわせただけだ。ぶっ倒れるのをせいぜい十分早めただけに過ぎない」

「挑みかかられたわけでもないのに殴るとはきみらしくもない」セバスチャンが静かに続けた。「たとえ相手が飲みすぎていたとしてもだ」

ハリーは顎をこわばらせた。けっして自慢できる出来事ではないが、ついでに言えば悔やむつもりもない。「あの男は他人に迷惑をかけていた」辛辣に言い捨てた。これ以上言うべきことはない。セバスチャンならもうじゅうぶん汲みとってくれているはずだ。

セバスチャンはもの思わしげにうなずいてから、深々と息を吐いた。それでこの話題は打ち切られたのだとハリーは読みとり、机に戻ろうと歩きだし、進みつつもさりげなく窓に目をくれた。

「いるのか？」セバスチャンが唐突に尋ねた。

ハリーはしらばくれはしなかった。「いや」椅子に腰を落とし、ロシア語の書類に視線を落ち着けた。

「いまもそこにいるのか？」

なぜか急に、やけに無駄なことをしているように思えてきた。「セバ――」

「いまも？」

「どうして来たんだ？」

セバスチャンは少しだけ姿勢を正した。「木曜のスマイス－スミス一族の音楽会に一緒に行ってほしい」

「どうして」

「行くと約束してしまったんだ。それで――」

「誰に約束したんだ？」

「誰でもいいじゃないか」

「同行させられるからには聞いておかねば」

セバスチャンがわずかに顔を赤らめ、このようにめったにない反応を引き出せたのがハリーにはいつもながら愉快だった。「ああ、言うとも、ニューベリー伯爵家のおばあ様だ。先週、強引に承諾させられた」

ハリーは唸った。ほかのご婦人からの依頼であれば相手が誰であれ、従兄弟なら逃れられたはずだ。だが祖母との約束となれば、守らざるをえない。

「それなら行ってくれるんだな？」セバスチャンが訊いた。

「ああ」ハリーはため息をついた。そういった催しはできるだけ避けたいところだが、せめても音楽会であればひと晩じゅう愛想よく会話を続ける必要はない。黙って席についていればいいし、たとえ退屈そうに見えたとしても、どのみちほかの人々も同じように感じているはずだ。

「助かった。では――」

「ちょっと待ってくれ」ハリーは従兄弟にいぶかしげな目を向けた。「どうしてぼくも行かなくてはいけないんだ？」というのも、セバスチャンはそもそも社交界の催しをけっして苦手とする男ではないからだ。

セバスチャンは気詰りそうに椅子の上で腰をずらした。「伯父も来るらしい」

「そんなことにいつから怯えるようになったんだ？」

「怯えちゃいない」セブは心底むっとした目で見返した。「だが、あのおばあ様なら伯父との仲を取り持とうとするに決まってるし――まあ、そんなことはどうだっていいじゃないか。来てくれるんだよな？」

「もちろんだ」ともかくそれだけは断言できた。セバスチャンに必要とされているのなら、行くしかない。

セバスチャンは椅子から立ち上がり、どんな理由であれ悩ましげだった表情は消え、いつもの屈託のない態度を取り戻した。「借りができたな」

「数えるのはもうやめたけどな」

セバスチャンは笑った。「せめてきみの代わりに、ちび助を起こしに行ってやろう。このぼくですら、こんな時間にまだベッドにいるのはどうかと思うからな」

「まかせるとも。エドワードがこの兄について唯一認めているのがきみとの仲だ」

「認めている？」

「うらやましがられている」ハリーは言い改めた。エドワードはあらゆる点で手本と崇めているセバスチャンと兄――弟からすればとんでもなく冴えない男らしい――が、こんなにも親しいのは信じがたいことだとたびたびこぼしていた。

セバスチャンがドアの前で足をとめた。「朝食はまだ残ってるかな？」

「さっさと消えてくれ」ハリーは言った。「それと、ドアは閉めていけよ」

セバスチャンは言われたとおり部屋をあとにしたが、愉快げな笑い声が屋敷じゅうに響きわたった。ハリーは手の指を曲げ伸ばしして、机の上に手つかずで置いたままのロシア語の書類に視線を戻した。この仕事を片づけなければならない期日まであと二日しかない。あの令嬢——レディ・オリヴィアか——が窓の向こうの部屋を去ってくれたことに感謝しよう。

ふとそう思いだして目を上げたが、もう窓辺にはいないものと決めてかかっていたので、いつもの用心深さを欠いた。

そのようなときにかぎって、令嬢はそこにいた。

しかも今回は、向こうも見られたことに気づいたのは間違いなかった。

2

オリヴィアは鼓動を激しく響かせて、床に手足をついてしゃがみ込んでいた。あの人に気づかれた。間違いない。こちらにさっと首をひねったときの目つきからあきらかに見てとれた。ああ、いったいなんて言いわけすればいいのだろう？　良家の子女は隣人を覗き見るなんてことはしない。噂話の種にして、上着の型や馬車の造りの良し悪しを品定めすることはあっても、何度でも言うけれど、窓から覗き見などしない。

たとえ隣人が殺人犯かもしれないとしても。

その可能性はオリヴィアにはやはりまだ信じがたかった。

とはいえ、サー・ハリー・ヴァレンタインにはきっと何か隠し事がある。この一週間の様子はふつうではなかった。どうであればふつうなのかを説明できるほど当の人物に詳しいはずもないのだけれど、オリヴィアには男性のきょうだいがふたりいて、書斎や執務室で殿方がどのように過ごしているかは知っていた。

たとえば、ほとんどの殿方は執務室や書斎に引きこもりはしない。少なくともサー・ハリーのように毎日十時間も閉じこもってはいない。それに殿方が執務室に向かうのはたいがい女性の親族から逃れるためで、サー・ハリーのように書類らしきものを深刻そうにじっと眺めて過ごすためではない。

オリヴィアはその書類に書かれていることを知るためなら、おそらくは歯の一、二本は失ってもかまわないくらい、何がなんでも突きとめたくてたまらなくなっていた。一日じゅう、それも毎日、サー・ハリーは机に張りついて、綴《と》じられていない紙の束を丹念に眺めている。書き写しているように見えるときもある。

でも、そんなことは理屈に合わなかった。サー・ハリーのような紳士なら、そうした仕事をする秘書を雇えるはずだ。

オリヴィアはいまだ速い鼓動を鎮められないまま、自分がおかれた状況を見きわめようとちらりと目を上げた。この体勢で確かめようとしたところで意味がない。窓は頭上にあるのだから、当然ながらまずは——

「いやいや、オリヴィア、動いてはだめだ」

オリヴィアは唸るようにため息を吐いた。双子のきょうだい——といっても正確には三分遅く生まれたのだから弟と呼んでもいいはずだと思うのだけれど——のウィンストンがドア口に立っていた。より詳しく言うなら、ドア枠にさりげなくもたれかかり、目下全力で目指している向こう見ずな魅力にあふれた紳士に見せかけようと努めていた。

文法からすればけっして正しい言い方でないのは認めるものの、そう表現するのがまさしくぴったりに思えた。ウィンストンの金色の髪はいかにもむぞうさに乱され、クラヴァットもさりげないふうに結ばれ、もちろんブーツは最新の流行の職人本人の手によるものだが、それなりに世慣れた人々の目にはきっとまだどことなく青臭さが見てとれるはずだ。良家の子女である友人たちの誰もがなぜこのウィンストンを前にすると見惚れて呆けたようになってしまうのか、オリヴィアには理解できなかった。

「ウィンストン」声を絞りだすように呼び、それ以上は何も伝える気になれなかった。

「そのまま」ウィンストンは片方の手のひらをこちらに向けてとどめた。「もうちょっと待て。この光景を記憶に焼きつけておきたい」

オリヴィアは不機嫌そうに唇を尖らせ、壁伝いにそろそろと這って窓から離れていった。

「もしや」ウィンストンが言う。「両足に水ぶくれでもできたか」

オリヴィアは聞き流した。

「メアリー・カドガンと新たな芝居を創作し、羊を演じることになったんだな」

こんなにも誰かにやり込められて当然の男性もほかにいないだろうが、残念ながらオリヴィアはそうすることのできる機会になかなか恵まれなかった。

「知っていれば」ウィンストンが続ける。「乗馬用の鞭を持ってきてやったものを」

オリヴィアはもう少しでその脚に嚙みつくところだった。「ウィンストン？」

「なんだ？」

「黙って」

ウィンストンが笑った。

「あなたを殺してしまいかねないわ」オリヴィアは言い放ち、立ち上がった。壁伝いに部屋を半周も進んだ。ここまで来ればもうサー・ハリーに見られる心配はない。

「羊の蹄《ひづめ》でか？」

「うるさいわね」オリヴィアはうんざりした口ぶりで言った。いつの間にかウィンストンがのんびりと部屋のなかに歩きだしていた。「窓へ行ってはだめ！」

ウィンストンはぴたりととまり、身をひねって振り返った。もの問いたげに眉を上げて。

「戻って」オリヴィアは指示した。「こっちに。ゆっくり、ゆっくり……」

ウィンストンが指示に反して前進するふりをした。

オリヴィアの心臓が跳ね上がった。「ウィンストン！」

「まじめな話、オリヴィア」ウィンストンは向きなおって両手を腰にあてた。「何してるんだ？」

オリヴィアは唾を飲み込んだ。何かしら答えざるをえない。間抜けにも床を這っている姿を見られてしまったのだから。ウィンストンは説明を待っている。これではいつもと立場が反対だ。

けれど必ずしも正直に答える必要はないはずだ。きっと何か納得させられる言い逃れ方がある。

なぜ、わたしが床を這っていて、しかも窓に近づいてはいけない理由とは――

ない。何も思いつかない。

に。

ウィンストンが窓のほうを向いた。ゆっくりと、頭の傾け具合で皮肉っぽさが伝わるよう

「お隣りのことで」この期に及んで真実を打ち明けるほかに選択肢はなかった。

ベヴルストーク一族が得意とするしぐさであるのは認めざるをえない。

「お隣り」ウィンストンは繰り返した。「そんなのいたか？」

「サー・ハリー・ヴァレンタイン。あなたがグロスターシャーに出かけているあいだに隣家を借りたのよ」

ウィンストンはゆっくりとうなずいた。「それで、彼がメイフェアにやって来たことと、床に這いつくばらなければいけないことが……どうして……繫がるのかな」

「あの方を見てたの」

「サー・ハリーを」

「そう」

「ひざまずいて」

「そんなわけないでしょう。あの方がこちらを見たから――」

「つまりいま頃、彼に頭のおかしい女だと思われていると」

「ええ。ではなくて、そんなの知らないわ」オリヴィアはむっとして息を吐いた。「どう思われているかなんてわかるはずないでしょう」

ウィンストンは片方の眉を吊り上げた。「とはいえ相手の紳士は寝室にいて――」

「あちらは執務室よ」オリヴィアは憤然と言葉を差し入れた。

「なんでまた覗き見ようなどと……」

「だってアンとメアリーが言うには――」サー・ハリーを覗き見ていた理由を明かせばよけいに呆れられてしまうのはわかりきっているので言葉に詰まった。

「なあ、頼むから、いまさら黙らないでくれ」ウィンストンは皮肉っぽく懇願した。「アンとメアリーが話していたことなら、ぼくもぜひとも知りたい」

オリヴィアは口をすぼめ、よそよそしく顔をしかめた。「わかったわ。でもここだけの話にして」

「どんな話であれ、ここだけにとどめるよう努力しよう」ウィンストンは気楽な調子で返した。

「ウィンストン」

「ひと言も洩らさないとも」ウィンストンは降伏を伝えるように両手を上げた。

オリヴィアはそっけなく了承のうなずきを返した。「なにしろ事実ですらないんだもの」

「情報源からして、そんなことは先刻承知だ」

「ウィン――」

「だってそうだろう、オリヴィア。きみだってまさかあのふたりの話を鵜呑みにはしないだろう」

そのように言われては友人たちを擁護せずにはいられなかった。「そんなに悪い人たちではないわ」

「もちろんだ」ウィンストンは同意した。「ただ、真実か作り話なのかを見きわめる能力がいくらか足りないだけのことで」

そのとおりだとしても、やはりふたりは友人で、ウィンストンは癪にさわるきょうだいなのだから、必ずしも認めなければいけないとはかぎらない。そこでオリヴィアはいまの発言は聞かなかったことにして続けた。「本気で言ってるのよ、ウィンストン。これから話すことは秘密にしてもらわなくては困るわ」

「約束する」ウィンストンはすでにもう飽きあきしているといった口ぶりだ。

「わたしがこれからこの部屋で口にすることは……」

「この部屋のなかだけにとどめる」ウィンストンがあとの言葉を補った。「オリヴィア……」

「わかったわよ。アンとメアリーは、サー・ハリーが婚約者を殺したと聞いたそうなの――待って、口を挟まないで、わたしはいずれにしても信じてはいないわ――だけど、つまり、こう思ったのよ、そんな噂がいったいどこから流れてきたのかと」

「アン・バクストンとメアリー・カドガンからだろう」ウィンストンが答えた。

「あのふたりは噂を流しはしないわ」オリヴィアは否定した。「聞いたことをまた伝えるだけで」

「重要な違いだな」

オリヴィアも同じように思っていたが、きょうだいにあえて賛同しなくてはいけない時でも場でもない。「サー・ハリーがかっとなりやすい人なのはわかってるわ」

「わかってる？　どうして？」

「ジュリアン・プレンティスのことは聞いてない？」

「ああ、あれか」ウィンストンはぐるりと瞳を動かした。

「どういうこと？」

「手を出したうちにも入らない。ジュリアンは風に倒されてもおかしくないほどの状態だったんだ」

「でも、サー・ハリーは殴ったのよね」

ウィンストンは片手を振った。「どうだろうな」

「なぜ？」

ウィンストンは肩をすくめ、それから腕組みをした。「じつのところ、誰も知らないんだ。いずれにしろ誰もそんなことは言ってない。とはいえ待てよ――そのことが、どう関係しているというんだ？」

「興味があったのよ」オリヴィアは正直に答えた。ばかげているようにしか聞こえないかもしれないが、事実だ。それにこの午後はもうすでにこれ以上には考えられないほど恥ずかしい思いをさせられている。

「どういった興味だ？」

「あの方へのよ」オリヴィアは窓のほうに頭を傾けて示した。「どのような容姿の方なのかも知らなかったの。ええ、たしかに」ウィンストンの唇の動きから言葉を差し入れようとしたのを見てとり、あてつけがましく機先を制した。「容姿と、人を殺したかどうかはまったく関係のないことなのはわかってるけど、確かめずにはいられなかったのよ。お隣りに住んでらっしゃるんだもの」

ウィンストンはまた腕組みをした。「うちにこっそり忍び込まれて、喉を切り裂かれでもしないかと心配してるのか？」

「ウィンストン！」

「ごめん、オリヴィア」ウィンストンが声を立てて笑った。「でも、そんなことをしたってなんの意味もないのはきみもわかって――」

「そうでもなかったのよ」オリヴィアは熱っぽく遮った。「最初はたしかにそうだった。それは認めるわ。でもずっと見ていたら――信じて、ウィンストン、あの人にはとてもおかしな点があるの」

「ちょっと覗いたくらいでいったい何がわかると――」ウィンストンは眉をひそめた。「どのくらい覗き見てたんだ？」

「五日」

「五日間も？」ウィンストンの退屈そうな上流紳士らしい表情が、呆れ返ってぽんやりと口をあけた顔に変わった。「どうしたんだ、オリヴィア、きみにだってもっとましな時間の使い方はあるだろう？」

オリヴィアはばつの悪い気持ちが顔に出ないようつくろった。「どうかしら」

「それで向こうには気づかれなかったのか？　そんなに長いあいだ見ていて」

「ええ」オリヴィアは嘘をついた。それもいたってなめらかに。「気をつけてるもの。だからこそ這いつくばって窓から離れたんじゃない」

ウィンストンは窓を見やった。それからまたゆっくりと、疑念をありありと浮かべた顔をオリヴィアのほうに戻した。「なるほど。それで、新たな隣人について何がわかったんだ？」

じつは発見したことを話したくてうずうずしている自分の気持ちにオリヴィアはとまどいつつ、背後の壁に付けられた椅子に腰かけた。「まあ、だいたいのところはごくふつうに見えるんだけど」

「びっくりだ」

オリヴィアはむっとした。「聞きたいの、聞きたくないの？　そんなふうに茶化しつづけるつもりなら、話さないわ」

ウィンストンは皮肉たっぷりに手をひらりと返して、続けるよう伝えた。

「尋常ではないくらい長い時間、机に向かってるのよ」

ウィンストンはうなずいた。「いかにも殺人犯らしい行動だ」

「あなたが最後に机に向かったのはいつだったかしら？」オリヴィアは鋭く訊き返した。

「ごもっとも」

「しかも」オリヴィアはことさら語気を強めて続けた。「変装してるみたいなの」

ウィンストンが興味を示した。「変装？」

「ええ。眼鏡をかけているときとかけていないときがあるわ。それに二度も奇妙な帽子をかぶってた。部屋のなかなのに」

「聞いているのがばからしくなってきた」ウィンストンがぼやいた。

「部屋のなかで帽子をかぶる人なんている？」

「きみがどうかしてるんだ。そうとしか説明がつかない」

「そのうえ、黒い服しか着ないの」オリヴィアは今週の初めにアンが言ったことをつと思い起こした。「もしくは、紺青色しか。不審な点というわけではないんだけど」事実なのでそう言い添えた。ほかの人から同じことを聞かされればたぶん自分もそんな話をするのはどうかしているからではないかと思っていただろう。率直に言ってしまうなら、まったく意味のない、危険な詮索行為以外の何物でもない。

ため息が出た。「ばかげたことに思われてしまうのはわかってるけど、ほんとうに、あの方にはどうしても腑に落ちないところがあるのよ」

ウィンストンは何秒か黙って見つめてから、ようやく口を開いた。「オリヴィア、時間を持て余してるんじゃないか。それにしたって……」

わざと言葉を濁されたのは知りながら、オリヴィアは餌に食いつかずにはいられなかった。

「それにしたって、なんなの？」奥歯を嚙みしめて訊いた。

「つまり、きみらしくもない粘り強い行動だと言わざるをえない」

「だからどうだというの？」オリヴィアは問いつめた。

ウィンストンはきょうだい同士でしか許されない呆れ返った目を向けた。「ふだんは物事を最後までやり通すといった評判を得ているわけでないのは自分でもわかっているはずだ」

「そんなことないわ！」

ウィンストンはみたび腕組みをした。「組み立てていたセント・ポール大聖堂の模型はどうなった？」

オリヴィアはぼんやりと口をあけた。あんなものを例に挙げて責められるとは信じられない。「犬に壊されたのよ！」

「おばあ様に毎週手紙を書くと約束したのは憶えてるよな？」

「そのことについては、あなたのほうが怠けてるじゃない」

「ああ、だがぼくはそもそもそのように勤勉に励むとは約束していない。油絵やヴァイオリンについてもだ」

オリヴィアは両脇に垂らした手を丸めた。たしかに油絵はレッスンを六回受けただけだし、ヴァイオリンは一回きりで終わった。どちらも悲惨な出来だったからだ。才能のないことをいつまでもしつこく練習しつづけてどうなるというのだろう？

「いまはサー・ハリーの話をしてるのよ」オリヴィアは歯の隙間から吐きだすように言った。

ウィンストンが軽く笑った。「そうだったな」

オリヴィアは黙って見返した。強い眼差しで。ウィンストンはまたもあの表情を浮かべている――どことなく見くだしたような、とにかく癪にさわる顔つきだ。双子のきょうだいをちくちくいらだたせることをなにより楽しんでいる。

「そういうことなら」突如としてウィンストンが熱意を見せて言った。「サー・ハリー・ヴァレンタインのどこが腑に落ちないのか説明してくれ」

オリヴィアはしばし間をおいてから、話しだした。「紙を丸めて暖炉に投げ込むのを二度見たわ」

「二度くらいなら、ぼくもまったく同じことをしている」ウィンストンは言った。「紙を捨てたからといって、何がどうおかしいというんだ？　オリヴィア、きみは――」

「捨て方が問題なのよ」

ウィンストンは言い返そうとしたようだが、言葉が見つからないらしい。

「投げつけてたの」オリヴィアは言った。「投げつけてたのよ！　ものすごい勢いで」

ウィンストンは首を振りはじめた。

「それから背後を振り返って――」

「ほんとうに五日間も見てたのか」

「口を挟まないで」ぴしゃりと忠告し、あとは一気呵成に言葉を継いだ。「廊下を歩いてくる足音に耳を澄ましてるみたいに後ろを見てたの」

「わかったぞ。つまり誰かが廊下を歩いてきたんだな」

「そうなのよ！」オリヴィアは甲走った声をあげた。「そうしたらまさしく、執事が入ってきたの。というか、わたしは執事だと思ったんだけど。いずれにしても、そんな感じの人だったわ」

ウィンストンはじっと見つめた。「それで、べつのときは？」

「べつのとき？」

「もう一度、紙を燃やしたときだ」

「ああ」オリヴィアは言った。「そのことね。そのときはとりたてて変わったところはなかったわ」

ウィンストンはまじまじと見つめてから、また口を開いた。「オリヴィア、覗き見はもうやめたほうがいい」

「でも――」

ウィンストンが片手を上げて遮った。「きみがサー・ハリーのことをどのように思っていようと、はっきり言って、きみが間違っている」

「お金を巾着袋に入れているところも見たわ」

「オリヴィア、ぼくはサー・ハリー・ヴァレンタインのことを知ってる。これ以上にはないくらい、まともだ」

「知ってるの？」それなのに、見物《けんぶつ》気分で喋らせていたわけ？　このままでは済ませられないとオリヴィアは密かに胸に誓った。

オリヴィア・ベヴルストークによる、双子のきょうだい、ウィンストンの息の根をとめる方法、第十六案――


だけど、そんなことを考える意味がほんとうにあるのだろうか？　これまでにも生体解剖や猪までも用いる案を十五も考えてきて、どれひとつ実現させる目途は立っていない。

「いや、正確には直接知ってるわけではない」ウィンストンは説明した。「でも、弟のエドワードとは知りあいだ。大学で一緒だった。だからサー・ハリーのことも知ってる。紙を燃やしていたのなら、机の片づけをしていただけのことだろう」

「それなら、あの帽子は？」オリヴィアは強い口調で訊いた。「ウィンストン、羽根が付いていたのよ」両腕を振り上げ、ぶんとまわして、帽子の趣味の悪さを表現しようとした。

「羽根飾りが！」

「それについては、ぼくにも説明のしようがない」ウィンストンは肩をすくめ、それからにやりと笑った。「ぜひ、この目で見てみたいものだが」

オリヴィアはきつく睨んだ。これでもできるかぎり子供じみた態度は慎んだつもりだ。

「しかも第一」ウィンストンは腕組みをしたまま続けた。「婚約者はいない」

「ええ、いまはそうでしょうけど――」

「婚約したことはないはずだ」

それならオリヴィアの推測どおり、ただの噂に過ぎなかったことが裏づけられたわけだが、ウィンストンに教えられたのがまた癪だった。ウィンストンはあの紳士の直接の友人ではないのだから、ほんとうに裏づけられたとすればだけれど。

「まあ、いずれにしろ」ウィンストンはわざとなおさら軽い調子で言った。「母上も父上もまだ、このような詮索行為を続けていたことに気づいてはいないわけだよな」

なんてもったいをつけた言いまわしだろう。「他言しないと言ったわよね」オリヴィアは咎める口ぶりで念を押した。

「ぼくはメアリー・カドガンとアン・バクストンから聞いた噂話については他言しないと言ったんだ。きみのいかれた言動については何も約束した憶えはない」

「何が望みなの、ウィンストン？」オリヴィアは奥歯を噛みしめて訊いた。

ウィンストンはまっすぐ目を見据えた。「木曜にぼくは身体の具合が悪くなる。くれぐれもよけいなことは言わないでくれ」

オリヴィアは社交界の催しの予定を頭のなかでたどった。木曜日……木曜日……スマイス－スミス一族の音楽会が開かれる日だ。「いいえ、そういうわけにはいかないわ！」非難の声をあげ、近づいていった。

ウィンストンは顔を扇ぐように手を振った。「仕方ないだろ、ぼくの傷つきやすい耳が……」

オリヴィアは適切な反論の言葉を探し、腹立たしくも断念して言いよどんだ。「だけど――そんな――」

「ぼくがきみなら、脅すような真似は控える」

「わたしが行かなくてはいけないのなら、あなたにも行ってもらわないと」

ウィンストンは気の毒がるような笑みを浮かべた。「どうやら残念ながら、そんな理屈が必ずしも通る世の中ではないらしい」

「ウィンストン！」

ウィンストンはなおも笑いながら部屋の外へ逃げ去った。

オリヴィアは少しのあいだその場でいらだちを煮え立たせたが、どのみちたとえひとりでもスマイス-スミス一族の音楽会には出席するのだからと思い直した。ウィンストンを同行させたかった理由は苦しむ顔を見たかっただけのことなので、その目的を達成する方法なら間違いなくほかにもある。それにあのウィンストンが演奏をじっと坐って聴かざるをえないとなれば、そのあいだじゅう双子のきょうだいを悩ますことに楽しみを見出そうとするに決まっている。一昨年、オリヴィアはウィンストンにドレスの右の脇腹辺りに穴をあけられ、だから昨年は……。

簡潔に言うなら、昨年はウィンストンが狂おしい恋に落ちたと信じ込んだオリヴィアの友人三名の協力により、腐った卵を用いた報復が行なわれたわけだが、それくらいでおあいこになったとはオリヴィアはまだ納得していなかった。

それに考えてみれば今回はウィンストンが来ないでくれたほうがむしろ都合がいい。なにしろいまは双子のきょうだいのことなどよりはるかに心煩わされる気がかりをかかえている。

オリヴィアは眉をひそめ、寝室の窓に注意を戻した。もちろん、窓は閉められている。きょうは新鮮な空気を取り入れたくなるほどの好天ではない。けれどカーテンはきっちりまとめられ、磨きあげられた窓ガラスは嘲笑いながら手招きしているようにも見えた。窓から離れたこの位置からでは、隣家の煉瓦の外壁と、おそらくは執務室とはべつの部屋の窓ガラスがほんの少し見える程度だ。でもたとえば少し腰をずらして、さらに陽射しの反射を避けられれば、どうなのだろう。

オリヴィアは目を狭めて凝らした。

椅子をわずかに右側にずらし、陽射しの反射をかわそうとした。

首を伸ばす。

ついには事の良し悪しを考えるより先にまたも床にしゃがみ、左足で寝室のドアを蹴って閉めた。ふたたび両手足を床についた姿をウィンストンに目撃されることだけは避けたかった。

いったい自分は何をしようとしているのかと思いながらも、オリヴィアはゆっくりと慎重に進んだ――これでほんとうに窓辺にたどり着けたら、転んだことにでもして立ち上がるつもり？

ええ、それなら理屈は合うでしょう。

けれどそのとき、ふと気づいた――向こうからすれば、なぜいままで転んだままでいたのかをふしぎがられるはずだとオリヴィアはいまさらながらに考えて、慌てた。先ほどは見ていたことに気づかれて――この点は間違いない――床にしゃがんだのだから。しゃがんだのだ。背を返すのでも歩き去るのでもなく、窓の下に消えた。石ころも同然に。

隣家の女性の身に何かあったのではないかと、あの人が窓を見ていたらどうするの？　ひょっとして病気で倒れたのかもしれないとでも思われかねないでしょう？　心配して家を訪ねてくるなんてこともありうるの？

　鼓動が速まった。そんなことになれば、とてつもなく恥ずかしい思いをすることになる。一週間はウィンストンに笑われつづけるだろう。

　いいえ、まさか病気で倒れたとは思われないとオリヴィアは自分に言い聞かせた。でも、つまずいたくらいならいかにもありうることでしょう。それなら不自然ではない。そうだとすれば立ち上がって、なんの問題もなく元気に部屋のなかを歩きまわっている姿を見せれば済むことだ。

　それに彼がこちらを見たことに気づいたのを気づかれているとしたら、手を振るくらいはしてもかまわないかもしれない。

　オリヴィアはいったん動きをとめ、いま考えたことを反芻《はんすう》した。つまり、お互いが気づいたことは合わせていくつになるのだろう？

　そんなことよりも重要なのは、窓辺に立っていて気づかれてしまったのはこれがはじめてだということだ。この五日間、見られつづけていたとは、サー・ハリーは知る由もない。その点については自信があった。第一、サー・ハリーがそのような疑念を抱く理由があるとも思えない。なんといってもここはロンドンで、イングランドで最も人口の多い街だ。人々はしじゅう窓の外を眺めている。たまたま顔を合わせただけなのに必要以上に慌てふためいたり、そしらぬふりをしたりするほうがかえってあやしまれるだろう。

手を振らなくてはいけない。笑顔で、あら、なんて奇遇なのかしらとでも言うように手を振らなければ。

それならできる。時どき、自分の人生とは、笑顔で手を振って、なんてすてきなことばかりなのかしらと思っているふりをすることではないかと考えてしまうくらいなのだから。社交の場にふさわしい振る舞いは心得ているし、社交の場ではないとしても――たとえめったに訪れない場面であれ――いまこそ、そのような振る舞いが必要な時ではないの？

オリヴィア・ベヴルストークの腕の見せどころだ。

オリヴィアはサー・ハリーに見られずに立てるよう、部屋の片端に這っていった。そこで立ち上がると、何事もなかったかのように、目の前の何かに気を取られているふりで、なにげなく窓に近寄りながら外壁と平行に歩を進めた。寝室で何かするときにはそのようにするはずだからだ。

そうして頃合いを計って、小鳥のさえずりか栗鼠《りす》の鳴き声でも耳にしたようにちらりと視線をずらし、そのようなときに人が往々にしてそうするように、たまたまといったふうに窓の外へ目をやり、隣人を目にして、視線が合い、ほんのわずかに笑みを浮かべる。その目にかすかに驚きの光を灯しつつ、手を振るだろう。

オリヴィアはそのとおり成し遂げた。完璧に。べつの相手に。
というわけで、いま頃はサー・ハリーの執事に完全に頭のおかしい令嬢だと思われている
に違いなかった。

3

モーツァルト、モーツァルト、バッハ（父親の大バッハのほう）、またモーツァルト。

オリヴィアは毎年恒例のスマイス－スミス一族の音楽会の演目表を見おろしていた。ぼんやりと指でもてあそんでいるうちに紙の端が柔らかくすり切れてきた。チェロ奏者がひとり新たな令嬢に入れ替わったようだけれど、それ以外は昨年と何ひとつ変わっていない気がする。ふしぎだ。オリヴィアは唇の内側を噛んで考えた。スマイス－スミス一族にはこの音楽会で演奏する順番を待つ令嬢たちがいったいどれだけいるのだろう？　フィロミーナが姉から聞いたという話によれば、スマイス－スミス一族は一八〇七年から毎年、弦楽四重奏を披露しているそうだ。しかも演奏する娘たちは二十歳前後で次々に入れ替わっている。いつでも新たに加入する娘が待機しているのに違いない。

気の毒なことだ。望むと望まざるにかかわらず、みな音楽会で演奏を披露させられているのだろうとオリヴィアは慮った。つまりチェロ奏者もけっして途絶えることはないのだろうし、今年も演奏するヴァイオリン奏者のふたりにしても、傍目には楽器を持ち上げる力すらあるように見えない令嬢たちだ。

レディ・オリヴィア・ベヴルストークにもし音楽の才があったなら、弾いてみたい楽器とは——
フルート
ピッコロ
チューバ

ありきたりではないものを選ぶほうが時として功を奏する。チューバなら武器にもなるし。あきらかに避けるべきは、いまそこに見える弦楽器だ。たとえスマイス-スミス一族の令嬢たちよりは——この音楽会はあらゆる好ましくない理由により名を馳せている——うまく弾けたとしても、息も絶えだえの乳牛のような音を奏でるのが精いっぱいだろう。

ヴァイオリンは一度試したことがある。すぐさま母に家から楽器を取り除かれてしまった。考えてみれば、これまでに歌うよう勧められた憶えもほとんどない。

でもきっと、何かほかの才には恵まれている。水彩画はわりあい上手に描けるし、会話で言葉に詰まることはめったにない。それにたとえ音楽の才がなくとも、自分の場合には一年に一度舞台に上がって不用心な人々の耳を痛めつけなくてはいけないわけでもない。

いいえ、不用心とまでは言えないのかもしれない。オリヴィアはその部屋にいる人々を見まわした。ほとんどが顔見知りで、つまりはこれから起こりうることをじゅうぶん承知している人々ばかりだ。スマイス-スミス一族の音楽会はいわばひとつの通過儀礼となっている。なぜ出席しなければいけないのかというと……。

いまさらながら、的を射た質問だ。答えはとうてい見出せそうにはないけれど。

オリヴィアはすでに三度は目を通した演目表にまたも視線を落とした。クリーム色の紙なので、いまにも黄色のシルクのスカートに溶け込んでしまいそうに見える。ほんとうは新しい青色のビロードのドレスを着たかったのだが、明るい色のほうが役立つように思えてこちらを選んだ。明るい色のほうが気がまぎれるのではないかと。でも黄色だからといって気がまぎれるわけではないのだと、オリヴィアは眉をひそめて自分のドレスを眺めおろした。それにいまとなってはこのレースの縁どりも、たいして好みの形ではないような気もして——

「いらしてるわ」

演目表から目を上げた。目の前にメアリー・カドガンが立っていて——いいえ、すでにもう友人は母のために取っておいた隣りの席に腰かけていた。

オリヴィアは誰のことなのかを尋ねようとしたものの、ちょうどそのときスマイス-スミス一族の令嬢たちが楽器の音合わせを始めた。

思わず身をすくめ、たじろいで、果ては急ごしらえの舞台にうっかり目を向け、そのぞっとする音の根源と思われるところを見てしまうという過ちを犯した。どこが音源であるかは定かでなくとも、ヴァイオリン奏者の痛々しい表情だけですら、目をそらさずにはいられなかった。

「聞いてるの？」メアリーがせかすように訊き、脇を突いた。「あの方がいらしてるわ。あなたの隣人」オリヴィアがぼんやりと見返すと、友人はほとんど叱りつけるように続けた。

「サー・ハリー・ヴァレンタインよ！」

「ここに？」オリヴィアはすばやく身をひねった。

「見てはだめ！」

そう言われてまた正面を向いた。「どうしてここにいらしてるの？」ささやき声で訊いた。

メアリーは見るからに着心地がよくなさそうな藤色のモスリンのドレスに落ち着きなく触れている。「知らないわ。招待されたのでしょうね」

そうに違いなかった。まともに分別の働く人々が、呼ばれもしないのに年に一度のスマイス-スミス一族の音楽会に出席するはずもない。できるかぎり控えめに言っても、感覚器官を破壊されかねない催しだ。

少なくとも感覚器官の一部は。耳が遠い人ほど心安らかに過ごせるのだろう。

サー・ハリー・ヴァレンタインはいったい何をしにここに来たの？　オリヴィアはこの三日間カーテンを閉めきって、ルドランド邸の南側の窓には極力近づかないようにしていた。それなのに、外出しないはずのサー・ハリー・ヴァレンタインを家の外で目にすることになるとは想像もしていなかった。

そもそもペンとインクと紙とともにほとんどの時間を過ごしている人物なら、めずらしく外出するにしても、スマイス-スミス一族の音楽会よりふさわしい行先を考えられる知性はじゅうぶん備わっているはずでしょう。

「前にもこのような催しに出席なさってるの？」オリヴィアは前を向いたまま、なるべく口を開かぬようにして尋ねた。

「そんなことはないと思うわ」メアリーも前を向いたまま、ささやき声で返した。肩が触れ合いそうなほどオリヴィアのほうにさりげなく身を傾けた。「ロンドンにいらしてから、舞踏会には二度出席なさってるけど」

「〈オールマックス社交場〉には？」

「一度も」

「先月みなさんが行かれた、公園での競馬には？」

目を向けずともメアリーが首を振ったのが感じとれた。「いらしてないと思うわ。確かではないけど。わたしは行かせてもらえなかったから」

「わたしもよ」オリヴィアは低い声で返した。当然ながらウィンストンから様子はひと通り聞いたものの、これまた当然ながら、満足のいく詳しい説明は聞けなかった。

「だいたいいつもミスター・グレイと一緒なの」メアリーが言う。

オリヴィアは驚いて顎を引いた。「あのセバスチャン・グレイ？」

「親族なのよ。従兄弟だとか」

ついにオリヴィアは会話をしていないふりはきっぱりあきらめ、メアリーに顔を向けた。

「サー・ハリー・ヴァレンタインが、セバスチャン・グレイの従兄弟なの？」

メアリーは小さく肩をすくめて返した。「そう聞いてるけど」

「確かなの？」

「どうしてそんなに驚くの？」

オリヴィアはぴたりと口をつぐんだ。「どうしてかしら」だがやはり驚くべきことだった。セバスチャン・グレイのことなら知っている。誰もがそうだ。だからこそ、オリヴィアが知るかぎり、食べるときと寝るときと、ジュリアン・プレンティスを殴って気絶させたとき以外、執務室を出ていないサー・ハリーとは妙な組み合わせとしか思えなかった。

ジュリアン・プレンティス！ そういえば彼とサー・ハリーとの一件の噂についてはすっかり忘れていた。オリヴィアは背筋を伸ばし、身に沁みついたしとやかさを保ちつつ部屋のなかを見まわした。

けれど当然のごとくメアリーにはすぐに気づかれた。「どなたを探してるの？」ささやき声で言う。

「ジュリアン・プレンティス」

メアリーは愉快げに驚いて息を呑んだ。「いらしてるのかしら？」

「どうかしら。でもウィンストンによれば、わたしたちが想像していたような恐ろしい出来事ではなかったと言うの。ジュリアンはサー・ハリーに殴られなくても倒れそうなくらい酔っていたんですって」

「だけど、目に痣をこしらえたのよね」メアリーはいつもながら細かな点も忘れずに指摘した。

「それを言うなら、殴られて出来たものとはかぎらないでしょう」

メアリーはしばし押し黙り、話を変える頃合いと判断したらしい。ちらちら周りを窺ってから、硬くそり返ったレースの縁どりが肌に当たっている鎖骨の辺りをそっと掻いた。「それで、あなたのごきょうだいはいらしてないの？」

「来てないわよ、残念ながら」オリヴィアは瞳をぐるりとまわしこそしなかったものの、そうしたいくらいの気持ちだった。ウィンストンはいかにも鼻風邪にかかったかのような真に迫った演技によりベッドで毛布にくるまっている。母はたやすく騙され、一時間おきに様子を確かめて症状がひどくなったら知らせをよこすようにと執事に指示した。

けれどおかげで、今夜もひとつは愉快なことを見出せた。信頼できる筋から、今夜遅くに紳士のクラブ〈ホワイツ〉で集まりがあるとの情報を得たのだ。そうだとすればつまり、その集まりにウィンストン・ベヴルストークが参加できる望みは潰えた。

ひょっとしたら、それこそがまさに母の狙いなのかもしれない。

「ほんとうに」オリヴィアはつぶやいた。「歳を重ねるごとに、母への感嘆の念が深くなるわ」

メアリーが、どうかしてしまったのとでも言いたげな目を向けた。「なんの話？」

「なんでもないわ」オリヴィアは小さく手を振った。説明するのはとてもむずかしい。人探しをしているとは気づかれないよう、さりげなく首を伸ばした。「見当たらないわね」

「どなたのこと？」メアリーが訊いた。

オリヴィアは思わず友人をぶちそうになってこらえた。「サー・ハリーよ」

「あら、いらしてるわ」メアリーが自信たっぷりに言う。「見たんですもの」

「でも、いないのよ」

ほんの少し前にはうかつに後ろに身をひねったオリヴィアをたしなめたはずのメアリーが、驚くほどの柔軟性を発揮してほぼ真後ろを振り返った。「そうねえ」

オリヴィアは待った。

「見当たらないわ」ようやくメアリーが認めた。

「見間違えたということはない？」オリヴィアは期待を込めて尋ねた。

メアリーがいらだたしげな目を向けた。「ありえないわ。きっと庭園に出られたのよ」

オリヴィアは庭園のほうへ顔を向けたが、音楽会が開かれているこの広間からは見通せるはずもなかった。人の習性なのだろう。居場所を知れば、たとえ見えないのはわかっていても、そちらを向かずにはいられない。

もちろんまだサー・ハリーが庭園にいると決まったわけではない。ほんとうに音楽会に来ているのかすら確かとは言えない。メアリーがそう主張しているだけのことだ。友人はパーティの出席者といったことにかけてはきわめて目端が利くとはいえ、本人も認めているとおり、これまでサー・ハリーを目にしたのはほんの二、三度だ。見間違えたとしてもふしぎはない。

オリヴィアはそう考えることにした。

「いい物を持ってきたの」メアリーが上質な手提げ袋を探った。

「まあ、すてきね」オリヴィアは友人の手提げ袋のビーズ飾りを眺めた。

「これのこと？　母がバースで買ってきてくれたのよ。あ、あったわ」メアリーは小さな綿の房をふたつ取りだし「耳に詰めるのよ」と説明した。

オリヴィアは感心して唇を開いた。それにうらやましさも感じながら。「あとふたつ、よけいに持ってきてはいないわよね？」

「ごめんなさい」メアリーは小さく肩をすくめた。「手提げ袋がとても小さいから」前を向く。「そろそろ始まりそうだわ」

スマイス－スミス一族の母親のひとりが招待客に席につくよう丁寧に呼びかけた。オリヴィアの母は娘を見やり、自分の席にメアリーが坐っているのを知って小さく手を振り、メアリーの母親の隣りに腰を落ち着けた。

オリヴィアは深呼吸をして、これで三度目となるスマイス－スミス一族の弦楽四重奏との対峙に備えた。昨年で乗りきる術は完璧に習得した。深く呼吸をして、目をそむけずに済むよう令嬢たちの後ろの壁の一点を見つめ、どんな旅をしてみたいかを、いかに倹しく平凡な計画であれ想像をめぐらせる。


一八二一年のいま、レディ・オリヴィア・ベヴルストークが旅に出るとしたら、してみたいこととは――

フランスへ。

ミランダと。

フランスへミランダと行く。

ベッドに坐って、チョコレートを飲みながら新聞を読む。

どこであれ、チョコレートを飲みながら新聞を読む。

どこであれ、チョコートを飲むか、新聞を読む。


隣りにちらりと目をくれると、メアリーはいまにも眠りかけていた。耳から綿の房が少し飛びだしていて、オリヴィアはその耳栓を引っこ抜いてやりたくてたまらなかった。

そこに坐っているのがウィンストンかミランダだったなら、ほんとうにそうしていただろう。

バロック時代風ということしか定かでない、バッハの曲らしき旋律は……いいえ、正しくは音楽とも呼べないものなのだけれど、おそらくは楽譜に応じて音が高くなったり低くなったりしていた。なんと呼ぶべきものであるにしろ、殴られたように耳に響いて、オリヴィアはぴんと頭を起こして前を向いた。

一点を見つめるのよ、一点を。

たとえばそう、

水のなかに漂っているつもりで。

馬に乗っているつもりで。
馬に乗って水のなかには入れない。
寝ているつもりで。
氷を食べているように。

最後のひとつは〝場所〟ではないわよね？　それを言うなら〝寝ている〟も行動に近いのかもしれないけれど、寝るのがベッドだとすれば、そこは場所だ。だけどもっと厳密に言うなら、坐ったままでも寝ることは可能だ。オリヴィアには経験がないものの、父は居間で、母が〝家族の時間〟と定めたひと時にたびたび居眠りをしている。それにメアリーもこのような騒音のなかでさえ同じようなことができているらしい。

裏切り者。自分なら綿の房を一組しか持ってこないなんてことはありえないのに。

一点を見つめるのよ、オリヴィア。

ため息を――誰にも聞こえない程度にだが少しだけ音を立てて――つき、また深い呼吸を心がけた。みじめそうな顔をしたヴィオラ奏者の後ろにある壁付き燭台を見つめた――いいえ、みじめそうな顔だなんて……。

でも現に幸せそうには見えない。この令嬢は自分たちの四重奏がどれほどひどいものなのかがわかっているということ？　ほかの三人の表情にはそのように感じているふしはまったく読みとれない。だけどヴィオラ奏者は、この令嬢だけは違っていて……。

オリヴィアはうっかり音に耳を傾けかけた。

だめよ！　やめなさい！　脳が抵抗の叫びをあげ、オリヴィアはまた無理やり深呼吸を始めて……。

そうするうちにいつしか演奏は終わり、舞台上で四人の令嬢たちが立ち上がり、なんとも愛らしく膝を曲げて挨拶した。オリヴィアはつい慌ただしく瞬きを繰り返した。ずいぶんと長いあいだ一点を見つめていたので、瞳が元どおり動くのか不安だった。「眠ってたでしょう」メアリーにささやき、裏切り者を見るような目を向けた。

「そんなことないわ」

「いいえ、そうだった」

「でも、いずれにしろ、これは役立ったわ」メアリーは耳から綿の詰め物を取りだした。「ほとんど聴こえなかったもの。どこに行くの？」

オリヴィアはすでに座列のあいだの通路を進みはじめていた。「化粧室に。そうしないともう……」そこまで言えばじゅうぶんだと打ち切った。サー・ハリー・ヴァレンタインがこの部屋のどこかにいる可能性を忘れてはいなかったので、急いで立ち去れるならそれに越したことはないと気が逸《はや》っていた。

臆病なわけではない――けっして。あの紳士を避けようとしているのではなく、いきなり顔を合わせて驚かされるといった事態は避けたいだけのことだ。

心の準備を整える。これまでの自分の習慣にはなかったこととはいえ、いまこそ取り入れるべき箴言《しんげん》だ。

　母に褒めてもらえるのではないだろうか。いつももっと進歩するようにと言われている。いいえ、それでは言葉の用法として正しくない。母は実際にはなんて言っていただろう？　そんなことを考えている場合ではなかった。もうドアの近くまで来ていた。あとはサー・ロバート・ストートの脇をすり抜ければ――

「レディ・オリヴィア」

　振り返った。とたんに胸の奥が差し込んだ。それから、サー・ハリー・ヴァレンタインが執務室のなかに見えていたときよりじつははるかに長身だったのだと気づかされた。

「失礼ですが」演技には昔から自信があるので、涼しげに言った。「前にご紹介を受けていたかしら？」

　だがサー・ハリーの口もとが愉快げにほころび、オリヴィアは一瞬の驚きを見抜かれてしまったことを悟った。

「失礼しました」サー・ハリーがなめらかに返し、オリヴィアは想像していたのとは違う声に背筋がぞくりとした。ブランデーの香りが漂ってきそうな、それにチョコレートの風味も感じられる声だ。しかもいまはむしろ暑いくらいなのに、どうしてぞくりとしたのかわからない。

「サー・ハリー・ヴァレンタインです」サー・ハリーは低い声で名乗り、優雅に礼儀正しく頭を垂れた。「レディ・オリヴィア・ベヴルストークでいらっしゃいますよね？」

オリヴィアはきわめて気品高くと念じながら、ほんのわずかに顎を上げた。「ええ」

「でしたら、お目にかかれてとても光栄です」

オリヴィアはうなずいた。何か言葉を返すべきなのだろう。そのほうがより上品な作法だ。けれど落ち着きを保てなくなるおそれもあるので、口は開かずにおくのが賢明に思えた。

「先頃、お隣りに越してきました」サー・ハリーはどことなく面白がっているような面持ちで言葉を継いだ。

「存じてますわ」オリヴィアは答えた。涼しげな顔のままで。このくらいで心乱されはしない。「南側ですわね？」そう尋ね、いくらか億劫そうに言えたことに満足した。「借りられたことは聞いていました」

サー・ハリーは何も答えなかった。すぐには。だが目を見据えられ、オリヴィアは平静な顔を崩さぬようにすることに全力を注いだ。穏やかに、落ち着いて、ほんの少しだけ好奇心を覗かせる。最後の部分については、もし一週間近くも覗き見を続けていなかったなら、初対面ではきっと少しばかりの好奇心を抱くはずだと思ったからだ。

すでに面識があるような態度をとるなんて変わった方だわ、と。

端正な顔立ちね、と。

変わっていて、端正な顔立ちで、どうしてこんなふうに……。

どうしてわたしの唇を見てるの？

どうしてわたしは唇を湿らせてるの？

「メイフェアにようこそ」オリヴィアは口早に言った。どうにかして沈黙を破るために。沈黙は苦手だし、ましてこの紳士を前にして、これ以上は黙っていられない。「ぜひあらためてお越しいただきたいですわ」

「楽しみにしております」サー・ハリーが応じた。本心であるかのような口ぶりに、オリヴィアはたちまちうろたえた。楽しみにしているという言葉以上に、どれほど愚かでも社交辞令に過ぎないとわかる申し出を本気で受けるつもりでいるらしいことに不意を打たれた。

「でしたら」言葉に詰まったわけではないものの、いくらか声がつかえたようになった。もしくは喉に何かが引っかかったように。「よろしければこれで……」相手はこちらが出口へ向かっているのを知りながら声をかけたはずなので、あとはただドアのほうを身ぶりで示した。

「ではまた、レディ・オリヴィア」

オリヴィアは気の利いた返答を、できれば皮肉や茶目っ気でも含んだひと言を探したが、頭がぼんやりと靄がかってしまっていた。けれどサー・ハリーは自分のほうにはもう何も言えることはなく、そちらの返答待ちだといった顔つきでじっと見ている。この人に何か秘密を知られたわけではないのだからとオリヴィアは自分に言い聞かせた。この人はわたしを知らない。

なにしろそもそも、あのばかげた覗き見を続けていたこと以外に、秘密なんて何もない。それすらこの人は知らないのだから。

いらだったおかげでいくらか気を取り直し、オリヴィアはうなずきを返した――小さく、しとやかに、立ち去るときの模範の作法だ。そうして自分はレディ・オリヴィア・ベヴルストークで、いかなる社交の場でもくつろいで過ごせる女性であることを思い起こし、背を返して広間をあとにした。

自分の足に蹴躓いたのはすでに廊下に出たあとで、サー・ハリーに見られずに済んだのはなにより幸いだった。

4

　してやったりだ。

　ハリーは早足で広間を出ていくレディ・オリヴィアを見て自分を称えた。レディ・オリヴィアはあからさまに急ぎはしなかったが、肩がいくらかこわばっていたし、ドレスのスカートをつかんで裾を上げていた。ご婦人が駆けださねばいけないときに必ずするように何センチも上げていたわけではない。それでも裾を持ち上げていたことに変わりはなく、おそらく自覚はないのだろうが、彼女のそのほかのところは懸命に落ち着こうとしているのに、手だけが急ぐ準備をしなければと先走ってしまっているかのようだった。

　覗き見を気づかれたのをレディ・オリヴィアは承知している。当然ながらハリーもそんなことはとうにわかっていた。たとえ三日前に目が合ったときには定かでなかったとしても、その後すぐに確信に変わった。レディ・オリヴィアはカーテンをきっちり閉めきって、あれ以来一度も覗き見ようとはしなかったからだ。

　罪を認めたも同然だ。本物の密偵であればそのような過ちはけっして犯さない。自分がもし彼女の立場だったなら……。

　むろん、彼女の立場になることはありえない。諜報活動は性に合わない――これは昔からで、そのことについては陸軍省もじゅうぶんわきまえている。それでもあらゆる点から考えて、覗き見をしたところで見つかりはしなかっただろう。

レディ・オリヴィアは誤った行動により、みずからにかけられた疑いを実証した。見た目どおり、ほぼ間違いなく甘やかされて育った典型的な上流階級の令嬢なのだろう。たぶんいくらかお喋りなほうだ。それにあきらかに魅力的な部類に入る。これまでは距離があったので――しかもいうまでもなく、二枚の窓ガラスに遮られていた――見きわめるには至らなかった。いずれにしろ窓辺からでは顔立ちまでわかりようがない。輪郭がハート形か卵形かといった程度はわかっていた。だがどちらかと言うと両目のあいだがほんの少しだけ広めで、睫が眉より三段階は色濃いといった顔の造作までは確かめられなかった。

髪はよく見えていた――バターのようになめらかで柔らかそうなブロンドで、毛先が緩やかに巻かれていた。肩におろされていればもっとなまめかしく見えたのだろうが、そのままでも蠟燭の灯りのなかで首筋に揺れる巻き毛は……。

ハリーは触れてみたかった。その巻き毛をそっとつまんだら、手放したときにくるんと揺れて元に戻るのかを確かめたい。それからヘアピンを一本ずつ外し、凝った形に結い上げられた髪がひと房ずつほどかれて、冷ややかで隙のない令嬢がだんだんと奔放な美女に様変わりしていくところを眺めてみたい。

いい加減にしろ。

ほとほと自分に嫌気がさした。今夜家を出てくる前にあんな詩集を読むべきではなかった。それもフランス語の詩集だ。必ず淫らな考えを掻き立てられる厄介な言語だ。

女性にこのような気分を引き起こされたのはいつ以来のことだろう。言いわけさせてもらうなら、ここ最近は執務室に閉じこもりきりで、そもそも顔を合わせたご婦人の数からしてごく少なかった。ロンドンに来てこの数カ月、陸軍省からひっきりなしに書類やら何やらが届けられ、しかも決まって大至急の翻訳が課せられていた。そのうえ、たとえ運よく机の上の仕事をすっかり片づけられたときでも、今度はエドワードが頃合いを計ったようにとんでもない面倒――借金、泥酔、身持ちの悪い女たち――を持ち込んでくる。弟の悪癖にはきりがなく、ハリーはもはや自業自得だと懲らしめる非情さすら奮い起こせなくなっていた。

そんなわけで自分が間違いを犯す暇はほとんどない――いわば女性を口説くといった間違いも。修道士のように生きるつもりなど毛頭ないが、じつのところもうどれくらい……このような状態が続いているのだろう？

人を愛することについても間が空くほどに恋しくなるものなのかは知らないが、今夜の状態から考えるに、禁欲生活が男をことさら不機嫌にすることだけは間違いなさそうだ。

セバスチャンを探さなくてはいけない。従兄弟はひと晩に予定を一件だけにとどめない。このあとどこへ向かうのであれ、身持ちが堅いとは言いがたい女たちに出会える見込みの高い場所に違いなかった。ならば同行させてもらうとしよう。

飲み物を求めて部屋の向こう側を目指そうとしたのだが、踏みだすなり、五、六人が息を呑んだ音とともに誰かの声が聞こえた。「演目表にはなかったのに！」

ハリーはきょろきょろと見まわし、大勢の人々の視線の先を追って、舞台に行き着いた。

スマイス－スミス一族の令嬢のひとりがまた楽器を手にして、即興演奏を披露しようとしているらしい。いや、このうえ即興だけはどうか勘弁してくれ。

「心やさしき主のお慈悲を」声のしたほうに目を向けると、すぐ傍らにセバスチャンが立ち、面白がる気持ちより恐れのほうが断然色濃く表われた顔つきで舞台を見ていた。

「きみに貸しができた」ハリーはセバスチャンの耳もとで呪いの言葉のごとくつぶやいた。

「数えるのはやめたんだったよな」

「今回は返してもらえそうにない貸しだ」

くだんの令嬢が演奏を始めた。

「たしかにな」セバスチャンが認めた。

ハリーはドアを見やった。外へ抜けださせてくれる、すばらしく均整のとれた美しいドアだ。「出ないか？」

「まだだ」セバスチャンが残念そうに言う。「おばあ様が」

ハリーが目をやると、高齢のニューベリー伯爵未亡人がほかの年配の貴婦人たちと並んで腰かけ、満面の笑みで手を叩いていた。ふと思い至ってセバスチャンに顔を戻した。「耳が遠いのか？」

「ほとんど聞こえてないだろう」セバスチャンが答えた。「だが頭ははっきりしている。演奏が始まるとラッパ型の集音器をしまうんだ」目を輝かせてハリーを見た。「それはそうと、麗しきレディ・オリヴィア・ベヴルストークに挨拶してただろう」

ハリーは頭をわずかに傾けた程度で、言葉はあえて返さなかった。

セバスチャンが身を寄せて、わざとらしく声を低くして言った。「先方はすべて認めたのか？　飽くなき好奇心について。あなたを知りたくてたまらないのよと」

ハリーは従兄弟に顔を向けてまじまじと見返した。「下品なやつめ」

「そんな言葉は聞き飽きた」

「成長しないもので」

「それについてはぼくも同じだ」セバスチャンは苦笑した。「未熟者でいるほうが何かと都合がいい」

ヴァイオリンの独奏が盛り上がりに差しかかってきたらしい音を響かせ、聴衆はみな固唾を呑んで、必ずやこのまま頂点に至って、ついには終焉を迎えることを信じて待った。だが終わらなかった。

「残酷だ」セバスチャンが言った。

ヴァイオリンがさらに甲高い音を軋らせるとハリーは怯んだ。「きみの伯父上は見かけていない」

セバスチャンが唇を引き結び、口角に白っぽい小さな皺が寄った。「昼間に断り状を届けたらしい。もしや嵌《は》められたんだろうかといぶかってる。それほどの策士ではないはずなんだが」

「知ってたのか？」

「演奏について か？」

「そう呼ぶにはむごい」

「噂は聞いていた」セバスチャンは明かした。「だがぼくもまさかここまでとは……」

「だろうな」ハリーはつぶやき、どういうわけか舞台上の令嬢から目を離せなくなった。「令嬢はヴァイオリンをいとおしそうに持ち、心の底から演奏にのめり込んでいる。この部屋にいるほかの人々とはまったくべつのものが聴こえているのではないかと思うほど、楽しんでいるようにすら見える。そうだとすれば幸運な女性なのだろう。

自分の世界のなかだけで生きるとは、どういったことなのだろう？　物事をありのままではなく、見たいように見ることができたなら。あのヴァイオリン奏者は上手に弾いているつもりなのに違いない。情熱を抱き、さらには先ほどスマイス－スミス一族の既婚婦人たちが紹介したとおりだとすれば、毎日練習を続けている。

たとえば自分の場合なら、どのような人生を送れたんだ？

父が呼吸するより酒を飲んでいる時間のほうが長い男ではなかったなら。

弟が父と同じ轍《てつ》を踏もうとしていなかったなら。

自分は……。

ハリーは歯を食いしばった。自己憐憫《れんびん》に陥りやすい男にはなりたくない。もっとましな男であるはずだ。もっと強くて――

ふいにぞくりとするものに身を貫かれ、なぜか妙に落ち着かない感じを覚えたときの習慣でドアに目をやった。

レディ・オリヴィア・ベヴルストーク。彼女がぽつんと立って、感情の読みとれない、ぼんやりとした表情でスマイス-スミス一族の令嬢を見つめていた。とはいうものの……。

ハリーは目を細めて注視した。断言はできないが、この角度から見るかぎり、スマイス-スミス一族の令嬢の後ろにあるギリシア風の壺に目を向けているようだ。

いったい何をしてるんだ？

「見つめてるな」いつもながら耳ざわりなセバスチャンの声がした。

ハリーは聞き流した。

「美しい」

これにもそしらぬふりをした。

「おまけに魅力的だ。だがまだ婚約者はいない」

またも聞き流した。

「それも、わが国の善良な独身紳士たちの努力不足のせいではない」セバスチャンはハリーから反応がないときには必ずこのようにおかまいなしに続ける。「続々と申し出ているんだ。それなのに、哀しいかな、ことごとく拒まれている。聞くところによると、ウィンターホー家の長男さえも――」

「冷たい女性なんだ」ハリーが遮った声は意図した以上にいくぶん辛辣に響いた。

セバスチャンが嬉しそうに茶目っ気たっぷりの口ぶりで言った。「なんだって？」

「冷たい女性なんだ」ハリーは先ほどの短いやりとりを思い起こして繰り返した。レディ・オリヴィアは〝流血の女王〟並みに肩肘を張っていた。ひび割れそうなくらい冷ややかな言葉を吐き、いまもヴァイオリンを弾いている気の毒な令嬢をまともに見ようともしない。

正直なところ、どうして今夜ここにやって来たのかすらふしぎなくらいだ。最高級の氷のごときダイヤモンドが、なにより優先して訪れる催しとは思えない。さしずめ誰かに出席を強いられたといったところだろう。

「せっかくおふたりのご対面を楽しみにして来たのにな」セバスチャンがつぶやいた。

ハリーは痛烈な返し文句か、せめてもできるかぎり皮肉を込めた言葉を口にしようと従兄弟に顔を向けたが、急に曲調が変わり、またもヴァイオリン奏者の意気込みが高まってきた。今度こそ演奏を終えるに違いなかったが、聴衆はこの機を逃すまいと、令嬢が最後まで弾き終わらないうちにいっせいに熱意あふれる拍手喝さいを湧き上がらせた。

ハリーはセバスチャンと並んで歩きだし、従兄弟の祖母のもとへ向かった。ニューベリー伯爵未亡人は自分の馬車で来ているとセバスチャンは話していたので、帰り支度を始めるまで待っている必要はなかった。それでも別れの挨拶はしておかなくてはいけないし、ハリーも直系の親族ではないにしろ、同じように礼儀は欠かせない。

ところが部屋のそちら側へ行き着く前に、スマイス－スミス一族の母親のひとりに呼びとめられた。「ミスター・グレイ！　ミスター・グレイ！」

その母親の意欲に満ちあふれた声を聞くかぎり、どうやらニューベリー伯爵の子孫繁栄を叶える後妻探しは難航をきわめているようだとハリーは察した。

　如才ないセバスチャンは早く引き上げたい気持ちなどおくびにも出さずに振り返って言った。「スマイス＝スミス夫人、ほんとうにすばらしい晩となりました」

「ご出席くださって、とても光栄ですわ」スマイス＝スミス夫人は言葉をほとばしらせた。するとセバスチャンはここをさしおいて行くべきところなどありませんよといわんばかりの笑みを返した。そうして、会話から逃れたいときの常套手段に出た。こう言ったのだ。「従兄弟をご紹介させてください。サー・ハリー・ヴァレンタインです」

　ハリーは礼儀正しく頭を垂れ、低い声で名前を呼びかけた。スマイス＝スミス夫人がセバスチャンをより価値ある紳士と見なしているのはあきらかで、従兄弟をまっすぐに見て尋ねた。「娘のヴィオラの演奏はいかがでしたかしら？　上手に弾けていましたでしょう？」

　ハリーは驚きを隠しきれなかった。このご婦人の娘の名前はヴィオラなのか？

「ヴァイオリンを担当していますの」スマイス＝スミス夫人は説明した。

「ヴィオラ奏者のお名前はなんとおっしゃるのですか？」ハリーは尋ねずにはいられなかった。

　スマイス＝スミス夫人は少しばかりいらだたしげにちらりと目をくれた。「マリアンヌですわ」すぐにセバスチャンに顔を戻した。「娘のヴィオラは独奏をご披露しました」

「おお」セバスチャンは応じた。「思いがけない趣向でした」

「ほんとうに。娘を心から誇りに思います。来年からは独奏も演目に入れるよう検討しなくては」

その日程に合わせて北極への旅を計画しなくてはと、ハリーは胸に留めた。

「ご出席くださって、とても光栄ですわ、ミスター・グレイ」スマイス－スミス夫人はすでにもう口にした言葉であるのをどうやら忘れているらしく繰り返し、さらに続けた。「今夜はもうひとつ、秘密の趣向をご用意しておりますのよ」

「従兄弟が准男爵であることはお伝えしましたでしょうか」セバスチャンが言葉を差し入れた。「ハンプシャーに美しい所領を有しています。狩りにはこれ以上の場所はない」

「そうでしたの？」スマイス－スミス夫人は興味を示してハリーのほうを向き、にこやかに微笑みかけた。「あなたもご出席くださって、ほんとうに光栄ですわ、サー・ハリー」

そのサー・ハリーはうなずくのみならず何か言葉を返してもよさそうなものだったが、あいにくミスター・グレイの抹殺計画のほうに気を取られていた。

「おふたりには、ご用意している秘密の趣向をお伝えしてしまおうかしら」スマイス－スミス夫人が興奮した口ぶりで言う。「どなたよりも先にお知らせしておきたいもの。ダンスをしていただけますのよ！　今夜！」

「ダンス？」頭が混乱しそうになりながらハリーは繰り返した。「というと、お嬢さんがまたお弾きになるのですか？」

「とんでもない。せっかくの機会を逃してはかわいそうですもの。さいわい招待客のみなさんのなかにも音楽をたしなまれる方は大勢いらっしゃいますから、ぜひ名乗り出てくださされば、これほどすてきなことはございませんわ」

ハリーは旅行中に歯医者に名乗り出てもらえる確率に照らしてみた。こちらに軍配を挙げたのはささやかな腹いせだ。「従兄弟は」気をよくして言った。「ダンスがとても好きなのです」

「そうでしたの？」スマイス－スミス夫人は嬉しそうにセバスチャンに顔を戻した。「お好きですの？」

「ええ、まあ」セバスチャンは応じた。せめても偽りではないのだから、いくらなんでも従兄弟の口調はこわばりすぎだろう。ハリーよりははるかにダンスが好きなはずだった。

スマイス－スミス夫人は期待があふれんばかりの表情でセバスチャンを見た。ハリーはほくそ笑んで物見遊山にふたりを眺めた。何事もすっきりと片がつくのは気持ちいい。思惑どおりにいけばなおさらに。

セバスチャンは従兄弟にしてやられたのは承知のうえでスマイス－スミス夫人に言った。「お嬢さんにはぜひ一曲目のダンスのお相手をお願いできましたら光栄です」

「娘にとりましても、これ以上に光栄なことはありませんわ」スマイス－スミス夫人は喜んで両手を打ち鳴らした。「そろそろ失礼しますわね、音楽の準備にかからなくてはいけませんので」

スマイス－スミス夫人が人混みを縫うように去っていくのを待って、セバスチャンが言った。「憶えとけよ」

「おっと、それはお互い様だろう」

「まあ、いずれにしろ、きみもここにとどまらざるをえないわけだからな」セバスチャンが言う。「歩いて帰りたくなければ」

屋敷の外が大雨となっていなければ、歩くことも考えたかもしれない。「謹んでお待ちしておりますとも」

ハリーは精いっぱい愛想よく答えた。

「なんと、見てくれ！」セバスチャンがわざとらしく驚いたふりをして言った。「レディ・オリヴィアだ。すぐそこにいる。ダンスがしたいのかもな」

どうしてきみにわかるんだとハリーは言おうとしたが、意味がないと思いとどまった。何事にも当たりをつけるのがセバスチャンだ。

「レディ・オリヴィア！」セバスチャンが呼びかけた。

当の令嬢が振り返った。なにせすでにセバスチャンが人混みを縫って彼女のほうに歩きだしていたのだから、そしらぬふりをするわけにもいかないだろう。ハリーもまたこの期に及んで避ける手立ては見つからなかった。避けたところで喜んでもらえるわけでもない。

「レディ・オリヴィア」自然に話せるところまで近づくなりセバスチャンはあらためて呼びかけた。「お目にかかれて嬉しいです」

レディ・オリヴィアはあいまいにうなずくようなそぶりを見せた。「ミスター・グレイ」

「今夜は物静かではないですか、オリヴィア？」セバスチャンが低い声で言い、ずいぶんと馴れなれしい物言いにハリーが疑問を抱く間もなく、続けた。「ぼくの従兄弟はもうご存じでしょうか、サー・ハリー・ヴァレンタインです」

「あの……ええ」レディ・オリヴィアは口ごもった。

「レディ・オリヴィアとはまさに今夜はじめて、ご挨拶したんだ」ハリーは言葉を差し入れ、いったいセブは何をたくらんでいるのかと首をひねった。ふたりがすでに言葉を交わしたのは見ていたはずだ。

「そうですわね」レディ・オリヴィアが相槌を打った。

「そうだったか、失礼」セバスチャンは詫びて、恐るべき変わり身の速さで話題を変えた。「スマイス-スミス夫人がそれとなくこっちを見ている。ヴィオラを探したほうがいいだろう」

「あのご婦人もお弾きになるの？」レディ・オリヴィアがとまどい顔で目を翳らせて訊いた。それにおそらく多少なりとも不安も感じているのだろう。

「どうだろう」セバスチャンが答えた。「だが次世代の未来に期待をかけているのは間違いない。ヴィオラはあのご婦人のお嬢さんなんだ」

「ヴァイオリンの演奏者だ」ハリーは言い添えた。

「まあ」その皮肉な取り合わせをレディ・オリヴィアは愉快に思ったようだった。あるいは困惑しているだけだろうか。「そうでしたのね」

「ふたりでダンスを楽しんできてくれ」セバスチャンが言い、悪巧みがありありと表われた眼差しをちらりとハリーに投げかけた。

「ダンスが始まるの？」レディ・オリヴィアはやや慌てたそぶりで尋ねた。

ハリーは気の毒に思えて伝えた。「スマイス－スミス一族の四重奏団は演奏しないものと、ぼくは解釈している」

「それなら……よかったわ」レディ・オリヴィアは咳払いをした。「ご本人たちのために。そうであれば、もちろん、踊れるもの。きっとダンスはお好きでしょうから」

ハリーの胸に突如むくむくといたずら心（いや意地悪心だろうか？）が頭をもたげた。

「きみの瞳は青い」さらりと言った。

レディ・オリヴィアがはっとした目を向けた。「なんですって？」

「きみの瞳だ」ハリーは低い声で続けた。「青い。肌や髪の感じからそうだろうとは思っていたが、あの距離からでは見分けられなかった」

レディ・オリヴィアはその場に固まったが、こう言ってあくまでしらを切り通そうとする意志の強さにハリーは感心させられた。「何をおっしゃってるのか、まるでわからないわ」

ハリーは相手にも感じられる程度にいくらか身を近づけた。「ぼくの瞳は褐色だ」

オリヴィアは何か言い返すかに見えたが、結局はもっとよく確かめようとするように瞬きをしただけだった。「そうね」つぶやいた。「意外だわ」

オリヴィアが面白がっているのか動揺しているのかはハリーにはよくわからなかった。いずれにしろ、いらだたせるまでには至らなかった。「音楽が始まったようだ」

「母を探さないと」オリヴィアが唐突に言った。

レディ・オリヴィアが焦りはじめたのがわかり、ハリーは満足した。
どうやら思いのほか愉快な晩になりそうだ。

5

この晩を終わらせる方法はきっとあるはず。演技ならウィンストンよりずっと上手にできる自信がある。あのウィンストンにいかにも鼻風邪にかかったふりができるのだから、こちらは疫病にかかったふりすらできるはずだとオリヴィアは思い定めた。

オリヴィア・ベヴルストーク作『疫病の詩《うた》』
聖書による
腺ペスト
安き伝染病にとどまらず

まさにそのとおりだ。このような状況では、それくらいのものでなければ。具合が悪くなる程度では足りない。凄まじい感染力が必要だ。史実も。何百年か前には疫病で欧州の人々の半分が死んだのでしょう？　軽い伝染病ではそこまでの惨事には至らなかっただろう。

ふと、片手を首に当ててこうつぶやいたらどうかとオリヴィアは考えた。「腫物《はれもの》かしら？」

名案かもしれない。もっともらしい。

なにしろサー・ハリーはいらだたしくもやたら楽しげで、ほかに行きたいところなどどこにもないといった顔をしている。
ここ以外には。オリヴィアをいたぶれるから。
「あれを見てくれ」サー・ハリーがさりげない調子で言った。「セバスチャンがスマイスー
スミス嬢とダンスをしている」
オリヴィアはけっして傍らの男性だけは目に入れないようにして部屋のなかに視線を走ら
せた。「きっと喜んでいただけてるわ」
間をおいて、サー・ハリーが問いかけた。「どなたかを探してるのかい？」
「母を」オリヴィアはほとんど言い返すように答えた。先ほど言ったことをこの人は聞いて
なかったの？
「ああ」ありがたいことにいったんは沈黙してくれたものの、すぐにまた言葉が続いた。
「きみに似てるんだろうか？」
「何が？」
「きみの母上だ」
オリヴィアはすばやく目を向けた。どうしてそんなことを尋ねるの？　そもそもどうして
わたしに話しかけてるの？　もうじゅうぶん言いたいことは言えたはずでしょう？
恐ろしい男性だ。暖炉に書類を投げ込んだのも、奇妙な帽子をかぶっていたのも説明のつ
かないことかもしれないけれど、これだけははっきりしている。いまここに、こうしている
この人物は、率直に言って不愉快な相手だ。

横柄。

いけ好かない。

ほかにもまだまだ不愉快な理由はあるはずだけれど、むかむかしすぎていて、まともに考えられない。本人を前にして類義語を次々に引き出すには、頭がもっと明瞭でなければとても無理だ。

「探すのをお手伝いできればと思ったんだ」サー・ハリーが言う。「だが残念ながら、まだお目にかかったことがないので」

「少しはわたしに似てるわ」オリヴィアは気もそぞろに答えた。それから、自分でも理由はよくわからないものの言い添えた。「正確には、わたしが母に似ていると言うべきなのでしょうけど」

サー・ハリーがほのかな笑みを浮かべ、オリヴィアはどういうわけか今回は自分が笑われているわけではないのを察した。いらだたせようとしているのでもなさそうだ。この人はただ……微笑んでいる。

オリヴィアはどぎまぎさせられた。

目をそらせなかった。

「ぼくはつねに言葉は正確であるべきだと考えている」サー・ハリーが穏やかに言った。

オリヴィアはじっと見つめた。「あなたはとても変わった方ね」

いつもならそのようなことは口に出さないので、もう少し言葉を慎むべきだったのかもしれないが、そう言わずにはいられない男性であるのも事実だ。しかもサー・ハリーは笑った。今度はおそらく嘲《あざけ》っている。

オリヴィアは首筋に手をやった。皮膚をつねれば、蚯蚓《みみず》腫れを腫物と言い張れるかもしれない。

オリヴィア・ベヴルストークが装うことのできる病とは――

鼻風邪
肺病
片頭痛
足首の捻挫

最後のひとつは厳密には病気ではないけれど、使い勝手のよい症状なのは確かだ。

「ダンスをしていただけませんか、レディ・オリヴィア?」

たとえばこのようなときにも。ただし思いつくのが遅すぎた。「ダンスをなさりたいの」言われたことをそのまま繰り返した。この男性が自分とダンスをしたがるのも、承諾してもらえると考えているとすればそれもまたなおさら信じがたい。

「そのとおり」サー・ハリーが言った。

「わたしと?」

そう問いかけられたのをサー・ハリーは面白がっているらしかった――それも見くだした眼差しで。「この広間のなかで親しいと言えるのは従兄弟だけだから、お相手を頼んでみようかとも思ったんだが、それではちょっとした騒ぎを起こしてしまうだろう？」

「音楽は終わったのではないかしら」オリヴィアは言った。まだだとしても、そろそろ終わってもよい頃だ。

「では次の曲で踊ろう」

「踊るとは承諾してないでしょう！」オリヴィアは唇を嚙んだ。場違いな声を出してしまった。いちばん性質の悪い癇癪持ちのおばかさんみたいに。

「承諾してくれるとも」サー・ハリーが自信たっぷりに言った。

こんなにも誰かを張り倒したくなったのは、ウィンストンがネヴィル・バーブルックにオリヴィアはきみに関心を抱いているらしいなどと伝えたという話を聞かされたとき以来だ。それに、何事もなかったように立ち去れる自信があれば、ほんとうに目の前の男性を殴っていただろう。

「きみに選択の余地はない」サー・ハリーが続けた。

顎、それとも頰のほうがいいかしら？　どちらのほうが痛みを与えられるの？

「それに、わからないじゃないか」サー・ハリーは前かがみになり、その瞳が蠟燭の明かりで熱っぽく輝いた。「意外に楽しめるかもしれない」

頰だ。間違いない。大きく腕を振りかぶって突きだせば、きっと倒せる。この人が床にばったり伸びた姿を見てみたい。どんなに爽快な光景だろう。テーブルに頭を打ちつけるかもしれないし、倒れるまでにテーブルクロスをつかんで、パンチが入った深皿やスマイスースミス夫人が揃えたクリスタルガラスのグラスもろとも雪崩落《なだれ》ちれば、なおさらすてきだ。

「レディ・オリヴィア？」

破片がそこらじゅうに飛び散る。たぶん血しぶきも。

「レディ・オリヴィア？」

たとえ実際にはできなくても、空想するのは自由でしょう。

「レディ・オリヴィア？」サー・ハリーが片手を差しだした。

オリヴィアは目を向けた。サー・ハリーはいまだそこにまっすぐ立っていて、血しぶきもガラスの破片も見当たらない。がっかりした。しかもサー・ハリーはダンスの申し込みを受け入れてもらえるものと自信満々だ。

残念ながら、その見立ては正しい。オリヴィアに選択の余地はなかった。今夜こうして顔を合わせなければ、そんな男性は見たこともないと言いつづけられたかもしれないけれど――実際にそうしていただろう――いまとなってはどちらももう、あのとき目が合っていたのはわかっている。

もしサー・ハリーがレディ・オリヴィアに五日間も寝室から覗かれていたことを社交界の人々に明かせばどうなるのかはわからないが、喜ばしい反応は望めない。悪意ある憶測が広まるだろう。少なくとも一週間は家にこもって噂話が鎮まるのを待たなくてはいけない。悪くすれば、こんな厚かましい人と婚約させられてしまいかねない。

なんてこと。

「ダンスは好きなので」オリヴィアは即座に応じ、差しだされた手を取った。

「正確かつ熱意もあればなおよしだ」

ほんとうに変わった男性だ。

ふたりが舞踏場の中央に進み出ていくとすぐにまた演奏者たちが楽器をかまえた。

「円舞曲《ワルツ》だ」サー・ハリーがほんの二音を聴いただけで言った。オリヴィアは驚いて興味深く見返した。どうしてそんなに早くわかったの？　何か楽器を演奏できる人なの？　そうであることを願った。そうだとすれば、今夜の音楽会は自分より苦痛が大きかったに違いないのだから。

サー・ハリーはオリヴィアの右手を持ち上げ、ダンスを始める姿勢をとった。それだけでもじゅうぶん信じがたいことだったが、もう片方の手が腰のくびれに添えられると、オリヴィアはなんとなく妙な気分を覚えた。温かい。いいえ、熱い。そのうちに触れられていないところまでくすぐったくなってきた。

ワルツはこれまでも何十回も踊っている。ひょっとしたら百回を超えているかもしれない。でも誰に腰のくびれに手を添えられても、このような感じを覚えたことはなかった。

きっとまだ動揺を鎮められていないからなのだろう。ついにこの男性と顔を合わせたことで神経が高ぶっている。それだけのことだ。

サー・ハリーはしっかりと導きながらも、いたって穏やかな身ごなしのままで、ダンスに手慣れていた。それどころか、オリヴィアよりはるかに巧みで優雅な踊り手だった。オリヴィアはそつなく踊るふりはできても、飛び抜けて上手なわけではない。ダンスが上手だと褒められはしても、愛らしく踊れているだけのことに過ぎなかった。

公正でないのはみずから認めるけれど、このロンドンでは愛らしいだけでたいがいのことは大目に見てもらえる。

当然ながら裏返せば、聡明さはけっして求められていないということでもある。オリヴィアのこれまでの人生は万事そんな調子だった。つねに磁器のお人形のように美しく、じっとそこに立って人々から視線を注がれているだけで、何かすることなどまったく期待されていない。

そのせいでかえってたまに不作法な振る舞いをしでかしてしまうのではないかとオリヴィアは思うこともあった。といっても並外れて大胆なことをするわけではない。慣習が身に沁みついていて、そのようなことはとてもできない。それでも、あまりに率直な物言いや、強硬に意見を述べることを周りの人々から指摘されてきた。ミランダに自分はそれほど愛らしく見られたいとは思わないと言われたときには、その気持ちがいまひとつ理解できなかった。ミランダが嫁ぎ、心から満足のいく会話をできる相手がいなくなってしまうまでは。

オリヴィアは目を上げ、それとなくサー・ハリーの表情を窺った。美男子なのだろうか？たぶん。左の耳のそばに注意深く見なければ気づけないほど小さな傷があるし、昔から一般に美男子と評される顔立ちよりはわずかに頰骨が高めなものの、それでもどことなく魅力がある。知性？　精悍さ？

生えぎわに白いものがわずかに混じっていることにもオリヴィアは気づいた。何歳なのだろう。

「きみはとても優美に踊れるんだな」サー・ハリーが言った。

オリヴィアはぐるりと瞳を動かした。そうせずにはいられなかった。

「きみは褒められることに慣れきってるんだろう、レディ・オリヴィア」

オリヴィアは棘《とげ》を含んだ眼差しを投げた。この程度のことなら許されるはずだ。それくらい棘のある口ぶりで言われたのだから。ほとんど嫌みのように。

「聞いたところによると」サー・ハリーはそう言って、巧みにオリヴィアを右へ向かせた。

「きみは街じゅうの男たちの恋心を打ち砕いているとか」

オリヴィアは身を硬くした。人々が褒めているつもりで好んで自分に投げかけてくる言葉だ。でもそのように言われて得意な気分にはなれなかった。むしろ、そんなふうに誰もに思われていることに傷つきすらしている。「そういったことを口に出すのは適切ではないし、思いやりに欠けてるわ」

「きみはいつでも適切なことだけを話してるのか、レディ・オリヴィア？」

オリヴィアはほんの一瞬だが睨みつけた。目が合い、またもサー・ハリーの知性が見てとれた。精悍さも。思わず目をそむけた。

これでは臆病者だ。情けないし、弱虫で、みじめな……ええ、そう、言いわけをしているだけ。意地の張り合いで逃げ腰になったことはこれまでなかった。だからこそいまの自分が恥ずかしい。

今度は耳のすぐそばでサー・ハリーの声がして、温かく湿った呼気を感じた。「しかもいつでも思いやりをもって話せるんだろうか？」

オリヴィアは歯を食いしばった。挑発されている。サー・ハリーの鼻を明かす言葉を投げつけたいところだけれど、どうにかこらえた。それでは相手の思うつぼだ。反論させて、それに対してまたやり返すのをもくろんでいるはずなのだから。

それに、これといった辛辣な言葉も思い浮かばなかった。

サー・ハリーはオリヴィアの背中に添えた手にさりげなく頃合いよく力を加え、ダンスを導いていた。ふたりで向きを変え、さらにまた向きを変えたそのとき、オリヴィアはふと、瞳を見開いて口をきれいな卵形に小さくあけたメアリー・カドガンの顔をちらりと目の端に捉えた。

当然の成り行きだ。あすの午後には街じゅうにこのことが知れわたっているだろう。紳士とダンスをするのはとりたてて騒ぎ立てられるようなことではないが、サー・ハリーに興味津々のメアリーのことなので、〝最新の耳寄りな話〟を息を切らして大げさに触れまわるに決まっている。

「レディ・オリヴィア、きみはどんなことに関心があるんだろう？」サー・ハリーが尋ねた。

「関心？」そんなことをこれまで誰かに訊かれたことがあったかしらと思いつつオリヴィアは訊き返した。このように単刀直入に訊かれたことは間違いなくなかった。

「歌だろうか。水彩画かな？　輪っかみたいなのに張った布に模様を縫っていくこと？」

「刺繍と言うのよ」オリヴィアはいくぶんむっとして正した。サー・ハリーの口調は趣味などどうせないのだろうといわんばかりに軽々しかった。

「そいつをするのかい？」

「いいえ」刺繍は嫌いだ。昔から。どのみち上手には縫えないし。

「楽器は弾くのかい？」

「射撃は好きよ」会話を打ち切らせようとそっけなく言い放った。真実ではないとしても、偽りでもない。射撃は嫌いではないのだから。

「銃を好むご婦人か」サー・ハリーが穏やかに言った。

もうほんとうに、いつになったら今夜が終わるのだろう。オリヴィアはいらだたしげに息を吐いた。「並外れて長いワルツだわ」

「そんなことはない」

その口ぶりが気になってオリヴィアが目を上げると、サー・ハリーがちょうどその唇をゆがめて言葉を継いだ。「長く感じられるだけのことだ。きみはぼくが嫌いだから」

オリヴィアは息を呑んだ。たしかに事実とはいえ、本人から指摘されるとは思わなかった。

「ぼくには秘密があるんだ、レディ・オリヴィア」サー・ハリーはぎりぎり礼儀に反しない程度に身をかがめてささやいた。「ぼくもきみが好きじゃない」

数日経ってもオリヴィアはサー・ハリーが気に入らないままだった。あれから口を利いていないし、顔を合わせてもいないが、だからといって何も変わらない。そこに住んでいるのはわかっているし、もうそれだけでうんざりしてしまいそうだった。

毎朝、女中の誰かが寝室に入ってきてカーテンを開き、毎朝、その女中が部屋を出ていくなりオリヴィアはすばやく窓に歩いていって、カーテンを閉め直した。もう二度と覗いていたなどと非難する口実をあの男性に与えるわけにはいかない。

しかも、こうしておけば向こうから覗かれるのも防げるでしょう？

オリヴィアはあの音楽会の晩以来、外出すら控えていた。鼻風邪を装い——ウィンストンに移されたという言いわけはすんなり受け入れられた——家に引きこもった。通りでサー・ハリーと出くわすのを恐れているのではない。たまたま同じときに互いの玄関先の階段を降りようとする可能性がどれほどあるだろう？　外出から戻ったときに顔を合わせたり、ボンド・ストリートで鉢合わせしたりなんてことがありうるだろうか？　もしくは〈ガンターズ〉や、どこかのパーティでも。

サー・ハリーに出くわしはしない。そんなことはほとんど考えもしなかった。

そんなことより重要なのは、友人をいかに避けるかということのほうだ。メアリー・カドガンは音楽会の翌日に訪ねてきて、さらに次の日も、その翌日もやって来た。ついにレディ・ルドランドは娘が快復しだい書付を届けると伝えた。

サー・ハリーとの会話をメアリー・カドガンに話すなどオリヴィアには想像もできないことだった。思いだすだけでぞっとした——それもひっきりなしにそうしている気がする。そんなことを誰かに語り聞かせるなんて……。

いっそ鼻風邪を疫病にまで悪化させてしまいたいくらいだ。


本来は心やさしきレディ・オリヴィア・ベヴルストークが、サー・ハリー・ヴァレンタインを嫌う理由とは——

わたしを知性に欠ける女性だと思っているはずだから。

わたしには思いやりがないと思っているに違いないから。

わたしを脅してダンスをさせたから。

わたしよりダンスが上手だから。


とはいえ、みずからに孤独を強いて三日が経ち、オリヴィアは家や庭の外へ出たくてうずうずしてきた。人目を避けるなら早朝が最善だと判断し、婦人帽《ボンネット》と手袋を身につけ、届けられたばかりの朝刊を手に、ハイド・パークのお気に入りのベンチへ向かった。オリヴィアとは違って針仕事を楽しめる侍女も刺繡道具を携え、早朝の外出に愚痴を洩らしつつ付添いでやって来た。

青い空にふんわりと雲が浮かび、そよ風が吹いていて、すばらしい朝だ。これほど完璧な好天だというのに辺りには誰ひとり見当たらない。「こっちよ、サリー」オリヴィアは重い足どりで何十歩も遅れて付いてくる侍女に声をかけた。

「早すぎます」サリーが暗い声でつぶやいた。

「七時半よ」オリヴィアはしばし足をとめてサリーを待った。

「ですから早すぎるんです」

「いつもなら、わたしもあなたに賛同しているところだけど、なんだか生まれ変わったような気分なの。こんなにすてきなお天気なのよ。太陽が輝いていて、どこからか音楽が……」

「音楽は聴こえませんわ」サリーがぼやいた。

「小鳥よ、サリー。小鳥たちのさえずりが聴こえてくるわ」

サリーは疑わしげな顔のままだ。「生まれ変わられたのなら――引き返されるおつもりはないんですね？」

オリヴィアはにっこり笑った。「そんなに悪いものではないわ。公園に着いたら腰を降ろして、陽射しを楽しみましょう。わたしは新聞を持ってきたし、あなたには刺繍道具がある。誰にも邪魔されずに済むのよ」

ところがそれからほんの十五分ほどで、メアリー・カドガンがほとんど駆けるようにして姿を現わした。

「あなたのお母様から、こちらに来ていると伺ったの」メアリーが息を切らして言う。「つまり、もう具合はよくなったのね？」

「母と話したの？」オリヴィアはこの不運をいまだ信じられない思いで尋ねた。

「土曜日に、あなたが快復しだいお知らせいただけるとおっしゃってくださってたのよ」

「母は」オリヴィアは低い声で言った。「とんでもなく手早いのね」

「そうかしら」

ベンチの傍らに坐っていたサリーが刺繡道具からさほど目も上げずに横にずれた。メアリーはふたりのあいだに腰を落とし、そのピンク色のスカートとオリヴィアの緑色のスカートの隙間が二、三センチになるところまでそそくさと身を寄せてきた。

「すべて知りたいの」メアリーは期待を疼《うず》かせた低い声で言った。

オリヴィアは一瞬そしらぬふりをしようかとも思ったものの、そんなことをしても無意味だとあきらめた。

「話すことなんてたいしてないわ」新聞をかざこそさせて、自分が公園に来たのはこれを読むためなのだとメアリーにそれとなく伝えようとした。「あの方はわたしが隣人だと気づいて、ダンスのお相手を申し込んできた。ほんとうにまったくの社交辞令で」

「婚約者について何か言ってなかった？」

「言うわけないでしょう」

「ジュリアン・プレンティスとの一件については？」

オリヴィアはぐるりと瞳を動かした。「初対面の相手に、それも女性に、自分がほかの紳士の目に痣をこしらえたなんて話をすると思う？」

「そうよね」メアリーは気落ちしたように言った。「期待しすぎたわ。だけど誰からも詳しい話が聞けないんですもの」

オリヴィアはこのようなやりとりにはすでにもう、うんざりしているといった表情をしてみせた。

「仕方ないわね」メアリーは友人からなんの返答も得られずともまるでくじけずに続けた。「それならダンスについて聞かせて」

「メアリー」不満と非難を少しずつ込めて言った。たとえ不作法だとしても、オリヴィアはどうしても何ひとつメアリーには話したくなかった。

「お願いよ」メアリーが粘った。

「わたしがサー・ハリー・ヴァレンタインと一度だけ、ほんの短いあいだ、退屈でどうしようもないダンスを踊ったことより、ロンドンには面白い話がいくらでもあるはずだわ」

「そうでもないのよ」メアリーが言った。肩をすくめ、そのあとであくびをこらえた。「フィロミーナはお母様に連れられてブライトンへ出かけてるし、アンは身体の具合が悪いんですって。たぶん、あなたと同じ鼻風邪ではないかしら」

たぶん、違うわね、とオリヴィアは心ひそかに否定した。

「あの音楽会以来、サー・ハリーを見た人はいないのよ」メアリーが続ける。「どこにも出席されていないから」

オリヴィアからすれば、みじんも驚くに値しない報告だった。あの男性ならさしずめまた机に向かって、せっせと書き物をしているのだろう。ひょっとするとまた、あの奇妙な帽子もかぶって。

実際のところはわからない。もう何日も窓の向こうを覗いてはいないからだ。窓すら見ていない。いいえ、正確に言うなら、窓を見たとしても六回から八回程度のものだ。

一日に。

「それなら、どんな会話をしたの？」メアリーが訊く。「あなたがあの方と話していたのは知ってるのよ。あなたの唇が動いてたから」

オリヴィアは呆れて目を見張り、友人に顔を向けた。「わたしの唇を見てたの？」

「あら、よして。あなただって同じことをしないとは言わせないわ」

まさしくこのメアリーと一緒に同じことをした憶えがあるので、友人の言葉は的を射ているし、否定のしようがなかった。けれどこちらが言葉を返す――反論ではなく――番なのは確かなので、オリヴィアは小さく鼻息を吐いて言った。「あなたにしたことはないわ」

「でも、やりかねないでしょう」メアリーの声は確信に満ちていた。

それもまた事実なのだが、認めるつもりはない。

「どのような話をしたの？」メアリーがあらためて訊いた。

「これといったことは何も」オリヴィアはごまかして、またも新聞をかさこそさせて、先ほど以上に大きな音を響かせた。社交界欄は読み終えたが――新聞はいつも後ろから読みはじめる——議会報告を読みたかった。こちらの紙面には必ず目を通している。毎日。貴族院に属する父ですら毎日は読んでいない。

「あなたは怒ってるように見えたわ」メアリーが粘り強く続けた。

いまもよ、とぼやきたいのをオリヴィアは呑み込んだ。

「怒ってたの?」

オリヴィアは奥歯を嚙みしめた。「あなたの見間違いだわ」

「そんなはずないわ」メアリーは確信があるときにはいつもこのように恐ろしく抑揚のない声で言う。

オリヴィアは向こう側でそしらぬふりで布に針をくぐらせているサリーを見やった。それからメアリーに顔を戻し、使用人の前なのだからと眼差しで暗に諌めた。

メアリーはこれくらいで完全に引きさがる相手ではないが、せめてもわずかばかりの時間稼ぎにはなる。

オリヴィアはまた新聞を持ち直し、自分の手を見てげんなりした。執事がアイロンをかける前に持ちだしてきたので、乾ききっていないインクが肌に付いてしまった。

「そういった汚れはいやよね」メアリーが言う。

返答の必要はないと思いつつも、オリヴィアはうっかり口を開いた。「あ、あ、あなたの侍女はどちらに?」

「あら、あちらよ」メアリーは答えて、どことというのでもなく背後のほうへ手を振った。それからすぐにオリヴィアは自分のとんでもない誤算に気づいた。というのもメアリーがさっそくサリーのほうを向いてこう言ったからだ。「ジェネヴィーヴのことは知ってるでしょう？　お喋りでもしてきたらどうかしら？」

サリーはメアリーの侍女のジェネヴィーヴを知っていて、当然ながら英語を片言しか話せないのもわかっていたが、オリヴィアとしてもあからさまに自分の侍女は友人の侍女とは話さないなどと口を挟むわけにもいかず、結局サリーは刺繡道具を置いて、ジェネヴィーヴを探しに向かった。

「さてと」メアリーが得意げに告げた。「これで気がかりはきれいさっぱりなくなったわ。さあ、あの方がどんなふうだったのか話して。美男子だった？」

「あなたもお顔は見てるでしょう」

「いいえ、近くでは見てないもの。例の瞳はどうだった？」メアリーはぶるっと身をふるわせた。

「そうだわ！」オリヴィアはふいに思い起こして声をあげた。「褐色だったのよ、青みがかったグレーではなく」

「そんなはずないわ。わたしはちゃんとこの目で――」

「見間違えたのね」

「いいえ。そんな見間違いはけっしてしないもの」

「メアリー、わたしはあの方の顔をこのくらい近くで見たのよ」オリヴィアはベンチで隣り合った互いの隙間を手ぶりで示した。「間違いない、瞳は褐色だったわ」

メアリーは慄然とした。それからやっと首を振った。「間近で見るとそうなのかもしれないわね。あまりに目つきが鋭いんですもの。それで青い瞳だと思ってしまったんだわ」目をぱちくりさせた。「あるいはグレーだと」

オリヴィアは瞳で天を仰ぎ、これで尋問が打ち切られるよう祈ってまっすぐ前を向いたが、メアリーは怯まなかった。「まだあの方について話してくれてないわ」指摘した。

「メアリー、これといったことは何もないのよ」オリヴィアは念を押すように言った。膝の上を見おろすと気が滅入った。新聞はいまや皺くちゃで、読むに堪えない紙屑と化していた。

「あの方はダンスを申し込んで、わたしは応じた」

「でも――」そこでメアリーが息を呑んだ。

「でも何？」今度はオリヴィアがしびれを切らしてせかした。

メアリーがオリヴィアの腕を取り、さらにつかんだ。きつく。

「どうしたというの？」

メアリーがサーペンタイン池のほうを指さした。「あそこ」

オリヴィアには何も見当たらなかった。

「馬に乗ってる」メアリーが差し迫った声で言う。

オリヴィアは視線を左へ移し――

ああ、そんな、ありえない。

「あの方よね？」

オリヴィアは答えなかった。

「サー・ハリー」メアリーがあらためて名前を口にした。

「どなたのことなのかはわかってるわ」オリヴィアは鋭く返した。

メアリーが首を伸ばした。「サー・ハリーだと思うんだけど」

その紳士の容姿からというより、人違いであるほど自分が運に恵まれているとは思えないという理由から、本人だとオリヴィアは確信した。

「乗馬がお上手なのね」メアリーが感心した口ぶりでつぶやいた。

いまこそ信心深く祈るべき時だとオリヴィアは決意した。向こうはこちらに気づかないかもしれない。たとえ気づいても、そしらぬふりをしようと思うかもしれない。もしくは突然稲妻が――

「こちらを見たわ」メアリーはすっかりはしゃいでいる。「手を振るべきよ。わたしもそうしたいところだけれど、まだ紹介を受けていないから」

「思わせぶりな態度は慎まないと」オリヴィアは歯の隙間から吐きだすように言った。

メアリーがすばやく顔を向けた。「あなたはあの方が嫌いなのだと思ってたわ」

オリヴィアは辟易して目を閉じた。のんびりと静かなひと時を楽しむ外出になるはずだった。メアリーにもアンの鼻風邪が移るには、いったいあとどれくらいかかるのだろう。

それからオリヴィアはぼんやりと、より早く感染させるために自分にできることはないのだろうかと考えた。

「オリヴィア」メアリーが脇を突いてせかした。

オリヴィアは目をあけた。いまやサー・ハリーがあきらかにこちらへ馬を駆り、もう、すぐそこまで迫っていた。

「ミスター・グレイもいらしてないのかしら」メアリーが期待を込めて言う。「なにしろニューベリー伯爵を継がれるかもしれないんですもの」

サー・ハリーがどうやら〝伯爵を継がれるかもしれない〟従兄弟は連れずに近づいてくると、オリヴィアは硬い笑みを貼りつけた。巧みに馬を乗りこなしているのはオリヴィアの目にも見てとれた。しかも乗っているのは鹿毛で白い靴下を履いたような模様のとても上等な美しい馬だ。サー・ハリーはゆったりと公園をめぐる程度ではなく、しっかりと馬を駆るのにふさわしい乗馬服を身につけている。濃い色の髪は風に吹かれ、頬はわずかに上気していて、それならばもう少し朗らかで親しみやすく見えてもよさそうなものなのに、やはり笑みが足りないとオリヴィアは冷ややかに眺めた。

サー・ハリー・ヴァレンタインはちゃんと笑わない。いずれにしろオリヴィアには。

「ご婦人がた」サー・ハリーがふたりの前に来て、馬をとまらせた。

「サー・ハリー」これでもオリヴィアは精いっぱい歯をこじあけて応じた。

メアリーがオリヴィアの足を軽く蹴った。

「ご紹介しますわ、こちらはミス・カドガンです」オリヴィアは言った。

サー・ハリーはうやうやしく、いくらか頭を傾けて挨拶した。「お目にかかれて光栄です」

「サー・ハリー」メアリーはうなずいて挨拶を返した。「気持ちのよい朝ですわね？」

「ほんとうに」サー・ハリーが答えた。「そうお思いになりませんか、レディ・オリヴィア？」

「そうですわね」オリヴィアはこわばった声で返した。サー・ハリーが追随して友人のほうに質問を投げかけてくれるのを期待してメアリーのほうを向いた。

けれどそううまくはいかなかった。「これまであなたをハイド・パークでお見かけしたことはありませんでしたね、レディ・オリヴィア」

「ふだんはこれほど早くには出かけませんので」

「そうでしょうとも」サー・ハリーが低い声で言う。「朝もご自宅で欠かせないことがいろいろとおありでしょうから」

メアリーが興味深そうにオリヴィアを見た。それくらい意味ありげな物言いだった。

「たとえば」サー・ハリーが続ける。「人々を眺め……」

「従兄弟の方はご一緒ではないのかしら？」オリヴィアは即座に訊いた。

サー・ハリーがおどけるふうに眉を上げた。「セバスチャンは午前中にはめったに現われません」

「でもあなたは早起きをなさるのね？」

「つねに」

この男性についてまたひとつ気に入らない点が見つかった。早起きするのはいっこうにかまわないけれど、そのことを得意がる人々をオリヴィアは好きになれなかった。

気まずくなるまで沈黙を長引かせようと、わざと口をつぐんだ。サー・ハリーも空気を察すれば去るだろう。ベンチに腰かけている婦人ふたりと馬に乗っている紳士の会話がまともに成り立たないのは、良識があれば誰にでもわかることだ。オリヴィアは顔を上向かせているせいですでに首に痛みを感じはじめていた。

首筋に手をやり、さすりつつ、サー・ハリーに察してもらえるのを祈った。ところが、きっと誰もが、自分ですらあまりに間が悪すぎると思うそのときに、記憶がたちまちよみがえった。腫物ができたふりをしようと想像したときのことが。それに、疫病も。腺ペストがどうとかと創作した詩も。そのうちにどうしようもなくオリヴィアは笑いたくなった。

とはいえ隣りにメアリーが坐っていて、サー・ハリーに横柄に見おろされていては、笑うわけにもいかないので、懸命に口をつぐんだ。すると当然ながら鼻で息をすることになり、ふっと鼻息が洩れた。慎ましさのかけらもなく。その音に愉快な気分をそそられた。

とうとうほんとうにぷっと吹いてしまった。

「オリヴィア？」メアリーが訊く。

「なんでもないわ」オリヴィアは顔を見せまいとそむけつつ友人に手を振った。「ほんとうに」

さいわいにもサー・ハリーは黙っている。さしずめ、この女は頭がいかれているとでも思っているからなのでしょうけど。

でもメアリーのほうはそれでは済ませられなかった。何かにつけ放ってはおけない性分の友人だ。「ほんとうに大丈夫なの、オリヴィア、だって――」

オリヴィアは肩に顎を沈めるようにして、なおも顔をそむけていた。そうしていなければまた吹いてしまうのがなんとなくわかっていたからだ。「ちょっと思いついたことがあって、それだけのことよ」

「だけど――」

めずらしくメアリーが問いつめるのをやめた。

オリヴィアはほっと胸をなでおろしかけたが、あのメアリーが急に配慮と分別を働かせられるようになるとはとうてい信じられなかった。そして案の定、その推測が正しかったことが証明された。メアリーはやはり気遣いから言葉を控えたのではなかった。口をつぐんだ理由とは――

「まあ、見て、オリヴィア！　あなたのごきょうだいよ」

6

ハリーはそろそろ家に帰るつもりだった。ロンドンに来てからも早朝の日課の乗馬は欠かさず、この日もちょうど公園を出ようとしたときに、ベンチに坐るレディ・オリヴィアを目にしたのだ。せっかくなので友人を紹介してもらうのも面白いかもしれないと馬をとまらせたのだが、たわいないお喋りを少しばかりしてみると、どうやらいずれのご婦人にも仕事の時間を割いてまでとどまるほどの面白味はなさそうだという結論に達した。

なにしろこれほど仕事が遅れている要因はそもそも、このレディ・オリヴィア・ベヴルストークにある。

もう覗き見されることはなくなったとはいえ、その影響は尾を引いている。机に向かうたび、いまは隣家の窓のカーテンがきっちり閉められているのはじゅうぶん知りつつ、レディ・オリヴィアの視線を感じてしまう。だからといっていまさらその問題に対処する術はほとんどなく、せめても向こうの家の窓を確かめるのがせいぜいなのだが、するとまたまる一時間も仕事が滞ることとなった。

つまり、こんな具合だ。そこに窓があるから目をやる。するとどうしても見ずにはいられなくなり、執務室にいる時間の長さを考えればほんとうは気が進まないのだが、仕方なくこちらの窓のカーテンもきっちり閉める。その際に例の窓を目にすれば、それも寝室の窓だとわかっているのだから、当然ながらそこにいるはずの女性に考えをめぐらせずにいられるだろうか？　その時点に至って、いらだちが頭をもたげる。なぜなら、第一に、そこにいるのは気力を傾けるに値しない女性であり、第二に、当の窓辺にその女性がいるわけでもなく、第三には、あの女性のせいで仕事が思うように進んでいないからだ。

第三の理由が頭に浮かぶと今度はおのずといらだちが自分自身に向けられ、なおさら鬱々とした気分に陥る。なぜなら第四に、本来はその集中力をより有意義に使うべきであり、第五に、見えるのはたかだか窓のみで、第六に、女性に悶々とするのなら、せめても好意を抱いた相手にするべきだからだ。

第六の理由までたどり着けばたいがいは大きな唸り声を洩らし、どうにかいったんは翻訳に気持ちを振り向けられる。持続するのはいつもだいたい数分程度で、またも目を上げ、つい窓を見やり、愚かしいことこのうえない堂々巡りをまた始めから繰り返す。

だからこそ、レディ・オリヴィア・ベヴルストークがきょうだいも公園に来ていると知って見るからにぎくりとした表情をよぎらせたのを目にして、いや、やはりまだ仕事に戻るのは早いかもしれないとハリーは判断したのだった。こんなにもいらだたしい思いをさせられているのだから、その要因である張本人も同じくらい煩わしい思いをさせられる場面を見ることができたなら幸いだ。

「サー・ハリー、オリヴィアのごきょうだいはご存じかしら？」ミス・カドガンが尋ねた。

ハリーは馬からするりと降りた。まだしばらくとどまることになりそうだからだ。「残念ながら、まだお目にかかっていません」

〝残念ながら〟という言いまわしに、レディ・オリヴィアがみるみる不愉快そうに顔を曇らせた。

「双子のごきょうだいですわ」ミス・カドガンが説明した。「最近大学を出られたばかりで」

ハリーはレディ・オリヴィアのほうを向いて言った。「双子とは存じあげなかったな」

オリヴィアは肩をすくめた。

「大学を修了されたのですね？」ハリーは問いかけた。

オリヴィアはそっけなくうなずいた。

その態度にハリーは思わず首を横に振りかけた。それにしても愛想のかけらもないご婦人だ。せっかくの美貌も台無しではないか。いくら容姿に恵まれていてもこれでは意味がない。鼻に大きなイボでもこしらえているほうがお似合いだろう。

「それなら、ぼくの弟と知りあいかもしれない」ハリーはそれとなく続けた。「同じ年齢なので」

「弟さんがいらっしゃるの？」ミス・カドガンが尋ねた。

エドワードについてハリーが簡単に説明してちょうど少し間があいたところに、レディ・オリヴィアの双子のきょうだいが到着した。若者らしいしなやかな足どりで、ひとりで歩いてきた。レディ・オリヴィアとよく似ているとハリーは見定めた。褐色の髪はさらに何段階か暗い色だが、明るい瞳は色も形もそっくりだ。

ハリーが軽く頭をさげると、ミスター・ベヴルストークも同じように挨拶を返した。

「サー・ハリー・ヴァレンタイン、わたしのきょうだいのミスター・ウィンストン・ベヴルストークです。ウィンストン、サー・ハリーよ」

レディ・オリヴィアの声には驚くほど抑揚も気持ちも欠けていた。

「サー・ハリー」ウィンストンが礼儀正しく言った。「弟さんは存じあげています」

この若きベヴルストークには見憶えがなかったが、エドワードの大勢いる知りあいのひとりなのだろうとハリーは推測した。弟の友人たちにはあちこちでだいたい顔を合わせているが、そのほとんどをまるで記憶していない。

「たしか、お隣りに越されていらしたとか」ウィンストンが言った。

ハリーは低い声で応じてうなずいた。

「南側ですね」

「いかにも」

「以前から趣味のよい建物だと思っていました」ウィンストンが言う。より正確にはもったいをつけた口ぶりだった。これから壮大な旅についてでも語りはじめようとしているように。

「煉瓦造りですよね?」

「ウィンストン」オリヴィアがいらだたしげに言った。「煉瓦造りなのは見ればわかることでしょう」

「まあ、たしかにな」ウィンストンはぞんざいに手を振って返した。「でもぼくの場合にはそんなにじっくりとは見ないから。そういったところにはあまり注意が向かないんだ。それに、知ってのとおり、ぼくの寝室は反対側に面しているだろう」

ハリーはふっと口もとが緩んだ。この調子ならますます愉快な気分を味わえそうだ。

ウィンストンがこちらを向き、あきらかにきょうだいをからかいたいだけの目的で言った。

「オリヴィアの部屋は南側に面しています」

「そうでしたか」

レディ・オリヴィアの表情はまるで——

「そうなんです」ウィンストンの力強い返答で、ハリーによるレディ・オリヴィアの表情の変化の観察は打ち切られた。だがすぐに憤りは発火しないとも言いきれない顔つきではあった。

「そちらから部屋の窓が見えるはずです」ウィンストンが続ける。「きっとすぐわかりますよ、なにしろ——」

「ウィンストン」

ハリーは実際に数センチはあとずさった。殺気が感じられたような気がしたからだ。それにウィンストンのほうが体格ははるかに大きくとも、きょうだいのどちらの勝利に賭けるかと問われれば、オリヴィアを選ぶだろう。

「サー・ハリーはうちの間取りになどご興味はないわ」オリヴィアは言い捨てた。

ウィンストンが考えるふうに顎をさすった。「ぼくはなにも建物全体の間取りを説明しようとしたんじゃないんだけどな」

ハリーはオリヴィアのほうに顔を戻した。こんなにも巧みにいらだちを抑えられる人間に出会ったことがあっただろうか。たいしたものだ。

「このような朝にお目にかかれるなんて嬉しいですわ、ウィンストン」ミス・カドガンはきょうだい同士の張りつめた空気にはどうやらまるで気づいていないらしく、言葉を差し入れた。「いつもこんなに朝早くからお出かけになりますの？」

「いいえ」ウィンストンが答えた。「母にオリヴィアを連れ帰るよう言いつけられまして」

ミス・カドガンはにっこり笑い、ハリーに視線を戻した。「でしたら、毎朝こちらの公園に来られる習慣があるのはあなただけのようですわ。わたしもオリヴィアを探しに来たんです。ここしばらく、お喋りできる機会がなかったものですから。ご存じのとおり、友人は具合が悪かったので」

「知りませんでした」ハリーは言った。「快復されたのならよいのですが」

「ウィンストンも具合が悪かったんです」オリヴィアが言った。どこか恐ろしげな笑みを浮かべている。「わたしよりずっと重症で」

「まあ、大変！」ミス・カドガンが声を張りあげた。「それはほんとうにお気の毒だわ」いたく心配そうにウィンストンを見やった。「存じあげていれば、チンキ薬をお持ちしましたのに」

「今度ウィンストンが病気になったときには、必ずお知らせするわ」オリヴィアは友人に告げた。ハリーのほうを向き、声を低くして言う。「どういうわけかよくあることなんです。ほんとうに困ってしまうわ」それからさらにささやくほどに声を落とした。「そのように生まれついてしまったのね」

ミス・カドガンが立ち上がり、ウィンストンに全精力を注いだ。「いまはもう、お加減はよろしいの？　失礼ながら少しお痩せになった気がするわ」

ハリーの目には健康そのものに見えた。

「大丈夫です」ウィンストンはあきらかにきょうだいへのいらだちからさらりと返した。当のオリヴィアはしてやったりのいたく満足げな表情でベンチに腰かけている。

ミス・カドガンがウィンストンから友人に目を移すと、オリヴィアは首を振ってみせて、「そんなことないのよ」と声には出さずに口だけを動かした。

「チンキ薬を必ずお持ちするわ」ミス・カドガンが言う。「口当たりはあまりよくないけれど、うちの家政婦は効き目に自信を持ってるの。それと、すぐに家に戻られたほうがいいわ。外は冷えるから」

「そこまでする必要はありません」ウィンストンは抵抗した。

「いずれにしろ、わたしもすぐに失礼するつもりでしたから」ミス・カドガンは言いつのり、ふたりの女性が断固力を合わせれば、若きベヴルストークには太刀打ちできないことを思い知らせた。「付き添っていただけないかしら」

「お母様にはすぐに戻ると伝えておいて」オリヴィアがやさしげな声で言った。

ウィンストンはきょうだいを睨みつけたものの、もはや敗北を喫したのはあきらかで、やむなくミス・カドガンに腕を差しだして肘を取らせ、ともに歩き去っていった。

「お見事だ、レディ・オリヴィア」ハリーはふたりが声の届かないところまで遠ざかるや感嘆して言った。

オリヴィアは退屈そうな目を向けた。「わたしにとって腹立たしく感じる紳士はあなただけではないの」

そのように言われては聞き流せないので、ハリーはつい先ほどまでミス・カドガンが坐っていた場所にどさりと腰を降ろした。「何か興味深いことはあったかい？」新聞を手ぶりで示して訊いた。

「どうかしら」オリヴィアは答えた。「読むのを中断させられてばかりなんだもの」

ハリーは含み笑いをした。「謝罪を求められているのかもしれないが、そう安々とは応じられない」

どうやら返し文句をこらえたらしく、オリヴィアは唇を引き結んだ。

ハリーは深く坐り直して右の足首を左の膝にかけ、くつろいだ姿勢をとることにより、しばらくそこにとどまる意向を示した。「そもそも」考え込んで言う。「ぼくはきみのひとりきりの時間を邪魔したわけではない。なにせこうしてハイド・パークのベンチに坐っているんだ。戸外だし、公共の場であり、ほかにもいろいろと言いようはあるが、まあ、そういうことだ」

いったん間をおき、返答の機会を与えた。何も返ってこないので続けた。「もしひとりきりになりたいのなら、新聞を持って自分の寝室か、執務室があるならそこにこもるべきだ。そういったところは、きみが同意するかどうかはべつとして、ひとりきりという仮定のもとに人が行動できる場所じゃないのか？」

ふたたび待った。今度も聞き流されてしまったので、ハリーは声を落とし、つぶやくように尋ねた。「きみの執務室はあるのかな、レディ・オリヴィア？」

オリヴィアはまっすぐ前を見つめ、こちらを見ようとするそぶりもいっさいないので、答えてはもらえないのだろうとハリーは思ったのだが、意外にも歯の隙間から吐きだすような声が聞こえた。「ないわ」

ハリーは答えてもらえたことに感心しつつも、話題を変えようとまでは思わなかった。「それは残念だ」低い声で続けた。「寝る場所とはべつに自分ひとりで使える部屋があるのは非常に便利だ。レディ・オリヴィア、きみも人目を気にせず新聞を読みたいと思うなら、ぜひ執務室を持つことを考えてみるといい」

オリヴィアは見事になんの感情も窺えない顔を向けた。「そこはわたしの侍女が刺繍をしていた席なのよ」

「それは失礼」ハリーは見おろし、尻の下から布を引き抜き――わずかに縁に尻がのっていた程度なのだが、寛大な心持ちで指摘するのは控えた――傍らに置いた。「きみの侍女はどちらに？」

オリヴィアは適当に手を振って示した。「メアリーの侍女のところに行ったわ。すぐに戻ってくるでしょうけど」

これについてはとりたてて返すべき言葉も見つからないので、ハリーは言った。「双子のごきょうだいとは興味深い関係のようだ」

オリヴィアはいかにも面倒そうに肩をすくめた。

「ぼくは弟に疎まれている」

その言葉がオリヴィアの関心を引いた。顔を振り向け、やけにやさしげな笑みを浮かべて言う。「ぜひお目にかかりたいわ」

「そうだろうとも」ハリーは応じた。「ぼくの部屋にはめったに来ないが、間に合う時間に起きられたときには、小さな食堂で朝食をとる。ぼくの執務室から玄関のほうへ窓をほんのふたつ挟んだ部屋だ。きみのところからもたぶん見えるだろう」

オリヴィアはきつい眼差しを向けた。ハリーは穏やかに笑い返した。

「どうしてここにいるの？」オリヴィアが訊いた。

ハリーは自分の馬を身ぶりで示した。「乗馬に来た」

「そうではなくて、どうしてここにいるのかと訊いてるの」オリヴィアが歯噛みして言う。

「このベンチによ。わたしの隣りに」

ハリーは束の間考えた。「なぜそう、ぼくをいらだたせる」

オリヴィアが唇をすぼめた。「あら」いくぶん早口に返した。「それを言うなら、お互い様ではないかしら」

口調はどうあれ、彼女の言葉にしては理に適っていた。現にハリーはほんの数分前にも、この女性に腹立たしい男だと遠まわしに言い放たれたばかりだ。

そこへ侍女が戻ってきた。その姿を目にするより先に、やけにいらだたしそうに湿った草を踏みつけて進んで来る足音と、ロンドンの下町訛りの声が聞こえた。

「なんだってまたあの人はわたしにフランス語を学べといわんばかりの態度なんでしょう？ここはイングランドだってのに。まあ」侍女はハリーを目にして少し驚いたように口をつぐんだ。今度は訛りも口ぶりもだいぶ控えめに言葉を継いだ。「失礼いたしました、お嬢様。お連れ様がいらっしゃるとは気づきませんでしたので」

「この方はもう帰られるわ」レディ・オリヴィアはいたってしとやかにさりげない口ぶりで答えた。ハリーはまばゆいばかりの明るい笑みを向けられ、この女性に恋心を打ち砕かれた男たちが大勢いるとの噂がようやく腑に落ちた。「おつきあいくださって心から感謝しますわ、サー・ハリー」

ハリーは息を呑み、それからふと、この女性はとんだ嘘の達人なのだと思い知らされた。いましがたの十分間、無愛想な令嬢だと呆れながら過ごしたあとでなければ、自分も恋に落ちてしまっていたかもしれない。

「レディ・オリヴィア、あなたのお勧めどおり」静かに言った。「退散するといたしましょう」

そうしてハリーは金輪際、顔を合わせるものかと心に決めて、その場をあとにした。

いずれにしろ、あえて会うことはない。

レディ・オリヴィアのことはすっぱり頭から振り払い、ハリーはその午前中から仕事を再開し、昼にはおびただしい数のロシア語の慣用句に沈み込んでいた。
コグダ　ラク　ナ　ガレ　シヴィスニェット、直訳は「ザリガニが山で口笛を鳴らす」英語で言い換えるなら「豚が空を飛ぶ」つまり、起こりえないこと。
スデアラット　スラナ　イズ　ムヒ、直訳は「象を飛ばす」英語で言い換えるなら「モグラ塚から山を成す」つまり、ささいなことを騒ぎ立てる。
セ　ドフロゴ　コズラ　イ　シェルスティ　クロック、直訳は「死んだ山羊の毛織布にも価値はある」英語で言い換えるなら……。
言い換えるなら……。

つまり……。

ハリーはぼんやりと吸い取り紙器《ブロッター》を羽根ペンで打ちながら何分か考えつづけ、いったんあきらめて先へ進もうとしたとき、ドアをノックする音を耳にした。

「どうぞ」目は上げなかった。段落を最後まで集中して読み通せたのは久しぶりで、調子を乱されたくなかった。

「ハリー兄さん」

羽根ペンをとめた。おそらく執事が午後便の郵便物を届けに来たのだろうと思っていたのだが、聞こえてきたのは弟の声だった。「エドワード」ハリーはやりかけの箇所をしっかりと確かめてから目を上げた。「嬉しい驚きだな」

「兄さん宛てだ」エドワードが部屋に入ってきて、机に封書を置いた。「急使が届けに来た」

封書の外側に差出人の名前は記されていないが、紋様には見憶えがあった。陸軍省からの書付で、重要な用件なのにほぼ間違いない。このように自宅に書状のみを届けさせるのはまれなことだ。ひとりになってから読むつもりで封書を脇によけて置いた。エドワードは兄が書類の翻訳をしていることは知っているが、どこから依頼されているものなのかは知らない。これまでのところ、そのようなことを伝えられるほどハリーは弟を信頼するには至っていなかった。

いずれにしろ数分後には読める。まずは弟が執務室に現われた理由を知りたかった。ふだんはついでに届け物をしてくれるような弟ではない。たとえ自分が受けとった物だとしても、執事に届けてもらえるよう玄関広間の手紙入れに差し入れるのがせいぜいだ。

誰かに頼まれるか、必要に迫られて仕方なくといったとき以外、エドワードは兄と接したがらない。必要に迫られるのはたいがい金銭絡みだ。

「きょうの調子はどうだ、エドワード？」

弟は肩をすくめた。赤く腫れぼったい目をしていて、疲れているように見える。昨夜はいったい何時に帰宅したことやらとハリーは憶測した。

「きょうの夕食にはセバスチャンが来る」ハリーは言った。弟はめったに家で食事をとらないが、セブが来るとわかっていれば、その気になるかもしれないと思ったからだ。

「予定がある」エドワードはそう言ったが、すぐに付け加えた。「でも、そっちは先延ばしにできるかもしれないいな」

「そうしてくれたらありがたい」

エドワードは部屋の真ん中で、まさにぶすっとふてくされた少年のように立っている。もう二十二歳となり、自分では一人前の大人の男だと思っているのだろうが、態度は青臭く、目つきもまだいかにも若い。

若いには違いないのだが、溌剌《はつらつ》とはしていない。弟はなんとやつれて見えるのだろうかとハリーは気になった。酒を飲みすぎて、あまり寝ていないのかもしれない。とはいえ父とはまた違う。どこがどう違うのかを明確に説明することはできないが、ともかくサー・ライオネルはつねに陽気に浮かれていた。

気落ちして申しわけなさそうにすることがあったとしても、だいたい翌朝にはそんなこともけろりと忘れていたものだ。

だがエドワードは違う。酒を飲みすぎても感情をあらわにはしない。父のように椅子の上に立って、学校の〝すっぱらしさ〟を呂律のまわらない口ぶりで話す姿などとても想像できない。まれに食事をともにするときでも、エドワードは愛想や礼儀をつくろおうともしない。石のごとく黙り込み、口を開くのは直接何かを尋ねられたときのみで、それも必要最小限の言葉にかぎられる。

考えや興味のあることのみならず、弟について何ひとつ知らないことがハリーには心苦しかった。エドワードが成長するまでの大部分の期間にハリーは大陸でセブとともに第十八騎兵隊の一員として戦い、家を空けていた。帰国して兄弟関係を築き直そうとしたが、エドワードのほうは兄とかかわりたがらなかった。弟は自活する資金がないから、兄の家にとどまっているだけに過ぎない。これといって引き継げる物もなく、きわだった能力もない、どこにでもいる次男坊だ。ハリーからの入隊の勧めには、弟を追い払いたいだけのことだろうと兄を非難して一蹴した。

聖職者への道はあえて勧めなかった。エドワードが道徳心の大切さを説く姿は想像しづらいし、けっして弟を追いだしたいわけではない。

「今週の初めにアン姉さんから手紙が届いた」ハリーは伝えた。姉は十七歳でウィリアム・フォーブッシュに嫁ぎ、はるかコーンウォールの地に腰を落ち着けてから一度も弟たちとは再会していなかった。毎月ハリー宛てに送ってくる手紙には子供たちの近況報告ばかりが綴られている。ハリーは使わないと完全に忘れてしまうからとロシア語で返事を書き送っていた。

姉は弟からの戒めの言葉を切り抜いて新たな紙に貼りつけ、英語で「親愛なる弟へ、これがわたしからの答えよ」と付記したものを送り返してきた。

ハリーは笑ったが、ロシア語で返事を書くのはやめなかった。その手紙を読み解くのに姉は四苦八苦しているらしく、次の手紙には弟が書いてきたことへの質問がたびたび付記されている。

こうした手紙のやりとりは楽しく、ハリーは姉からの手紙をいつも楽しみにしていた。アンはエドワードには手紙を書かない。以前は送ってきていたのだが、返事はまったく期待できないとわかってあきらめたのだ。

「子供たちはみな元気そうだ」ハリーは続けた。アンには五人の子供がいて、末っ子を除く四人は男の子だ。姉はどのような姿になっているのだろう。なにしろ自分が入隊してから一度も会っていない。

ハリーは椅子の背にもたれて、待った。何かしらの反応を。エドワードが口を開くのか、歩きだすのか、壁を蹴るのを。それ以上に可能性が高いのが小遣いの前払いを頼む言葉で、弟がここに現われたのがそのためであるのはまず間違いなかった。だがエドワードは何も言わず、爪先を床に擦らせ、黒っぽい色の絨毯の端に引っかけてめくっては踵でまた踏み戻している。

「エドワード？」

「その手紙を読んだほうがいい」弟はぶっきらぼうに言い、ドアへ歩きだした。「重要なものだそうだから」

ハリーはエドワードが部屋を出るのを待って、陸軍省からの封書を手にした。このような方法で連絡してくるのはめずらしい。たいがいは使者にただ書類を届けさせるだけだからだ。

裏返して人差し指で封を破り、紙を開いた。

ほんの二行の短い書付だが、指示は明快だった。ただちにホワイトホールの近衛騎兵旅団本部に出向かなければならない。

ハリーは唸った。出向かなくてはならない用件とは、よい予感がしない。前回呼びだされたときには、ロシアの高齢の伯爵未亡人のお守り役を命じられた。三週間も老婦人に張りついていなければならなかった。やれ暑いだの、食事や音楽がどうだのと文句をこぼされ……満足するのはウォッカを口にしたときだけで、それもみずから持参したものだったからだ。

ハリーもともに味わうよう勧められた。あなたのようにロシア語を話す人に英国の安酒はそぐわないと。そう言われてハリーはこの老婦人にどことなく祖母と重なるところを感じた。

だが実際には一滴も飲まずに、毎晩グラスの中身を鉢植えに捨てていた。

ふしぎとその鉢植えの植物はかえって生い茂った。そのときの任務でおそらくいちばん楽しめたのは、そこの屋敷の執事が鉢植えの植物の成長ぶりに眉をひそめ「花が咲く品種だとは思いませんでした」と洩らしたことだろう。

あのような任務は二度とご免だが、残念ながら辞退するというわがままはほぼ認められない。皮肉なものだ。自分が必要とされているのはロシア語の使い手がそう多くいるわけではないからで、にもかかわらず命令に喜んで従うものと見なされている。

ハリーは出かける前にやりかけのページの翻訳を終わらせてしまおうかともちらりと考えたが、やはり中断した。気がかりはさっさと解決してしまったほうがいい。

それにあの伯爵未亡人はすでにサンクトペテルブルクに帰って、やれ寒いだの、陽射しが恋しいだの、あれこれ世話を焼いてくれる英国紳士が懐かしいといった文句をこぼしているに違いない。

今度はどのような指令であるにしろ、よもやあれより悲惨な務めなどないだろう。

7

考えが甘かった。

「なんという皇子なんです？」ハリーは訊いた。

「アレクセイ・イヴァノヴィチ・ゴマロフスキー皇子だ」陸軍省とハリーの連絡役をことあるごとに務めているミスター・ウィンスロップが答えた。ウィンスロップにも洗礼名はあるのだろうが、そうだとしてもハリーは聞いた憶えがない。ともかく、この中肉中背で中くらいの濃さの褐色の髪をした、とりたてて特徴もない顔の男をミスター・ウィンスロップと呼んでいる。陸軍省の建物の外で見かけたことすらない。

「われわれはこの人物を快く思っていない」ウィンスロップはほとんど抑揚のない声で言った。「神経をとがらせている」

「その人物が何をしでかすと、われわれは危惧してるんです？」

「定かではない」ウィンスロップはハリーの皮肉には気づいていない様子で答えた。「だが、この人物の訪問を懸念すべき理由は山ほどある。その最たる理由が父親だ」

「父親？」

「皇帝の親族のひとり、イヴァン・アレクサンドロヴィチ・ゴマロフスキー。故人だ。ナポレオンの支持者だった」

「そんな御仁の子息がいまなおロシア社会でその影響力を有していると？」ハリーには信じがたい話だった。フランスがモスクワに侵攻して九年が経つが、フランスとロシアの関係は控えめに言っても凍てついたままだ。ロシア皇帝も国民もナポレオンの侵攻を歓迎してはいなかった。フランス側にも長きにわたって刻み込まれた記憶がある。撤退による屈辱と荒廃はこの先何年も忘れ去られることはないだろう。

「父親の反逆行為が明るみに出ることはなかった」ウィンスロップが説明した。「昨年、皇帝の忠僕と信じられたまま病死した」

「反逆者だったとどうして断定できるんです？」

ウィンスロップがぞんざいに手を振ってその質問を払いのけた。「われわれは情報を得ている」

それ以上説明してもらえる見込みはないので、ハリーはとりあえず言葉どおり受けとることにした。

「この時機に皇子が訪問したことにも、われわれは疑念を抱いている。ナポレオンの支持者とされる三人が――そのうちふたりは英国民だ――昨日《さくじつ》ロンドンに入った」

「反逆者たちを野放しにしているんですか？」

「敵対者たちに当局には気づかれていないと思い込ませておいたほうが好都合なことも往々にしてあるのだ」ウィンスロップは机に両腕をついて身を乗りだした。「ボナパルトは病の床にあり、おそらく長くはない。衰弱している」

「ボナパルトが？」ハリーはいぶかしげに訊き返した。ナポレオンを目にしたことは一度しかない。むろん遠くからだ。たしかに小柄だったが、腹は突き出ていた。あの男が瘦せ衰える姿は想像しがたい。

「われわれが入手した情報によれば――」ウィンスロップは机の上の書類をぱらぱらとめくり、目当ての紙を見つけた。「――ズボンの胴まわりを十二、三センチも詰めたとのことだ」

はからずもハリーは感心した。細部への注意が足りないと陸軍省を非難できる者はいないだろう。

「セント・ヘレナ島を抜けだせはしまい」ウィンスロップは続けた。「だが用心は怠れない。彼の名のもとに策を弄する輩は必ずいる。アレクセイ皇子もその可能性のある人物のひとりだとわれわれは睨んでいる」

ハリーは息を吐きだした。そういった仕事にはどれほど巻き込まれたくないと思っているかがウィンスロップに伝わるよう、いらだたしげに。なにせ自分は翻訳者だ。言葉と紙とインクがあればそれでいい。ロシアの皇子になど興味はないし、これから三週間も好ましく思っているふりをするなんてこともまっぴらだ。「ぼくに何をしろと？」ハリーは訊いた。

「ぼくが諜報活動に与《くみ》していないのはご存じですよね」

「こちらもそんなことは求めていない」ウィンスロップが言う。「きみの語学力はきわめて価値あるものなのだから、暗がりに身を潜めて銃撃戦を切り抜けてくれなどと頼めるはずもない」

「あなたが諜報員の調達に苦労するとも思えないしな」ハリーはつぶやいた。

またしてもウィンスロップに皮肉は通じなかった。「ロシア語が堪能で、社交界の一員でもあるきみは、アレクセイ皇子のお目付け役にはうってつけなのだ」

「社交界の催しにはあまり出かけていません」ハリーは念を押すように言った。

「ああ、だがきみなら出かけられる」

ウィンスロップの言葉は天井から吊るされた剣《つるぎ》のようなものだった。陸軍省で自分に匹敵するくらい流暢にロシア語を話せる者はほかにひとりしかいないのをハリーは知っていた。そのジョージ・フォックスという男が、外交官の使用人としてイングランドにやって来たロシア人女性と結婚した宿屋の主人の息子であることも。フォックスは善良で頭の切れる勇敢な人物だが、皇子も現われる催しに出席することは認められないだろう。じつのところ、ハリーも出席できるとは言いきれなかった。

だが伯爵位を継ぐかもしれないセバスチャンなら出席は可能だ。ハリーもこれまでその恩恵に浴したことがないわけでもない。

「直接働きかけるようなことを頼んでいるのではない」ウィンスロップが言う。「とはいえ、ワーテルローでの功績からすれば、きみなら十二分に務められるものと見込んでいる」

「戦いからは退きました」ハリーは釘を刺した。事実だ。大陸にいた七年で、もうじゅうぶんだった。二度と軍刀《サーベル》を手にするつもりはない。

「承知している。だからこそ目を光らせてくれればいいと頼んでいる。できるかぎり彼の会話に耳をそばだてるんだ。疑わしい点が見つかればすべてわれわれに報告してくれ」

「疑わしい点」ハリーは繰り返した。ロシアの皇子が〈オールマックス社交場〉で秘密を洩らすとでも思っているのだろうか？　ロシア語を話せる人間はロンドンにほとんどいないが、どうせ誰にもわからないからと不用意に話すほどその皇子も愚かではないだろう。

「今回はフィッツウィリアムからの指令だ」ウィンスロップは静かな声で告げた。

ハリーはさっと目を上げた。フィッツウィリアムは陸軍省を指揮している。むろん公式にではない。公式には存在すらしていない。本名は知らないし、どのような容姿なのかも定かでない。これまでに二度顔を合わせてはいるが、どちらが実物でどちらが偽装なのか見分けがつかないくらい容貌が変わっていた。

だがフィッツウィリアムの指令ならば、引き受けなければならないことはハリーにもわかっていた。

ウィンスロップが机の上から書類挟みを取り上げ、差しだした。「これを読んでくれ。皇子に関する調査報告書だ」

ハリーは書類を受けとり、席を立とうとしたが、ウィンスロップにしわがれ声でとめられた。「それは持ちだしを禁じられている」

ハリーはやかましく指図されて人が何かを中断するときのいかにも大儀そうな態度で、いったん動きをとめた。椅子に腰を戻し、書類挟みを開き、四枚綴りの紙を取りだし、読みはじめた。

アレクセイ・イヴァノヴィチ・ゴマロフスキー皇子はイヴァン・アレクサンドロヴィチ・ゴマロフスキーの息子で、アレクセイ・パヴロヴィチの孫であり、未婚で、告示された婚約者もなく、云々。ロンドンでは六代遡る祖先同士が兄弟にあたる駐英ロシア大使のもとを訪れている。

「そこまで遡《さかのぼ》れば、みんな親類だな」ハリーはつぶやいた。「ひょっとしたら、ぼくとも血縁があるかもしれない」

「何か？」

ハリーはちらりとウィンスロップに目をくれた。「失礼」

同行者は、巨体で強面の外交随行者を含め八人。ウォッカ（当然だ）、英国の茶（なんと柔軟な心の持ち主か）、オペラを好む。

ハリーはうなずきながら読み進めた。それほど悪い仕事ではないかもしれない。オペラを観るのは楽しみのひとつなのだが、なかなか出かける時間が取れない。この任務ではきっと足を運ぶことになるだろう。すばらしい。

ページをめくった。皇子が描かれていた。ハリーはその紙を持ち上げた。「本人に似てますか？」

「さほどには」ウィンスロップが率直に答えた。

ハリーは似顔絵の紙をいちばん後ろにまわした。ではなぜわざわざ入れたんだ？　さらに、皇子のこれまでの人生について細かな情報のあれこれを読み進めた。父親は六十三歳で心臓病により死去。毒殺の可能性はなし。母親は存命で、サンクトペテルブルクとニジニノヴゴロドを行き来して暮らしている。

最後のページに行き着いた。女性には目がないようで、ブロンドをとりわけ好む傾向にある。ロンドンに来て二週間のあいだに最高級娼婦の館に六回足を運んでいる。社交界の催しにも多数出席し、英国人の伴侶を探しているふしも見受けられる。ロシアでの資産は減少しつつあり、多額の花嫁持参金を得られる女性を探しているとも噂されている。なかでも関心を寄せていると見られる令嬢は――

「えっ、まさか」

「何か問題でも？」ウィンスロップが訊いた。

机の向こう側にいるウィンスロップには細かな文字まで読みとれないだろうが、一応その紙を持ち上げてみせた。「レディ・オリヴィア・ベヴルストーク」陰鬱な懐疑心を込めて言った。

「そうだ」返事はそれだけだった。肯定のみ。

「彼女なら知っています」

「みな知っている」

「鼻持ちならない女性です」

「それは残念だ」ウィンスロップは咳払いをした。「しかしながら、ルドランド邸が先頃きみが借りた家の北側に隣接しているというのは、われわれにとって好都合の情報だった」

ハリーは奥歯を嚙みしめた。

「その情報に誤りはないだろうか？」

「ありません」ハリーはしぶしぶながら認めた。

「よかった。彼女にも目を光らせてもらわなくてはならないからだ」

ハリーは不愉快な気持ちを隠しきれなかった。

「不都合でもあるのか？」

「もちろん、ありません」会話の作法として尋ねただけに過ぎないのは互いにわかっている。

「レディ・オリヴィアに、皇子に加担している疑いがあるわけではないのだが、これまでに実証されている誘惑の才からすれば、彼女がそそのかされて判断を誤る可能性も捨てきれない」

「誘惑の才が実証されているんですか」ハリーは淡々と述べた。どのような手を使うのかは知りたくもないが。

またも適当に手を振って濁された。「われわれにはいろいろな策がある」

レディ・オリヴィアが皇子に誘惑されれば、国家にとっては都合のよい厄介払いになるのではないかとハリーは言いそうになったが、何かに押しとめられた。ぱっとよみがえった記憶、それもたぶんレディ・オリヴィアの瞳のなかに見えた何かに……。

どれほどいけ好かない女性でも、そのような目に遭わせるのは酷というものだろう。

とはいうものの……。

「レディ・オリヴィアが面倒に巻き込まれないようにするのも、きみの務めだ」ウィンスロップが言葉を継いだ。

あの令嬢はこちらを覗き見ていた。

「彼女の父親は重要な人物だ」

たしか銃が好きだとも言っていた。しかも侍女もフランス語を話すのはどうたらと言ってなかったか？

「社交界では名の知れた、広く好かれている令嬢だ。そのような女性の身に何かあれば、取り返しのつかない不祥事となる」

だが隣人が陸軍省のために働いているとは、レディ・オリヴィアには想像もつかないことだろう。誰ひとり知らないことだ。翻訳をしているとしか誰にも明かしていない。

「不穏な動きがあるという憶測だけで、われわれが捜査に乗りだすことはむずかしい」ウィンスロップはひと呼吸おいて言った。「言いたいことはわかってもらえるだろうか？」

ハリーはうなずいた。レディ・オリヴィアがすでにもう取り込まれて密偵となっているとは思わなかったが、ハリーの好奇心はもはやそそられているどころではなかった。それに、あとでしてやられたなどという思いをする前に、自分の見立てが合っているのかを確かめずにはいられないではないか。


「お嬢様」

オリヴィアはミランダ宛てにしたためていた手紙から目を上げた。サー・ハリーについて書くかどうかを考えあぐねていた。ほかに明かせる相手も、話したいと思う相手も思い浮かばないけれど、わざわざ手紙に書いて伝えるほどのとっておきの話というわけでもない。

そもそも何をどう伝えればよいのかすらわからない。

目をやると執事がドア口に立ち、名刺を載せた銀の盆を手にしていた。

「お客様がお見えです、お嬢様」

オリヴィアは居間の炉棚の時計を見やった。客が訪れるにはまだ少し早い時刻だし、母は帽子を買いに出かけている。「どなたなの、ハントリー？」

「サー・ハリー・ヴァレンタインです、お嬢様。南側の隣家の借主と存じます」

オリヴィアはゆっくりと羽根ペンを置いた。サー・ハリー？　ここに？

どうして？

「お通ししてよろしいでしょうか？」

そう尋ねられてオリヴィアは当惑した。サー・ハリーが玄関広間にいるのなら、ハントリーがこの部屋に伝えに来ているのはおそらく見通せている。居留守は装いようがない。オリヴィアはうなずき、便箋をきちんと揃えて抽斗《ひきだし》に入れ、立って出迎えたほうがなんとなくいいような気もして腰を上げた。

ほどなく、例によって暗い色の装いのサー・ハリーがドア口に現われた。小さな包みをかかえている。

「サー・ハリー」オリヴィアはさらりと言い、ゆっくりと踏みだした。「驚きましたわ」

サー・ハリーは軽く頭を垂れて挨拶した。「よき隣人でありたいとつねに努めておりま すので」

オリヴィアはうなずきを返し、部屋に入ってくるサー・ハリーを用心深く見つめた。なぜあらたまって訪問する気になったのか想像もつかない。この男性はきのう公園でずいぶんと嫌みな態度をとっていたし、正直なところ、こちらの態度も相手よりましだったとは言えない。あれほど失礼な振る舞いをしたのはいつ以来のことなのか思いだせないくらいだけれど、弁解させてもらうなら、今度はダンスよりはるかに危険なことを巧みに強いられかねないという恐れもあった。

「お邪魔したのでなければいいが」サー・ハリーが言う。

「かまいませんわ」オリヴィアは机を手ぶりで示した。「姉に手紙を書いていただけなので」

「お姉さんがおられるとは知らなかった」

「義理の姉よ」オリヴィアは言い直した。「でも、わたしにとってはほんとうの姉妹も同然。子供の頃からの友人なので」

サー・ハリーはオリヴィアがソファに腰を降ろすのを待って、真向かいのエジプト様式の椅子に坐った。さほど坐り心地が悪いようにも見えないのが、オリヴィアには愉快に感じられた。自分にとっては好んでは坐らない椅子だ。

「これをきみに」サー・ハリーが小さな包みを差しだした。

「まあ。ありがとう」オリヴィアはいくらかぎこちなく受けとった。この男性から贈り物をもらいたくなどないし、なんの思惑もなく持ってきたとは考えづらい。

「あけてみてくれ」サー・ハリーがせかした。

ごく簡単に包装されていた。オリヴィアは手がふるえ、サー・ハリーに気づかれないよう懸命につくろった。リボンの結び目をほどくのに何度か手こずったものの、どうにか包みを剝がしとった。

「本」少し驚いて言った。重さや形からすれば、たしかにそのような物に感じられたけれど、きわめて意外な選択に思えた。

「花はどなたもお持ちになるでしょうから」サー・ハリーがそれとなく言った。

オリヴィアはその本をひっくり返し――包みを剝がしたときには天地が逆さまになっていた――書名を確かめた。『バターワース嬢といかれた男爵』今度こそほんとうに驚かされた。

「あなたがわたしにゴシック小説をくださるなんて」

「それも身の毛のよだつゴシック小説だ」サー・ハリーは正した。「きみに楽しんでもらえそうな気がしたんだ」

オリヴィアは目を上げ、その言葉の意図を見きわめようとした。

すると尋ねられるものなら尋ねてみろとでもいわんばかりにサー・ハリーが見返した。

「わたしは読書家ではないわ」低い声で言った。

サー・ハリーが眉を上げた。

「読めないわけではないのよ」オリヴィアはサー・ハリーにと同じくらい自分にもいらだちが湧き、即座に言った。「あまり楽しめないだけで」

サー・ハリーは眉を上げたままだ。

「どうしてあなたにそんなことを認めなくてはいけないのかしら」挑むように疑問を投げかけた。

サー・ハリーがゆっくりと顔をほころばせ、いらだたしくなるほど長々と間をおいてから言った。「きみは話す前に考えないのか?」

「ほとんど考えないわね」オリヴィアは認めた。

「読んでみてくれ」サー・ハリーが本を身ぶりで示して言った。「新聞より楽しめるのではないかな」

いかにも殿方が言いそうなことだ。誰かの空想の産物などより実際に起こった出来事のほうが読みたい気持ちをわかってくれる人はなかなかいないらしい。

「あなたは読んだの?」オリヴィアは適当にページを開いて眺めながら訊いた。

「いや、読んでいない。でも、姉からは熱心に勧められた」

オリヴィアはさっと目を上げた。「お姉さんがいらっしゃるの?」

「ずいぶん驚いてるようだな」

そのとおりだった。理由はよくわからない。友人たちがこの男性について知っていることをすべて話してくれたとすればだが、なぜかその部分だけは抜け落ちていた。

「コーンウォールに住んでいる」サー・ハリーが言う。「断崖と伝説と、やかましい幼子たちに囲まれて」

「すてきな表現ね」これもまた本心から出た言葉だった。「あなたは愛情深い叔父様なのかしら」

「いや」

オリヴィアの顔から驚きを読みとったらしく、サー・ハリーが言い添えた。「どうしてきみにそんなことを認めなくてはいけないのかな？」

オリヴィアは意図せずして笑い声を立てた。「見事な切り返しだわ、サー・ハリー」

「愛情深い叔父になりたいところなんだが」サー・ハリーは本物の温かな笑みを浮かべた。

「いまのところ一度も会う機会に恵まれていない」

「仕方ないわ」オリヴィアは低い声で言った。「何年も大陸にいらしたんですもの」

サー・ハリーがわずかに頭を傾けた。どうやら興味を引かれたときの癖なのかもしれない。

「きみはぼくのことに詳しいんだな」

「この程度のことなら誰でも知ってるわ」事実なので驚かれるほどのことではない。

「ロンドンでは隠し事はむずかしいということだろうか？」

「ほとんど無理でしょうね」そう言葉が口をついてから、これでは自分がしたことを認めたのも同然だと気づいた。「お茶はいかが？」なにげなく話をそらした。

「ぜひ、いただこう、ありがとう」

オリヴィアが呼び鈴を鳴らしてハントリーに指示を伝えるとすぐに、サー・ハリーがいかにもさりげない調子で言った。「軍隊にいたときにはなにより恋しく思ったものだ」

「お茶を？」信じがたいことに思えた。

サー・ハリーがうなずいた。「飲みたくて仕方がなかった」

「飲ませてもらえなかったの？」オリヴィアはなぜかすんなりとは納得できなかった。

「たまにしか。それ以外はどうにか気をまぎらわせていた」

そのどことなく不満げな子供っぽい口ぶりに、オリヴィアは微笑んだ。「この家のお茶もお口に合うといいのだけれど」

「選り好みはしない」

「そうかしら？　そんなにお好きな方なら、こだわりがおありでしょう」

「いやむしろ、なかなか飲めなかったからこそ、どんなものでもありがたく味わえる」

オリヴィアは笑った。「ほんとうにお茶が恋しかったの？　わたしの知りあいの紳士たちならほとんどがきっとブランデーを恋しがるでしょう。もしくはポートワインを」

「やはり茶だ」サー・ハリーは断言した。

「コーヒーはお飲みになる？」

サー・ハリーは首を振った。「苦味が強すぎる」

「チョコレートは？」

「砂糖をたくさん入れれば」

「あなたはとても興味深い方ね、サー・ハリー」

「きみがぼくに興味を抱いてくれているのはもちろん知っているとも」

オリヴィアは頬がほてった。しかも実際にこの男性に好感を抱きはじめていた。そんなときによりにもよって痛いところを突かれてしまうとは。覗き見をしていたのは事実で、たしかに不作法な行ないだった。でもだからといって、ここぞとばかりにばつの悪い思いをさせる必要はないでしょう。

茶器一式が運ばれてきて、含みを持たせたやりとりからいったん解放された。「ミルクは?」オリヴィアは尋ねた。

「入れてもらおう」

「お砂糖は?」

「いや、けっこう」

オリヴィアは目も上げず、それとなく言った。「ほんとうに? お砂糖はいらないの? チョコレートは甘くなさるのに?」

「飲まなくてはいけないときにはコーヒーにも入れる。茶はまたまったくべつだ」

オリヴィアはカップを渡し、自分のぶんの用意にかかった。慣れたことをしていると気持ちが落ち着く。どうすればよいかは手が憶えていて、長いあいだに手順が身に沁みついている。会話もまた自然にはずんだ。たわいない簡単なやりとりだけれど、そのおかげで平静心を取り戻せた。サー・ハリーがふた口目を含む頃には、今度はこちらが不意を突こうという気力も湧いて、オリヴィアはやさしげに微笑んで口を開いた。

「あなたは婚約者を殺したと言われてるのよ」

サー・ハリーがむせて、オリヴィアは心ひそかに快哉を叫んだ（むせたことにではなく驚かせたことにだ。そこまで自分が冷酷な女性ではないと思いたい）。だがサー・ハリーはすぐさま気を取り直し、なめらかな落ち着いた声で答えた。「そうなのか？」

「そうよ」

「ぼくがどうやって彼女を殺したと言われてるんだ？」

「それについては何も」

「いつのことだと言われてるんだ？」

「言われてるのかもしれないけど」オリヴィアは嘘をついた。「わたしは聞いてないわ」

「ううむ」サー・ハリーは考え込んでいるらしかった。長身で筋骨逞しい男性が母の藤色の居間で優美なティーカップを手にしている姿はなんともちぐはぐに見えた。しかも殺人について考えている。

サー・ハリーがお茶を飲んだ。「相手の女性の名前を誰か言ってなかっただろうか？」

「あなたの婚約者の？」

「ああ」天気や、アスコット競馬場の婦人招待日にバケット・オブ・ローゼズ号が勝利する見込みについて話してでもいるように、よどみなく、いたってさりげない口ぶりだった。

オリヴィアはわずかに首を振り、ティーカップを口もとに持ち上げた。

サー・ハリーはしばし目を閉じ、それからまっすぐオリヴィアを見据えて、哀しげに左右に首を振った。「彼女がいま安らかに眠っていること、重要なのはそれだけさ」

オリヴィアはむせただけでなく、だいぶ遠くへ飛沫を飛ばした。そのうえ腹立たしくもサー・ハリーが笑いだした。

「いや、まいったな、これほど愉快な場面を見たのは何年ぶりだろう」喉をひくつかせて言う。

「失礼な人」

「きみはぼくを殺人犯だと言ったんだぞ！」

「わたしが言ったのではないわ。聞いたことをお伝えしただけだもの」

「ああ、そうだよな」サー・ハリーはからかうように言った。「ずいぶんと大きな違いだ」

「念のため、お伝えしておくなら、わたしは信じなかったわ」

「きみのお力添えには胸が熱くなる」

「お気遣いは不要よ」オリヴィアは鋭く言い返した。「良識で判断しただけのことだから」

サー・ハリーがまたも笑った。「それでぼくを覗き見てたんだな？」

「そんなことは――」ああ、この期に及んで、否定する意味がある？「ええ」オリヴィアは吐きだすように言った。「あなただってきっと同じことをしていたはずよ」

「ぼくなら、まず巡察吏に通報したかもしれないな」

「まず巡察吏に通報したかもしれないな」オリヴィアはいつもならきょうだいとのやりとり

でしか使わない口調で繰り返した。

「きみは怒りっぽいな」

オリヴィアはじろりと睨んだ。

「まあいいさ、それで何か興味深いことでも発見できたかい？」

「ええ」オリヴィアはいぶかしげに目を狭めた。「もちろん、発見できたわ」

サー・ハリーは黙って待ち、やがて少なからず皮肉のこもった声で言った。「教えてくれ」

オリヴィアは身を乗りだした。「あの帽子について説明して」

サー・ハリーは正気を疑うように見返した。「なんの話だ？」

「あの帽子よ！」オリヴィアは声を張りあげ、頭の周りに帽子の形を描くように両手をひらひらと動かした。「おかしな恰好だったわ！　羽根飾りが付いていて。しかもあなたはそれを家のなかでかぶってたのよ」

「ああ、あれか」ハリーは笑いをこらえた。「じつは、あれはきみに見せようと思ってやったんだ」

「わたしが見てたことなんて知らなかったくせに！」

「あいにく、知っていた」

オリヴィアは口をあけ、少し不安げな顔で尋ねた。「いつ気づいたの？」

「きみがはじめて窓辺に立ったときさ」ハリーは肩をすくめ、どうだ、否定できるかといわんばかりに眉を上げた。「きみは自分で思っているほど隠れるのが上手くない」

オリヴィアがむっとして身を引いた。滑稽なこととはいえ、本人からすればずっとからかわれていたのだと受けとめたのだろうとハリーは察した。「でも書類を燃やしてたわよね？」オリヴィアが強い調子で訊いた。

「きみは紙を燃やしたことがないのか？」

「あんな乱暴に投げ込みはしないわ」

「ああ、あれもきみに見せるためにわざとやった。きみがせっかく熱心に見てくれてるんだ。それなりのものをお見せしなければと思ったんだ」

「あなた……」

オリヴィアが言葉を継げそうにないとわかると、ハリーは仕方ないといったふうに言い添えた。「いっそ机に上がってジグでも踊ってみせようかとも思ったんだが、それではあまりにわざとらしいからな」

「ずっとわたしのことを面白がっていたのね」

「ううむ……」ハリーは少し考えた。「そうかな」

オリヴィアは唇を開いた。そのように憤慨した表情をされるとハリーはなんとなく申しわけない気分に陥った――女性にそんな顔をさせてしまうと後ろめたくなるのは、いわば男のさがだ。それでもオリヴィアにはほんのわずかも反撃できる余地はないはずだ。「一応言っておくなら」ハリーは念を押した。「きみがぼくを覗き見ていたんだ。失礼なことをされたのはぼくのほうなんだからな」

「だけど、しっかり仕返ししていたわけでしょう」オリヴィアは顎を突きだし、とりすまして言った。

「いや、それはどうだろうか、レディ・オリヴィア。おあいこと言えるようになるまでにはまだまだ時間がかかりそうだ」

「何をもくろんでるの？」オリヴィアが疑わしげに訊いた。

「何も」ハリーはにっこり笑った。「いまのところは」

オリヴィアが茶目っ気のある――それどころか愛らしくさえある――鼻息を洩らすと、ハリーはだめ押しの一撃を繰りだすことにした。「ああ、それからちなみに、ぼくは婚約したことはない」

オリヴィアは突然話題を変えられて、いくらかとまどった顔で瞬きをした。

「亡き婚約者だと？」ハリーはみずから説明を加えた。

「それなら、死んでないということ？」

「そもそも生きてる婚約者すらいなかったのだから」

オリヴィアはゆっくりとうなずいてから尋ねた。「きょうはどうしてこちらに？」

なんと、きみの見張りを務めることになったからだという真実はけっして口にできないし、この女性が愚かにも反逆の企てに加担していないことを確かめなくてはいけないのだから、こう言うだけにとどめた。「礼儀だと思ったからだ」

これからの数週間はともに過ごす時間が長くなりそうだし、それが叶わなくともせめて近くから目を配っていなくてはならない。いまとなってはこの女性が何か邪悪な目的から自分を覗き見ていたとはとうてい考えられない。現にもう、かけらも疑ってはいないが、用心を怠るほどハリーは愚かではなかった。それにしても、婚約者が死んだという噂話は滑稽なほど事実とかけ離れている。いかにも退屈しているうぶな令嬢が隣人を覗き見たくなりそうな理由だ。

退屈しているうぶな令嬢についてさほど詳しいわけでもないのだが。

だがすぐに詳しくなるだろう。

ハリーはオリヴィアに笑いかけた。思っていた以上に心からこの訪問を楽しめている。オリヴィアはいまにも瞳をぐるりとまわしそうな顔つきをしていて、ハリーはどういうわけか実際にそうしてほしいと思った。表情豊かに感情をあらわにしているときのほうがはるかに好ましい女性だ。スマイス-スミス一族の音楽会では冷ややかでよそよそしい頑なな態度を最後まで崩さなかった。何度かちらりといらだちを覗かせた以外は、無表情を保っていた。

それがハリーの気にさわった。指の爪の内側がむずがゆくて仕方がないときのように。オリヴィアにさらに茶を勧められてハリーは応じ、まだここでのんびりしていられることがふしぎと嬉しく感じられた。ところが茶を注いでもらったところに、執事がまたも銀の盆を手にして部屋に入ってきた。

「レディ・オリヴィア」抑揚を付けて言う。「こちらが届いております」

執事が身をかがめて盆を差しだし、レディ・オリヴィアはそこから書状らしきものを取り上げた。催しの招待状なのか、見るからに華やかで仰々しく、リボンで飾られたうえ紋章も押されている。

紋章？

ハリーはもう少しよく見えるよう、ほんのわずかに腰をずらした。王家の紋章なのか？　ロシア人はことに皇族を示す装飾を好む。わが国の貴族もそうなのかもしれないが、どこでもやたらに示したがるわけではない。いずれにしろジョージ国王からの求愛の手紙というわけではなさそうだ。

オリヴィアは手にした書状を見て、テーブルの上に脇によけて置いた。

「開封しなくていいのかい？」

「急ぎではないはずよ。不作法なことはしたくないわ」

「どうかぼくのことはお気遣いなく」ハリーは請け合い、書状のほうに手を向けた。「面白そうなものじゃないか」

オリヴィアは何度か瞬きを繰り返し、まずは書状を見て、それからもの問いたげにハリーに視線を移した。

「豪華だ」ハリーは説明し、考えなしの安易な表現だったと悔やんだ。

「差出人はわかってるわ」だからこそまったく興味をそそられていないことをオリヴィアはその口ぶりで伝えた。

ハリーは頭を傾け、口に出すのは憚られる問いかけをしぐさから読みとってもらえるよう願った。

「そうね、わかったわ」オリヴィアは指を差し入れて封を破った。「あなたのご希望なら」

ハリーはひと言たりともご希望など口にしてはいなかったが、オリヴィアの気を変えかねない発言は控えた。

そしてオリヴィアが書状に目を通すのを、表情の変化を楽しみながら辛抱強く待った。一度瞳をぐるりと動かし、小さくだが悩ましげに息を吐き、しまいには唸るような声を洩らした。

「好ましくない知らせなんだろうか？」ハリーは礼儀正しく問いかけた。

「いいえ」オリヴィアが言う。「できれば応じたくない招待状というだけ」

「それなら応じなければいい」

オリヴィアはこわばった笑みを浮かべた。つらそうにも見える。ハリーには判別しかねた。

「召喚状のようなものなのよ」オリヴィアは言った。

「それは聞き捨てならないな。麗しきレディ・オリヴィア・ベヴルストークに出頭命令を出せるとは、どれほどのお偉方だろう？」

返答はなく、オリヴィアは書状を差しだした。

8

レディ・オリヴィア・ベヴルストークが考える、ロシアの皇子から関心を寄せられている理由とは――
凌辱
婚姻

どちらにしてもさして喜ばしいことではない。凌辱についてはいうまでもなく、婚姻は……こちらについては喜べない理由がまさに山ほどある。


レディ・オリヴィア・ベヴルストークによる、ロシアの皇子とは結婚したいと思えない理由とは――

ロシア語が話せない。

フランス語すらほとんど使えない。

ロシアに住みたくない。

ロシアはとても寒いと聞いているから。

家族が恋しくなるから。

それに、お茶も。

ロシアでお茶は飲めるの？　オリヴィアは自分が手渡した書状をなおも眺めているサー・ハリーを見やった。なぜかわからないけれど、この男性ならその答えを知っていそうな気がした。きっといろいろなところへ旅しているのだろうし、少なくとも軍隊ではいろいろなところへ移動していたはずだし、お茶が好きだとも言っていた。

ロシアの皇子との婚姻により皇帝の親族となることの問題点については、いつものように列挙しようとすら思えなかった。外交儀礼。儀式。まさしく悪夢としか言いようがない。

極寒の地での悪夢。

率直に言って、凌辱のほうがまだましなことのようにすら思えてくる。

「きみがこれほど高貴な人々の輪に加わっているとは知らなかった」サー・ハリーは招待状を読み終えるなり言った。

「そうではないわ。二度しかお目にかかったことはないの。いえ――」オリヴィアはこの数週間のことを振り返った。「――三度だわ。それだけなのよ」

「きっときみにとてもよい印象を抱いたんだろう」

オリヴィアはげんなりとため息をついた。皇子から好意を寄せられているのは気づいていた。そのような兆候がわかる程度には、これまでにも紳士たちから求愛を受けてきた。今回もできるかぎり丁寧にあきらめてもらえるよう伝えたつもりだが、完全に撥ねつけるのはとても無理だった。なにしろ相手はロシアの皇子だ。今後もし両国が緊張状態に陥るようなことがあれば、その要因のひとつと数えられる身にはなりたくない。

「行くのかい?」サー・ハリーが訊いた。

オリヴィアは顔をゆがめた。皇子は紳士から婦人の家を訪問するというイングランドの慣習をあきらかに知らないらしく、自分を訪ねるよう求めてきたのだ。しかも翌日の午後三時にと日時まで指定されているのだから、〝求める〟という表現をロシアの皇子はだいぶ広い意味で捉えているとしか思えない。

「お断わりのしようがないわ」オリヴィアは答えた。

「ああ」サー・ハリーは招待状を見おろして、首を振った。「断われない」

オリヴィアは唸るように息を吐いた。

「ほとんどのご婦人は光栄なことと考えるだろう」

「そうでしょうね。わたしももちろん、そうだと思うわ。ロシアの皇子様なんですもの」少しは嬉しそうに言おうと努めた。うまくできたとは思えないけれど。

「でも、きみはやはり行きたくないのか」

「正直なところ、迷惑だわ」率直な目を向けた。「あなたは宮廷で謁見を賜ったことはある? ないの? とんでもないことなんだから」

サー・ハリーは笑ったが、オリヴィアは気が高ぶって、言葉を継がずにはいられなかった。

「ドレスひとつにしても、もう何年も前から誰も着なくなったような張り骨とパニエでスカートを大きく広げた、ばかげたものをまとわなくてはいけないの。お辞儀はまっすぐ深く膝を曲げてしなくてはならないし、必要なとき以外は笑みを漏らすなんてことはけっして許されない」

「アレクセイ皇子が、張り骨とパニエでスカートを大きく広げたドレスをきみが着てくるのを期待しているとは思えないが」

「そうでしょうけど、ぞっとするほど堅苦しい思いをするに決まっているし、そもそもロシアの外交儀礼なんて知らないもの。だからきっと母は誰かに教わってから行くべきだと言うでしょうし、だけどこんな急にどうやって指南役を雇うというのかしら。それにこの二日で、ロシアのお辞儀はどれくらい深く膝を曲げるのかとか、どんな話題が不作法になるのかといったことを学ばなければいけないなんて、ああもう！」

そんなことを話しているだけで胃が痛くなってきて、もうと言ったきり続けられなくなった。きりきりする。神経が。神経がささくれ立つのはたまらなくいやだ。

サー・ハリーを見やった。表情の読みとれない顔でじっとそこに坐っている。

「これでも恐ろしいことではないと言えるかしら？」オリヴィアは問いかけた。

サー・ハリーは首を振った。「いや、恐ろしいことだとも」

オリヴィアは沈み込んだ。このように紳士の前でうなだれているのを母が目にすれば、顔を上気させて怒りだすだろう。だけどサー・ハリーもなぜ、いや、すばらしい時間を過ごせるさとでも、見え透いたなぐさめを言ってはくれないのだろう？　そう言われていれば、毅然とした姿勢を保てていたかもしれないのに。

それに、ほかの人に八つ当たりをして気分がなぐさめられるなら、せめてそうさせてほしい。

「伺うまでにわずかでも時があるのはせめてもの救いだ」サー・ハリーが言い添えた。

「たった二日よ」オリヴィアは陰鬱に返した。「それに今夜もきっとお目にかかることになるわ」

「今夜？」

「モットラム家の舞踏会で。あなたは出席なさらない？」オリヴィアは顔の前でひらりと手を返した。「ええ、出席なさるはずがないわね」

「どうしてだろう？」

「あら、ごめんなさい」オリヴィアは頬が熱くなった。どうしてこういつも考える前に話してしまうのだろう。「あなたはお出かけなさらないから、そう思っただけのことよ。出かけられないわけではない。そうなさらないだけ。少なくともわたしはそう解釈してるわ」

サー・ハリーがただ長々と揺るぎない眼差しを向けているので、オリヴィアは続けずにはいられなかった。「なにしろ五日間もあなたを見ていたから」

「ぼくには忘れようのないことだ」サー・ハリーはオリヴィアを気の毒に思ったのか、そのことについてはそれ以上言わず、こう続けた。「奇遇にも、ぼくもモットラム家の舞踏会には出席する予定なんだ」

胸の奥にふっと嬉しいような気持ちが湧いたことにオリヴィアは少なからず驚きつつ、笑みを浮かべた。「それならまたそこでお会いできるわね」

「せっかくの機会を逃しはしないとも」

当然ながら、モットラム家の舞踏会に出席する予定などハリーにあるわけもなかった。招待状が届いていたかどうかも憶えていないが、おそらく出席するに違いないセバスチャンに付き添ってもぐり込むのはたやすいことだ。となるとセバスチャンから質問攻めに遭うのは避けられない——どうして突然出かける気になったのか、そんなふうに気を変えさせた誰かさんがいるんじゃないのかと。だがハリーはセバスチャンの質問をかわすのには慣れていたし、モットラム家に到着するや人混みにまぎれて、従兄弟とはたちまちはぐれてしまった。

ハリーは舞踏会が開かれている大広間の端側に立ち、品定めするように人々を眺めた。出席者の人数を推し量るのはむずかしい。三百人、いや四百人くらいだろうか？　何もしていないようなふりで、見咎められずに書付を手渡したり、密談したりといったことも容易にできるだろう。

ハリーはひそかにかぶりを振った。なんと、いつの間にか密偵じみたことを考えていた。そんなことをする必要はない。レディ・オリヴィアとロシアの皇子がいつ顔を合わせ、さらには別れて去るのかに目を光らせるのが自分の務めだ。何かを防いだり阻止したりといったことも、いや、つまりは何も行動は求められていない。

監視して報告する、それだけのことだ。

オリヴィアもロシアの皇族らしき人物の姿も見当たらないので、ハリーはパンチのグラスを取って飲みながら、誰にでも愛想よく大広間のなかを進むセバスチャンを眺めて数分を過ごした。

従兄弟の生まれついての才なのだろう。自分には間違いなく備わっていない特性だ。

眺めて待って、報告を要することは何ひとつなく三十分が過ぎた頃、東側の入口付近が少し騒がしくなったので、ハリーもそちらのほうへ歩を進めた。できるかぎり近づけたところで、隣りの紳士に身を傾けて問いかけた。「何かあったのですか？」

「ロシアの皇子だとか」男性はたいして関心もなさそうに肩をすくめた。「二週間ほど前からこちらに来ているそうだ」

「それで騒がしかったんですね」ハリーは相槌を打った。

その紳士は――誰かは知らないが、このような夕べの催しには出席し慣れている風情だ――鼻を鳴らした。「ご婦人がたはすっかり熱を上げている」

ハリーはドア付近の小さな人だかりに視線を戻した。人々がこのような催しでよく見られる輪を成しているので、ハリーはあまり凝視しないよう気をつけながら、その中心にいる男性にそれとなくちらちらと目をくれた。

ロシアの皇子はすぐに見分けられるくっきりとした金髪で、身長は平均より高めだが、どうやら自分ほどではなさそうだとハリーはいくらか満足げに見定めた。

皇子の前に名乗りでる理由もなければ、紹介してくれる人がいるとも思えないので、ハリーは後方から人々のあいだを縫って進みつつ当の人物を観察しようと努めた。

高慢な男だ。それは間違いない。少なくとも十人の令嬢が紹介を受けて挨拶していたが、そのたび皇子はうなずきを返すことすらしない。どの令嬢にも顎を上げたままで、下目がちに鋭く見返すだけだ。

紳士たちにも同じように尊大な態度のままで、まだ三人としか口を利いていない。

出席者のなかに皇子が見くださずにいられる相手がひとりでもいるのだろうかとハリーは首をひねった。

「今夜はずいぶん深刻そうな顔をなさってるのね、サー・ハリー」

何ひとつ考えるより早く口もとをほころばせて振り返った。濃紺色のビロードのドレスをまとった、思わず息を呑むほど美しいレディ・オリヴィアが知らぬ間に傍らに来ていた。

「未婚の令嬢は明るめの淡い色のドレスを着るものではないのかい？」ハリーは尋ねた。

ぶしつけな問いかけにオリヴィアは眉を上げたが、瞳は愉快げにきらめいている。「ええ、でもわたしはもう登場《デビュー》したての令嬢というわけではないもの。社交界に登場して三年目になるわ。売れ残りと言われても仕方がないわね」

「きみの意思以外の要因はとうてい考えづらいが」

「言ってくれるじゃない」

ハリーは軽く笑った。「今夜の調子はいかがかかな？」

「ご報告できるようなことは何もないわ。先ほど着いたばかりなの」

そんなことはむろん承知していた。だが目を配って待っていたなどと言うわけにもいかないので、ハリーはこう続けた。「きみの皇子様がいらしている」

オリヴィアはいまにも唸りそうな顔をした。「そうね」

ハリーはいわくありげな笑みを浮かべて身を傾けた。「あの御仁を避けるお手伝いをいたしましょうか？」

オリヴィアが目を輝かせた。「できると思う？」

「ぼくは多才な男なんだ、レディ・オリヴィア」

「妙な帽子をかぶっていても？」

「妙な帽子をかぶっていても」

するとふたりは打ち合わせたかのようにぷっと吹きだした。同時に。屈託のない本物の笑い声がぴったり調和した。しかもそれから、どちらもふと、理由はまるでわからないものの、何かとても大切な瞬間を得られたような気持ちを抱いた。

「どうしてそんなに暗い色を着るの？」オリヴィアが訊いた。

ハリーは自分の夜会服を見おろした。「この上着が気に入らないのかい？」

「似合ってるわ」オリヴィアは明快に答えた。「とてもすてきよ。ただ、噂になってるの」

「ぼくの服の好みが？」

オリヴィアがうなずいた。「よほど噂の種が乏しい週だったのね。それに、あなただってわたしのドレスの色を指摘したでしょう」

「ごもっとも。そうだな、ぼくが暗い色を選ぶのはそのほうが楽だからだ」

オリヴィアはほかにも理由があるはずよとでもいわんばかりに、待ちわびる顔つきで沈黙を保った。

「ではレディ・オリヴィア、きみにはぼくの重大な秘密を明かすとしよう」

ハリーが少し前かがみになるのと同時にオリヴィアも少し前かがみになり、またしても先ほどと同じような瞬間が訪れた。完璧な調和だ。

「色についてだけ知覚がうまく働かないんだ」深刻そうな低い声で言った。「赤と緑だけはどうしても見分けられない」

「ほんとうに？」オリヴィアは少し大きめの声で訊き、人目を気にして周りを見まわしてから、ひそやかな口ぶりで続けた。「そのような話は聞いたことがないわ」

「ぼくだけではないらしいんだが、ほかに同じ悩みを持つ相手にはまだ会ったことがない」

「だからといって、いつも暗い色を選ぶ必要はないわよね」その口調や顔つきからして、オリヴィアはすっかり心捉われているらしかった。瞳がきらめき、声は好奇心に満ちている。

色を見分けづらいという難点でこんなにもご婦人を惹きつけられることを知っていれば、もうとっくに明かして利用していたのだが。

「近侍に選んでもらうことはできないの？」オリヴィアが訊いた。

「それでもいいんだが、信頼しなければいけないからな」

「信頼できないの？」オリヴィアは興味深そうに尋ねた。愉快そうにも見える。おそらく、両方の気持ちが混在しているのだろう。

「どうもつまらない冗談を言う癖のある男だし、ぼくに首にされることはありえないのを承知している」ハリーはあきらめたように肩をすくめた。「一度ぼくはその近侍に命を救われた。それにたぶん、もっと重要なのは、愛馬も救われたことだ」

「あら、それならけっして首にはできないわね。あなたの馬はすばらしいもの」

「ぼくも心から気に入っている」ハリーは言った。「あの馬を。それに近侍もかな」

オリヴィアは納得したようにうなずいた。「暗い色が似合うことに感謝すべきね。誰もが黒をこれほど上手に着こなせるわけではないわ」

「もしや、レディ・オリヴィア、褒めてくれてるのかい？」

「あなたへの褒め言葉というよりは、ほかのみなさんをけなしているというほうが近いかしら」オリヴィアはあっさり否定した。

「それなら安心した。きみに褒められたらどう返せばいいのか見当もつかない」

オリヴィアは遊び心と挑発とあきらかに皮肉も込めてハリーの肩に軽く触れた。「わたしもまったく同じ言葉をお返しするわ」

「まあ、いいさ。お互いの見解が一致したところで、きみの皇子様についてはどう手を打とう？」

オリヴィアが横目遣いでじろりと見やった。「あなたがどうにかして、わたしの皇子様ではないと否定させたがっているのはわかってるのよ」

「そうだろうとは思ってたさ」ハリーはつぶやいた。

「あなたをがっかりさせてしまうけれど、あの方はほかの方々にとってと同じように、わたしにとっても皇子様だとしか言えないわ」オリヴィアはきゅっと唇を結んで大広間を見まわした。「ただしロシア人にとってはまた特別なのでしょうけど」

状況が違えば、ハリーは自分がロシア人であることを、いや少なくとも四分の一はそう言えることを明かしていたに違いなかった。それでもあの皇子を崇める気などさらさらないことも痛快に伝えて、巧みな語学力でオリヴィアを魅了していただろう。

だがいまは言えない。じつのところ、言いたくてたまらない自分の気持ちにハリーはとまどっていた。

「見えるかしら?」オリヴィアが問いかけた。爪先立ちになって首を伸ばしたが、それくらいでは多くのご婦人がたよりわずかに高くなる程度なので、人混みの向こうを見通せるはずもなかった。

でもハリーなら見通せた。「向こうにいる」庭園に通じる両開きの扉のほうへ顎をしゃくった。皇子は人だかりの真ん中で、関心を集めていることに辟易しながらも当然のことだとでも考えている表情で立っていた。

「どうなさってる?」オリヴィアが訊いた。

「紹介を受けている……」なんとも見るに堪えがたい。紹介を受けている相手が誰なのかもわからない。「……相手が誰かはわからないが」

「男性、それとも女性？」

「女性だ」

「若い方、年配の方？」

「尋問か？」

「若い方、年配の方？」オリヴィアが繰り返した。「ここにいらしてる方ならみなさん知ってるわ。こうした催しでみなさんとお知りあいになるのはわたしの務めですもの」

ハリーは頭を傾けた。「きみの特技だと？」

「そうとまでは言えないけど」

「そう若くはないご婦人だ」ハリーは伝えた。

「どんな装い？」

「ドレスだ」すぐさま返した。

「どういったドレスなのかを訊いてるの」オリヴィアはいらだたしげに言い直した。それから「これではウィンストンと変わらないわ」と付け加えた。

「きみのごきょうだいにはとても好感を抱いている」ほとんどいらだたせたいだけのためにハリーは言い添えた。

オリヴィアは瞳をぐるりと動かした。「かまわないわ、どうせもっと親しくなればあなたの気も変わるはずだから」

ハリーはふっと笑った。笑みを洩らさずにはいられなかった。この女性をよそよそしく冷淡だなどと思っていたことがいまでは信じがたい。実際には茶目っ気といたずら心に満ちあふれていた。ただし、ひとたび友人になってしまえばということらしい。

「どうなの？」オリヴィアがせかした。「どんなドレスを身につけてるの？」

ハリーはもっとよく見えるよう、重心をもう片方の足に移し変えた。「なんというかこう、ふわっとしてて……」ご婦人の装いを少しでも表現しようと肩に手をやって身ぶりを付けた。首を振る。「色はわからないな」

「興味深いわ」オリヴィアが眉間に皺を寄せた。「つまり、赤か緑のどちらかということでしょう？」

「あるいはその何千種類もある同系色のひとつかだ」

オリヴィアががらりと表情を変えた。「やっぱり、とても魅惑的なことではないかしら？」

「それどころか、むしろ昔からずっと苦痛の種だった」

「そうなのね」オリヴィアがうなずいた。それからまた質問に戻った。「皇子が話している女性は――」

「いや、話してはいない」ハリーは言葉を差し入れた。思いのほか声に力がこもってしまった。

オリヴィアはまたも爪先立ちになったが、見通しがよくなるはずもなかった。「どういうこと？」

「誰とも話さないんだ。見ているかぎり、ほとんど誰とも。ほぼじっと見おろしているだけと言ってもいい」

「おかしいわね。わたしにはとてもたくさんお話ししてくださるのに」

ハリーは肩をすくめた。なんとも言いようがないものの、それだけあの皇子がオリヴィアをベッドに引き入れたがっている証しなのは間違いない。ただしこの場ではとても口に出せることではなかった。

さすがは皇子で、お目が高いのは認めるが。

「まあ、いいわ」オリヴィアが続ける。「その皇子が話していない女性は、あまり趣味のよくないダイヤモンドを身につけてる？」

「首にか？」

「もう、鼻にかけてどうするの。もちろん首よ」

ハリーはオリヴィアを値踏みするようにまじまじと見返した。「きみはぼくが思っていた女性とはまるで別人だ」

「あなたのわたしに対する第一印象を考えるに、たぶん喜ばしい発言と受けとるべきなのでしょうね。ダイヤモンドは身につけてる？」

「ああ」

「それなら、レディ・モットラムだわ」オリヴィアは断言した。「招待主よ。つまり皇子はまだ何分も足どめされるわ。お相手しなくては不作法だもの」

「礼儀正しくしようなどと考える御仁には見えない」

「心配いらないわ。逃れられないから。レディ・Mはあらゆる手をお持ちだから。なにしろ未婚のお嬢さんがふたりいらっしゃるし」

「向こう側に移動してみないか？」

オリヴィアが茶目っ気たっぷりに眉を上げた。「行きましょう」

そう答えるなり先に立って歩きだし、巧みに人混みを縫って進んでいく。その笑い声を頼りに追うハリーをたまにちらりと振り返って、付いてきているのを確かめ、まばゆいばかりの笑みを浮かべた。

ようやく大広間のくぼんだ一角《アルコーヴ》にたどり着くと、オリヴィアははしゃいだ様子で息を切らして椅子に腰を落とした。ハリーは格段に落ち着いた態度でその傍らに立った。坐れない。いまはまだ。皇子から目を離すわけにはいかない。

「ここなら、あの方に気づかれないわよね！」オリヴィアが楽しげに言った。

それどころか誰の目にも入らないとハリーは胸のうちで返さずにはいられなかった。大広間とひと続きの完全におおやけの場で、あやしげな雰囲気はいっさい感じられないアルコーヴなのだが、このなかに入ってしまうと——部屋の片端にある、三面の壁にぐるりとくるみ込まれているようなくぼみだ——すぐ前でこちらを向いて立たれでもしないかぎり誰の目にも入らない。

誘惑や、ついでに言うならそういった戯れの真似事に及べる場所ではないが、人目はことのほか避けられる。パーティの喧騒もだいぶ気にならない。

「楽しかったわ」オリヴィアが声をはずませた。

意外にもハリーも同じ気持ちだった。「たしかに」

オリヴィアが沈んだため息を小さく洩らした。「ひと晩じゅう気づかれずにいるのは無理だけれど」

「試してみればいい」

オリヴィアが首を振った。「母に見つけられてしまうわ」

「きみを皇子に嫁がせたがってるのか？」ハリーは尋ね、湾曲した木製のベンチにオリヴィアと並んで腰かけた。

「いいえ、わたしがそんなに遠くへ行くことは望んでないわ。でも相手は皇子様ですもの」オリヴィアはどことなくあきらめの感じられる面持ちで目を合わせた。「名誉なことなのよ。つまり、関心を寄せていただけることが」

ハリーはうなずいた。同意ではなく、同情心からだ。

「それ以上に――」オリヴィアは言葉を切り、言い直そうとするようにまた唇を開いたが、結局言葉は続かなかった。

「それ以上に？」ハリーはさりげなく先を促した。

「あなたを信用してもいい？」

「いいとも」そう請け合ってから「ただし、とうにきみもお気づきのことだと思うが、自分を信用してもいいと言う男は信用すべきじゃない」

その言葉がオリヴィアの微笑みを誘った。「ええ、たしかにそのとおりね。だけど……」

「続けてくれ」ハリーは穏やかに言った。

「ええ……」言葉を探しているのか、ひょっとするとすでに見つけられていても口に出しづらいことなのかはわからないが、オリヴィアは遠くを見るような目になった。それからようやく口を開いたが、ハリーとは目を合わせなかった。

まったく見ないようにしているわけでもないのだが。

「わたしは多くの殿方からの……申し出をお断わりしてきたわ」

ハリーからすれば言いまわしが慎重すぎる気もしたが、口を挟むのは控えた。

「自分に見合わないと思ったからというわけではないのよ。でも、たしかになかにはそういう方もいたわ」ハリーにまっすぐ視線を向けた。「とんでもない人もいたんですもの」

「わかるとも」

「だけどほとんどの方々は……これといって問題はなかった。何か違うと思っただけで」オリヴィアはため息をつき、その音がいくぶんもの悲しく響いた。

ハリーは胸が痛んだ。

「もちろん、そのことについてわたしに直接何か言う人はいないでしょうけど」オリヴィアは続けた。

「だが、きみが選り好みしていると陰口を叩かれていると？」

オリヴィアが切なげな眼差しを返した。「〝小うるさい女〟だそうよ。ほかにもいろいろ言われてるんでしょうけど」瞳が翳った。「それだけ聞けばもうじゅうぶん」

ハリーは自分の左手を見おろした。力強く手のひらを広げてから、今度はきつく丸めた。

オリヴィアは懸命に感情を抑えているが、陰口に傷ついている。

オリヴィアが後ろの壁に背を寄りかからせて、ふっともの憂げに吐息をついた。「それにこれは……もう、ほんとうに呆れてしまうんだけど、だって――」首を振り、助言か許しでも求めるかのように瞳で天を仰いだ。あるいはただ理解を求めただけなのかもしれない。

大広間の人々を見渡し、微笑みはしたが、哀しみと当惑が滲み出た笑みだった。それからまた言葉を継いだ。「こんなふうに言う人までいるのよ。『いったいどんな相手が現われると思ってるんだ？　皇子様か？』」

「そうなのか」

オリヴィアが眉を吊り上げ、いたって率直な表情で見やった。「このやりきれない気持ちがわかってもらえる？」

「わかるとも」

「もしあの方を拒めば、わたしは……」オリヴィアは唇を嚙み、適切な言葉を探した。

「……物笑いの種とまではいかなくても……どんなふうに言われるかわからないわ。よく言われるはずがないことだけは確かかね」

サー・ハリーは微動だにしないかのように見えたが、オリヴィアが切なくなるくらい表情をやわらげて言った。「社交界の人々によく思われるために皇子と結婚する必要などない」

「ええ、もちろんだわ。だけど、礼儀を欠くわけにはいかないわ。むげに撥《は》ねつけては……」オリヴィアはため息をついた。嫌気がさした。こんなことはもう懲りごりで、誰にも打ち明けようという気持ちにすらなれなかった。なぜなら不愉快そうに嫌みを込めてこう返されるだけのことだからだ――そんなものは贅沢な悩みではないかと。

自分が幸運で、恵まれていて、人生に不満を言える立場ではないことはオリヴィアも承知していたし、実際に不満をこぼしているわけでもない。

たまには不満をこぼすこともないとは言えないけれど。

そしてたまには、紳士たちが自分に関心を寄せるのも、美しく、愛らしく、麗しい――これについては事実と違う――と褒めるのもやめてほしいと願うこともある。そういった紳士たちにはもう訪問してほしくないし、父に交際の許しを願い出てほしくもない。そのうちの誰ひとりとして相性の合う人はいなかったし、率直に言ってしまうなら、そのうちのいちばんましに思える相手で手を打とうなどとは思えないからだ。

「きみは昔からずっと愛らしかったのか？」サー・ハリーがとても静かに尋ねた。

妙な質問だった。妙だし、胸にずしりとこたえ、これまで一度も尋ねられた憶えのないことではあるけれど、考えてみれば、どういうわけか……。

「ええ」

どういうわけか、この人に尋ねられると、ごく自然に答えられた。

ハリーがうなずいた。「そうなんだろうな。そんな顔立ちをしている」

オリヴィアはふしぎとまた急に気力が湧いて顔を振り向けた。「ミランダのことは話したかしら？」

「聞いた憶えはないかな」

「わたしの友人よ。わたしの兄と結婚したの」

「ああ、そうか。きょうの昼にも彼女に手紙を書いていた」

オリヴィアはうなずいた。「その友人はちょっとだけ醜いアヒルの子みたいだったの。痩せっぽちで、脚がとても長くて。首まで脚になってしまうのではないかとからかわれていたくらいよ。でも、わたしはそう思ってはいなかった。わたしのかけがえのない友達だった。いちばん仲良しで、楽しくて、とびきりすてきな親友。一緒に授業も受けたわ。何をするのも一緒だった」

こんな話にサー・ハリーが関心を抱いてくれているのかを推し量ろうと、オリヴィアはつくづく見つめた。ほかの男性なら若い女性に幼なじみとの思い出話を長々と聞かされでもしたら、ほとんどはすぐさま森へ逃げ込んでしまうだろう。そのようにされても仕方のないことだ。

ところがサー・ハリーはうなずいて聞いている。しかも気持ちを理解してくれているのがオリヴィアには感じとれた。

「わたしが十一歳のとき――ちょうどその誕生日に――お誕生日会を開いて――ウィンスト

ンも一緒よ――地元の子供たちがみんなやって来たわ。たぶん誰もが招待されるのを待ち望んでくれていた催しだった。それで、ある女の子もその会にやって来て――名前すらもう憶えてないわ――とにかく、ミランダにいろいろとひどいことを言ったの。その日までミランダは自分がかわいくないと見られているなんて思ってもいなかったはずよ。わたしだってそうだった」

「子供というのは時として残酷なものだ」サー・ハリーがつぶやくように言った。

「ええ、でもそれは大人でも同じだわ」オリヴィアはてきぱきと言い添えた。「いずれにしろ、そんなふうに言われたとしても取るに足りないことだったのよ。いまも頭に残っている記憶のひとつに過ぎない」

どちらも押し黙ってしばし間があき、やがてハリーが言った。「それで話は終わりじゃないだろう」

オリヴィアは思わぬ言葉に顔を向けた。「どういうこと？」

「まだ話は終わりじゃないはずだ」ハリーが念を押した。「きみは何かしたんだよな？」

オリヴィアはふっと唇を開いた。

「きみが何もしないとは考えづらい。十一歳だったとしても、きみのことだから何もしないではいられなかったろう」

オリヴィアの顔がゆっくりとほころんでいった。少しずつ、徐々に頬が緩み、さらには口もとにも、胸のなかにまで笑みが広がった。「たしか、その女の子に何か言い返したわ」

ふたりの目が合い、なぜか親近感のようなものが生まれた。「その女の子は翌年も、きみのお誕生会に呼ばれたのか？」

オリヴィアはなおも微笑んでいた。にっこりと。「来てなかったはずよ」

「間違いなく、その子はきみの名前を憶えてるな」

オリヴィアの胸の奥のほうから笑いがこみあげてきた。「そうでしょうね」

「しかも最後に笑ったのは、きみの友人のミランダだ」ハリーが言う。「未来のルドランド伯爵を射止めたんだ。近隣にはそれ以上の花婿候補はいなかったんじゃないのか？」

「ええ。いなかったわ」

「ちゃんと」ハリーは考え込んで続けた。「それぞれにふさわしい結末が訪れることもあるんだよな」

その傍らで、オリヴィアは静かに満ち足りた気分で考えをめぐらせた。それから急に思いついて顔を振り向けて言った。「わたしは愛情深い叔母なのよ」

「きみの兄上とミランダには子が生まれたのか？」

「娘よ。キャロライン。わたしにとって世界じゅうでいちばんかわいくて仕方のない存在。時どき、食べたくなっちゃうくらいに」ちらりと目をくれた。「どうして笑ってるの？」

「きみの口調さ」

「どこが可笑しいの？」

ハリーは首を振った。「わからない。きみの口ぶりは……なんていうか……どう言えばいいのかな、デザートが出てくるのを待ってるみたいだ」

オリヴィアは笑い声を立てた。「分け隔てなく気持ちを向ける練習をしないと。もうすぐまた赤ちゃんが生まれる予定なの」

「祝福申し上げる」

「自分が子供好きだなんて考えもしなかったわ」オリヴィアは思いめぐらせた。「だけど姪がほんとうにかわいいの」

それからまた口をつぐみ、ひっきりなしに言葉を継がずともよい相手と過ごせるのはなんて気楽なのだろうとオリヴィアは考えた。それでも長くは黙っていられない性質《たち》なので、もちろんまた喋りだしてしまうのだけれど。

「あなたもぜひコーンウォールにお姉さんを訪ねるべきよ」オリヴィアは助言した。「姪御さんや甥御さんとお会いになったらいいわ」

「そうだな」ハリーが応じた。

「家族は大切よ」

思いのほか少し長い間があき、ハリーが言った。「ああ、そうだとも」

なんとなく不自然だった。サー・ハリーの声はどことなくうつろに聞こえた。いいえ、思い違いかもしれない。オリヴィアはそう信じたかった。サー・ハリーが家族をあまり大切に考えない男性の一人だとすれば、とてもがっかりしてしまいそうな気がするからだ。

でもその点について考えるのはやめておこう。いずれにしろいまは。たとえサー・ハリーに欠点や秘密や、いままで見たかぎりではわからなかったべつの一面がほんとうにあるのだとしても、知りたいとは思わない。

今夜は。

せめて今夜だけは。

9

ひと晩じゅうアルコーヴにいるわけにもいかないので、オリヴィアは心から名残り惜しく思いながらも立ち上がり、ぴんと背筋を伸ばし、肩越しにハリーを見て言った。「では〝もう一度突破口へ〟と参りましょうか、友よ」

ハリーも立ち上がり、穏やかに問いかけるような表情で見つめた。「きみは読書好きではないと言ってなかったか」

「好きではないわよ、でもさすがに『ヘンリー五世』くらいは知ってるわ。逃れられなかったんだもの」オリヴィアは〝ヘンリーもの〟をすべて読むよう強いた〝四人目〟の家庭教師を思い起こして身ぶるいしかけた。しかもどういうわけか遡る順序で読まされた。「だから努力したのよ。ほんとうなんだから」

「なぜかどうしてもきみが優等生だったとは思えないんだが」ハリーは疑問を投げかけた。

「わたしはただミランダを引き立てようとしただけのことだわ」意図してというのは真実ではないけれど、自分が不出来なために結果としてそうなっていたことはまるで気にならなかった。学ぶのが好きではなかったわけではなく、学ぶのを強いられるのが好きではなかっただけのことだ。昔から本ばかり読んでいたミランダは、家庭教師がその時々に伝授しようと選んだ知識はなんであれ喜んで吸収した。かたやオリヴィアは次の家庭教師が決まるまで自分で勉強することを選べる期間がいちばん楽しめた。定められた方式による暗記を強いられる代わりに、新たなゲームや新種の病といったものも創造できたからだ。誰も教えてくれる人がいないときほど計算も得意になった。

「きみの友人のミランダは聖人ではないかという気がしてきた」サー・ハリーが言った。

「あら、そんな友人にも褒められない点はあるのよ」オリヴィアは言い返した。「あんなに頑固な人はそういないんだから」

「きみよりも？」

「当たり前だわ」オリヴィアは驚いて見返した。自分は頑固ではない。たしかに先走りがちだし、調子に乗りすぎてしまうのもしじゅうだけれど、頑固ではない。引きぎわはつねに心得ている。つまりは、あきらめどきも。

オリヴィアは頭をかしげて、人混みを眺めわたしているサー・ハリーを観察した。知るほどにますます興味が湧いてきた。この男性にこれほど陽気でいたずらっぽい一面があるなんて、どうして想像できただろう。しかもつい気を緩まされてしまう洞察力も備えている。話していると子供のときからの友人のような気分になる。これは驚くべきことだった。男性の友人——そんなものが存在しうるの？

メアリーやアンやフィロミーナの前で、自分が愛らしいことを認める光景をオリヴィアは想像しようとした。ありえない。そんなことを口にすれば、嫌みなうぬぼれ女だと思われてしまうだろう。

相手がミランダなら話はべつだ。ミランダならきっとわかってくれる。けれどその親友はもうあまりロンドンには来ないので、オリヴィアは自分の人生に大きな空洞ができてしまったことが、いま頃になってようやくわかってきた。

「ずいぶんと深刻そうな顔をしている」ハリーが言った。オリヴィアがいつしか考えにふけっていたあいだに、舞踏場を見ていたはずのハリーが振り返っていた。こちらを揺るぎなく見つめる目はとても温かで、しっかりと……気持ちがこもっている。

その目に自分はいったいどのように見えているのだろうとオリヴィアは思った。

彼のお眼鏡に適っているのかと。

だけどそもそも、どうしてそんなことが気になってしまうのだろう。

「なんでもないわ」返事を待たれているように思えたのでそう答えた。

「それならよかった」ハリーは頭を傾け、それから人々のほうへ視線を戻し、ふたりのあいだの濃密な空気は霧散した。「きみの皇子様を探しに行くとするか」

オリヴィアはより安全な領域に考えを引き戻すきっかけをくれたことに感謝しつつ、生意気そうに見返した。「とうとうあなたの思惑どおり、わたしの皇子様ではないと反論しなくてはいけないようね」

「そうしてもらえるとじつに嬉しい」

「わかったわ、あの方はわたしの皇子様ではない」言われるままに答えた。

サー・ハリーはがっかりしたような顔をした。「それだけか?」

「ずいぶん大げさなお芝居を期待なさってたのね」

「一応は」ハリーはつぶやいた。

オリヴィアはくすりと笑い、舞踏場のほうへしとやかに進み出て、人々を眺めわたした。格別に華やかな夜会だ。どうしてもっと早く気づけなかったのかわからない。舞踏会が開かれている大広間が混雑しているのはどこも同じだけれど、今夜の雰囲気は何かが違う。蠟燭のせい？　だいぶたくさん灯されていて、ひときわ明るく照らされているからなのかもしれない。でも誰もがいつも以上に温かなまばゆい光に包まれている。今夜はみなが美しく見えるとオリヴィアは気づいた。誰もが。

なんてすてきなことなのかしら。それに誰もがほんとうに幸せそうな顔をしている。

「いちばん奥の片隅にいる」背後からハリーの声がした。「右端だ」

その声はオリヴィアの耳に心地よく温かに響き、撫でられたかのようにぞくりとする妙な刺激が身体をめぐった。思わず背をあずけてぬくもりを感じてみたい衝動に駆られ――

オリヴィアは前に踏みだした。よくない考えが働かないように。ここは人々がごった返している大広間で、しかも相手はサー・ハリー・ヴァレンタインだ。

「きみはここで待っていたほうがいい」ハリーが言った。「向こうからこちらに来させるんだ」

オリヴィアはうなずいた。「気がついてもらえるかしら」

「すぐに気がつく」

なぜか褒め言葉のように聞こえて、オリヴィアは微笑み返したくなった。でも実際にはそうしなかった。どうしてなのかはわからない。

「両親のそばにいたほうがよさそうね。そのほうが――いまとなっては今夜のわたしのどの行動より――淑女らしい振る舞いだもの」新たな隣人であり、信じられないことに新たな友人にもなったサー・ハリー・ヴァレンタインをオリヴィアは見上げた。「すばらしい冒険をありがとう」

ハリーは頭を垂れた。「どういたしまして」

けれどふたりの別れの挨拶にしてはあまりに堅苦しすぎて、そのままではどうしても離れがたかった。だからオリヴィアはにっこり笑って――礼儀上つねに顔に貼りつけているものではなく本物の笑みだ――問いかけた。「もしまたわたしが家に帰ってカーテンをあけても、怖がらないでもらえるかしら？　寝室が恐ろしいくらい暗いの」

ハリーは高らかに笑い、その大きな声に目を向ける人々がいたほどだった。「ぼくを覗き見るつもりだな？」

「奇妙な帽子をかぶっているときだけよ」

「あれはひとつしかないから、火曜にかぶるんだ」

これがなぜかふたりにとっては完璧な会話の締めくくりに思えた。オリヴィアは軽く膝を曲げて別れの言葉を告げ、それ以上どちらも口を開かないうちに人混みのなかへ速やかに入っていった。

両親を見つけて五分と経たずに、ロシアの皇子、アレクセイ・ゴマロフスキーが近づいてきた。

この皇子が並外れて見栄えのする男性であるのはオリヴィアも認めざるをえなかった。涼しげでしごく端正なスラヴ民族らしい顔立ちで、瞳は淡い青色、髪はオリヴィアとまさに同じ色をしている。大人になっても完全なブロンドのままの男性はあまり見かけないので、このような髪の紳士に会うのはきわめてまれなことだ。そのせいで人混みのなかでもとりわけ目を引く。

おまけに、どこに行くにも巨体の従者を連れているのだからなおさらだった。欧州の宮廷は危険な場所にもなりうるのだと皇子は語っていた。故国の名のある者たちはけっして護衛を付けずに旅することはないのだと。

オリヴィアは両親に挟まれて立ち、人々が両脇に退いてあけた道を進んでくる皇子を見つめた。すぐ目の前で皇子がとまり、独特の軍隊式なのか、踵をコツンと音を立てて揃えた。その姿勢は驚くほどまっすぐで、オリヴィアはきっと何年か経って顔を忘れることはあっても、この長身で誇り高そうなきっちりとした姿勢だけは忘れないだろうと妙な感慨を覚えた。

皇子も戦争で戦ったのだろうか。サー・ハリーは戦ったと言っていたけれど、ロシアの軍隊とは反対側の大陸にいたのよね？

そんなことを考えていてもどうにもならない。

皇子がほんのわずかに頭を傾け、口を閉じたまま、見くだしているとまでは言えないものの横柄そうな笑みを浮かべた。

ひょっとしたらこのように微笑むのが母国の慣習というだけのことなのかもしれない。性急に決めつけてはいけないのはオリヴィアにもわかっていた。ロシアとイングランドではきっと笑い方が違うのだろう。それにたとえそうではないとしても、この男性はロシアの皇帝の親族だ。皇子がたやすく誰にでも心を開くものではないのだろう。いつも誤解されがちな、ほんとうは非の打ちどころのない善良な人なのかもしれない。そうだとしたらどれほど孤独な人生を送っていることだろう。

自分ならとても耐えられない。

「レディ・オリヴィア」皇子の英語はさほどではないものの訛りを帯びている。「今夜はまたお目にかかれて、心から光栄に思います」

オリヴィアはしとやかに膝を曲げて深めにお辞儀をした——いつもこのような催しで挨拶を返すときよりは低く、でも場違いに媚びているように見えてしまうほど深くではない。

「殿下」静かに言った。

膝を伸ばして背を起こすと皇子に手を取られ、指関節に羽根のように軽く口づけられた。大広間周囲にささやきが広がり、オリヴィアは注目の的となっているのを痛いほど感じた。大広間にいる誰もが、これから繰り広げられる出来事を見逃すまいと遠巻きに眺めているような気がする。

皇子はゆっくりとオリヴィアの手を放し、ささやくような低い声で言った。「あなたは、むろんご存じのとおり、こちらの出席者の女性たちのなかで最も美しい」

「ありがとうございます、殿下。身に余る光栄です」

「事実を申し上げたまでです。あなたはまさしく美女だ」

オリヴィアは微笑み、皇子に求められているらしい美女像になりきろうとした。褒め言葉を重ねられても、ほかにどのように応じればいいのかわからない。たとえばサー・ハリーにこのように大げさな言い方をされたならと想像してみた。おそらくひと言めを口に出すなり笑いだしてしまうだろう。

「何か可笑しかったでしょうか、レディ・オリヴィア」皇子が言った。

オリヴィアはすぐさま慌てて考えをめぐらせた。「お褒めの言葉がほんとうにただ嬉しかっただけですわ、殿下」

ああ、こんな言葉をウィンストンが聞いたら、地面を転げまわって笑うに決まっている。きっとミランダも。

けれど皇子はどうやら言葉どおり信じてくれたらしく、熱っぽく瞳を輝かせ、腕を差しだした。「舞踏場を少し歩きませんか、お嬢さん《ミラーヤ》。よろしければ踊りましょう」

皇子の肘に手をかける以外にオリヴィアには選択肢がなかった。皇子は両袖に金ボタンが四つずつ並んだ、かっちりとした深紅の正装に身を包んでいる。ちくちくする毛織り地で、混雑した舞踏場では相当に暑いのではないかとオリヴィアは考えずにはいられなかった。それでも不快そうなそぶりはちらりとも見えない。それどころか、崇めるだけで触れてはならない存在であることを知らしめる冷ややかさのようなものを全身から放っていた。

　皇子は全員の視線を集めているのを承知している。注目の的となることに慣れているのだろう。でも、このような状況を連れの女性は気詰りで仕方なく思っているのをわかっているのかしらとオリヴィアはいぶかった。オリヴィアも視線を集めることには慣れていた。多くの人々から好感を抱いてもらえているのも、ほかの若い令嬢たちから装いや髪型のお手本と見られているのも知っている。けれどこのように——このように目を引くのはまったくまたべつのことだ。

「イングランドの天候を楽しんでいます」皇子が言い、ふたりは大広間の角に沿って曲がった。きちんと並んで進めるよう歩調を合わせることに集中しなければとオリヴィアは心がけた。毎回踵から爪先をまったく同じ角度で、歩幅を測ったかのように、完璧に一定の間隔で床に降ろす。

「教えてください」皇子が続けた。「この時期は毎年、これほど暖かいのですか？」

「例年より晴れる日が多いですわね」オリヴィアは答えた。「ロシアはとても寒いのかしら？」

「はい。そう……こちらではどのように言うのかな……」皇子はいったん口をつぐみ、正確な言葉を探そうとして、ほんの束の間その顔に悩ましげな表情をよぎらせた。もどかしげに唇を引き結び、ついにはこう問いかけた。「フランス語は話せますか？」

「残念ながら、ほとんど話せません」

「残念だ」皇子はオリヴィアの語学力の乏しさにどことなく落胆したような口ぶりで言った。「私はもっと、つまり……」

「雄弁な方なんですわね？」オリヴィアは言葉を補った。

「はい。ロシア語ではよく話します。多くのロシア人と比べても」

オリヴィアにはとても意外に思えたが、口に出すのは不作法だと言葉を控えた。

「きょうの昼間に私からの招待状は届きましたか？」

「ええ、受けとりました」オリヴィアは答えた。「光栄なお招きですわ」

本心ではなかった。いいえ、たしかに光栄なことなのかもしれないが、けっして喜ばしい招きではない。予想どおり、お招きを受けるよう母に命じられ、オリヴィアはさっそくドレスを新調するための採寸に三時間を費やしていた。そういえばアレクセイ皇子の瞳と同じ、淡い青色のシルクのドレスになるのだとオリヴィアは思い起こした。

意図してその色を選んだものと皇子に誤解されないよう祈るしかない。

「ロンドンにはどのくらい滞在なさるご予定ですの？」オリヴィアは尋ね、仕方なく会話をつくろったのではなく、ほんとうに知りたがっているものと受けとってもらえることを願った。

「まだわかりません。いろいろと……状況によるので」

そのあいまいな口ぶりからしてさらに詳しい説明は得られそうにないので、オリヴィアは微笑んだ――神経が張りつめていて、本物の笑みを浮かべる気力は奮い起こせなかった。けれど作り笑いを見抜かれるほど皇子とは親しい間柄ではない。「どのくらい滞在なさるにしろ」オリヴィアは愛らしく続けた。「楽しんでいただけることをお祈りしてますわ」

皇子は悠然とうなずいただけで、言葉は返さなかった。

次の角に差しかかった。ちょうど大広間の向こう側にいる両親の姿がオリヴィアの目に入った。ほかの人々と同じようにこちらを見ている。いまはダンスの音楽も奏でられていない。人々はお喋りをしているものの、声はひそめられている。虫たちのざわめきのようにも聴こえる。

ああ、ほんとうにすぐにも家に帰りたい。もちろん、この皇子が非の打ちどころのない善良な男性の可能性はじゅうぶんにある。せめてそうであってほしいとオリヴィアは願った。それならばだいぶ救いのある物語となる――儀礼や慣習に囚われた、すてきな皇子様だったなら。そしてほんとうに非の打ちどころのない善良な皇子だとすれば、こうして彼の目に留まり、言葉を交わすのはこのうえなく幸せなことなのだろうけれど、それでもやはり、上流社会の人々が一堂に会したこのような場で、たくさんの目に逐一見つめられていては、そんなふうに思えるはずもなかった。

もしここでつまずいたらどうなるのだろう？　次の角を曲がるときに自分の足に蹴躓いたら。ちょっとくらいなら――ほんのわずかに膝を折る程度なら上手にできる。もしくはどうせなら、床にどたんとお尻をつくくらいはしたほうがいいのかもしれない。

大変な見物になる。

ともすれば恐ろしい見物に。どのみちほんとうに行動に移す勇気などないのだから、どちらでも同じことだ。

あともう数分の辛抱だとオリヴィアは自分に言い聞かせた。あとはこの直線を歩くだけ。そうすれば両親のもとに戻れる。もしかしたらダンスをしなくてはいけないかもしれないけれど、そちらのほうがまだ気は楽だ。ほかに誰も踊らないなんてことはありえない。これだけ多くの人々がいれば、さすがにそこまであからさまなことはできないだろう。

あとほんの数分、それでこのひと時は終わる。


ハリーはできるかぎり近くから輝くばかりのふたりを見ていたが、皇子が大広間をめぐり歩く決断をくだしたせいで、課せられた務めがずいぶんと果たしづらくなった。皇子には陸軍省が警戒すべき言動はまったく見られないのだから、ぴったりそばに張りついている必要もないのだろう。とはいえ、オリヴィアから目を離す気になれなかった。

ウィンスロップが懸念を抱いているだけならまだしも、ハリーは皇子を観察しはじめてすぐさま気に入らない相手だと見定めた。自分も軍隊で長らく過ごしたためにきわだって直立した姿勢となっているのは承知しているが、それでもやはりあの高慢な態度は鼻につく。皇子の瞳も、誰と向きあったときでも眉間に皺を寄せるように目を狭めるのも気に入らない。話すときに上唇を丸めるせいでしじゅう歯が剝きだしになるのも我慢ならない。

この皇子のような人々をハリーはこれまでにも目にしてきた。正確に言うなら皇帝の親族というわけではないが、まるでわが物であるかのごとく欧州について得意げに語る大公といった人々だ。

たしかに彼らの物とも言えるのだろうが、ハリーからすれば、いけ好かない連中であることに変わりはなかった。

「おう、そこにいたのか」セバスチャンはほとんど中身が入っていないフルートグラスを手にしていた。「もう飽きただろう?」

ハリーはオリヴィアに目を向けていた。「いや」

「興味深い」セブがつぶやいた。シャンパンを飲みきるとグラスをそばのテーブルに置き、ハリーに聞こえるよう身を近づけた。「誰を探してるんだ?」

「誰も」

「いや、失礼。言い間違えた。誰を見てるんだ?」

「誰も」ハリーは従兄弟にそう返し、先ほどから視界を妨げている、やけに恰幅のよい伯爵の脇から向こう側を見通そうと半歩右にずれた。

「ははあ。そうやって知らんふりをするからには……何かあるな」

「知らんふりなどしていない」

「それにしてはぼくを見ようとしない」

ハリーは負けを認めざるをえなかった。従兄弟は憎らしいほど粘り強く、その二倍いらだたしい。まともにじっと従兄弟の目を見た。「きみのことはもう見飽きた」

「それでも見てもらえるのはやはり嬉しい。ぼくに会えなければ、たまらなく寂しくなるぞ」セバスチャンは胸を悪くさせるような笑みを浮かべた。「そろそろ退散するか?」

「まだだ」

セブの眉が上がった。「本気か?」

「楽しんでる」ハリーは言った。

「楽しんでるのか、舞踏会を」

「きみもぜひそうしてくれ」

「ああ、いや、ぼくはいつもどおりだ。きみも変わらない。こういった催しは好きじゃないんだよな」

ハリーは目の端にオリヴィアの姿を捉えた。その視線にオリヴィアが気づき、ふたりの目が合い、それから同時にどちらも目をそらした。オリヴィアは皇子の相手をするのに忙しいし、ハリーもまたいつも以上に迷惑者ぶりを発揮しているセバスチャンに煩わされている。

「いま、レディ・オリヴィアと目くばせしなかったか?」セバスチャンが尋ねた。

「いや」ハリーはけっして嘘が得意ではないが、そっけなく否定するだけならじゅうぶんうまくやり通せる。

セバスチャンが両手を揉み合わせた。「面白い晩になってきたな」

ハリーは聞き流した。少なくともそうしようと努めた。

「早くもオリヴィア妃と呼ばれている」セバスチャンが言う。

「ちなみに、誰にだ？」ハリーはくるりと従兄弟を振り返って強い調子で訊いた。「どうせ、ぼくが婚約者を殺したなどと触れまわってる連中にだろう」

セバスチャンが目をしばたたかせた。「いつ婚約したんだ？」

「それはこっちの台詞だ」ハリーは吐き捨てるように返した。「それに彼女はあんなろくでもない男と結婚しない」

「嫉妬してるように聞こえるな」

「ばか言え」

セバスチャンはしたりげに微笑んだ。「先ほど彼女と一緒にいたよな」

ハリーはわざわざ否定はしなかった。「礼儀として挨拶していただけだ。隣人だからな。いつもぼくに社交的になれと言ってるのはきみだろう？」

「それで〝寝室の窓から覗き見られていた一件〟は片がついたんだな？」

「誤解だったんだ」ハリーは言った。

「なるほど」

ハリーは即座に身がまえた。セバスチャンが考え込んだときには――思いやって熟慮しているわけではなく、いわくありげにいかにも悪巧みを働かせている――用心を要する。

「あの皇子にぜひ対面したい」セバスチャンが言う。

「おいおい」ハリーは従兄弟の傍らにいるだけで気力が萎えてきた。「いったい何をするつもりだ？」

セバスチャンは顎をさすった。「さてどうしたものかな。だがそのときが来れば、どうするのが最善なのかを判断できる自信はある」

「臨機応変に判断するというのか？」

「そのほうがむしろ、たいがいはうまくいく」

従兄弟をとめられないことはハリーだからこそわかっていた。「いいか」早急に言い聞かせておかなければとの焦りから従兄弟の腕をつかんで、きつい声で言った。陸軍省からの指令について明かすわけにはいかないが、単にレディ・オリヴィアにのぼせているといったことではない事情があるのはセバスチャンに伝えておかねばならない。そうしなければ、祖母のオルガについて口に出されただけでも、すべてが台無しになりかねない。

ハリーは声をひそめた。「今夜、あの皇子とはロシア語は話さない。きみも話すな」セバスチャンも、流暢と呼ぶには程遠いにしろ、たどたどしいながらもじゅうぶん会話はできた。

ハリーは真剣な目で見つめた。「わかったな？」

セブは目を見据え、うなずいた――一度だけ、まれに見る厳粛な面持ちで。と思ったのも束の間、たちまちそのような表情は消え、くつろいだ物腰を取り戻し、口もとをゆがめて笑った。

ハリーはあとずさり、静かに眺めた。オリヴィアと皇子は厳《おごそ》かなそぞろ歩きの四分の三の行程を終え、まっすぐこちらに向かって進んでくる。舞踏会の出席者たちは水に浮かんだ油膜のように両脇に退いて道をあけ、セバスチャンだけがそこに立ったまま左手の親指とそのほかの指をもの憂げに擦り合わせていた。

考えている。セブは考えるときにいつもこのように指を擦り合わせる癖がある。

そうして、偶然でないとは誰にも疑われようのない完璧な頃合いを計って、めぐり歩いていた従僕の盆から新たなシャンパンのグラスを手に取り、頭をわずかに後ろに反らせて飲み、さらに――

何がどうなったのかハリーにはわからなかったが、ともかくそこらじゅうにグラスの破片が飛び散り、寄木張りの床がシャンパンの泡に満たされた。

オリヴィアは飛びのいたが、ドレスの裾に飛沫がかかった。

皇子が憤っている。

ハリーは押し黙った。

そしてセバスチャンが笑みを浮かべた。

10

「レディ・オリヴィア！」セバスチャンは声を張りあげた。「申しわけない。どうかお許しいただきたい。とんでもない粗相をしてしまった」

「気になさらないで」オリヴィアはさりげなく片足を振り、さらにもう片方の足からも水気を払った。「たいしたことはないわ。シャンパンがちょっとかかった程度ですもの」なんの問題もないのだからと励ますようににっこり笑いかけた。「肌にもよいそうですし」

そんな話は聞いた憶えがなかったものの、ほかに言えることなどあるだろうか。このような粗相をするのはセバスチャン・グレイらしくないし、実際に室内履きが少し濡れた程度に過ぎない。けれど傍らで皇子は怒りを沸き立たせていた。その佇まいから感じとれた。皇子のほうがより飛沫を浴びたのは確かだ。ただし公正を期して言うなら、濡れたのはブーツのみだし、シャンパンでブーツを磨く紳士もいるという話をどこかで聞いた憶えはなかったかしら？

だがアレクセイ皇子はロシア語で何かぶつくさこぼし、何を言ったにしろ好ましいこととは思えなかった。

「肌によい？　ほんとうに？」セバスチャンはあきらかに興味のないことにいかにも関心を引かれたそぶりで言った。「聞いたことがなかったな。じつに興味深い」

「ご婦人用の雑誌に書かれていたの」オリヴィアは嘘をついた。

「どうりでぼくの耳には入らなかったはずだ」セバスチャンはよどみなく答えた。

「レディ・オリヴィア、ご友人を紹介していただけないだろうか?」アレクセイ皇子が鋭い声で言葉を挟んだ。

「も、もちろんですわ」オリヴィアは皇子の求めに不意を突かれて口ごもった。この皇子は公爵や王族や、一応付け加えるなら自分を除けば、ロンドンにいる大勢の人々には関心がないものと思っていたからだ。もしかしたら、これまで感じていたほど気位の高い嫌みな人ではないのかもしれない。「殿下、こちらはミスター・セバスチャン・グレイです。ミスター・グレイ、ロシアのアレクセイ・ゴマロフスキー皇子ですわ」

ふたりは互いに頭を垂れ、皇子は不作法と言われても仕方がないほどわずかしか頭を動かさなかったので、セバスチャンの挨拶のほうがはるかに丁寧だった。

「レディ・オリヴィア」セバスチャンが皇子に挨拶を終えるなり言った。「従兄弟のサー・ハリー・ヴァレンタインはもうご存じかな?」

オリヴィアは驚いて唇をわずかに開いた。いったいどういうつもり? とうによく知っているのはわかっているはずなのに――

「レディ・オリヴィア」突如ハリーが正面に進み出てきて言った。視線が合い、ハリーの目が何かよくわからない熱っぽいきらめきを放った。オリヴィアはぞくりとする刺激に貫かれ、ふるえをこらえた。そのきらめきは一瞬にして消え、ただの知りあいといった眼差しに戻った。ハリーは礼儀正しくうなずいてから、従兄弟に言った。「すでに面識がある」

「ああ、そうか、そうだったよな」セバスチャンが言う。「忘れていた。きみたちは隣人だものな」

「殿下」オリヴィアは皇子に言った。「こちらはサー・ハリー・ヴァレンタイン。わたしの家の南側の隣家にお住まいですの」

「そうでしたか」皇子はそう言うとすぐに、ハリーが頭を垂れているあいだに従者に早口のロシア語で何か伝え、従者がさっとうなずいた。

「おふたりは先ほど話してらした」皇子が言った。

オリヴィアは身を硬くした。皇子に見られていたのは気づいていなかった。それに、だからといってどうしてこれほど自分が動揺しているのかわからない。「ええ」あえて否定する理由も見当たらないのでそう答えた。「サー・ハリーも多くの知人のお一人ですから」

「誠に光栄なことです」ハリーが言った。礼儀正しい受け答えのわりにどことなく鋭い口ぶりだった。皇子を見つめたままでその言葉を発したのもまたどこか不自然だ。

「うむ」皇子もハリーから目をそらさずに言った。「そうでしょうとも」

オリヴィアはハリーを見て、それから皇子に視線を移し、また目を戻すと、ハリーが皇子から目をそらさずに言った。「そうですとも」

「盛大なパーティではないですか？」セバスチャンが言葉を差し入れた。「今年はレディ・モットラムがことに手を尽くされている」

オリヴィアはあやうく場違いな笑いを洩らしかけた。その物言いで――やけに陽気な口ぶりだった――張りつめた空気が打ち破られそうなものなのに、そうはいかなかった。ハリーはなおも冷静沈着に皇子を見ているし、皇子も――冷ややかに蔑むような目つきで見返している。

「この部屋はなんだか冷えません?」オリヴィアは誰にともなく問いかけた。

「少し」やはりいま口を利けるのはふたりだけらしく、セバスチャンが答えた。「ぼくはつねづね、薄くてやわなものしか身につけられないご婦人は大変だろうと思っていました」

オリヴィアはこの晩ビロードのドレスをまとっていたが、袖は肩先を覆う程度で短く、腕に鳥肌が立っていた。「そうですわね」ほかには誰も話そうとしないので、そう応じた。けれどあとに続ける言葉は見つからず、仕方なく咳払いをして微笑み、まずはハリーを、それからいまだこちらを見ようとはしない皇子を見て、さらにふたりの背後の人々に目をやった。そしらぬふりをしながらもあきらかに自分を見ている人々に。

「あなたも大勢いるレディ・オリヴィアの賛美者のお一人なのかな?」アレクセイ皇子がハリーに尋ねた。

オリヴィアは目を見開いてハリーのほうを向いた。このような露骨な問いかけにいったいどう答えられるというのだろう?

「ロンドンでは誰もがレディ・オリヴィアを賛美していますよ」ハリーはそつなくかわした。

「とりわけ賛美されているご婦人がたのお一人というわけです」セバスチャンが言い添えた。

　こうした褒め言葉にはそっと慎ましやかなひと言を返すべきなのだろうけれど、自分が言葉を発するだけでも不自然なことのように——突飛なことですらあるように——オリヴィアには感じられた。

　ふたりは自分について話しているわけではないからだ。オリヴィアの名前が口にされ、褒め称えられはしても、ふたりの男たちの滑稽でばからしい優位の競い合いに使われているだけに過ぎない。

　これほど気まずい思いをさせられていなければ、光栄なことと受けとめられていたのだろうけれど。

「音楽が聴こえないか？」セバスチャンが言った。「またダンスが始まるんだろう。ロシアでもダンスはするんですか？」

　皇子が冷ややかな眼差しを投げかけた。「なんですか」

「殿下」セバスチャンはさして恐縮するふうもなく言い直した。「ロシアでもダンスはなさいますか？」

「もちろんだ」皇子はそっけなく答えた。

「どこの社交界でも踊られているわけじゃないからなあ」セバスチャンが思いめぐらすふうに言う。

　ほんとうにそうなのかはオリヴィアにはわからなかった。そうではない可能性のほうが高いような気もする。

「ロンドンにはどのようなご用向きでいらしたのですか、殿下？」ハリーが尋ね、はじめて会話に加わろうとする意欲を見せた。すでに問いかけには答えていたが、みずから口を開くことはなかった。言い換えるなら、傍観者だった。

皇子は鋭い目を向けたが、ぶしつけな問いかけだと感じているのかどうかは見てとれない。「親類のもとを訪れた」そう答えた。「この国に大使として駐在している」

「そうでしたか」ハリーはにこやかに応じた。「ぼくは存じあげない方ですね」

「当然だろう」

あからさまに侮辱を込めた返し文句だったが、ハリーに気分を害したそぶりはみじんも見られない。「国王軍に仕えていた頃に多くのロシア人に会いました。あなたの国の人々はきわめて高潔だ」

皇子はその賛辞にもそっけないうなずきを返しただけだった。

「皇帝のお力添えなしには、われわれはナポレオンを打ち倒せなかったことでしょう」ハリーは続けた。「あなたがたの国土にも助けられた」

アレクセイ皇子がようやく目を合わせた。

「あの年、冬があれほど早く来なければ、ナポレオンはまだ善戦していたはずです」ハリーが言葉を継ぐ。「過酷な冬だった」

「軟弱者たちにはそうだったろうとも」皇子が答えた。

「あの撤退でどれくらいのフランス兵士が命を落としたんでしょう？」ハリーは声に出して

思案した。「憶えてないな」セバスチャンのほうを向く。「憶えてるか?」

「九割以上よ」オリヴィアはとっさに答えてしまってから、口を挟むべきところではなかったかもしれないと気づいた。

三人の男たちがいっせいに目を向けた。それぞれの驚きようにさほどの違いはなかった。一様にほぼ呆然としている。

「新聞を読むのが楽しみなの」オリヴィアはさらりと言った。なおも続く沈黙からまだ説明が足りないことに気づかされ、言葉を継いだ。「細かなことにはほとんど触れられていなかったんでしょうけど、それでも興味深かったわ。それに、ほんとうにとても哀しかった」

アレクセイ皇子のほうを向き、問いかけた。「あなたもいらしたのですか?」

「いや」皇子はすげなく答えた。「軍が侵攻したのはモスクワだ。私の家はニジニの東部にある。それに、まだ従軍できる年齢に達していなかった」

オリヴィアはハリーのほうを向いた。「あなたはもう軍隊にいたのでしょう?」

ハリーはうなずき、セバスチャンのほうに頭を傾けた。「ぼくたちはふたりとも将校の任命辞令を得たばかりだった。ウェリントン公に率いられ、スペインにいた」

「ふたりが一緒に従軍してらしたなんて知らなかったわ」オリヴィアは言った。

「第十八騎兵隊だ」セバスチャンが静かな誇りを滲ませた声で言い添えた。

気詰りな沈黙に耐えかねて、オリヴィアはまた口を開いた。「勇敢に戦われたのね」望まれていると思われる言葉を口にした。このようなときには望まれていることをするのがなにより最善なのはとうに学んでいる。

「たしかナポレオンは、騎兵が三十の誕生日を迎えられるのは驚きに値することだと言っていなかっただろうか？」皇子が低い声で言った。オリヴィアのほうを向いて続ける。「こう表されていたのです……こちらではどのように言うのかな……」記憶を呼び起こそうとするように指を顔のそばでまわす。「向こう見ず」唐突に言った。「そう、そのように言われていた」

「哀れなものだ」皇子が続ける。「非常に勇敢だと考えられている人々こそ往々にして――」喉を切り裂かれる手ぶりをした。「――斬り倒される」

ハリーとセバスチャンを見やり――といってもほとんどハリーのほうをだが――笑みを湛えた。「そうだったのではないですか、サー・ハリー？」やんわりと釘を刺すように問いかけた。

「いいえ」ハリーは否定した。たったひと言で。

オリヴィアはふたりの男性に視線を行きつ戻りつさせていた。ハリーが何も、反論も皮肉めかした言葉も口にしなかったことが皇子をよけいにいらだたせたのではないだろうか。

「音楽が聴こえない？」オリヴィアは問いかけた。けれど誰も反応しようとはしなかった。

「あなたはお幾つですか、サー・ハリー？」皇子が訊いた。

「あなたは何歳ですか？」

オリヴィアは落ち着かなげに唾を飲み込んだ。皇子に対して礼儀を失した問いかけだ。それもけっして敬意の感じられる口調ではなかった。セバスチャンも、オリヴィアがそれとなく目を合わせようとしても、従兄弟と皇子を見つめたままだ。

「私の質問にまだ答えていただいていない」アレクセイが凄みのある声で言い、実際に傍らの護衛が威嚇するようなそぶりを見せた。

「二十八です」ハリーは答え、そのあとでいまさらながら気づいたとでもいうようにゆっくりと間をとって言い添えた。「殿下」

アレクセイ皇子がほんのうっすら笑みを浮かべた。「それでは、ナポレオンの予言の真偽を確かめられるまでにまだ二年もあるというわけか」

「あなたがイングランドに宣戦布告でもすればですが」ハリーがこともなげに言う。「なにしろぼくはすでに騎兵隊から退いているので」

どちらも引きさがる気があるとは思えないほど長々と互いを眺めおろしつづけたが、やがて唐突にアレクセイ皇子が笑い声をあげた。「あなたは愉快な方だ、サー・ハリー」だがその言葉とは裏腹に苦々しげな口ぶりだった。「ぜひまたお手合わせを、ふたりで」

ハリーは快くうなずいて、せめてもの敬意を示した。

皇子はまだ肘にかけられていたオリヴィアの手の上に自分の手を重ねた。「ですが、もうしばらく待っていただかなければ」勝ち誇ったような笑みを浮かべた。「レディ・オリヴィアとダンスをするので」

そうして皇子はハリーとセバスチャンに背を返して向きを変え、オリヴィアを導いていった。

二十四時間後、オリヴィアは疲れ果てていた。モットラム家の舞踏会から家に帰れたのは午前四時近くだというのに、朝寝坊はさせてもらえず母に起こされ、皇子の謁見を賜る際に身につけるドレスの最後の寸法合わせでボンド・ストリートへ引きずられるように連れていかれた。その後は当然ながら謁見を賜りに向かわなければいけなかったので休息のための仮眠すらとれなかったわけだが、前の晩もほとんどずっと皇子のそばで過ごしたのだから、少しばかりばからしいことにも感じられた。

とうに面識のある相手にどうしてあらためて〝謁見〟を賜らなければいけないの？

オリヴィアは両親とともに、アレクセイ皇子がイングランドに滞在中の住まいとしている大使公邸の貴賓室を訪ねた。とんでもなく仰々しく堅苦しい、簡単に言ってしまえば、恐ろしく退屈なひと時だった。前世紀の装いのほうがまだはるかに楽だったはずだと思われるようなコルセットで締めつけられたドレスは窮屈で暑苦しく、それなのに腕だけは剝き出しで肌寒かった。

ロシア人たちはどうやら家とはそう簡単に暖められるものではないと思い込んでいるらしい。

そんな試練は三時間にも及び、その間父は透明のお酒を何杯か飲んで、すっかり眠気に誘われていた。皇子はオリヴィアにもグラスを勧めたが、すでに一杯目を味わっていた父がすぐさま娘の手からグラスを取り上げた。

今夜もオリヴィアには外出の予定が入っていたが――レディ・ブリジャートンがささやかな夜会を開く――疲労を訴えると、意外にも母から欠席を許された。さしずめ母も同じくらい疲れていたのだろう。父にしてもとてももう出かけられるような状態ではなかった。

オリヴィアは部屋で夕食をとり（仮眠をして、入浴し、また少しだけまどろんだあとで）ベッドで新聞を読もうとしたのだが、手を伸ばしたとき、脇机に置いていた『バターワース嬢といかれた男爵』が目に留まった。

なぜか急に気が変わって、その薄い本を手にした。サー・ハリーはなぜこのような本をくれたのだろう？　たしか、きみに楽しんでもらえそうだと思ったからと言ってたのよね？

本をぱらぱらめくり、ところどころ拾い読みをした。なんだか少し不真面目な物語のようだ。つまり、不真面目な女性だと思われていたということ？

オリヴィアは厚いカーテンできっちりと夜闇が閉ざされた窓を見やった。いまもまだ不真面目な女性だと思われているのだろうか。それとももう、ほんとうの姿をわかってもらえたの？

手もとの本に目を戻した。いまでもやはりハリーはこの本を自分への贈り物に選ぶのだろうか。身の毛のよだつゴシック小説だと評していたものを。

わたしはそんな本がふさわしい女性だということ？

オリヴィアは本をぴしゃりと閉じて、その背を下にして膝の上に立てて置いた。「一、二、三」と数えて、さっと手を放し、本が勝手に開くにまかせた。

片側に倒れた。

「だめな本ね」つぶやいて、もう一度同じことを繰り返した。じつのところ、自分で開くページを選べるほど興味を引かれていないからだ。

本はまたも同じ側に倒れた。

「もう、こんなのばかげてるわ」さらにばかげていることだとは思いつつ、オリヴィアはベッドから床に降りて坐り、三度目の試みを繰り返そうとした。完全に平らなところでならうまくいくはずだ。

「一、二、三――」即座に両手で本を挟んだ。なんとまたも同じ側に倒れかけたからだ。

今度こそほんとうにばからしくなってきた。第一、ベッドからわざわざ降りてまで試みようとすること自体が愚かだし、そんな自分に呆れた。それでも、こんなちっぽけな本に屈するわけにはいかないので、四度目はあらかじめ少しだけ本を開かせておいて手を放すことにした。ちょっとした力添えは何かにつけ欠かせない。

「一、二、三！」

そしてついに本が開いて倒れた。目を落とす。正確には、一九三ページ。

オリヴィアは腹這いになり、両肘をついて、読みはじめた。

背後から男の足音が聞こえてきた。ふたりの距離はどんどん狭まり、すぐにも追いつかれてしまいそうだった。なんのために追いかけてきたのだろう？　善人なのか、それとも悪人だろうか？

「悪人に賭けるわ」オリヴィアはつぶやいた。

彼女に知る術《すべ》があるだろうか？　どうすればわかるのだろう？　どうすれば？

ああもう、いい加減にして。だからこそやはり新聞を読むほうがいい。たとえば新聞にこんなふうに書かれることなどありうるだろうか。議会は予定どおり招集された。議会を開くために。予定どおりに。

オリヴィアは首を振り、先へ読み進めた。

そのとき、バターワース嬢は母の遺言を思い起こした。信心深い母は鳩に突かれて亡くなる前――

「なんですって？」

オリヴィアは思わず甲高い声をあげてしまい、念のため肩越しにドアを振り返った。それにしても――鳩だなんて。

読んでいたページに人差し指を挟んで右手で本をつかみ、すぐさま立ち上がった。

「鳩」繰り返した。「ほんとうに？」

あらためてページを開いた。そうせずにはいられなかった。

当時、バターワース嬢は十二歳で、そのような会話をするには幼かったが、母はおそらく――

「退屈ね」オリヴィアはほとんど適当にべつのページを開いた。といってもあらすじがつかみやすいよう、なるべく始めのほうに戻った。

プリシラは窓敷居をつかみ、手袋をしていない両手に渾身の力を込めて石壁にしがみついた。男爵がドアの取っ手をがちゃがちゃと動かしたときから、すぐにも行動を起こさなければいけないことは悟っていた。もしここで、男爵の聖域で見つかってしまったら、何をされるかわからない。相手は乱暴な男性だ。少なくともプリシラはそう聞かされていた。

オリヴィアは読みつづけながら、のんびりベッドに歩いていき、端に寄りかかるようにして少しだけお尻をのせた。

彼の婚約者がなぜ死んだのかは誰も知らない。病死だと言う者もいるが、毒を盛られたとの噂が広まっていた。殺されたのだと！

「そうなの？」オリヴィアは目を上げ、瞬きをしてから、窓に視線を向けた。婚約者が死んだ？　陰口や噂話？　サー・ハリーはこの物語の内容を知ってるの？　恐るべき類似だ。

男爵が部屋に入ってくる音が聞こえた。窓があいていることに気づくだろうか？　いったいどうしたらいいの？　何ができるというの？

オリヴィアは息を呑んだ。腰がベッドから滑り落ちかけた。けっして大げさに心境を表現したわけではない。文字どおりベッドの端すれすれに坐っている。それなら多少なりとも息がつかえたとしても仕方のないことでしょう。

プリシラはひそかに祈りを唱え、そのあとで目を閉じ、手を放した。

その一章はそこで終わっていた。オリヴィアは逸る思いでページをめくった。

冷たく硬い地面までは、ほんの一メートルほどだった。

どういうこと？　プリシラは一階にいたの？　オリヴィアの好奇心はたちまちいらだちに取って代わられた。一階の窓の外にぶらさがるなんて、どれほど間抜けなの？　建物の土台を少し高めに見積もったとしても、ようやくそれくらいの高さだ。その程度の落下では、足首を捻挫することすらむずかしいのではないだろうか。

「読ませる手法ね」オリヴィアはつぶやいて目を狭めた。取るに足りないことで読者をはらはらさせられるのだから、たいした作家だ。ハリーは何か思うところがあってこのような本をくれたのだろうか、それとも姉から勧められた本ならなんでも面白いはずだと信じきっているだけ？

オリヴィアは窓を見やった。当然ながら先ほどと同じ大きさで、同じカーテンが閉められていて、何ひとつ変わらない。それなのにどうして胸がどきどきするのかわからない。

そもそもいまは何時なのだろう？　もうすぐ九時半だ。ハリーはもう執務室にはいないだろう。いいえ、いるかもしれない。遅くまで机に向かっていることもあったし、考えてみれば、そんなに熱心にいったい何をしているのかについてはいっさい話してくれなかった。

オリヴィアはベッドの端から腰を上げ、窓辺に向かった。カーテンが閉まっていてハリーに見つかるはずもないのでばかげてはいるのだけれど、ゆっくりと用心深く。

左手にはまだ〝バターワース嬢の本〟を持ったまま、右手を伸ばし、カーテンを開くと……。

11

あらゆることを考え合わせると、きょう一日の仕事はまずまず進められたと言ってよいだろうとハリーは振り返った。

いつもならこの二倍か、もっと翻訳できる日もあるのだが、きょうは集中しづらかった。気がつけばつい、そこにいないのは知りつつオリヴィアの部屋の窓のほうを見上げていた。きょうオリヴィアはロシアの皇子のもとを訪れることになっていたはずだ。午後三時に。そうだとすれば二時少し前には家を出ただろう。ロシア大使の公邸までさほど距離はないが、伯爵夫妻は万が一にも遅れてはなるまいと考えたに違いない。この街はつねに渋滞しているし、馬車が故障する可能性もあり、浮浪児がいつ道に飛びだしてくるともかぎらない……予期せぬ遅れに備えて時間に余裕を持って家を出る配慮は欠かせない。

到着すればオリヴィアは二時間、いや三時間は足どめされることとなっただろう。ロシア人はどうしてああも物事をなんでも長引かせることができるのやら。それから帰路にも三十分はかかるとして――

そうだとしても、いまはもう家にいるのは間違いない。また出かける予定がなければだが、ルドランド伯爵家の馬車がもう一度発った様子はなかった。

見張っていたわけではない。だがハリーはカーテンを開いていたし、ほんの少し向きを変えただけでも、通りを行きすぎる光の筋がちらりと目に入る。むろんどの馬車が通り過ぎてもだが。

ハリーは椅子から立ち、両腕を上げて伸びをして、首をまわした。今夜はさらに一ページ進めるつもりだが――炉棚の時計の針はまだ九時半に差しかかったところだ――そろそろ脚の血のめぐりを戻してやらなければいけない。机から離れ、窓辺に歩いていった。

するとそこに彼女がいた。

ほんの束の間どちらも固まり、ハリーの頭に考えがよぎった――気づかないふりをするべきだろうか？

そしてすぐに答えは出た――そんなことをする必要はない。

オリヴィアは微笑んだ。そして手を振り返した。それから――

手を振った。

ハリーは呆然と見つめた。オリヴィアが窓をあけようとしている。

だから当然ながらハリーも同じことをした。

「あなたはこれを読んでいないとおっしゃってたわよね」オリヴィアが前置きなしに言った。

「でも、ちらりともご覧になってないの？」

「こんばんは」ハリーは挨拶した。「皇子のところはどうだった？」

オリヴィアはじれったそうに首を振った。「この本よ、サー・ハリー、本の話をしてるの。

少しも読んでないの？」

「残念ながら。どうしてだろう？」

オリヴィアは顔の前に本を両手で持ち上げ、それから横にずらして、またハリーを見た。

「とんでもないお話なのよ！」

ハリーは満足げにうなずいた。「そうだろうと思ったんだ」

「バターワース嬢の母親は鳩に突かれて死んだのよ！」

ハリーは笑いをこらえた。「それならぼくが読んだほうがずっと楽しめそうだな」

「鳩なのよ、サー・ハリー！　鳩！」

ハリーは笑って見上げた。この場には家同士の確執も毒もないとはいえ、なんとなく『ロミオとジュリエット』のような気分になってきた。

むろん、鳩もいない。

「それを聞いたら、なおさらそそられる」オリヴィアに言った。「なんだかわくわくするじゃないか」

オリヴィアはむっとして、風に吹かれて顔にかかった髪をさっと払いのけた。「この本の物語が始まる前に起こった出来事なのよ。今回の物語が終わるまでにバターワース嬢も鳩に突かれるなんて場面も出てこないとはかぎらないけど」

「つまり、読んでくれているわけだな？」

「ちょっと拾い読みをしたわ」オリヴィアが認めた。「それだけよ。第四章の始まりと――」本に視線を落とし、すばやくページをめくって、目を上げた。「――一九三ページ」

「物語の始まりから読もうとは思わなかったのかい？」

いったん間があいた。少しばかり長い間だ。それから鼻で笑うように「読むつもりはなかったんだもの」

「思わず引き込まれたと？」

「違うわ！　そんなんじゃないもの」オリヴィアは胸の前で腕を組み、当然ながら本が落ちた。一瞬、オリヴィアの姿が消え、また〝バターワース嬢の本〟を手にして窓枠の下から現われた。「いらいらしすぎてやめられなかったのよ」

ハリーは窓枠に背を寄りかからせて、にやりとして見上げた。「面白いということだよな」

「それだけくだらないのよ。バターワース嬢といかれた男爵なら、わたしは男爵の味方につくわ」

「おっと、待ってくれ。恋愛小説なんだろう。ふつうなら同じ女性の側を応援するべきじゃないのか」

「おかしな女性なんだもの」オリヴィアはまた本を見おろし、驚くほどの手早さでページをめくった。「男爵がほんとうに殺人を犯すほどいかれているのかどうかはまだわからないけど、もしそうだとしても、わたしは彼の思いどおりにいくことをお祈りするわ」

「そんなことはありえないだろう」ハリーは言った。

「どうしてわかるの？」オリヴィアはまた鼻にかかった髪を払いのけようとした。風が強まっていて、ハリーはこのひと時の何もかもがなんだか愉快に思えてきた。

「作者は女性なんだろう?」問いかけた。

オリヴィアはうなずいた。「サラ・ゴーリー。聞き憶えがないわ」

「それにやはり恋愛小説なんだよな?」

オリヴィアがまたうなずいた。

ハリーはかぶりを振った。「主人公の女性が殺されはしないだろう」

オリヴィアはまじまじと見つめ、それからさっと本の最後のページを開いた。

「おい、やめるんだ」ハリーはたしなめた。「楽しみが台無しになる」

「どうせ読まないもの」オリヴィアが言い返した。「台無しになりようがないわ」

「ぼくを信じてもらえるなら」ハリーは言った。「男が恋愛小説を書けば、女性が死ぬ。女性が書いた場合には、ちゃんと幸せな結末を迎える」

オリヴィアは唇をわずかに開き、その概括論に憤慨すべきなのか迷っているようだった。

ハリーは笑みを押し隠した。オリヴィアの困惑ぶりを見るのは楽しい。

「女性が死んだら、恋愛小説にはならないというの?」オリヴィアがいぶかしげに訊いた。

ハリーは肩をすくめた。「ぼくはそれが道理だと言ったんじゃない、事実を述べたまでだ」

オリヴィアはどう受けとめればよいものか悩んでいるらしい。ハリーはいつしか、手にした本を睨むように見おろすオリヴィアを眺めているだけで満ち足りた気分を覚えていた。たとえどんよりくすんだ青色の化粧着をまとってはいても、窓辺に立つオリヴィアはこのうえなく愛らしい。髪は一本の太い三つ編みにして背中に垂らされている。それからふと、これがとんでもなく良識を欠いた行ないであることにいまさらながら気づかされた。オリヴィアの両親にはまだ挨拶をしていないが、このように暗がりで窓をあけて独身の男とお喋りするのを快く容認してもらえるとはとても想像できない。

なにせオリヴィアは化粧着姿だ。

とはいうものの、そんなことにはかまっていられないくらい楽しくて仕方がないので、オリヴィアが礼儀を気にしないのなら、こちらも神経質になるのはやめようとハリーは結論づけた。

オリヴィアが目を狭めてこちらを見おろし、また本に視線を落として、最後のページへひそやかに指をたどらせた。

「やめるんだ」ハリーはたしなめた。

「あなたが正しいかどうかを確かめたいだけ」

「それなら始めから読むんだ」単にむっとさせたいばかりに言った。

オリヴィアが唸るように息を吐いた。「読み通そうとは思えないわ」

「どうして？」

「気に入りそうにないし、それなら時間の無駄でしょう」

「気に入るかどうかはまだわからない」ハリーは指摘した。

「わかるわ」確信に満ちた声だ。

「どうして読みたくないんだ？」

「仕方ないでしょう」オリヴィアは声を張りあげ、〝バターワース嬢の本〟を少し振ってみせた。「この物語はほんとうにどうかしてるんだもの。あなたに新聞を渡されていたら、いま頃はもう読み終えていたわ。現に読んでるんだもの。隈《くま》なく、毎日」

ハリーは感じ入った。女性は新聞を読まないものだと決めつけていたわけではない。じつのところ、そんなことをあらためて考えたことすらなかった。母は読んでいなかったはずだし、姉についてはわからないが、毎月届く手紙にはそのようなことは一度も触れられていた記憶がない。

「小説を読んでみてくれ」ハリーは言った。「意外に楽しめるかもしれない」

「ご自分が興味を抱いたわけでもない本をなぜわたしに勧めるの?」オリヴィアは少なからぬ疑念を滲ませて問いかけた。

「なぜかと言えば――」ハリーは口ごもった。なぜなのかわからなかったからだ。たしかにその本を贈り、それを種にオリヴィアをからかって楽しんでいるわけだが。「取引しないか、レディ・オリヴィア」

オリヴィアは待ち望むふうに頭を片側に傾けた。

「きみがその本を読んだら――最初から最後までぜんぶだ――ぼくも同じように読む」

「あなたが『バターワース嬢といかれた男爵』を読む」オリヴィアは疑わしげに言った。

「読むとも。きみが読み通したらすぐに」

オリヴィアは同意しそうに見えたし、実際に口を開いて話しだしかけた。ところが急に動きをとめ、不穏なそぶりで目を狭めた。

そういえば男きょうだいがふたりいる女性だったのだとハリーは思い起こした。張り合い方は心得ているはずだ。巧妙な手口も。

「一緒に読むべきではないかしら」オリヴィアが言った。

ハリーは思いがけない提案にたちまちあらゆる解釈をめぐらせ、そのうちのほとんどは寝る前に自分が小説を読む習慣から空想を膨らませたものとなった。ベッドで。

「もう一冊買うのよ」オリヴィアが言った。

ハリーの束の間の夢想はぱちんと叩きつぶされた。

「意見を交換しましょう。読書会のようなものね。そういった文学の集いへのご招待はいままでずっとお断わりしてきたんだけど」

「望外の喜びだ」

「そう言っていただけてなによりだわ」オリヴィアが続ける。「こんなお誘いをするのは生まれてはじめてなんですもの」

「もう一冊手に入れられるのかはわからないが」ハリーは言った。

「わたしが見つけるわ」オリヴィアがふっと鼻で笑った。「まかせておいて、お買い物のことなら」

「どういうわけか急に脅されてる気分になってきた」ハリーはつぶやいた。

「なんですって？」

ハリーはオリヴィアを見据え、もう少し大きな声で言った。「ぼくを脅してるな」

オリヴィアはそう言われて嬉しそうだった。

「一節、読んでみてくれ」

「いま？　ここで？」

ハリーは窓敷居に腰かけて、片枠に寄りかかった。「よろしければ、冒頭部分を」

オリヴィアはひとしきり黙って見つめてから、肩をすくめて言った。「わかったわ。読むわね」咳払いをする。「暗く風の強い晩だった」

「どこかで聞いたような書きだしだな（小説『ポール・クリフォード』の冒頭文。イギリス文学史上最悪の冒頭文と言われた）」ハリーはぼそりと洩らした。

「読みづらくなるわ」

「これは失礼。続けてくれ」

オリヴィアはじろりと目を向けてから、朗読を再開した。「暗く風の強い晩だった。プリシラ・バターワース嬢は、いつ雨が降りだして土砂降りとなって滝のごとく流れ、見渡すかぎりは水であふれることになってしまってもふしぎではないと考えた」目を上げた。「恐ろしいことだわ。それに、見渡すかぎりはという表現は適切ではないと思うんだけど」

「作者の言いたいことはまあ、わかる」ハリーもオリヴィアと同意見だったが、そう諌めた。

「続けてくれ」

オリヴィアは首を振りつつも言われたとおり読み進めた。「もちろん、プリシラは小さな寝室にいて風雨にさらされはしなかったが、今夜はとうてい眠れそうにないほど窓枠がやかましい音を立てていた。プリシラは薄く冷たい寝床で縮こまり、なんとかかんとかで、ちょっと待って、面白くなるところまで飛ばすわ」

「それはなしだ」ハリーは叱った。

オリヴィアは〝バターワース嬢の本〟を高く掲げた。「この本を持ってるのはわたしだもの」

「投げてくれ」ハリーは唐突に言った。

「えっ？」

ハリーは窓敷居から降りて床に立ち、上半身を窓の外に乗りださせた。「こっちに投げるんだ」

オリヴィアはいかにもけげんな顔つきだ。「つかめるのかしら？」

ハリーは挑発の言葉を投げ返した。「きみが投げられるのなら、受けとれる」

「あら、わたしは投げられるわ」オリヴィアがあきらかに不服そうに言い返した。

ハリーは軽く笑った。「そんなことができるお嬢さんにはお目にかかったことがない」

そう言われるなりオリヴィアは本を放り投げ、ハリーは戦場で長年過ごすあいだに身につけた反射神経の賜物《たまもの》で、どうにか受けとめる構えを整えた。

しっかりと受けとめた。神に感謝だ。この反射神経が身についていなければ、生き延びられていたかわからない。

「次回はもう少しやさしく放ってみてくれ」不満げに言った。

「そうすれば何か楽しいことでもあるのかしら？」

『ロミオとジュリエット』は撤回する。喩えるなら『じゃじゃ馬馴らし』のほうがよりふさわしい。ハリーは目を上げた。オリヴィアはあけた窓のそばに椅子を持ってきて坐り、これ見よがしにじれったそうな表情で待っている。

「では読もう」ハリーはオリヴィアが省いた箇所を見つけた。「プリシラは薄く冷たい寝床で縮こまり、このような侘しい晩を、このように侘しい場所で過ごすことになるまでのあらゆる出来事を思い返さずにはいられなかった。だが、親愛なる読者よ、これがこの物語の始まりではない」

「もったいぶった書き方ね」オリヴィアが言葉を挟んだ。

「静かに。始まりはバターワース嬢がチマーウェル館《ホール》にたどり着いたところでも、チマーウェル・ホールに来る前にフィッツジェラルド屋敷《プレイス》を住まいとしていた頃でもない。そう、プリシラが生まれた日から始めなくてはいけない。飼い葉桶のなかで――」

「飼い葉桶！」オリヴィアが甲走った声をあげた。

ハリーはにっこりと笑って見上げた。「おかげできみがちゃんと聞いてくれているのが確かめられた」

「嫌みな人ね」

ハリーは含み笑いを洩らし、読み進めた。「……ハンプシャーの小さな田舎家《コッテージ》で薔薇と蝶たちに囲まれ、その町が痘瘡《とうそう》の感染に見舞われる前日に生まれたのだ」

ハリーは目を上げた。

「あら、中断しないで」オリヴィアが言う。「やっと面白くなってきたのに。どのような種類の伝染病なのかしら？」

「まったくきみは残忍なお嬢さんだな？」

オリヴィアは認めるそぶりで首を傾けた。「疫病に興味があるのよ。昔から」

ハリーはざっとページに目を走らせた。「残念ながら、きみのご期待には添えないようだ。伝染病についての説明はかけらも見当たらない」

「次のページにあるかもしれないでしょう？」オリヴィアが期待を込めて問いかけた。

「先へ進めよう」ハリーは告げた。「病の蔓延《まんえん》により最愛の父が天に召されたが、赤ん坊だったプリシラと母親は奇跡的に感染を免れた。ほかにも父方の祖母、両方の祖父、大叔母がふたり、おじがふたり、姉、又従兄弟も命を落とした」

「またわたしのことをからかってるのね」オリヴィアが咎めた。

「とんでもない！」ハリーは潔白を主張した。「誓って言うが、ほんとうにそう書いてあるんだ。ハンプシャーでは伝染病が猛威をふるった。ぼくにこの本を放り投げなければ、きみも自分の目で確かめられただろう」

「そこまで悲惨な話を書く人はいないわ」

「どうやらいるわけだな」

「そんなくだらない話を書く作家と、それを読んでいるわたしたちのどちらのほうが愚かなのかしら」

「ぼくはとても楽しめている」ハリーは高らかに伝えた。事実だった。窓辺に腰かけて、社交界でも飛び抜けた人気を誇る令嬢、オリヴィア・ベヴルストークに辟易するほど醜悪な小説を自分が読み聞かせているとは信じがたいことだ。それも一日じゅう部屋に閉じこもっていたあとで、心地よいそよ風に吹かれ、時どき目を上げれば、オリヴィアがそこで微笑んでいる。といっても必ずしも微笑みかけてくれているわけではないのだろう。見られているとは気づきもせず、こちらがぞくりとさせられるような笑みを浮かべているのであって、本人はただこのひと時を楽しんで、夜闇に微笑んでいるだけのことだ。

オリヴィアはただ愛らしいだけでなく、ハート型の顔に磁器のようになめらかな肌をしていて、男たちが泣いて喜びそうな美貌の持ち主でもある。それに瞳は――女性ならきっと誰もが憧れる、絶妙に紫がかった青色だ。

美しく、本人もそれを自覚しているが、その美貌を武器のごとく振りかざしはしない。手や脚やすべての指と同じように彼女の一部に過ぎないのだろう。

オリヴィアは美しく、この女性にハリーは魅了された。

12

「サー・ハリー?」オリヴィアは呼びかけて、椅子から立ち上がった。窓敷居から前のめりに暗闇の向こうを見おろして目を凝らす。ほのかな灯りを背景に四角い窓枠のなかにハリーが腰かけている姿が浮びあがっていた。先ほどからまったく、それも急に動かなくなってしまった。

オリヴィアの呼びかけにハリーはびくりとしてこちらに顔を向けたが、ちゃんと見たわけではなかった。「失礼」つぶやいて、すぐさま本に目を戻し、読みかけの箇所を探した。

「あの、そうではなくて、いいのよ」オリヴィアはなだめるように言った。腐った物でも食べてしまったかのように、ハリーの様子にはどことなくとまどいが見てとれた。「大丈夫?」

ハリーが見上げ、とそのとき——どういうことなのかもわからないので説明のしようがないのだけれど——何かが起こった。ふたりの目が合い、暗がりなのであの瞳の深みのある温かなチョコレート色すら見分けられないというのに、それでもたしかにわかった。それに感じとれた。そのせいで、簡単に言ってしまうならオリヴィアは息を奪われた。息がつけない。するとと平衡感覚も失われた。よろりと椅子にへたり込み、腰を落ち着けるとすぐに、どうして鼓動が速まっているのだろうと考えた。

サー・ハリーと目が合っただけのことだ。

それだけで……それだけなのに……。

卒倒しかけた。

ああ、きっともう、頭がどうかしてしまったのではないかと思われている。生まれてから一度も卒倒したことなどなかったし——それに、いいえ、いまも実際に卒倒したわけではないのだけれど、こんなふうにふわふわとして、得体の知れないものが湧きあがってくるみたいで、ともかく妙な気分なのだから、どこに行くにも気付け薬が欠かせない女性たちのひとりだと見なされてしまいかねない。

それだけでもじゅうぶんぞっとさせられることだというのに、なにしろオリヴィアはそうした女性たちをこれまでほとんどいつでも皮肉って面白がってきた。ああもう、こんなふうになるのはほんとうにいや。オリヴィアはよろよろと立ち上がり、窓から顔を突きだした。

「なんでもないのよ」大きな声で言った。「ちょっとつまずいてしまって」

サー・ハリーがゆっくりとうなずき、オリヴィアはなおもちゃんと注意を向けてもらえていないのを察した。ハリーの気持ちは何かまったくべつのところへ離れている。それから、まるでひそやかに元の場所に戻ってきたかのように、ハリーが目を上げ、申しわけなさそうに見やった。「ちょっとぼんやりしていた」と言いわけを口にした。「もう遅い」

「そうね」まだきっと十時を過ぎたくらいだけれどと思いつつオリヴィアは同意の言葉を返した。すると唐突に、サー・ハリーの口からおやすみの言葉を聞くのは耐えられないのでこちらから言わなければと思った。どうしてかと言えば……なぜなら……考えても理由はわからないけれど、どうあれ耐えられないことだけは確かだ。

「もうそろそろ戻らないと、と言おうと思ってたの」口から言葉がこぼれ出た。「あの、でも戻るのではないわね。すでに自分の部屋にいて、どこかに行くわけではなくて、それもほんとうにすぐそこにベッドがあるんですもの」

とりとめのないことを口走ってしまったのをとりつくろうように微笑みかけた。「あなたがおっしゃったように」と続けた。「もう遅くなるし」

ハリーはただうなずいた。

これではまたオリヴィアが何か言わざるをえなかった。「では、おやすみなさい」

ハリーも別れの言葉を返したが、その声はほとんど聞きとれないほど低く、口の動きを見て読みとったようなものだった。

そしてまたも、あの目に見つめられ、先ほどと同じ感覚に襲われた。指先からぞくりとする刺激が腕を伝いのぼって、ふるえが走り、この妙な感覚から解き放たれようとするようにオリヴィアは息を吐きだした。

それでも解き放たれることはできず、胸が疼いて、肌が粟立った。

このままでは気が変になってしまう。間違いない。それとも疲れきっているせいなのかもしれない。きょうは皇子を訪ねなければならなかったせいで神経がすり減らされていた。

オリヴィアは部屋の内側に身を引いて窓を閉めようとした。けれどふと——

「そうよ！」また顔を突きだした。「サー・ハリー！」

ハリーが見上げた。まだそこから動いていなかった。

「本」オリヴィアは言った。「まだあなたが持ってるわ」

どちらも同時に互いの窓のあいだの距離を目測した。

「そんなにうまく投げ込めない」オリヴィアは言った。「わよね？」

ハリーは首を振り、良識はわきまえているといったふうにかすかに笑みを浮かべた。「あす、あらためてお届けに伺うほうがいいだろう」

とたんにまたオリヴィアは息を奪われ、何かが湧きあがってくるような妙な気分に陥った。

「楽しみにお待ちしてるわ」そう言うと、窓を閉めた。

さらにカーテンも引いた。

それから、きゃっと小さな悲鳴を洩らし、両腕で自分の身体を抱きしめた。

こんなにもとびきりすてきな晩になるなんて思ってもいなかった。


翌日の午後、ハリーは『バターワース嬢といかれた男爵』を小脇にかかえ、レディ・オリヴィアの家の居間までごく短い距離を向かう支度を整えた。いざ歩きだして、垂直と水平に進む距離がそれぞれほぼ同じくらいではないだろうかと考えはじめた。自分の家の一階まで十二段降りて、さらに通りに立つのに六段くだり、隣家の玄関扉の前まで八段のぼって……。

次回は水平に進む歩数も計ってみよう。どれくらいの差があるのか興味深い。

夕べ唐突に引き起こされた、あのいかれた熱情はもう完全に冷ませていた。レディ・オリヴィア・ベヴルストークは飛び抜けて美しい。単なる私見ではなく、広く認められている事実だ。どんな男でも、それも何カ月も修道士も同然の日々を過ごしていた男ならなおのこと、そそられずにはいられない。

平静心を保つには、この家の踏み段をのぼってきた理由を忘れないことが肝心だという思いをハリーはますます強くした。陸軍省。ロシアの皇子。国家の安全……レディ・オリヴィアを見張るのが自分の務めだ。ウィンスロップはレディ・オリヴィアの暮らしに巧みに入り込めと指示したのも同じことだ。

いや、ウィンスロップはあきらかにそう指示した。疑問の余地はない。

指令を遂行するためなのだとハリーは自分に言い聞かせ、ドアのノッカーを持ち上げた。オリヴィアとこの午後を過ごす。王と国家のために。

なにはともあれ、ウォッカを手放せないロシアの伯爵未亡人と過ごすよりはずっといい。ところが、居間に通されると、任務に集中するには喜ぶべきことなのかもしれないが、レディ・オリヴィアがその部屋にひとりでいるわけではないことがあきらかとなった。もうひとりの監視対象者、信じがたいほど姿勢のよいロシアのアレクセイ皇子がなんとそこに、オリヴィアの真向かいに得意顔で坐っていた。

都合がよいと考えるべきなのはわかっている。それでも癪にさわった。

「サー・ハリー」オリヴィアは居間に入ってきたハリーに晴れやかに笑いかけた。「アレクセイ皇子は憶えてらっしゃるわよね？」

もちろんだ。だが部屋の片隅に一見だらけているようにも感じられる態度で立っている巨漢の護衛も同じくらいよく憶えている。

この男は寝室にまで皇子に付き添うのだろうかとハリーは思いめぐらせた。そうだとすれば、お相手のご婦人がたはさぞ気まずい思いをするだろう。

「その手に持ってらっしゃる物は？」皇子が尋ねた。

「本です」ハリーは答えて、〝バターワース嬢の本〟を脇机に置いた。「レディ・オリヴィアにお貸しすると約束していたので」

「どのような本ですか？」皇子が強い調子で訊いた。

「取るに足りない小説ですわ」オリヴィアが言葉を差し入れた。「楽しめるとは思えないのですが、友人から勧められたので」

皇子は関心がなさそうだった。

「殿下はどのような本をお読みになるのかしら？」オリヴィアが尋ねた。

「あなたには馴染みのないものでしょう」皇子はそっけなく返した。

ハリーはオリヴィアを注意深く観察した。さすがは良家の子女で礼儀をつくろうことには長《た》けている。ほんのちらりとその目に浮かんだいらだちを、いかにも本物らしい、いたって明るくにこやかな笑みで隠しきった。

ハリーにはその笑みが本物でないことがわかったが。

「それでも、どのような本がお好きなのかぜひ伺いたいわ」オリヴィアが丁寧な口ぶりで続けた。「異国の文化について学ぶのは楽しいので」

皇子がオリヴィアのほうを向き、おのずとハリーには背を向けた。「私の祖先には偉大な詩人であり哲学者でもある人物がいます。アンティオフ・ディミトリエヴィチ・カンテミール公」

ハリーはいたく興味を引かれた。ロシア文化に通じている人々のあいだでは、カンテミールが独身のまま亡くなったことはよく知られている。

「最近はまたイヴァン・クルイロフの寓話もひと通り読みました」アレクセイが言う。「ロシア人には教養として欠かせないものなので」

「この国にもそのような作家はいますわ」オリヴィアがそう応じた。「シェイクスピアです。シェイクスピアは誰もが読みます。読まなければ愛国心がないと思われてしまいそうなくらいに」

皇子が肩をすくめた。シェイクスピアについての見解はそのしぐさに表われていた。

「シェイクスピアはお読みになりますか？」オリヴィアが尋ねた。

「フランス語でいくつか読みました」皇子が言う。「ですが、ロシア語で書かれたもののほうが好ましい。われわれの国の文学はあなたがたの国のものより奥深いのです」

「『哀れなリーザ』は読みました」ハリーは口を閉じておくべきなのは知りつつ、つい言葉を挟んだ。この皇子は鼻持ちならない愚か者だ。少しばかり鼻を明かしてやらねば気が済まなかった。

アレクセイ皇子があからさまに驚いて振り返った。「『ベッドナヤ・リーザ』が英語に翻訳されていたとは知らなかった」

ハリーも知らなかった。何年も前にロシア語で読んだからだ。だがこの午後は早くも軽率な失敗をひとつ犯し、これ以上は避けなければいけないので、こう濁した。「おそらくその本だと思うのですが。作者は……ええと、思いだせない……たしかKで始まる名前でした。カルマザノン？」

「カラムジン」皇子は不機嫌に正した。「ニコライ・カラムジンだ」

「ああ、それかな」ハリーはことさら暢気な口ぶりで言った。「貧しい農民の娘が貴族に身を滅ぼされる話でしたよね？」

皇子はそっけなくうなずいた。

ハリーは肩をすくめた。「それなら誰かが翻訳していたんだな」

「ではその本を探してみるとしよう」皇子が言った。「英語を学ぶのに役立ちそうだ」

「それほどよく知られているお話なの？」オリヴィアが言葉を挟んだ。「英語の本が手に入るのなら、わたしもぜひ読んでみたいわ」

ハリーは疑わしげな目を向けた。これが『ヘンリー五世』も『バターワース嬢といかれた男爵』も読む気になれないと言っていた女性とは。

会話がなんとなく滞りそうに思えたとき、オリヴィアが言った。「サー・ハリー、あなたが到着なさる直前にお茶の用意を頼んだの。一緒にいかがかしら？」

「喜んで」ハリーは皇子の向かいに腰を降ろし、穏やかに笑いかけた。

「じつを言うと」オリヴィアが切りだした。「ほかの言語を学ぶのがとても苦手なんです。家庭教師たちはわたしのフランス語の憶えの悪さに呆れていたわ。いくつもの言語を話せる方々を心から尊敬します。殿下の英語はほんとうに見事ですわ」

皇子は称賛の言葉にうなずきだけで応じた。

「アレクセイ皇子はフランス語もお話しになるのよ」オリヴィアがハリーに言った。

「ぼくもだ」隠す必要もないように思えたので、とっさにそう返した。皇子はロシア語では軽々しくものを言えても、フランス語ではそうはいかないはずだった。ロンドンにはフランス語を話せる人々なら山ほどいる。それに何年も大陸にいれば、フランス語を少しくらい憶えていなければかえって不自然だろう。

「存じあげなかったわ」オリヴィアが言った。「それならきっとおふたりはお話が合うわね。でも、そうともかぎらないのかしら」くすりと笑った。「おふたりでわたしのことを話されたらと思うと、怖くてどきどきしてしまうわ」

「心からの賛辞ばかりですよ」皇子がなめらかに言った。

「殿下のお話し相手になれるほどの語学力がぼくにあるとは思えない」ハリーはへつらった。

「お互いにいらだちの溜まる会話になってしまう」

またもしんと静まりかけて、今度もオリヴィアがすばやく沈黙を埋めた。「何かロシア語でおっしゃってみてくださいませんか」皇子に言う。「これまでロシア語を耳にしたことがないような気がします。あなたはいかが、サー・ハリー？」

「あったかな」ぼそりと言った。

「あら、そうよね、大陸にいらしたんですもの。きっと多くの言語を耳になさってるわね」

ハリーは愛想よくうなずいたが、オリヴィアはすでにアレクセイのほうを向いていた。

「何かおっしゃっていただけません？　たいして理解できなくても、フランス語だということくらいはわかるんです。でもロシア語は――ほんとうにまったく、どのようなものなのか想像もつかなくて。少しドイツ語に似ているのかしら？」

「いや《ニエット》」皇子が言った。

「ニエ――まあ！」オリヴィアがにっこり笑った。「違う《ノー》という意味ですわね」

「ああ《ダー》」皇子が言った。

「そちらが、そのとおり《イエス》なのね！」

ハリーはこのやりとりを面白がればよいのか、うんざりしていてよいものなのか決めかねた。

「もっと何かおっしゃって」オリヴィアがせかした。「ひと言だけでは、どのような感じの言語なのかまだよくわからないわ」

「たしかに」皇子が応じた。「それでは……」

皇子が次に発する言葉を考えているあいだ、ふたりは辛抱強く待った。少しして、皇子が言葉を口にした。

ロシアの皇子、アレクセイ・ゴマロフスキーほど嫌悪感を覚えた相手はこれまでいなかったとハリーは胸のうちで断じた。

「なんておっしゃったの？」オリヴィアが期待に満ちた笑顔で尋ねた。

「あなたは海よりも空よりも霧よりも美しいと申し上げただけです」

あるいはハリーに翻訳させてもらうなら、〝きみが叫びをあげるまで昇りつめさせてやる〟だ。

「詩的な表現ね」オリヴィアが低い声で答えた。

ハリーはもはや口をつぐんでいられそうになかった。

「ほかにも何か聞かせていただける？」オリヴィアがせがんだ。

皇子は遠まわしに拒んだ。「もう思いつかないな。もっと――こちらではどのように言うのかな？」

〝不快な〟だ。

「優美な」皇子はそう続け、自分が選んだ言葉にいたく満足したようだった。「あなたにふさわしい優美な言葉は」

ハリーは空咳をした。いや、喉がつかえたと言うべきかもしれない。オリヴィアが当惑した顔を向けたので、より正確に言うなら、どちらにも聞こえなくもない妙な音を発したのに違いない。ハリーは瞳をぐるりと動かして返すよりほかに仕方がなかった。まともな男なら、そうでもしなければこのように歯の浮くような言葉をおとなしく聞いてはいられない。

「あら、お茶が来たようだわ」オリヴィアが少なからずほっとした口ぶりで言った。「メアリー、もうひとりぶん用意してほしいの。サー・ハリーもご一緒なさるから」

メアリーが盆を降ろして、追加のカップを取りに消えると、オリヴィアがハリーのほうを見て言った。「先に注いでもよろしいかしら？」

「もちろんだ」ハリーは応じ、そのときふと、うすら笑いとしか言いようのないものを浮かべてこちらを見ている皇子の顔が目に入った。

ハリーも同じくらい大人げない笑みを浮かべて返した。そうせずにはいられなかった。そしてこれも嫉妬深い恋敵を演じたに過ぎないのだと自分を納得させた。それにしてもまさかアレクセイはほんとうに、オリヴィアが自分への好意から先に茶を用意してくれるのだとでも思ってるのか？

「イングランドのお茶はお気に召していただけましたか、殿下？」オリヴィアが尋ねた。

「厳密にはイングランドのものとは言えないのでしょうけど。でも、わたしたちの国で培われた文化だと思うので」

「とてもすばらしい慣習です」皇子が答えた。

「ミルクはいかがですか？」

「お願いします」

「お砂糖は？」

「はい」

オリヴィアは皇子のティーカップにスプーンで砂糖を加えながら言った。「つい先日サー・ハリーから、従軍なさっていたときにはお茶がなにより恋しかったと伺いました」

「そうなのですか？」アレクセイ皇子が訊いた。

皇子がどちらに尋ねたのか定かではなかったが、ハリーはかまわず答えた。「温かい飲み物がほしくて、身を斬られるような思いをした晩がどれほどあったことか」

「身を斬り捨てた晩も多かったのでしょう」皇子が返した。

ハリーは冷ややかな目を向けた。「その時どきで、軍刀《サーベル》、ライフル銃、銃剣で武装していました。しじゅう斬り捨てていましたよ」

皇子が負けじと見つめ返した。「まるで楽しんでおられたかのような物言いだ」

「とんでもない」ハリーはつっけんどんに否定した。

皇子が口角の片端をほんのわずかに上げた。「花を咲かせるには時に害悪《ダニ》もうまく使わなければ、そうではないですか？」

ハリーは黙ってうなずきで応じた。

皇子は茶を口に含んだが、ハリーにはまだ用意されていなかった。「フェンシングはなさいますか、サー・ハリー？」

「一応は」実際にその程度のものだった。ヘッスルホワイト校には適切にフェンシングを指導できる教師がいなかった。そのためハリーが身につけた剣術は競技というよりあきらかに戦闘用と呼ぶべきものだ。かわすのは人並みでも、とどめの刺し方は心得ている。

「カップが来たわ」オリヴィアが告げ、戻ってきた女中からカップを受けとった。「サー・ハリー、お砂糖は入れずに飲まれるのよね？」

「よく憶えてるな」ハリーはつぶやいた。

オリヴィアに微笑みかけられ、心の底からほのぼのとさせられるような何かが暖かなそよ風さながら胸をよぎった。思いがけず心からすなおに笑い返していた。オリヴィアが目を向け、ハリーもその目を見つめ、ほんの一瞬、その場にふたりだけになったかのように息を呑んだ。

だがオリヴィアがすぐさま目をそらし、茶について何かつぶやいた。てきぱきと茶を注いでカップを整えるその愛らしく優美で、それなのになぜかどことなくしとやかとは呼べない手つきに、ハリーの目はいつしか釘づけとなっていた。好ましい。女神には必ず完璧ではないところがあるものだ。

オリヴィアがまた目を上げ、ハリーにじっと見られていたことに気づいた。ふたたび微笑みかけられ、ハリーも同じように笑い返さずにはいられなかった。そして――

あのいまいましい皇子がまたもこのとき口を開いた。

13

オリヴィア・ベヴルストークによる、サー・ハリー・ヴァレンタインのきわめて好ましい五つの点とは——

笑顔。

機知。

瞳。

窓辺から話しかけてくれるところ。

「ヴラディーミル！」だし抜けに皇子が呼ばわり、オリヴィアは残りのひとつを挙げられずに終わった。

従者がすぐさま部屋の向こうから駆けつけると、アレクセイ皇子はロシア語であきらかに命じる口調で何か伝えた。ヴラディーミルは唸るように承諾の声を発し、さらにまた不明瞭な言葉をほとばしらせた。

オリヴィアがちらりと目をくれると、ハリーは眉をひそめていた。たぶん自分も同じような顔つきになっているのだろう。

ヴラディーミルがまたも凄みの利いた低い声を洩らし、部屋の隅に戻っていくと、黙ってそのやりとりを見守っていたハリーが皇子に言った。「とても使い勝手がよいのですね」

アレクセイ皇子が億劫そうな目つきで答えた。「何をおっしゃっているのかわからない」

「来て、去り、なんでもあなたの言うまま……」

「そのためにいる」

「ええ、もちろんです」ハリーはほんのわずかに頭を傾けた。肩を上げずとも肩をすくめたのと同じくらい暢気そうにしてみせた。「そのことを否定したわけではありません」

「皇帝一族の旅に従者は欠かせない」

「ごもっとも」ハリーは同意したが、その口ぶりが皇子をよけいにいらだたせたようだった。

「お茶をどうぞ」オリヴィアはすかさず言って、カップを差しだした。ハリーは静かに礼の言葉を述べ、お茶を飲んだ。

「サー・ハリーと同じ飲み方をしてみますわ」誰にともなく言った。「ふだんはお砂糖を入れるのですが、風味を損なってしまっていたのかもしれませんものね」

ハリーがいぶかしげな目を向けた。無理もない。自分でもこれほどつまらない話をしたのはいつ以来のことなのか思いだせないくらいなのだから。でも、このようにでも言わなければいられなかった気持ちはハリーにも理解してもらえるはずだ。

オリヴィアは会話の流れを変えなければと深く息を吸い込んだ。皇子とハリーが互いに相容れない相手であることだけは確かとはいえ、気の合わない者同士が居合わせた場に同席したのはオリヴィアもけっしてはじめてというわけではなかった。ここまであからさまなのもめずらしいけれど。

しかも自分をめぐる男同士の対抗心ゆえならまだしも、どうもこのふたりにはべつの要因もあるとしか思えなかった。

「きょうはまだ外に出てないわ」行き詰まった会話に風穴をあけるには天候の話題にかぎると信じて言った。「暖かいのかしら？」

「雨になりそうだ」皇子が言った。

「あら、それなら、イングランドらしいお天気ということですわね？　雨が降っていなくても土砂降りになったり、土砂降りとまではならなくても……」

ところが皇子はすでに敵対者に注意を戻していた。「お住まいはどちらですか、サー・ハリー？」

「最近、こちらのお隣りに越してきたばかりです」ハリーが陽気に答えた。

「イングランドの貴族の方々は田舎に屋敷を構えてらっしゃるものとばかり思っていた」

「そうですよ」ハリーが鷹揚に言う。「むろん、ぼくは貴族ではありませんが」

「お茶はいかが？」オリヴィアはいくぶんあきらめぎみに問いかけた。

どちらの紳士も唸るように低い声で応じた。そのひと言のみで口を閉じてしまった。しかもどちらもこれといった意味も成さない言葉で。

「だがあなたはサーと敬称を付けて呼ばれている」アレクセイ皇子が言う。

「そうです」ハリーは身分などまるで気にかけていないそぶりで返した。「ですが、ぼくは貴族ではない」

アレクセイ皇子がほんのかすかに口もとをゆがめた。

「准男爵は貴族には属さないのです」オリヴィアは説明し、申しわけなさそうにハリーをちらりと見やった。皇子がハリーの身分を問いつめたのは不作法だが、文化の違いを考慮して寛容に受けとめる必要がある。

「その准男爵とは、どのようなものなのですか?」皇子が尋ねた。

「かぎりなく中途半端で」ハリーがため息をついた。「まあ、煉獄《れんごく》のようなものとでも言いましょうか」

アレクセイがオリヴィアのほうを向いた。「彼の話がよくわからない」

「サー・ハリーがおっしゃりたいのは、でもあくまでわたしの解釈ですけれど――」どうしてハリーがわざわざ皇子にけんかをけしかけるようなことを言うのかオリヴィアはさっぱりわからなかったので、釘を刺すようにちらりと目をくれてから言葉を継いだ。「――准男爵は貴族に属していないけれど、称号のない紳士でもない。ですから、サーと敬称が付けられているということではないかしら」

アレクセイ皇子がなおも不可解そうな面持ちなので、オリヴィアは説明を続けた。「階級の順位からすれば、もちろんまず王家で、次に公爵と公爵夫人、侯爵と侯爵夫人、伯爵と伯爵夫人、子爵と子爵夫人、最後に男爵と男爵夫人です」ひと呼吸おく。「そのあとに、准男爵とそのご夫人なのですが、こちらは紳士階級と見なされています」

「つまりきわめて地位は低い」ハリーがいまや愉快げに低い声で言った。「あなたのような人々とは雲泥の差がある」

皇子はハリーをほんのちらりと見ただけだったが、オリヴィアにはその目に浮かんだ嫌悪がはっきりと見てとれた。「ロシアでは、貴族が社会の構造を成り立たせている。われわれのように偉大なる一族の存続なしには国家が崩壊してしまう」

「この国でも多くの人々が同じように考えています」オリヴィアは慎ましく伝えた。

「では、起こりえないのだろうか――こちらではどのように言うのかな……」

「革命？」ハリーが言葉を補った。

「無秩序？」オリヴィアは提案した。

「無秩序」アレクセイはそちらを選んだ。「そう、それだ。私は革命を恐れてはいない」

「フランスでの出来事はよい教訓になる」ハリーが言った。

アレクセイ皇子が煮え立ったような目でハリーを見やった。「フランスは愚かだった。中産階級《ブルジョア》に好き勝手させすぎたのだ。ロシアはそのような過ちは犯さない」

「イングランドでも革命は恐れられてはいませんよ」ハリーが穏やかに言った。「またべつの理由がいろいろとあるのだと思いますが」

オリヴィアは息を呑んだ。先ほどまでのおどけたような調子とは打って変わって、ハリーの口調は静かな自信に満ちていた。その真剣な物言いに自然と空気がぴんと張りつめた。アレクセイ皇子ですら押し黙り……快く受けとめていないのはあきらかなので敬意からではないにしろ、張り合うに値する相手だと認め、ある程度は評価した顔つきでハリーを見た。

「すっかり重苦しい会話になってしまったわね」オリヴィアは沈黙を破った。「このようなお話をするにはまだ陽が高すぎるのではないかしら」すぐには反応が得られそうにないので続けた。「せっかくお日様が輝いているときに、政治を論じるなんて耐えられないもの」

じつを言えば、こうしておつむが空っぽな令嬢のふりをしなければいけないことのほうがよほど耐えられない。いつだろうと、ほんとうは政治を論じるのは大好きなのだから。

そのうえ実際には、お日様が輝いてなどいないし。

「大変無礼でした」アレクセイ皇子がすっくと立ち上がった。そして目の前に来て片膝をついたので、オリヴィアは言葉を失った。いったい何をするつもり？

「お許しいただけませんか？」皇子は低い声で言い、オリヴィアの手を取った。

「あ――あの――」

皇子はオリヴィアの指関節に唇を触れさせた。「どうか」

「もちろんですわ」オリヴィアはようやく言葉を発した。「たい――」

「たいしたことではない」ハリーが言葉を差し入れた。「そう言いたかったのでは？」

完全に視界を遮っているアレクセイ皇子の脇から顔を覗かせることができたなら、オリヴィアはハリーを睨みつけていただろう。「もちろん、どうかお気遣いなさらないでください、殿下。わたしがわがままでした」

「わがままは美しいご婦人がたの特権です」

ようやく皇子が動いたので、オリヴィアはハリーの顔をちらりと目に捉えた。吐き気がするとでも言いたげな顔つきだ。

「ロンドンでは大変な数のお約束に応じられているのでは」アレクセイが椅子に戻るなりハリーが言った。

「栄誉はいくつか受けているが」皇子は突然話題を変えられたことにとまどいといらだちを滲ませて答えた。

オリヴィアはすぐさま通訳をかって出た。「サー・ハリーは、多くの方々とお会いになる予定が詰まっていて、お忙しいのではとお尋ねになったのだと思います」

「ああ」アレクセイが言った。

「さぞお忙しいことでしょう」ハリーが感心してへりくだるような口ぶりで続けた。

オリヴィアはあやしんだ。ハリーには何かたくらみがあるような気がしてならないし、そうだとすればこのまま放っておくのは危険だ。「とても活気に満ちた日々を送ってらっしゃるのね」すぐさま話の流れを変えようとした。

ところがハリーはそうさせまいと続けた。「たとえばきょうも」考え込むように言う。「ご予定はぎっしりなのに違いない。その間を縫って殿下がわざわざご訪問なさったのですから、レディ・オリヴィアはなんとお幸せな方なのでしょう」

「レディ・オリヴィアのためならいつでも時間を作ります」

「この午後もこうして寛大におつきあいいただけてるのは」ハリーは言った。「どのような時間を割いてのことなのでしょうか」

「あなたのために割ける時間はないが」

ハリーは訳知り顔でちらりと微笑み、侮辱されたのは承知のうえで、みじんもこたえてはいないことをそれとなく示した。「この午後もこちらに来られなければ、どのように過ごされていたのですか、殿下。大使とご一緒に、あるいは国王のもとへでも？」

「私が望めばどこへでも行ける」

「さすがは皇帝の親族でいらっしゃる」ハリーは思いめぐらすふうに言った。

オリヴィアは気が気ではなく唇を噛んだ。ヴラディーミルがじりじりと歩を進めていて、もし力ずくの対戦となればハリーに勝ち目はない。

「ご訪問くださって、ほんとうに光栄ですわ」オリヴィアはとっさに唯一思いつけた言葉を口にした。

「まったくもってそのとおり」ハリーが冗談めかして言った。

やめて、とオリヴィアは声に出さずに口を動かした。

どうして、とハリーも声に出さずに返した。

「どうも私は除け者にされているようだ」アレクセイが不機嫌そうに言った。

ヴラディーミルがさらに近づいてきた。

「そんなことはありませんわ」オリヴィアは断言した。「ただ、サー・ハリーに、従兄弟の方が……その……ですから、お待ちなのを忘れておいでではないかとお伝えしようとしただけです」

アレクセイがなんともけげんそうに見やった。「いまそれをすべて伝えられたのですか？」

オリヴィアは顔が燃え立ったように感じられた。「だいたいのところは」低い声で答えた。

「たしかにもう行かなければ」ハリーが唐突に立ち上がった。

オリヴィアも腰を上げた。「玄関までお送りしますわ」奥歯を嚙みしめたのは覚られないよう平静な声をつくろった。

「それには及びません」ハリーがやんわり拒んだ。「このようにお美しいご婦人にわざわざお越しいただくなど、もってのほかだ」

オリヴィアは蒼ざめた。ハリーがあてつけで言ったのをアレクセイ皇子は気づいただろうか？　さりげないふうに皇子のほうをちらりと見やった。気分を害しているようには見えない。それどころか気をよくしているらしかった。いたって機嫌がよさそうでも堅苦しく打ち解けない態度は相変わらずなので、満足そうにしているという表現のほうがより的確かもしれない。

ハリーはオリヴィアに子供じみた振る舞いを咎める隙を与えず、さっさと立ち去った。オリヴィアはいらだたしさから腰を降ろしていたソファのクッション入りの座面の端をぎゅっと握った。そうやすやすと見逃すものですか。女性に鬱憤をつのらさせたらどうなるか、ハリーはまるでわかっていないのだろう。いま見送っていたならどんな言葉を放っていたにしろ、今夜まで先延ばしさせられたからには、ますます愛想の乏しいものを投げつけざるをえない。

とはいうものの、その前にオリヴィアはまだ皇子の相手を務めなければならなかった。皇子は向かいの椅子に満足そうにも悦に入っているようにも見える表情で坐っていた。ハリーが消えたことを喜び、それ以上にようやくふたりきりとなったことに気をよくしているらしい。

いいえ、ヴラディーミルもいた。この従者は忘れようがない。

「母はどうしたのかしら」オリヴィアはつぶやいた。母がいっこうに姿を見せないのはほんとうに不可解だったからだ。居間のドアは始めから礼儀に則して少しあけられていたので付添役は不要とはいえ、あの母のことなので皇子への挨拶は欠かさないはずだった。

「同席していただかねばならない理由でも?」

「いえ、そういうわけでは」オリヴィアはわずかにあいているドアのほうに目を向けた。「ハントリーが廊下で控えていますし……」

「ふたりになれてよかった」

オリヴィアはどう答えればよいのかわからず唾を飲み込んだ。

皇子は軽く笑ったが、瞳が色濃く翳った。「私とふたりきりでは落ち着きませんか?」

いまとなっては。

「そんなことはありませんわ」オリヴィアは否定した。「あなたは紳士ですもの。それにそもそも、ふたりきりではないですし」

皇子は何度か瞬きを繰り返してから、いきなり笑い声をあげた。「もしやヴラディーミルのことではないでしょうね？」

オリヴィアは皇子から従者に目を移し、さらに何度か視線を行きつ戻りつさせた。「あの、そうですわ」ためらいつつ言った。「すぐ……そちらにおられるので。それに――」

アレクセイはオリヴィアの懸念を払いのけるように手を振った。「ヴラディーミルは目に見えない」

オリヴィアはなおさら困惑した。「どういうことかしら」

「いないのも同じだということです」皇子は笑いかけたが、気持ちを安らがせるような笑みではなかった。「私がそう望んだときには」

オリヴィアは唇を開いたものの、返す言葉は見つからなかった。

「たとえば」アレクセイが続ける。「私があなたにキスをするとしたら――」

オリヴィアは唖然となって息を呑んだ。

「――われわれはふたりきりも同然です。従者は他言しませんし、あなたもいっさい……こちらではどのように言うのかな……恥じらうことはない」

「もう帰られたほうがよろしいですわ、殿下」

「その前にキスをさせていただかねば」

オリヴィアは立ち上がり、脛がテーブルにぶつかった。「その必要はありませんわ」

「いや」皇子も立ち上がった。「私は必要なことだと思う。証明するために」

「何を証明なさるのですか？」ついそのように訊き返してしまったことが、オリヴィアは自分でも信じられなかった。

皇子がヴラディーミルを手ぶりで示した。「いないのも同然だということをです。私にはいかなるときにも必要だ。つねにあの男がそばにいる。たとえば――ご婦人の前で口にするのは控えるべき場面でも」

とうに皇子は女性の前で控えるべきことをじゅうぶん口にしている。オリヴィアは腰を降ろせる場所から離れようとソファの反対端へすばやく動いたが、皇子が立ちはだかった。

「その手に口づけを」皇子が言った。

「な、なんですって？」

「私が紳士であることの証しだ。あなたはほかのことをされるものとお思いかもしれないが、私はその手にキスをする」

オリヴィアは喉を締めつけられているような息苦しさを覚えた。口はあいているのに息をしていない気がする。皇子に完全に動転させられていた。

手を取られても衝撃のあまり引き戻せなかった。皇子はオリヴィアの手に口づけると、指を撫でるようにして放した。

「次こそは」皇子が言う。「その唇にキスをする」

ああ、なんてことなの。

「ヴラディーミル！」アレクセイがロシア語で何かさらりと言い、従者がすぐさま傍らに駆けつけた。間違いなく皇子の破廉恥な言動に驚かされたせいとはいえ、従者がそこにいるのを自分が忘れていたことをオリヴィアは思い知らされ、心からぞっとした。

「ではまた今夜」アレクセイが言った。

「今夜？」オリヴィアはおうむ返しに訊き返した。

「あなたもオペラをご覧になられるのでは？『魔笛』。今シーズンの初演です」

「わ――わたし――」オペラを観に行くの？　もはやきちんと考えられなくなっていた。たったいま自宅の居間でロシアの皇子に誘惑されかけた。いいえ、そうとまでは言えないのかもしれないけれど、それに近いことをされかけたのは事実だ。巨体の従者が見ている目の前で。

少しくらい頭が混乱していたとしても当然でしょう。

「ではまたのちほど、レディ・オリヴィア」アレクセイ皇子はヴラディーミルを引き連れて速やかに居間を出ていった。オリヴィアは真っ先にサー・ハリーにこのことを伝えなければと思った。

どれほどいらだたされている相手であれ。

そうだったのよね？

14

ハリーは機嫌が悪かった。これ以上になく爽やかに一日が始まり、心浮き立つことがいろいろと待ち受けていそうな予感がたしかにしていたのだが、のんびりとルドランド邸を訪ねて居間に通され、ロシアの最も名高い独身詩人の子孫だというアレクセイ・ゴマロフスキー皇子と出くわして、状況は一変した。

いや、皇子が祖先だとのたまった人物は最も名高いとまでは言えないのかもしれないが、相当に名の知れた詩人であるのは間違いない。

ともかくそんなわけで、あのような不作法者を褒め称えるオリヴィアを眺めざるをえないはめとなった。

しかもそこに腰を降ろし、くだんのろくでなし皇子がオリヴィアを手籠めにしたいとロシア語でほざいても、言葉を理解できていないふりをしなければならなかった。空だの霧だのに喩えた、くだらない褒め言葉も同じようにどうにか聞き流した。

それから皇子がロシア語で二度目に口にしたことについては、これから腰を落ち着けてよく考えねばならない。皇子はあの見事に愛想のかけらもないヴラディーミルにサー・ハリーを調べるよう命じたのだ。そうして家に帰ってみれば、陸軍省から、今夜初演を迎える『魔笛』を観劇するようにとの指令が届いていた。目下誰より虫の好かない相手、すなわち前述のロシアの皇子アレクセイではなく舞台のほうを眺めていられたなら、どれほどすばらしいひと時を過ごせたことか。

ところがあのいまいましい皇子は早々に劇場をあとにした。〝夜の女王〟がアリアを歌いだすやいなやに。それもあろうことか『復讐の炎は地獄のようにわが心に燃え』のほうをだ。この曲の歌いだしで席を立てる者がいったいどこにいる？

復讐の炎はいまやハリーのわが心にも燃えていた。

劇場を出るアレクセイ皇子（とつねに寄り添い、ますます凄みを増しているヴラディーミル）を追うと、おそらくは皇子好みの女性が三人はいそうな〈マダム・ラ・ルーの館〉に着いた。

ハリーはそこまで見届けて、できるかぎりのことは果たしたと判断した。

だが家に着くまでのあいだに、ほんのいっときだが激しい暴風雨に遭い、ずぶ濡れとなってしまった。

だから家に着くなり、ただもう熱い湯に浸かりたい一心で、濡れそぼった手袋を外し、外套を脱ぎ捨てにかかった。水面から立ち上る湯気を思わず想像した。肌にぴりぴりと痛いほどの刺激が走り、身体がじんわり湯の温かさになじんでいく。

天にも昇る心地だろう。まさしく天国のごとき浴槽に浸かり、だ。

けれど案の定と言うべきか、いずれにしろこの晩は天の恵みには浴せなかった。外套の袖からもう片方の腕を引き抜ききらないうちに、玄関広間に現われた執事から、急使により届けられた手紙が机の上に置いてあることを知らされた。

　仕方なく、水の入ってしまったブーツでぴちゃぴちゃと音を立てながら執務室に直行すると、結局のところ届いていた手紙は皇子の履歴のささいな不足を補うだけのものに過ぎず、まったく急を要するわけではないことがわかった。ハリーは唸って、ぶるっと身をふるわせ、火が熾《おこ》されていればこのいらだたしい書状を投げ込んでやるのだがと悔やんだ。そうして炎の前に立てていたならと。とにかく寒く、濡れていて、もう何もかもが癪にさわった。

　それからふと目を上げた。

　オリヴィア。隣家の二階の窓に目をやると、オリヴィアがこちらを見おろしていた。

　考えてみれば、こうなったのはオリヴィアのせいではないか。いや、少なくとも半分は彼女にも責任があるはずだ。

　ハリーは窓辺につかつかと歩いていき、窓をぐいと引き上げた。オリヴィアも同じように窓をあけた。

「待ってたのよ」ハリーが口を開くより先にオリヴィアが言った。「どちらに――いったい何があったの？」

　愚問の一覧表をこしらえるとすれば、間違いなく上位に位置づけられる問いかけだろう。

だがハリーの唇はどうやらまだ血の気を失っていて、思うように話せなかった。「雨に降られた」ぶっきらぼうに答えた。

「それなのに、お散歩に出かけられたの？」

ハリーは人知を超えた能力でここからオリヴィアの首を絞めることはできないものかと思いめぐらせた。

「あなたとどうしても話したかったの」オリヴィアが言う。

ハリーは足先の感覚がないことに気づいた。「いますぐでなければいけないのかい？」

オリヴィアがひどく傷ついた表情でびくりと身を引いた。

だからといって気分は少しもなぐさめられなかった。それでも紳士らしい振る舞いは子供の頃からしっかり沁みついているらしく、窓を力まかせに閉めてしまいたいと思いながらも苦々しげに説明を口にした。「寒いんだ。濡れていて。それに、非常に機嫌が悪い」

「あら、それはこちらの台詞だわ！」

「わかった」ハリーは奥歯を噛みしめて言った。「何をそんなに荒立ってるんだ？」

「荒立ってるですって？」オリヴィアは嘲るように訊き返した。

ハリーは片手を上げてとどめた。オリヴィアが言葉の選択について論じるつもりなら、話はここまでだ。

オリヴィアは戦法を変えることにしたらしく、腰に両手を当てて言った。「わかったわ、それならご質問にお答えするけど、わたしが荒立っている原因はあなたよ」

挑発には乗らないほうがいい。ハリーはしばし待ち、それから雨滴と同じくらい皮肉をしたたらせて言った。「というと……？」

「きょうの昼間のあなたの振る舞いよ。いったい何を考えてたの？」

「何をと言われても——」

オリヴィアは窓から完全に身を乗りだして指を振ってみせた。「あなたはわざとアレクセイ皇子を挑発した。そのせいでわたしがどれだけ大変な目に遭ったのかわかる？」

ハリーはしばしじっと見つめてから、さらりと言った。「愚かな男だ」

「愚かではないわ」オリヴィアがつっけんどんに否定した。

「愚かだとも」ハリーは繰り返した。「きみの足を舐めさせてやる価値もない男だ。きみはいつかぼくに感謝するだろう」

「どこであれ、あの人に舐めさせるつもりなんてないわ」オリヴィアは言い返し、すぐに自分が口にしたことに気づいたらしく顔を真っ赤に染めた。

ハリーはもうさほど寒くは感じなくなってきた。

「あの人に求愛されるのもお断わりよ」ひそやかな口ぶりにもかかわらずオリヴィアの声はやけに大きく、すべての言葉が明瞭にハリーの耳に届いた。「でもだからといって、わたしの家で不愉快な思いをさせてもいいということにはならないでしょう」

「なるほど。悪かった。これで気が済んだだろうか」

オリヴィアは詫びられたことに驚いた様子で黙り込んだが、ハリーが得意な気分になれたのも束の間だった。ほんの五秒ほど口のあけ閉めを繰り返したあとでぽつりと続けた。「本心からの言葉とは思えないわ」

「もう、いい加減にしてくれないか」ハリーは思わずこぼした。悪事を働いたかのように咎められることになるとは信じがたかった。いまいましい陸軍省からのいまいましい指令に従っただけだ。それにこちらがどんな指令のもとに行動しているのかをまるで知らないのは仕方がないとしても、きょうの昼間に胸の悪くなるような侮辱を受けながら当の男を誉めそやしつづけていたのはオリヴィア自身ではないか。

ロシア語で面と向かって侮辱されていることすらオリヴィアはまるで知らなかったわけだが。

とはいえ、一片でも分別を働かせれば、アレクセイ皇子が口先ばかりの卑劣なチビ野郎なのは誰にでもわかることだ。いや、たしかに顔立ちはきわめて端正で、チビとはとうてい呼べないが、卑劣な野郎であることに変わりはない。

「どうしてそんなにいらだってるの？」オリヴィアが訊いた。

もし彼女と相対していれば……何かしらしてしまっていたに違いないので、こうして離れたところから話せるのはまさしく幸いだった。「どうしてこんなにいらだってるか？」ハリーは吐き捨てるように言った。「ぼくがなぜいらだっているかといえば――」だがふと、オペラのアリアを最後まで聴けなかった事情を口にするわけにはいけないことに気づいた。娼館まで皇子を尾行したこともだ。それに――

いや、その部分なら話せる。

「ずぶ濡れで、身体の芯までふるえていて、すぐにも熱い湯に浸かりたいのに、窓越しにきみと言い争っているからだ」

だんだんと怒鳴るように声が高ぶり、一応は屋外と呼ぶべきところで話していることを考えれば、賢明とは言えない振る舞いとなってしまった。

オリヴィアはやっと口をつぐみ、それからまた静かに口を開いた。「わかったわ」

わかった？　それだけか？　〝わかった〟のひと言で終わらせるのか？

そうしてハリーは間抜けよろしく立ちつくした。このまま別れを告げて窓を閉めて浴槽のある上階へ向かうのに申しぶんのないきっかけをオリヴィアがせっかく与えてくれたというのに、その場から動けなかった。

じっと見つめた。

凍えているかのように自分の身体を抱きしめているオリヴィアを。その唇を見つめた。といっても薄暗いなかで明瞭に見えるはずもないのだが、どういうわけかオリヴィアがぴたりと口を閉じて、感情を押し隠すように唇を引き結んだのがはっきりとわかった。

「どこにいたの？」オリヴィアが尋ねた。

ハリーは見つめつづけずにはいられなかった。

「今夜」オリヴィアが明確に訊き直した。「どこに出かけて、そんなに濡れてしまったの？」

ハリーは濡れていたのをいまさらながら思いだしたかのように自分の身体を見おろした。

忘れていたなんてことがありうるのか？

「オペラを観に行った」そう答えた。

「そうだったの？」オリヴィアはさらにきつく自分の身体を抱きしめ、ハリーには断言はできないものの、いくらかさらに窓に近づいたように見えた。「わたしも行く予定だったのよ」と言う。「行きたかったわ」

ハリーもさらに窓に身を近づけた。「どうして行かなかったんだ？」

オリヴィアは口ごもり、いったんハリーの顔から視線をそらし、また戻して言った。「あなただから言うけれど、皇子も行くのを知っていたから、顔を合わせたくなかったの」

にわかに興味深い話になってきた。ハリーはますます窓に近づいて――

ドアをノックする音がした。

「そこにいてくれ」指を上げて言いおいた。窓を閉め、大股で歩いていってドアを開いた。

「入浴の支度が整いました、旦那様」執事が伝えた。

「ありがとう。できれば、その、冷めないようにしておいてくれないか？　もう数分したら行く」

「従僕に水を焜炉にかけさせておきます。毛布はご入り用でしょうか？」

ハリーは両手を見おろした。なんだかまるで自分の手ではないような気がする。「ああ、そうだな。そうしてくれるとありがたい。頼む」

「すぐにお持ちいたします」

執事が毛布を取りにいったあいだに、ハリーは急いで窓辺に戻って窓をあけた。オリヴィアはこちらに背を向けていた。窓敷居の端に腰かけ、片枠にいくらか寄りかかっている。オリヴィアも毛布を持ちだしてきたようで、粉雪をまぶしたような青色の柔らかそうな――

ハリーはかぶりを振った。オリヴィアの毛布がどんな物だろうとよいではないか。「もう一分だけ」声をかけた。「待ってくれ」

オリヴィアがその声を耳にして目をくれると、ハリーの執務室の窓がふたたび閉まった。さらに三十秒ほどして、ハリーが戻ってきて、木枠をぎしぎし軋らせて窓を押し上げた。

「あら、あなたも毛布を取ってきたのね」肝心なこととばかりにオリヴィアは言った。

「ああ、寒かったから」ハリーもまた重要なことであるかのように応じた。

ひとしきり沈黙が続いたあとで、ハリーが問いかけた。「どうして皇子と会いたくなかったんだ？」

オリヴィアは黙って首を振った。会いたくなかったことを否定したわけではなく、うまく説明できそうになかったからだ。昼間はアレクセイ皇子のおかしな振る舞いを真っ先にハリーに伝えたいと思ったのだから、ふしぎだ。けれどこうして窓越しに、表情の読みとれない暗い目で見つめられると、何を話せばいいのかわからなくなった。

どのように言えばいいのかも。

「たいしたことではないわ」仕方なくそう答えた。

ハリーはすぐには言葉を返さなかった。間をおいて、はっとさせられるほど鋭さを帯びた低い声がした。「きみが不愉快な思いをさせられたのなら、ぼくにとっては大きな問題だ」

「あの方……あの方は……」オリヴィアは首を振りつづけ、どうにか気持ちを落ち着かせてから言葉を継いだ。「わたしにキスをするというようなことを言っただけ。ほんとうにたいいしたことではないの」

なるべく見ないようにしていたものの、ようやくハリーに目を向けた。ハリーは窓辺で微動だにせずに聞いていた。

「紳士にそのようなことを言われたのははじめてではないわ」オリヴィアは言い添えた。ヴラディーミルについてのやりとりはあえて省いた。率直に言って、思いだしただけでも胸がむかつく。

「ハリー？」オリヴィアは呼びかけた。

「あの男にはもう会わないほうがいい」ハリーが低い声で言った。

オリヴィアは思わず、そのようなことをあなたに指図されたくはないと言いかけた。実際に唇を開き、喉もとまで言葉が出かかった。けれどふいにハリーに言われたことを思いだした。からかって言われただけのことだったのかはわからない。いつも考えずに話しているのではないかと指摘されたときには、からかわれているとしか思えなかった。

今回は考えてみよう。

でもやはり言われるまでもなく、皇子にまた会いたいとは思わない。意見が一致しているのだから、反論の言葉を口にしてどんな意味があるというの？

「わたしに選択の余地があるとは思えないけど」事実だった。部屋のドアを封鎖して立てこもりでもしないかぎり、皇子を避ける手立てはない。

ハリーがしごく真剣な眼差しを向けた。「オリヴィア、あの皇子は善良な男じゃない」

「どうしてわかるの？」

「そんなことは――」ハリーは髪を掻き上げ、いらだたしそうに息を吐いた。「そう尋ねられても説明できない。正直、自分でも説明がつかないんだ。男同士はそういうものだ。そうとしか言えない」

オリヴィアはじっとハリーを見おろし、その言葉を読み解こうと努めた。

ハリーはしばし目を閉じ、両手で額を擦った。ようやく見上げて言う。「ほかの女性について、どうして男たちはあんなところも見抜けないのかと思うことはないか？」

オリヴィアはうなずいた。的を射ている。たしかにわかりやすい喩えだ。

「ともかく近づかないことだ。約束してくれ」

「約束はできないわ」できるものならしたいけれどと思いつつオリヴィアは答えた。

「オリヴィア……」

「努力することは約束できるわ。わかって。わたしにはそれが精いっぱいなの」

ハリーはうなずいた。「わかった」

ぎこちなく張りつめた沈黙が落ちて、やがてまたオリヴィアが口を開いた。「もう入浴されたほうがいいわ。ふるえてるもの」

「きみもだ」ハリーが静かに言った。

たしかにそうだった。ふるえている自覚はなく、言われて気づいたものの、そう思うとよけいに……ひどくなっていくように感じられた。しかも……さらにひどくなるばかりで……

いまにも泣きだしそうなくらいなのだけれど、どうしてなのかはわからなかった。ともかくオリヴィアのなかで何かが起こっていた。胸がいっぱいだ。何かがあふれだしそうで……。ひたすら湧き上がってくる。抑えきれないほどに。

オリヴィアはぎくしゃくとうなずいた。「おやすみなさい」言葉をほとばしらせた。涙がもうぎりぎりのところまでこみあげていて、こぼれだすのをハリーに見られたくなかった。

「おやすみ」ハリーが言ったが、最後まで聞き終わらないうちにオリヴィアはそそくさと窓を引き降ろした。それからベッドへ駆け込み、枕に顔を埋めた。

でも泣かなかった。もう泣いてもいいはずなのに。

いまだに泣きたい理由はわからなかったけれど。

ハリーは毛布をしっかりかかえて重い足どりで執務室を出た。もう寒くはないのだが、心もとなかった。胸に穴があいているかのごとく落ち着かず、息を吸うごとによけいに悪化していくようで、喉が苦しくなって背中が張りつめ、無理やり片方の肩だけをすくめるような格好になった。

寒さのせいではない。怖れのせいだとハリーは気づいた。

アレクセイ皇子はきょうオリヴィアを怯えさせた。実際にどんな言葉を吐き、何をしたのかはわからないし、問いつめてもオリヴィアは感情を押し隠そうとしただろうが、何かよからぬことがあったのは間違いない。そしてもしあの皇子にさらに好き勝手を許せば、またきっと同じようなことが繰り返される。

ハリーは左手に毛布をかかえ、右手で首の後ろを揉みながら、玄関広間を突っ切ろうとした。落ち着かなくてはいけない。呼吸を整え、まともに考えられるようにしなければ。まずは熱い湯に浸かり、それからベッドに入れば、冷静に問題を検討できるはずだし――

玄関扉がかたかたと音を立てた。

鼓動が高鳴り、筋肉が動きだそうと収縮し、全神経がたちまち戦闘態勢に入った。もう夜も遅い。しかも謎だらけのロシア人を尾行して帰ってきたばかりだ。それに……。

それに、考えるだけでも愚かだったと気づいた。家に押し入るのなら、わざわざ玄関扉から入る者などいない。ハリーは足早に歩いていき、鍵を外して、扉を開いた。

エドワードが転がり込んできた。

ハリーは呆れ顔で弟を眺めおろした。「まったく、何をやってるんだ」

「ハリー兄さん？」エドワードが顔を上げて目を凝らし、ハリーはいったいここに誰がほかにいるというのかと尋ね返したかった。

「いったいどれだけ飲んだんだ？」きつい声で訊いた。

エドワードは立ち上がろうとしたが、すぐにあきらめ、玄関広間の真ん中にへたり込んで、どうしていま自分がこうしているのかわからないといったふうに目をぱちくりさせた。「なんだって？」

ハリーはむしろ先ほどより静かに、より苦々しげに繰り返した。「いったいどれだけ飲んだんだ？」

「ううん……むむ……」エドワードは反芻《はんすう》しているように口を動かした。実際そうなのだろうと、ハリーはうんざりしつつ見定めた。

「もういい」ぞんざいに言った。エドワードが酒を何杯呷《あお》ったのかを知ってどうなるというんだ？　いずれにしろ正体をなくすほど飲んだということだ。その状態でどうやってこの家までたどり着けたのかは神のみぞ知るだ。弟は父とそう変わらない。唯一の違いは、サー・ライオネルが酩酊するのはほぼ家のなかだけにかぎられていたのに対し、エドワードはロンドンじゅうに失態をさらしていることだ。

「起きろ」ハリーは命じた。

エドワードはぼんやりした顔で兄を見上げた。

「お、き、ろ」

「なんでそんなに怒ってるんだ？」エドワードがもごもごと言い、兄の手を借りようと腕を伸ばした。だがハリーが手を差し伸べなかったので、弟は自力でよろよろとそばの机につかまって立ち上がった。

ハリーは癇癪を起こすまいとこらえた。ほんとうはエドワードの肩をつかんで揺すぶり、おまえは自分の寿命を縮めているんだと、このままではそのうちサー・ライオネルと同じように愚かにひとりきりで死ぬことになるんだとわめき聞かせてやりたかった。

父は窓の外に転落した。窓から身を乗りだしすぎて落下し、首の骨を折った。窓辺の机にはワインが入ったグラスと空っぽのボトルが残されていた。

いや正確には、そう教えられている。当時ハリーはベルギーにいて、そこに父の事務弁護士から経緯を記した手紙が届いたのだ。

母からは何も聞かされていない。

「ベッドに行け」ハリーは低い声で言った。

エドワードはふらつきながら、にやついていた。「なんで兄さんの言うことをきかなきゃならないんだ」

「それなら好きにしろ」ハリーは言い捨てた。もううんざりだった。これでは父を相手にしていたときと同じだが、いまはせめても自分の思うようにできる。好きなことを言える。なす術もなくそばに立って、汚されたところを掃除しなくてはいけないわけではない。

「勝手にすればいい」ため息まじりの低い声で言った。「ただし、この家を汚すなよ」

「おっと、とうとう本音が出たな」エドワードが声を張りあげ、前のめりになり、つまずきかけて壁につかまった。「ぼくが出ていけば、何もかもがきれいに片づくもんな。昔から兄さんはぼくが目ざわりだったんだ」

「いったい何を言ってるんだ？　おまえは弟なんだぞ」

「兄さんは出ていった。出てったじゃないか！」エドワードは叫ばんばかりに言った。

ハリーは黙って弟を見つめた。

「ぼくをひとりにした。あいつと。それに母さんとだ。ほかには誰もいなかった。アン姉さんが嫁ぐことは兄さんも知っていた。ぼくがたったひとりになるのを知ってたんだ」

ハリーは首を振った。「おまえも寄宿学校へ入ることになっていた。それまでたった数カ月だったはずだ。そう思っていたんだ」

「ああ、たった――」弟の顔がゆがみ、頭が不安定に揺れたので、ハリーは一瞬、吐いてしまうのではないかと思った。だがどうやらふさわしい言葉を、怒りと皮肉を込めた言いまわしを探していただけらしい。

これだけ酔っていては、見つかるはずもないだろうが。

「兄さんは……考えもしなかったんだ」エドワードは指を突きつけて振り、さらにまた振った。「あいつがぼくのところに来ればどうなるかわかってたんだろう？」

「おまえが来させなければ済んだことだろう！」

「ぼくにそんなことがわかったと思うか？　十二歳だったんだ。十二歳だぞ！」エドワードは声を荒らげた。

ハリーは記憶をたどり、家を出たときのことを呼び起こそうとした。だがほとんど思いだせなかった。家を出て、何もかも忘れたいと、それだけしか考えていなかった。でもエドワードに助言を残しはしなかったのだろうか？　弟にはあのとき、ヘッスルホワイト校に入るのだし、両親の相手をする必要もなくなるのだから、何も心配はいらないと言った。それに、父を学校に近づけてはいけないということも言わなかっただろうか？

「あいつは小便を洩らした」エドワードが言った。「一日目にだ。ぼくのベッドで眠りこけて、洩らしたんだ。ぼくが父さんを起こして、着替えさせた。でも替えのシーツはなかった。それでみんなに――」声を詰まらせた弟の顔から、ひとりぼっちで当惑し怯えていた少年の面差しが窺えた。

「ぼくがしたんだとみんなに思われた」エドワードが言う。「これ以上に華々しい始まりもないよな？」それからよろめきながらわずかに歩を進め、強がりで気力を奮い立たせた。「おかげで誰より人気者になった。誰もがぼくと友達になりたがったんだからな」

「災難だったな」ハリーは言った。

エドワードは肩をすくめ、すぐにつんのめった。ハリーは手を伸ばし、今度は支えた。そのとたん――どうしてそうなったのか、というより、なぜそんなことをしたのかわからないが――弟を引き寄せた。そして抱きしめた。ほんの軽く。そのあいだにこみあげた涙を瞬きで押し戻した。

「もう休んだほうがいい」ハリーはかすれがかった声で言った。

エドワードがうなずき、もたれかかってきたので、ハリーは支えながら階段へ向かった。最初の二段はぶじにのぼれたが、三段目を踏みはずした。

「すっ、まない」エドワードがくぐもった声で詫び、どうにか体勢を立て直した。

始めの一語をつかえた。父と同じように。

弟は吐き気をもよおしているのだろうとハリーは察した。

手ぎわよくきちんととはいかなかったが、ハリーはどうにかブーツやら何やらを脱がせて、エドワードをベッドに横たわらせた。吐いてしまってもいいようにマットレスの端に口がくるよう慎重に横向きに寝かせた。それから、かつて父を同じように横たわらせていたときにはけっしてしなかったことをした。

待ったのだ。

ドア口に立ち、エドワードの寝息が静かに安定するまで待ち、さらにまた何分かそこにとどまった。

人はひとりでいるものではないからだ。それに怯えさせてはいけない。みじめに思わせてはならない。よくない出来事を数えあげるべきではないし、またそんなことが起こるかもしれないと不安を抱いてもいけない。

そうして暗がりのなかに立っているうちに、ハリーは自分のやるべきことに気づいた。エドワードのためのみならず、オリヴィアのために。さらにはたぶん、自分自身のためにも。

15

翌朝にはオリヴィアはさほど気分の悪さは感じなくなっていた。ぐっすり眠って晴れやかな朝を迎えられたおかげで、じゅうぶんに活力を取り戻せた気がした。これといった結論は何ひとつ見出せていなかったけれど。

オリヴィア・ベヴルストークはなぜ夕べ泣いたのか——
実際には泣いていない。
でも、泣いたのも同じようなものだった。

べつの角度から考えてみることにした。

オリヴィア・ベヴルストークはなぜ夕べ泣かなかったのか——

オリヴィアはため息をついた。その答えはまったくわからない。
でも、いずれにしろいまはなんであれ否定せずにはいられなかった。そこで、とりあえず朝食を口にするまで考えるのは保留しようと決めた。お腹が満たされているときのほうが、オリヴィアはがいして冷静に考えられた。

朝の日課に取りかかり、じっと坐って侍女に髪をピンで留めてもらっている最中に、思いがけずドアがノックされた。

「どうぞ！」オリヴィアは大きな声で応じてからサリーに低い声で尋ねた。「チョコレートを頼んでくれたの？」

サリーが首を振り、ふたりで目を向けると、女中が部屋に入ってきて、サー・ハリーが客間で待っていることを知らせた。

「こんなに朝早くに？」もう十時近くなので早朝とは呼べないものの、良識ある紳士が訪問するにはやはりまだ早い。

「お目にかかれないとハントリーから伝えてもらいますか？」

「いいえ」オリヴィアは言った。ハリーがこれほど早く訪ねてきたのにはそれなりの事情があるはずだ。「すぐに降りるとお伝えして」

「ですが、お嬢様、まだ朝食も召しあがってませんわ」サリーが言った。

「朝食を抜いたくらいで身体に差しさわりはないでしょう」オリヴィアは顎を上げ、鏡に映った自分の姿を眺めた。サリーは髪を編み込み、ピンを十数本は使って挟んだり留めたりして、だいぶ手の込んだ髪型をこしらえていた。「今朝はもっと簡単にまとめてもらえないかしら」

サリーが気が抜けたように肩を落とした。「もう半分以上仕上がってますわ、ほんとうに」

だがオリヴィアはみずからさっさとピンを外しはじめた。「小さくまとめ上げるだけでいいわ。気どらずに」

サリーはため息をつき、オリヴィアの髪をまとめ直しはじめた。およそ十分ほどで支度が整い、急いだせいですでにほつれてきたひと房の髪を耳の後ろにかけながらも気にしないようにして、オリヴィアは階段を降りていった。客間に入ると、サー・ハリーが向こう側の窓辺にある小さな書物机の後ろに腰を降ろしていた。

もしかして……仕事でもしてるの？

「サー・ハリー」オリヴィアはその姿にとまどいつつ言った。「ずいぶん早いお出かけですのね」

「ひとつ結論に至った」ハリーが言い、立ち上がった。

オリヴィアは期待のこもった目を向けた。なんだかとても……自信に満ちた口ぶりだ。

ハリーは堂々と立って、身体の前で両手を組み合わせた。「きみを皇子とふたりきりにはさせられない」

夕べも同じことを言っていたけれど、そのためにあなたに何ができるというの？

「解決策はひとつしかない」ハリーが続けた。「ぼくがきみの護衛役を務める」

オリヴィアは呆気にとられて凝視した。

「皇子にはヴラディーミルがいる。きみにはぼくが付いている」

オリヴィアはなおも呆然としたまま見つめつづけた。

「きょうはきみとここにいる」ハリーが説明した。

オリヴィアは何度か瞬きを繰り返し、それからようやく声を取り戻した。「うちの客間に？」

「ぼくを客と考える必要はない」ハリーは小さな書物机に置いた紙の束を手ぶりで示した。

「仕事を持ってきた」

もしや引っ越してでも来るつもり？「仕事を持ってきた？」

「申しわけないんだが、まる一日つぶすことはできないんだ」

オリヴィアはぽっかり口をあけ、けれどほんの数秒で声を発した。「そう」

というのもじつのところ、ほかに返せる言葉があるだろうか？

ハリーは励ますためと思われる笑みを浮かべた。「きみも本を持ってきて、ここで読んではどうだろう？」提案し、部屋の中央の坐れるところに手を向けた。「ああ、そうか、きみは本が好きではなかったな。ならば、新聞を読んでもいい。腰を降ろして」

またも少しかかってオリヴィアは口を開いた。「うちの客間であなたと一緒に過ごすよう、お誘いくださっているわけね？」

ハリーはまじまじと見て、ようやく答えた。「ぼくの家の客間でもいいんだが、そういうわけにはいかないだろう」

オリヴィアはゆっくりとうなずいた。そういうわけにはいかないという部分についてはたしかにそのとおりだとしても、けっして同意を示したつもりではなかった。

「では、意見が一致した」ハリーが明言した。

「えっ？」

「きみはうなずいた」

オリヴィアはうなずくのをやめた。

「坐ってもいいだろうか？」ハリーが尋ねた。

「坐る？」

「じつはそろそろ仕事に戻りたい」ハリーが理由を述べた。

「仕事」オリヴィアは繰り返した。なにしろそれだけが今朝の会話でなにより明確にわかったことだからだ。

ハリーが目を合わせて眉を吊り上げ、オリヴィアはそうされてやっと、自分が坐るまでこの人も坐れないということなのだと気づいた。すぐさま「どうぞ」と口を開きかけた。二十年以上も礼儀作法を叩き込まれてきたせいで、自然と〝どうぞ、おくつろぎになって〟という言葉が出かかったのだ。けれど分別（とおそらくはほとんどが自衛本能）から思いとどまり、こう言い換えた。「一日じゅう、ここにいてくださる必要はないわ」

ハリーは唇を引き結び、口角に小さな皺が寄った。その暗い目に鋼のごとく揺るぎない、決意らしきものが見てとれた。

そういえば承認を求められてはいないことにオリヴィアは気づいた。ハリーは自分がしたいことを口にしただけに過ぎない。

癪にさわってもいいはずだった。男性にそのような態度をとられるのはなにより腹立たしい。それなのにオリヴィアは黙ってそこに立ちつくし……内心ではどぎまぎしていた。急に身体が軽くなったような気がして、床から浮き上がってしまいそうで、室内履きのなかの足はいまにも爪先立ちになりかねないくらいむずむずしていた。

オリヴィアは椅子の背をつかんだ。吹き流されそうな気がしたからだ。やはり朝食は食べておくべきだった。

けれどそれだけでは……胸の奥のほうでなんだか妙な感じがする説明にはならない。

オリヴィアはハリーを見た。何か言われたみたいだけれど、あきらかに聞き逃していた。しかもまだ言葉が耳に入ってこない。聞こえるのは、彼の口を、その唇を見て、とひそやかにけしかける自分の心のささやきだけで……。

「オリヴィア？　オリヴィア？」

「ごめんなさい」身体のどこかに力を入れればこのぼんやりした状態から抜けだせるかもしれないと思い、ぎゅっと両脚の内側を引き寄せた。ほかにハリーに気づかれずに力を入れられるところは思いつかなかった。

ところが、むずむずする感じがかえってひどくなったように思えた。

ハリーがわずかに頭を傾け、なんとなく……心配そうな顔つきをしている。それとも面白がっているの？　どちらとも見分けられない。

しっかり気を取り直さなくてはいけない。すぐに。オリヴィアは咳払いをした。「何か

「……おっしゃった？」

「大丈夫かい？」

「なんの問題もないわ」オリヴィアはきっぱりと答えた。言葉の端々までいたって明瞭に歯切れよく、てきぱきと言えたことにほっとした。

ハリーはしばし黙って見つめたものの、オリヴィアにはその表情からなんの意図も読みとれなかった。というより、ほんとうは読みとろうとしなかっただけなのかもしれない。まるで突然犬みたいに吠えださないかと心配されているような気がしないでもなかったからだ。

オリヴィアは硬い笑みを浮かべ、同じ言葉を繰り返した。「何か……おっしゃった？」

「こう言ったんだ」ハリーがゆっくりと答えた。「悪いが、きみをあの男とふたりきりにするわけにはいかないと。それに、ヴラディーミルもいるのだからという理由は認められない。あの男はいるうちに入らない」

「ええ」オリヴィアは皇子と最後に交わした胸の悪くなるやりとりを思い起こして言った。「そんなことを理由にするつもりはないわ」

「よかった。それなら話は決まりということかな？」

「待って、たしかに」オリヴィアは言った。「アレクセイ皇子とふたりきりにはなりたくないけれど――」平静を取り戻すための助けになればと空咳をした。この男性の前では思考を鋭敏に保たなければいけない。ハリーは驚くほど頭が切れるので、気を抜かないようにしていなければどんどん言葉巧みに導かれてしまう。それにしっかり地に足をつけてさえいれば、浮き上がらずにも済むだろう。オリヴィアはまた空咳をした。そのせいで今度は喉がむずがゆくなったので、さらにもう一度咳払いを繰り返した。

「何か飲んだほうがいいんじゃないか?」ハリーが気遣わしげに問いかけた。

「いいえ。ありがとう。こう言いたかったの——ご存じのように、わたしはここにひとりでいるわけではないと。両親がいるんだもの」

「ああ」ハリーはオリヴィアの主張にさして驚くふうもなく続けた。「それについては承知している。とはいえ、ぼくはまだ一度もお目にかかっていない。ともかくこちらでは」

オリヴィアは眉をひそめ、肩越しに廊下のほうを見やった。「母はたぶんまだ寝てるわ」

「だからこそなんだ」ハリーが言う。

「お気遣いは嬉しいわ」オリヴィアはそう応じた。「だけど、やはり念のため、皇子が——さらに言えば、ほかのどなたであれ——これほど朝早くに訪問なさる可能性はほとんどないと申し上げておかなくてはいけないわ」

「それはわかっている」ハリーが言った。「だが万が一の可能性を見過ごすわけにはいかない。ただし……」束の間考え込んだ。「きみのごきょうだいがここに来て、これから一日じゅう、きみから目を離さないと誓ってくれれば、ぼくは速やかに退散する」

「それはつまり、これから一日じゅう、わたしはきょうだいから離れられないということよね」オリヴィアは苦々しげに言った。

「あるいは、残念ながらぼくとともにいていただくかだ」

オリヴィアは黙って見つめた。

ハリーも黙って見つめ返した。

オリヴィアは話そうと口を開いた。

ハリーが笑いかけた。

いつしかオリヴィアは自分がこれほど抵抗している理由がわからなくなってきた。

「わかったわ」とうとうドア口から部屋のなかに歩を進めた。「何か支障があるわけでもないもの」

「ぼくがここにいることすら忘れてしまうさ」ハリーが請け合った。

それだけはまず考えられないけれど。

「今朝はほかに予定もないし」と伝えた。

「なるほど」

オリヴィアは鋭い眼差しを投げかけた。いまの返答に皮肉が込められていたのか見きわめられず、まごついた。

「とてもめずらしいことなのよ」オリヴィアはつぶやいたが、ハリーは言葉どおり、すでに机に戻り、持ってきた書類を真剣に読みはじめていた。窓から覗き見ていたときにもずいぶんと熱心に向きあっていた書類と同じものなのだろうか？

オリヴィアはテーブルから本を取り上げ、じわじわと近づいた。そばに寄って見ているのをハリーに気づかれた場合の小道具として、何か持っていたほうがいい。

「バターワース嬢の本を読むことにしたのか？」ハリーが目も上げずに訊いた。

オリヴィアは唇を開いた。本を手にしたことにどうして気づいたの？　じっと見られているのもわかっていたのかしら。机の上の書類から目を離してはいないはずなのに。

それに〝バターワース嬢の本〟ですって？　そうだったの？　オリヴィアは自分が手にしている本を陰鬱にあらためて見おろした。適当に手にしたのだから、もう少しましな物であってもよさそうなものなのに。

「もっと興味の対象を広げてみようと思って」いちばん近くにあった椅子に腰を降ろした。

「りっぱな心がけだ」ハリーがまた目も上げずに言った。

オリヴィアは本を開いて視線を落とし、これ見よがしにページをめくって、二日前にふたりで読み進めたところを探した。「鳩……鳩……」とつぶやきながら。

「どうしたんだ？」

「鳩を探してるだけ」オリヴィアは茶目っ気を込めて答えた。

ハリーが首を振った。笑みを浮かべたようにも見えたけれど、まだ目を上げようとはしない。

オリヴィアは大きなため息をつき、ちらりと目を向けた。

反応はない。

だけどそもそもハリーの注意を引こうとしてため息をついたわけではないのだからと思い直した。息は吐かなければいけないから吐いたのであって、音を立ててしまったのなら、つまり、そうする癖があるからだ。そして音を立ててしまったとなれば、人目を気にするのは当然で……。

オリヴィアはまたため息をついた。けっして故意にではない。

ハリーは仕事を続けている。


オリヴィア・ベヴルストークによる、サー・ハリーが向きあっている書類の中身について考えられることとは――

〝バターワース嬢の本〟の続篇(もし著者の正体がハリーだったとしたら、こんなにも愉快なことがあるかしら?)

といってもハリーがあのように奇抜な第一作を書いたとはやはり考えづらいので、〝バターワース嬢の本〟の続篇を勝手に創作しているだけかもしれない。

秘密の日記――ハリーの秘密だらけの!

それともまったくべつのもの。

新しい帽子の注文書。


オリヴィアはくすっと笑った。

「何が可笑しいんだ?」ハリーが尋ね、ようやくこちらに目を向けた。

「とても言えないわ」オリヴィアは笑わないようにして答えた。

「ぼくのことで何か面白がってるわけだな？」

「ちょっとだけ」

ハリーは片方の眉を吊り上げた。

「ええ、そうよ、たしかにあなたのことではあるけれど、ほんとうに気になさるほどのことではないの」オリヴィアは微笑みかけてハリーの言葉を待ったが、何も返ってこなかった。がっかりした。

〝バターワース嬢の本〟に戻ったが、気の毒にも主人公の女性が恐ろしい馬車の事故で両脚を骨折したにもかかわらず、オリヴィアはまったく物語に引き込まれなかった。

開いているページのいっぽうを指で打ちはじめた。その指がしだいに音を立てはじめ……どんどん大きな音となり……ついには部屋じゅうに響きわたっているように聞こえてきた。

あくまで、オリヴィアの耳にはだけれど。ハリーに気づいているそぶりはない。

オリヴィアは深々と息を吐きだし、バターワース嬢が両脚を骨折したところに戻った。ページをめくる。

そして読んだ。さらにページをめくる。また読んだ。それからまたページをめくり――

「もう第四章まで読んだのか」

耳のそばからハリーの声が聞こえ、オリヴィアはどきりとして椅子の上で身体を跳ね上げかけた。どうしたらこんなふうに気配を感じさせずに近づいてこられるの？

「よほど面白い本なんだな」ハリーが言う。

オリヴィアは片方の肩をすくめた。「まあまあかしら」

「バターワース嬢は疫病から快復したんだろうか？」

「あら、そんなのはとうの昔のことだわ。そのあとにも両脚を骨折して、蜂に刺されて、奴隷として売られそうにもなったのよ」

「たった四章のあいだに？」

「ほぼ三章のあいだに」オリヴィアは開いていたページの章の見出しを示した。「まだ第四章に入ったばかりだもの」

「きょうの仕事は終わりだ」ハリーがソファの前にまわり込んできた。

まあ。これでようやく尋ねることができる。「何をしていたの？」

「面白味のかけらもないことさ。ハンプシャーの地所から届いた穀物畑の報告書だ」

空想を膨らませていただけに、オリヴィアにとってこの返答は少しばかり期待外れだった。

ハリーはソファの反対端に腰を降ろし、片方の膝の上にもう片方の足首をのせた。ずいぶんと気さくな態度だ。つまりくつろいでいて、親しみやすく、ほかにも――オリヴィアの胸がじんわり熱くなり、頭がぼんやりとさせられてしまいそうな何かが感じられた。べつの男性がこのように気を許した姿でそばに坐っていたとしたら、と想像しようとした。誰も思い浮かべられない。きょうだい以外には。

しかもサー・ハリー・ヴァレンタインは当然ながら、きょうだいではない。

「何を考えてるんだい？」ハリーがからかうような口ぶりで尋ねた。

オリヴィアはつい驚いた顔をしてしまったらしく、ハリーが付け加えた。「顔が赤くなっていた」

オリヴィアは姿勢を正した。「赤くなんてなってないわ」

「そうだよな」ハリーはあっさり折れた。「この部屋はとても暖かい」

暖かくなどないのに。「きょうだいのことを考えてたの」少なくとも嘘ではないし、自分が顔を赤らめていたらしいことについての憶測は封じておきたかった。

「きみの双子のごきょうだいにはとても好感を抱いている」ハリーが言った。

「ウィンストンに？」つまりは、お猿さんたちと一緒に木からぶらさがるのが好きだと言っているのも同じことだとわかってるのかしら。もしくは、お猿さんたちが木から落としてくれた物を食べるのが好きだと。

「きみをいらつかせることができるだけでも尊敬に値する」

オリヴィアはきっと睨んだ。「あなたはさぞお姉様にとって、やさしくて愛らしい弟さんだったのでしょうね」

「とんでもない」ハリーは悪びれもせず否定した。「悪がきだった。でも――」茶目っ気たっぷりの目つきで身を乗りだした。「――表立ってはそう見せなかった」

「あら、それはどうかしら」オリヴィアは男きょうだいにその愚かさを思い知らせることについてはじゅうぶん経験を積んでいた。「ご自分の悪ふざけはお姉さんにばれていなかったとおっしゃりたいのなら――」

「ああ、むろん、姉は間違いなくわかっていた」ハリーがまた身を乗りだした。「だが祖母には気づかれていなかった」

「おばあ様？」

「ぼくがまだ赤ん坊のときに祖母が来て一緒に暮らすようになったんだ。両親のどちらよりも祖母のほうが近しい存在だった」

その理由には疑問を抱きつつもオリヴィアはうなずいた。「すてきな方だったのね」

ハリーがいきなり大きな笑い声をあげた。「祖母についてはいろいろな言い方ができるが、すてきではなかったな」

オリヴィアは苦笑して尋ねずにはいられなかった。「どういうこと？」

「祖母はとても……」ハリーは手を振りつつ言葉を探した。「きびしかった。それに自分の意見に確固とした信念を持っていたと言わざるをえない」

オリヴィアはその言葉をしばし反芻してから言った。「自分の意見に信念のある女性には好感が持てるわ」

「きみはそうだろう」

オリヴィアは顔をほころばせ、沸き立ってくるような快い親近感を覚えて、身を乗りだした。「わたしもあなたのおばあ様に気に入っていただけたかしら？」

その問いかけにハリーは意表を突かれたらしく、しばし口をあんぐりあけたあと、面白がるような調子で言った。「いや。やはり、そうはいかなかったろう」

思ってもいなかった言葉にオリヴィアはぼんやりと唇を開いた。

「嘘をついたほうがよかっただろうか？」

「いいえ、でも——」

ハリーは手を振って反論を制した。「祖母は誰に対しても寛容にはなれない人だった。ぼくの家庭教師を六人も首にしたんだ」

「六人？」

ハリーはうなずいた。

「相当なものね」オリヴィアは感じ入った。「でもきっとわたしは好きになれたわ」つぶやいた。「わたしが追い払えた家庭教師はたったの五人だけれど」

ハリーがゆっくりと笑みを浮かべた。「そう聞かされても、ふしぎなことに意外とは思わない」

オリヴィアはしかめ面をした。より正確に言えば、しかめ面をしようとした。どちらかというと苦笑に近いものになってしまったかもしれない。「わたしからすれば」と言葉を返した。「あなたのおばあ様についてまだ伺っていなかったことがなんだかふしぎな気がするわ」

「尋ねられなかった」

祖父母についてまであれこれ詮索する理由がどこにあるというのだろう？　けれど考えてみれば、この男性について自分はいったい何を知っているのだろうとオリヴィアは思い至った。

ほとんど知らない。知っているのはほんとうにわずかなことだけだ。

どんな人なのかはわかっているのだから、なんだかふしぎだった。わかっているのは間違いない。とはいうものの、ハリーがどのような人なのかは知っていても、素性について知っているわけではないのだと気づかされた。

「ご両親はどのような方々だったの？」だし抜けに尋ねた。

ハリーはいくらか面食らったように見つめ返した。

「わたしはおばあ様について尋ねたことがなかったでしょう」オリヴィアは説明のつもりで言い添えた。「思いつきもしなかったなんて、わたしらしくもないわ」

「そうか」そう言いながらもハリーはすぐには答えなかった。表情がどことなく変わった――何を考えているのかがわかるほどではないものの、ともかく何か考えていて、どう答えればよいか決めかねていることだけは読みとれた。それからようやくハリーは口を開いた。

「父は大酒飲みだった」

バターワース嬢が、つまりまだ持っていたことすら忘れていた本が、オリヴィアの手から膝の上に滑り落ちた。

「むしろ酔って機嫌がよくなる酒飲みだったんだが、ふしぎなもので、だからといってだいぶましというわけでもないんだよな」ハリーの顔からはどのような感情も読みとれなかった。すべて冗談であるかのように笑みすら浮かべている。

そのほうが楽であるかのように。

「大変なことよね」オリヴィアは言った。

ハリーは肩をすくめた。「自分ではもうどうすることもできなかったんだろう」

「とてもむずかしいことなのよ」オリヴィアは穏やかな声で応じた。

ハリーはすばやく顔を振り向けた。というのもその口ぶりには何かが、いたわるようでもあり……理解しているようにすら感じられる含みが聞きとれたからだ。

だがオリヴィアにわかるはずもない。わかりようのないことだ。きちんとした幸せな家庭で育ち、兄は自分の親友と結婚したそうだし、両親からもとても大切にされているだろう。

「兄は」オリヴィアが話しだした。「わたしの親友のミランダと結婚した兄よ。あなたにはまだ話していなかったと思うんだけど、前にも結婚していたの。最初の妻は恐ろしい人だった。でも亡くなったわ。それで――たぶん、傍目にはもしかしたら兄がせいせいしているとでも思われても仕方のないことだったのでしょうけど、実際にはどんどん打ちのめされていくように見えたわ」いったん間があき、すぐにまたオリヴィアは言葉を継いだ。「大量にお酒を飲んでいたの」

同じではないとハリーは言いたかった。なぜなら酒を飲んでいたのは、きみを愛し、守り、安心して健やかに過ごせる暮らしを与えるべき親ではないからだ。兄の吐瀉物を百二十七回も掃除したわけではないのだから、同じではありえない。何ひとつ言ってくれない母親など想像できないだろうし、それに……ともかく、何もかもが違う。けっして――

「同じではないわ」オリヴィアが静かに言った。「そんなふうに思えるはずもない」

その言葉で、そのたったふた言で、ハリーのなかでのたうちまわっていたあらゆる感情のすべてが鎮められた。より安らかな心地に落ち着いた。

オリヴィアが気恥ずかしげな笑みを浮かべた。微笑んだ程度だが、気持ちがこもっていた。

「でも、理解することはできると思うの。ほんの少しかもしれないけれど」

ハリーはなにげなく視線を落とし、オリヴィアの膝の上にある本にのせられた両手を見て、さらには淡い緑色らしき縞柄の布で覆われたソファに目を移した。ふたりのあいだには人ひとりがじゅうぶん坐れる広さが空いていて、ハリーとオリヴィアは隣り合って坐っているわけではなかった。それでも同じソファに腰を降ろしていて、もしハリーが手を伸ばし、オリヴィアも手を伸ばせば……。

ハリーは息がつかえた。

オリヴィアが手を伸ばしたからだ。

16

ハリーは自分が何をしているのか考えてはいなかった。考えていればそんなことはけっしてしなかったはずなのだから、考えていたわけがない。だがオリヴィアが手を伸ばしたとき……。

ハリーはその手を取った。

そうしていまさらながら自分がしてしまったことに気づき、おそらくはオリヴィアもまたそのときになって自分から手を出してしまったことに気づいたのだろうが、すでに遅すぎた。

ハリーはオリヴィアの手を口もとに引き寄せ、すべての指の付け根に、指輪を付けるはずのところに口づけた。いまは指輪を付けていない。ふと、その指に自分が指輪を滑り込ませるという信じがたい光景が思い浮かんだ。

警告と受けとめるべきだったのだろう。慌てふためいて手を放し、この部屋から、屋敷から、オリヴィアのそばから永久に姿を消してしまったとしてもおかしくなかったはずだ。

だがハリーは手を放しはしなかった。オリヴィアの肌から離れがたく、その手を唇に引き寄せたままでいた。

オリヴィアは温かく、柔らかい。ふるえている。

ハリーは目を上げ、ついに視線が合った。オリヴィアの目は大きく、じっと見開かれ、そこに浮かんでいるのは動揺と……信頼……それにたぶん……欲望だろうか？　本人にも自覚はないのだろうから、ハリーに確かなことがわかるはずもなかった。オリヴィアは欲望がどんなものなのかを知らないだろうし、肉体が誰かを欲し、甘美な責め苦に駆られるとはどのようなことなのかもわかっていない。

ハリーにはわかっていたし、気がつけばオリヴィアに出会ったときからほぼずっとそのような欲望を覚えていた。当初は稲妻に打たれたようにいきなり惹きつけられただけで、たしかに感じられはしても、そのことに深い意味はなかった。まだオリヴィアをよく知らなかったし、好意すら抱いていなかったからだ。

でもいまは……そのときとは違う。惹きつけられているのは単にオリヴィアの美貌や、乳房のふくらみや、肌のなめらかさだけではない。ハリーはこの女性を求めていた。オリヴィアのすべてを。小説ではなく新聞を読むようなところも、部屋の窓をあけて隣家の窓辺の男に突飛な小説を読み聞かせるといった、慣習にあまり捉われない気質も心から好ましい。剃刀《かみそり》並みに鋭い才知も、ことさら的確な返し文句を放てたときに見せる得意顔も、そして反対に痛いところを突かれたときのはっとしたような困惑顔もたまらない。

その瞳の奥に隠された熱情をハリーは知りたかったし、唇を味わって、さらにはそうとも、彼女にのしかかり、両脚に締めつけられて、彼女を自分の上に引っ張り上げ……考えられるかぎりのあらゆる体勢で、あらゆるやり方で、慈しみたかった。

そうだとすればオリヴィアと結婚しなければならない。いたって明白なことだ。

「ハリー？」ささやきかけるようにオリヴィアに呼ばれ、ハリーはその唇に視線を落とした。

「きみにキスをする」静かに言った。考えもせず、本来は許しを得るべきだということにも頭がまわらなかった。

前のめりになり、唇が触れ合う寸前、波に洗い流されるような心地に襲われた。これが自分にとって新たな始まりとなる。

それから最初は互いの唇がかすかに触れる程度に、じりじりするほどそっと口づけた。だが触れ合うなり刺激に打たれた。まさしく文字どおりの意味で息を奪われた。ハリーはほんのわずかに身を引いてオリヴィアの表情を確かめた。紫がかった青色の瞳に驚きを湛え、じっと食い入るようにこちらを見ている。

オリヴィアに名前をささやかれた。

ハリーを繋ぎとめていた糸が断ち切られた。今度は押し寄せる切迫に駆られ、ふたたびオリヴィアを引き寄せた。自制心はどこかに追いやられ、むさぼるように唇を重ね、気づいたときにはオリヴィアの髪を両手で探り、ピンがぱらぱらと抜け落ちていた。ハリーはただもう一度髪をおろしたオリヴィアの姿を見たい一心だった。

オリヴィアの髪がほどけてふわりと頬をかすめた。ほかにすべきことはなくなった。

すでに欲望で張りつめていたハリーの身体はとてつもなく硬くなり、するといまいましくも理性が突如として顔を覗かせ、いますぐにもオリヴィアを自分から離れさせなければ、あろうことか彼女の両親の客間で服を引き剝がして純潔を奪ってしまいかねないと気づかされた。

ドアはあいている。

なんてことだ。

ハリーはオリヴィアの肩に両手をおき、けっして押しやりはせず、自分から身を引いた。それからしばし、ふたりはただ見つめあうことしかできなかった。オリヴィアは髪型が崩れ、そのすっかりしどけなく乱れてしまった姿がかえって愛らしい。驚嘆の面持ちで片手を口にやり、真ん中の三本の指で自分の唇に触れている。

「あなたはわたしにキスをした」小声で言う。

ハリーはうなずいた。

オリヴィアの唇が動いてかすかな笑みを浮かべた。「わたしもキスを返したのよね」

ハリーはまたうなずいた。「そうとも」

オリヴィアはさらに何か言いそうに見えたが、あいたままのドアをすばやく振り返った。そしてまだ顔のそばに上げていた片手を髪に移した。

「直したほうがいいだろうな」ハリーは唇をふるわせ、しだいにほころばせた。

オリヴィアがうなずいた。そしてまたも何か話しだしそうに見えたが、結局は何も言わなかった。髪を首の後ろにすべてまとめ、馬の尻尾のようにして片手でつかんだまま、立ち上がる。

「わたしが戻ってくるまでこちらにいらっしゃる?」

「お望みとあらば」

オリヴィアがうなずいた。

「ではここにいるとしよう」拒まれても同じ言葉を口にしていただろう。

今度もオリヴィアはうなずき、ドア口へ急いだ。だが部屋を出る前にもう一度だけ振り返った。「わたし——」言いかけたが、口をつぐんで首を振った。

「なんだろう?」ハリーは温かな笑いを隠しきれずに問いかけた。

オリヴィアは困ったように肩をすくめた。「わからないわ」

ハリーは笑った。オリヴィアも笑った。そうして遠ざかっていくオリヴィアの足音を聞きながら、すばらしいひと時だったとハリーは思い返した。

これ以上は考えられないくらいに。


数分後、ハリーがまだ同じソファに坐っていると、執事が部屋に入ってきた。「レディ・オリヴィア、アレクセイ・ゴマロフスキー皇子がお見えです」高らかに告げた。沈黙し、覗き込むように前のめりに部屋のなかを見まわした。「レディ・オリヴィア?」

オリヴィアならすぐに戻ってくるとハリーは伝えようとしたが、すでに皇子がつかつかと部屋のなかに入ってきていた。「私にならお会いになる」そう執事に告げて。

だがぼくとならキスもするとハリーは笑いながら言ってやりたかった。これほど痛快なこともない。こちらが勝って、皇子が負けた。それに、紳士たるものキスをしたことを口にはできないが、アレクセイもルドランド邸をあとにする頃には、どちらがオリヴィアの心をものにしたかを思い知らされていることだろう。

ハリーはそのときが待ちきれず、いたずら心が少しばかり働いて、ソファから立った。負けず嫌いではないと否定した憶えは一度もない。

「きみ」アレクセイ皇子が言った。厳密に言うなら、声に非難の響きが含まれていた。

ハリーはにこやかに微笑んで、挨拶代わりに言った。「ぼくです」

「ここで何をしている？」

「もちろん、レディ・オリヴィアを訪問したんです。あなたこそどうしてこちらに？」

皇子は答えずに唇を丸め「ヴラディーミル！」吼えるように呼んだ。

串刺し公ヴラド（ハリーはひそかにこの男にそう渾名を付けていた）が床を踏みつけるようにして部屋に入ってきて、ハリーにむっつりとした目をちらりとくれ、また主人のほうに顔を戻すと、皇子から（むろんロシア語で）サー・ハリーについてこれまでに調べてわかったことを問われた。

「ポカ　ニチェヴォ」

いまのところはまだ何も。

この返答にハリーは大いに安堵した。ロシア語を話せることはあまり知られていないが、完全に隠してきたわけでもない。祖母がロシアのとりわけ由緒ある名門の出であることは少し調べればすぐにわかることだ。

むろん必ずしもその孫がロシア語を話せるとはかぎらないが、祖母の国の言葉も身につけている可能性を考えもしないほどアレクセイ皇子は間抜けではないだろう。たしかに礼儀知らずだし、好色なうえ、おそらくは品位を補えるこれといった長所すらない男で、ハリー自身も愚か者だとけなしはしたが、じつのところそこまで愚かではないはずだ。

「気持ちのよい朝を過ごされていますか、殿下？」ハリーはいたって愛想よく問いかけた。

アレクセイ皇子はじろりと見ただけで、答えるつもりはないことを明快に示した。

「ぼくはすばらしい朝を過ごしています」ハリーは言葉を継ぎ、ソファに腰を戻した。

「レディ・オリヴィアはどちらに？」

「階上《うえ》に行かれているはずです。何か……その……用事を済ませに」ハリーは自分の髪をさりげなく手ぶりで示し、あとは皇子にどうとでも解釈をゆだねた。

「待たせていただこう」アレクセイがいつもながらの鋭い口調で言った。

「どうぞ」ハリーはにこやかに向かいの椅子を身ぶりで勧めた。これに対し皇子からはおそらく、おまえに主人ぶられる筋合いはないとでも言いたげな非難の込められた、不機嫌そうな目を向けられた。

それでも、なんとも言えず愉快だった。

アレクセイは頑なに唇をきつく引き結んだまま、上着の後ろの裾をさっと払って腰を降ろした。ソファにいる男のことはいっさい関知しないといった態度でまっすぐ前を見据えている。

ハリーも皇子と親しくしたい気持ちなど毛頭ないのだから、それでよしとすべきだったはずなのだが、なにしろオリヴィアにキスの相手に選ばれたのはこの皇子ではなく、王族でも貴族でもない、アレクセイ皇子が享受している特権を何ひとつ持たない自分なのだから、少しばかり調子に乗らずにはいられなかった。

そのうえ目下陸軍省から担わされている指令を考えれば、このロシアの皇子を煩わせることに最善を尽くすべきとも解釈できないわけでもないからして……。

ハリー・ヴァレンタインが、国家の為となる務めを怠ることはありえない。

ハリーは腰を上げて〝バターワース嬢の本〟を机の上から手に取り、坐り直すと鼻歌を小さく奏でつつページをめくり、二日前にオリヴィアとともに読み進めたところ、つまりプリシラが気の毒にも疱瘡で家族を失った場面を探した。

ふふん、ふふん、ふふふん、ふふふふん、ふふふふん、ふんふん……。

アレクセイがいらだたしげに鋭い眼差しを投げた。

「英国国歌です」ハリーは伝えた。「お知りになりたいのではと思いまして」

「べつに」

「神よ　われらが慈悲深き国王陛下を守りたもう、われらが高貴なる国王陛下の永らえんことを、神よ、われらが国王陛下を守りたもう」

皇子は唇を動かしはしたが、顎をこわばらせたまま、歯の隙間から言葉が発せられた。

「その歌ならよく知っている」

ハリーはいくらか声を高くして続けた。「神よ、われらが国王陛下を守りたもう、勝利、幸福、栄光を捧げよ、陛下の永らえんことを、神よ、われらが国王陛下を守りたもう」

「耳ざわりな歌はやめたまえ」

「愛国心を表しているだけのことです」ハリーはそれだけ言うとまた歌いだした。「おお、主よ、われらが神は立ち上がり、敵を蹴散らし、打ち破りたもうた」

「ここがロシアであれば、きみは逮捕されているところだ」

「故国の国家を歌っただけで？」ハリーは低い声で訊いた。

「私が認めさえすれば」

ハリーはその言葉を反芻し、肩をすくめ、続きを歌いはじめた。「策略を暴き、卑劣な罠をくじき、われらの望みは汝にあり、神よ、われらを守りたもう」

そこまで歌って、あとの歌詞は不要だと判断した。〝卑劣な罠〟を言えればそれでよかったからだ。「とりわけ公正さを重んじる国民なのです」ハリーは皇子に言った。「溶け込みたいのであれば念のため」

アレクセイは何も答えなかったが、両手をきつく握りしめていることにハリーは気づいた。これも偵察任務の一部なのだと、臆せずに〝バターワース嬢の本〟に戻ることにした。人をいらだたせるのがこんなにも愉快に感じられたのはどれくらいぶりだろう……。はじめてのことだ。

ハリーは思わずほくそ笑んだ。姉が相手でもこれほどには楽しめなかった。セバスチャンの場合には何事も真剣に受けとらないので、いらだたせるのは不可能に近い。

今度はフランス国歌を何節か鼻歌で奏でて皇子の反応を窺ってから――憤りで顔がみるみる紅潮した――完全に本に注意を戻した。初めのほうのページをぱらぱらめくり、プリシラ・バターワースの成長期は楽しめそうもないと即断し、狂気、変貌、侮辱、涙が盛り込まれているらしい百四十四ページで手をとめた――ずば抜けて面白い小説にはどれも欠かせない要素だ。

「何を読んでいる？」アレクセイ皇子が強い調子で訊いた。

ハリーは気もそぞろに目を上げた。「なんです？」

「何を読んでいる？」皇子が噛みつかんばかりに繰り返した。

ハリーは本を見おろし、それからまた皇子に目を戻した。「ぼくとは口も利きたくないのだろうと思ってました」

「そのとおりだ。だが、私は好奇心が強い。その本はなんなのだ？」

ハリーは皇子に表紙が見えるよう本を掲げた。『バターワース嬢といかれた男爵』

「イングランドではそのような物が好まれるのか？」アレクセイは鼻で笑った。

ハリーはあらためて考えてみた。「さあ。レディ・オリヴィアが読んでるんです。だからぼくも読んでみようと思いまして」

「たしか彼女が楽しめそうにはないと言っていた本ではないのか？」

「ああ、そうだったかもしれないな」ハリーは低い声で答えた。「無理もない」

「読んでみてくれ」

意表を突かれた。皇子がいきなり近づいてきて唇にキスでもされないかぎり、それ以上の驚きは得られなかっただろう。

「お気に召していただけるとは思えませんが」ハリーは言った。

「きみは気に入ったのか？」

「さほどには」ハリーは首を振って答えた。じつのところ、そうとも言いきれなかった。オリヴィアに朗読してもらうのならとても楽しめる。あるいはオリヴィアに読んで聞かせるのもだ。とはいえ、ロシアのアレクセイ・ゴマロフスキー皇子にも朗読による摩訶不思議な作用が期待できるかはなんとも疑わしい。

皇子が顎を上げ、ほんのわずかに頭を傾けた。肖像画を描いてもらうための姿勢をとっているかのようにハリーには見えた。生まれながらにつねに肖像画を描いてもらうための姿勢をとっているような人生を送ってきた御仁なのだろう。

これほどいけ好かないやつでなければ、不憫に感じていたかもしれない。

「レディ・オリヴィアが読んでいるのであれば」皇子が言った。「私も同じように読んでみたい」

ハリーはしばし考えて、その言葉を咀嚼した。英国とロシアの友好関係のためならバターワース嬢を捧げるくらいのことは仕方あるまい。本を閉じて、差しだした。

「いや。きみに読んでもらいたい」

承諾することにした。このようなめったにない依頼を断われはしないだろう。おまけにヴラディーミルがすでに二歩も踏みだして威嚇していた。

「仰せのとおりに、殿下」ハリーは応じ、あらためて本を読む体勢を整えた。「やはり始めから読んだほうがよろしいですよね？」

アレクセイが厳かに一度だけうなずいた。

ハリーは最初のページを開き直した。「暗く風の強い晩だった」と読みはじめた。「プリシラ・バターワース嬢は、いつ雨が降りだして土砂降りとなって滝のごとく流れ、見渡すかぎりは水であふれることになってしまってもふしぎではないと考えた」目を上げる。「ちなみに、この〝見渡すかぎりは〟は正しい用法ではありません」

「その〝滝のごとく《イン・シーツ》〟はどうなのだ？」

ハリーはその言葉がある箇所に視線を落とした。「ああ、慣用表現のひとつです〝雨《レイニング》〟と〝猫《キャッツ》やら《アンド》犬《ドッグ》やらの〟を組み合わせて〝土砂降り〟と読ませる言葉もある」

「つまらんな」

ハリーは肩をすくめた。たしかに自分も面白い表現だと思ったことはない。「続けますか？」

またもあのうなずきを返された。

「もちろん、プリシラは小さな寝室にいて風雨にさらされはしなかったが、今夜はとうてい眠れそうにないほど窓――」

「ミスター・セバスチャン・グレイがお見えです」執事の声がした。

ハリーはいささか驚いて本から目を上げた。「レディ・オリヴィアを訪ねてきたんだろうか？」

「あなた様にお会いしたいとのことでございます」執事は立てつづけの来客にいくらか困惑している口ぶりで伝えた。

「ああ。そうだよな。では、こちらに案内してくれ」

ほどなく、セバスチャンが前置きなしに話しだしながら部屋に入ってきた。「――にきみがここにいると聞いたんだ。じつを言うと、ちょうど都合がよかった」つと立ちどまり、驚いた顔で皇子を見つめ、何度か瞬きを繰り返した。「殿下」呼びかけて会釈した。

「ぼくの従兄弟です」ハリーは言った。

「憶えている」アレクセイが冷然と答えた。「シャンパンをこぼされた」

「先日は失礼いたしました」セバスチャンが言い、椅子に腰を落ち着けた。「ぼくはどうしようもないうっかり者なので。先週は財務大臣にワインをこぼしてしまいまして」

セバスチャンに財務大臣と同じ部屋に、ましてやワインをブーツにこぼせるほど近くに居合わせる理由などあるはずもないとハリーは断言できた。

だがそんなことは口に出さなかった。

「ごりっぱな紳士がおふたりで昼間から何をなさっているのかな？」セバスチャンが問いか

けた。

「もう午後なのか？」ハリーは尋ねた。

「なったばかりだ」

「サー・ハリーに本を読んでもらっている」皇子が答えた。

セバスチャンが興味津々にハリーを見た。

「おっしゃるとおりだ」ハリーは〝バターワース嬢の本〟を持ち上げてみせた。

「『バターワース嬢といかれた男爵』」セバスチャンが納得顔で言う。「すばらしい選択だ」

「読んだことがあると？」アレクセイが尋ねた。

「むろん『ダヴェンポート嬢と暗闇の侯爵』ほどではないが、『セインズベリー嬢と謎の大佐』よりははるかによかった」

ハリーは唖然として黙り込んだ。

「いまは『トゥルーズデール嬢と寡黙な紳士』を読んでいます」

「寡黙な？」ハリーは訊き返した。

「会話の場面が著しく少ない」セバスチャンが説明した。

「なぜこちらに？」皇子がぶしつけに訊いた。

セバスチャンは嫌悪をあらわにされていることにはまるで気づいていないかのように陽気な顔を向けた。「もちろん、従兄弟に話があったからです」一日じゅうでも居坐ろうかという構えで深く坐り直した。「でも、急ぎませんので」

ハリーは答えようがなかった。どうやら皇子も同じらしい。

「続けてくれ」セバスチャンが勧めた。

ハリーは何を言われているのかさっぱりつかめなかった。

「本さ。聴いてみたいんだ。読んでからしばらく経っているし」

「そこに坐っているきみに、ぼくの朗読を聴かせろというのか？」ハリーは疑わしげに尋ねた。

「アレクセイ皇子もおられる」セバスチャンが念を押すように言い、目を閉じた。「ぼくのことはおかまいなく。情景を思い浮かべているので」

ハリーはなんにせよ皇子と仲間意識のようなものを持てるとは考えもしなかったが、視線を交わすと、互いにセバスチャンの正気を疑っているのはあきらかだった。

咳払いをして、文頭に目を戻し、読みはじめた。「もちろん、プリシラは小さな寝室にいて風雨にさらされはしなかったが、今夜はとうてい眠れそうにないほど窓枠がやかましい音を立てていた」

ハリーは目を上げた。皇子は退屈そうな顔つきながらも、じっと耳を傾けている。セバスチャンは完全に浸りきっていた。

あるいは寝ているかだ。

「プリシラは薄く冷たい寝床で縮こまり、このような侘しい晩を、このように侘しい場所で過ごすことになるまでのあらゆる出来事を思い返さずにはいられなかった。だが、親愛なる読者よ、これがこの物語の始まりではない」

セバスチャンがぱっと目をあけた。「まだ一ページ目なのか？」

ハリーは片方の眉を吊り上げた。「ぼくが殿下と毎晩、秘密の読書会でも開いていると思ったのか？」

「その本をよこしてくれ」セバスチャンが言い、腕を伸ばしてハリーの手から奪いとった。「きみは朗読が下手だな」

ハリーは皇子に顔を向けた。「慣れていないもので」

「暗く風の強い晩だった」セバスチャンが読みはじめ、物語の趣きががらりと変わったのはハリーも認めざるをえなかった。英語を話せないはずのヴラディーミルですら身を乗りだして耳を傾けている。

「――プリシラ・バターワース嬢は、いつ雨が降りだして土砂降りとなって滝のごとく流れ、見渡すかぎりは水であふれることになってしまってもふしぎではないと考えた」

なんと、まるで名牧師の胸を打つ説教のように聞こえてきた。セバスチャンはあきらかに進むべき道を誤った。

「〝見渡すかぎりは〟は誤った使い方なのだな」アレクセイ皇子が言った。

セバスチャンが顔を上げ、いらだたしげに鋭い目を向けた。「そんなことはない」

アレクセイがハリーを指さした。「彼がそう言った」

「そうじゃないか」ハリーは片方の肩をすくめた。

「どこが問題だというんだ？」セバスチャンが問いただすように訊いた。

「プリシラ本人が見えるものを決められるような言い方になっている」

「どうしてそうではないと言えるんだ？」

「わからないさ」ハリーは認めた。「だがプリシラはほかには何ひとつ、みずから決めてこられた女性とは思えない」皇子のほうを見やった。「彼女の母親は鳩に突かれて死んだんです」

「ありうることだ」アレクセイはうなずいて言った。

ハリーもセバスチャンも呆然と皇子を見つめた。

「めずらしい手口ではない」アレクセイは深刻そうに言い添えた。

「ぜひまたロシアを訪れてみなければ」セバスチャンが言った。

「迅速な裁き」アレクセイが言葉を継いだ。「それが唯一の手立てだ」

ハリーはみずからが問いかけようとしていることが信じられなかったが、それでも言わずにはいられなかった。「鳩なら迅速だと？」

アレクセイはこれまでハリーに見せたなかではおそらく最もめりはりに欠けたしぐさで肩をすくめた。「裁きを迅速にということだ。むしろ処罰をと言うべきかもしれないが」

これには誰も黙って見つめることしかできず、ややおいてセバスチャンがハリーのほうを向いて言った。「どうして鳩にやられることを知ってるんだ？」

「オリヴィアに聞いたんだ。先に読んでるから」

セバスチャンが不服そうに唇を引き結んだ。ハリーからすれば驚きを禁じ得なかった。従兄弟の顔になんとも似つかわしくない表情が浮かんでいる。セバスチャンがなんにであれ不愉快な気持ちを示したのはいつ以来のことなのか思いだせなかった。

「続けていいだろうか？」厭わしさが滲み出た声でセバスチャンが尋ねた。

皇子がうなずきを返し、ハリーも低い声で「どうぞ」と答え、耳を傾けた。

ヴラディーミルでさえも。

17

オリヴィアのこの日二度目の髪結いは一度目のときより整うまでにはるかに時間がかかった。サリーはオリヴィアの髪をひと目見るなり、もはや「だから申しましたのに」と言う程度で手直しできる状態ではないのを知り、編み込みを中途半端に切り上げさせられたことにいらだちを新たにした。

本来オリヴィアはこのような屈辱におとなしく坐って耐えられる性分ではないものの、丸く結い上げられていた髪が大崩壊に至ってしまった理由がひとえにサー・ハリー・ヴァレンタインに手を差し入れられたことであるのは侍女に説明のしようがないので、じっとこらえた。

「さあ」サリーはあきらかに必要以上の力を込めて最後のピンを留めた。「これならどれだけ頭を傾けなさっても一週間は持ちますわ」

サリーなら髪をきっちりまとめたいがために接着剤を使ったとしても、オリヴィアは驚かなかっただろう。

「雨のなかを外出なさらないでくださいね」サリーが忠告した。

オリヴィアは立ち上がり、ドアのほうへ歩きだした。「雨は降ってないわ」

「降るかもしれません」

「そうだとしても――」オリヴィアはみずから打ち切った。そうよ、こんなところで立ちどまって侍女と口論をしている場合ではないでしょう？　サー・ハリーが一階でまだ待っているのに。

そう思っただけで頭がくらりとした。

「なぜスキップしてらっしゃるんです？」サリーがいぶかしげに尋ねた。

オリヴィアは足をとめてドアの取っ手をつかんだ。「スキップなんてしてないわ」

「こんなふうに――」サリーが少し飛び跳ねて妙な足踏みをしてみせた。「――なさってましたわ」

「部屋を出るときは静々と歩くものよ」オリヴィアは告げて、廊下に踏みだした。「こんなふうに静々と！　棺に付き添う人みたいに……」振り返り、サリーの耳に届いていないのを確かめると、階段を駆け降りていった。

一階に着くなり、また棺に付き添う人のように落ち着いた歩調に戻し、おそらくはそのせいで足音がほとんど響かず、客間にいた誰もが部屋に人が入ってきたことに気づかなかったのだろう。

そこでオリヴィアが目にしたのは……。

ひと言ではなんとも表現しようのないものだった。

オリヴィアはドア口に立ち、まさしく〝自宅の客間で目にするとは想像できないこととは――〟という題目を立てるのにぴったりの機会だと思ったのだが、いま目にしている光景を超えるものを見つけられる自信はなかった。なにしろセバスチャン・グレイがテーブルの上に立ち、『バターワース嬢といかれた男爵』を情感たっぷりに朗読している。

それだけならまだしも——といっても、いったいどういうわけでセバスチャン・グレイがルドランド邸にいるのかすらわからないのだから、それだけでもじゅうぶん驚くべきことなのだけれど——なんとハリーと皇子がソファに並んで坐り、どちらにも相手から危害を与えられた形跡はまったく窺えない。

視線を移せば、部屋の片隅の長椅子に並んで腰かけて、うっとりとセバスチャンに見惚れている三人の女中たちの姿も目に入った。

そのうちのひとりは目に涙を溜めてすらいるようだ。

さらに、ハントリーまでもが部屋の片端に立ち、見るからに感極まって口があいている。

「おばあ様！　おばあ様！」セバスチャンが声色を高くして言った。「行かないで。お願いですから。どうか、お願い、わたしをひとりぼっちにさせないで」

女中のひとりが静かに涙をこぼしはじめた。

「プリシラはお屋敷の前で祖母が乗った貸し馬車が道を走り去っていくのを見つめ、小さな身体でぽつんと何分も佇んでいた。捨て子さながら、フィッツジェラルド屋敷の玄関先に置き去りにされたのだった」

またべつの女中が啜り泣きだした。三人は手を取り合っている。

「そしてもう——」セバスチャンはため息まじりに一段と声を低くして続けた。「——プリシラが知る人は誰もいなくなった。祖母は玄関扉をノックして親類に孫の到着を知らせることすらせずに行ってしまったのだ」

ハントリーが衝撃と哀しみに目を見開いて首を振った。執事のこんなにも感情をあらわにしたしぐさをオリヴィアははじめて目にした。

セバスチャンが目を閉じて、片手を胸にあてた。「プリシラはそのときまだ、わずか八歳だった」

本が閉じられた。

沈黙。完全な静寂だ。オリヴィアは部屋を見まわしたが、誰も自分が来たことに気づいていないらしい。

そうして――

「ブラボー!」ハントリーが真っ先に褒め称える声をあげ、いたく熱っぽく拍手を送った。女中たちも鼻を啜りつつ、それに加わった。ハリーと皇子までもが手を叩き、ハリーの顔にはなによりまして楽しげな表情が浮かんでいる。

セバスチャンが目をあけ、いちばんにオリヴィアに気づいた。「レディ・オリヴィア」笑顔で言う。「いつからそこにいらしたのですか?」

「プリシラがおばあ様に行かないでと懇願するところから」

「無慈悲なご婦人ですな」ハントリーが言った。

「なすべきことをしたまでだ」皇子が反論した。

「失礼ながら、お言葉を返すようですが、殿下――」

オリヴィアは呆気にとられて口をあけた。あの執事が皇帝一族に反論しようというの？

「――あのご婦人がせめてもう少しだけでも――」

「――子を養うことはできなかったのだ」皇子が遮って言った。「どんな愚か者でもわかることだろう」

「胸が張り裂けそうだったわ」女中のひとりが洩らした。

「わたしは泣いてしまったもの」もうひとりの女中が言う。

三人目は胸が詰まって口を利けないらしく、うなずいた。

「すばらしい朗読でしたわ」ひとり目の女中が言葉を継いだ。

セバスチャンは三人の女中たちにとろけそうな笑みを投げかけた。「ご清聴、ありがとうございました」低い声で言った。

三人は吐息をついた。

オリヴィアはなおも状況を理解しようと目を擦った。問いかけるような眼差しをハリーに向けた。ハリーならきっと説明してくれるはずだ。

「セバスチャンが読むと、格段に面白みが増す」ハリーが言った。

「これ以上、悪くなりようがないとも言えるのでしょうけど」オリヴィアはつぶやいた。

「ぜひロシア語にも翻訳されるべき作品だ」皇子が言う。「高い評価を受けるに違いない」

「殿下のお国の文学はもっと奥深い伝統があるとおっしゃられてましたのに」オリヴィアは

言った。

「この作品は非常に奥深い」皇子が言う。「塹壕《ざんごう》並みに」

「次の章をお読みいたしますか?」セバスチャンが問いかけた。

「ぜひとも!」高らかな声が返された。

「ええ、お願いしたいわ」女中のひとりが懇願するように言った。

オリヴィアはいまだ立ちつくしたまま、視線のみをあちこちに走らせていた。いくらセバスチャンの朗読がすばらしいとしても、次の章を最後まで笑わずにじっと坐って聞いていられる自信はない。とはいえ、その思いは……誰にも賛同してもらえそうになかった。ハントリーの気分を害したくもない。この執事が屋敷を取り仕切っていることは誰もが承知している。


つまりこっそり抜けだすのが賢明なのだろう。オリヴィアはまだ朝食をとっていなかった。それに新聞も読み終えていない。セバスチャンがこのまま客人を(それに使用人たちも加わっているけれど、今回にかぎっては喜んで大目に見るつもりだ)楽しませていてくれるなら、朝食用の食堂に逃れて新聞を読んでもかまわないはずだ。

もしくは買い物に出かけても。ちょうど新しい帽子が欲しかった。

オリヴィアがこれからどうするかを思案していたとき、ヴラディーミルが突如口を開いた。もちろん、ロシア語で。

「ぜひ舞台に立つべきだと言っている」アレクセイがセバスチャンに通訳した。

セバスチャンは嬉しそうな笑みを浮かべてヴラディーミルのほうに軽く頭をさげた。「ありがとう《スパシーボ》」と言い、感謝を示した。

「ロシア語を話せるのか?」皇子がセバスチャンのほうにすばやく顔を振り向けた。

「ごく基本的な言葉だけです」セバスチャンは即座に答えた。「お礼なら十四カ国語で言えますよ。いや、やはり十二カ国語ということにしておいてください」

「そうでしたの?」オリヴィアは〝バターワース嬢の本〟の朗読よりもよほどそちらのほうに興味をそそられて尋ねた。「どんな言葉を?」

「『飲み物がほしい』というのも知っておくと便利な言葉です」セバスチャンは皇子に言った。

「そうだな《ダー》」皇子は納得顔で応じた。「ロシア語ではこう言う。ヤ　ヌズダユス　ヴィナッピトゥカ」

「スパシーボ」セバスチャンが礼を述べた。

「いいえ、そうではなくて」誰も注意を向けてはくれないものの、オリヴィアは続けた。「どのような言語をご存じなのかしら」

「どなたか、いまの時刻をご存じだろうか?」ハリーが問いかけた。

「炉棚に時計があるわ」オリヴィアは顔も向けずにハリーに答えてから「ミスター・グレイ」とせかした。

「少しお待ちを」セバスチャンはそう言ってから、皇子に顔を戻した。「あなたの従者にとても興味があるのです。英語は話せないのですよね？　どうして朗読の良し悪しがわかったのでしょうか？」

皇子はヴラディーミルとロシア語で少し言葉を交わしてから、セバスチャンのほうに顔を戻して言った。「あなたの声の調子から情感が伝わってきたと言っている」

セバスチャンは満足げだった。

「それに、少しは英語もわかるのだ」皇子が付け加えた。

「やはりですか」セバスチャンは静かに応じた。

「ポルトガル語ね」この午後は誰も自分に注意を向けてくれる気はないのだろうかとオリヴィアは思いつつも続けた。「ポルトガル語は軍隊で身についたでしょう。ポルトガル語で『ありがとう』はなんて言うの？」

「オブリガード」ハリーが答えた。

オリヴィアは少し驚いて目を向けた。

ハリーが小さく肩をすくめた。「ぼくも少しは学んでいる」

「オブリガード」オリヴィアは繰り返した。

「きみの場合には、オブリガーダだ」ハリーが言う。「どう見ても男性に間違えられることはないだろうが」

誉れ高い褒め言葉というわけではないものの、オリヴィアはとりあえずありがたく受けとめることにした。

「お礼の言葉でいちばん変わっているのはどちらの言語かしら？」セバスチャンに尋ねた。

セバスチャンは少し考えて、言った。「クスヌム」

オリヴィアは期待して説明を待った。

「マジャール語だ」セバスチャンはオリヴィアのぼんやりとした表情を見て、解説を加えた。

「ハンガリーのある地域で話されている」

「どうしてそんな言葉を知ってるの？」

「どうしてだったかな」

「女性だろう」皇子が心得顔で言った。「憶えていないとすれば、女性から学んだのだ」

侮辱と受けとるほどのことでもないのだろうとオリヴィアは判断した。

「キートス」アレクセイ皇子はまずセバスチャンを見て、答える間を与えてから、言い添えた。「フィンランド語だ」

「心から感謝申し上げます」セバスチャンが言った。「これで十五カ国語を憶えた」

オリヴィアはメルシーと言葉を挟もうとしたが、かえってもの知らずをさらしてしまいそうな気がして思いとどまった。

「きみは何か特技はあるのか？」皇子がハリーに訊いた。

「そうとも、ハリー」セバスチャンが言った。「きみは何ができるんだ？」

ハリーは従兄弟に冷ややかな眼差しを投げてから、答えた。「残念ながら、これといってできることは何も」

オリヴィアの目にはなんとなく従兄弟同士のあいだで何か暗黙の会話が交わされたようにも見えたが、さらに憶測をめぐらせる間もなく、セバスチャンが皇子のほうを向いて尋ねた。

「フィンランド語で〝どうぞ〟はどのように言うのですか？」

「オレ　ヒユヴァ」

「すばらしい」セバスチャンは一度うなずいて、おそらくは新たな豆知識を脳裏にしまい込んだ。「いつなんどき、フィンランドの美女とお目にかかるともわかりませんから」

いったいどうすれば自分の家の客間での主導権を取り戻せるのかとオリヴィアが考えていたとき、玄関扉にノッカーが打ちつけられた音が響きわたった。即座にハントリーが断わりを入れて応対に向かった。

ほどなく執事はオリヴィアの知らない若者を案内して戻ってきた。とはいうものの……身長はやや高めで、暗褐色の髪で……ほぼ間違いなく――

「ミスター・エドワード・ヴァレンタインがお見えです」ハントリーは告げ、眉を上げた。

「サー・ハリー・ヴァレンタインにご用がおありとのことでございます」

「エドワード」ハリーがすぐさま立ち上がった。「何かあったのか？」

「いや、特には」エドワードは答えて、ぎこちなく部屋のなかを見まわした。これほど大勢がいるとは思っていなかったのだろう。ハリーに封書を差しだした。「これが届いたから。至急の手紙だと言われたんだ」

ハリーは封書を受けとり、上着のポケットにしまってから、弟を部屋にいる全員に、いまだ長椅子に整然と寄り添いあうように坐っている三人の女中たちにも紹介した。

「セブはどうしてテーブルの上にいるんだ？」エドワードが尋ねた。

「騎兵中隊にお楽しみいただいております」セバスチャンが答えて、敬礼した。

「セバスチャンは『バターワース嬢といかれた男爵』を朗読していたんだ」ハリーが説明した。

「ああ」エドワードは大きな声を発し、部屋に入ってきてからはじめて明るく顔を輝かせた。

「その本ならぼくも読んだ」

「よかっただろう？」セバスチャンが訊いた。

「すばらしかった。とても楽しめた。描写が少し妙なところもあるけど、物語は面白い」

その評価にセバスチャンはいたく興味を引かれたらしい。「飛び抜けて面白く描かれているから、それとも奇想天外だから面白いのか？」

「たぶん、どちらでもあるな」エドワードが答えた。部屋のなかを見まわす。「ぼくも加わっていいいかな？」

オリヴィアは思わず「だめに決まってるわ」と言おうとして口を開いたが、セバスチャンとハリーとさらには皇子までもが声を揃えた返答に機先を制された。

いったい誰の家だと思ってるの？

エドワードがこちらを見て——興味深いことに肌や髪や瞳の色はまさに兄弟でそっくりなのに、それ以外はハリーとまったく似ていない——言った。「あれ、こちらにいらっしゃるんですよね、レディ・オリヴィア？」

オリヴィアはいまだ自分がドアを入ってすぐのところに立っていたことに気づかされた。ほかの紳士たちはみな腰かけているのに、立ったままの婦人を気にかけてくれたのが会ったばかりのエドワードだけだなんて。

「じつは庭に出ようと思っていたところなの」誰も引きとめるそぶりはないとわかってオリヴィアの声は消え入った。「でもやっぱり坐ろうかしら」

端のほうの椅子に腰を降ろすと、さほど離れていないところにいた三人の女中たちがばつの悪そうな顔をした。

「どうぞ」オリヴィアは三人に言った。「そのままで。このあとを聞かせずに追いだすなんてできるわけがないわ」

女中たちはオリヴィアが母にどのように伝えたらよいか見当もつかないくらい、ことさらありがたそうに感謝を述べた。これでもしセバスチャンが毎日午後に朗読にやって来て（このぶんではきっといっきに最後まで読みきるつもりはないだろう）女中たちも聞くことを許されたなら、何カ所もの暖炉の掃除がないがしろにされてしまうだろう。

「第二章」セバスチャンが告げた。部屋が厳かな静寂に包まれ、オリヴィアはとんでもなく場違いな笑いがこみあげた。

皇子がさっと厭わしげな目を向け、ヴラディーミルとハントリーもそれに倣った。

「ごめんなさい」オリヴィアは小声で詫び、とりすまして両手を膝の上においた。いまこそ礼儀正しく振る舞うべき時なのだろう。

オリヴィア・ベヴルストークにとって満足のいくバターワース嬢の結末とは――

男爵がいたってまともで、プリシラがいかれていた！

またも伝染病が発生。それも、より危険な新種の病原体によるもの。

プリシラが男爵を見捨て、伝書鳩の養育に人生を捧げる。

男爵が鳩を食べる。

男爵がプリシラを食べる。


最後の仮説は少し無理があるかもしれないけれど、もし男爵が暗黒の密林にでも迷い込んだなら、頭がどうかしてしまわないとも言いきれない。

ありうることだ。

オリヴィアはハリーを見て、この朗読をどのように思っているのかを推し量ろうとした。けれど気もそぞろのように見えた。何か考えているらしく目を狭めているがセバスチャンを見てはいない。それにソファの肘掛けを指で打っている――ほぼ間違いなく、うわの空のしぐさだ。

先ほどのキスのことを考えてるの？　オリヴィアはそうではないことを祈った。至福の喜びに浸っているようにはとても見えないからだ。

ああもう、だんだんとプリシラ・バターワースに似てきてしまったような気がする。
もう、いや。

第二章の朗読が何ページか進むと、ハリーはそろそろエドワードが持ってきてくれた、陸軍省からと思われる手紙を読みにそっと抜けだしても無礼にはならないだろうと見きわめた。部屋を出る前にちらりと目をやると、オリヴィアは何か考えにふけっているらしく、まっすぐ前を向いて、壁の何もないところの一点を見つめていた。しかも唇が動いている。大きくではないが、オリヴィアの唇についてはハリーはほんのささいな変化にも気づけるようになっていた。

エドワードもまたすっかり腰を落ち着けているようだった。皇子の斜め向かいに坐って、やけに愉快そうにすっかり顔をほころばせてセバスチャンを眺めている。弟のこのような顔はこれまで見たことがなかった。セバスチャンがとりわけいけ好かない登場人物を声色を変えて表現したときには、声を立てて笑いさえした。そういえば弟の笑い声を聞いた憶えもなかったとハリーはいまさらながら気づかされた。

廊下に出るとすぐさま封を解いて、たった一枚の紙を開いた。どうやらアレクセイ皇子が悪事を企てているという疑いは晴れたらしい。即刻、任務は中止することとなった。陸軍省が皇子への関心を無くした理由についての説明もなければ、このような結論に至った経緯もいっさい書かれていない。ただ指令は撤回だという。気遣う文言も感謝の言葉もない。

どの言語でも。

ハリーは首を振った。こんなばかけた指令を出す前に、誰かがもう少し確かなことを調べられなかったのか？　これだから翻訳でかかわるのみでじゅうぶんなのだ。このようなことに振りまわされていては気を病んでしまう。

「ハリー？」

目を上げた。オリヴィアが客間をそっと抜けだして、気遣わしげに穏やかな目を向け、こちらに歩いてくる。

「悪い知らせではないといいけれど」オリヴィアが言った。

ハリーは首を振った。「予期していなかったというだけのことさ」紙を折りたたみ直してポケットに戻した。家に帰ってから処分すればいい。

「もういられないわ」どうやらオリヴィアは笑いをこらえようとしているらしく唇を引き結んだ。〝バターワース嬢の本〟の朗読が聴こえてくる、ドアがあけ放たれた客間のほうに頭を傾けた。

「セバスチャンの朗読はそんなにひどいか？」

「いいえ」オリヴィアはむしろ驚いた口ぶりで言った。「ほんとうにお上手だわ。だからこそ問題なのよ。とんでもなくくだらない本なのに、誰もそのことに気づいていない。誰もが、エドマンド・キーンが『ハムレット』を演じてでもいるみたいに見惚れてるの。とてもう真剣な顔を保てないわ」

「ここまで保てただけでもりっぱなものさ」

「それにしても皇子までもがなのよ」オリヴィアは呆れたように首を振った。「すっかり魅了されてるわ。信じられない。こういったことがお好きな方だとは考えもしなかったもの」

皇子か、とハリーはあらためて思い返した。肩の荷が降りた。もうあのように嫌みなやつとはかかわらずに済むのだ。尾行したり、話したりする必要もなく……ふだんどおりの暮らしに戻れる。すばらしいことだ。

ただし……。

オリヴィア。

そのオリヴィアは忍び足でドア口のほうに戻り、客間を覗いていた。どこか動きがぎこちなく、つまずいてしまうのではないかとハリーは一瞬危ぶんだ。オリヴィアはけっして不器用というわけではない。けれど身ごなしがなんとも独特なので、何かありふれたことで手を動かしているだけでも、ハリーはじっと坐って何時間でも見ていられるような気がした。その顔を眺め、表情の変化を、眉や唇の動きを楽しみながら。

オリヴィアは歯が疼くほどに美しい。

美しさを称える詩など創作しないようにしなければとハリーは自分を戒めた。

オリヴィアが「まあ！」と小さな声を発し、客間をさらに覗き込んだ。

ハリーは歩み寄り、耳もとにささやいた。「誰も関心を向けないことに、きみは興味津々になる」

オリヴィアは静かにするよう身ぶりで伝えてから、後ろから押されるのを見越してハリーを軽く突きやった。

「何が起こってるんだ?」ハリーは尋ねた。

オリヴィアは目を見張り、楽しげな表情を浮かべた。「あなたの従兄弟が死の場面を演じてるの。弟さんもテーブルに上がったわ」

「エドワードが?」ハリーはいぶかしげに訊いた。

オリヴィアがうなずき、また覗きだした。「どちらがどちらを殺してるのかわからない——あら、撤回するわ。エドワードが死ぬのね」

なんと呆気ない。

「あら、待って——」オリヴィアは首を伸ばした。「いいえ、やっぱり死んだわ。ごめんなさい」振り返り、微笑みかけた。

その笑顔がハリーの身体じゅうに沁みわたった。

「なかなか上手だったわ」オリヴィアはつぶやいた。「なんだかあなたの従兄弟に似てる」

ハリーはオリヴィアにまたキスをしたくなった。

「胸を掻き抱いて——」オリヴィアは自分の胸を押さえた。「——呻いて、それから、こと切れるときに最期のふるえる息を吐いて、でもそれでは終わらなくて」またにっこり笑った。

「少しおいて、こと切れた」

ハリーはキスをせずにはいられなくなっていた。いますぐに。

「そちら側はなんの部屋なんだ？」ドアを指さして尋ねた。

「父の書斎よ、どうして？」

「そちらは？」

「音楽室。まったく使っていないけど」

ハリーはオリヴィアの手をつかんだ。いまこそ、その部屋を使うべきだ。

18

オリヴィアはほとんど息つく間も与えられずにルドランド邸の小さな音楽室に入り、ドアが閉じられた。それからようやく「何してるの？」の「な」だけを口にするなり、ハリーが何をしようとしているかが一目瞭然となった。

ハリーはオリヴィアの頭の後ろに両手をまわし、背中を壁に押し付けさせて、口づけてきた。やみくもに、熱情をあらわに、骨までとろけそうなほどに。

「ハリー！」オリヴィアが息を呑んで声をあげると、ハリーは唇をずらして今度は耳をそっと噛んだ。

「仕方がないんだ」ハリーが言い、その呼気にオリヴィアは肌をくすぐられた。いまの声から笑みが聞きとれた。幸せそうだ。

オリヴィアも幸せを感じた。もっとほかのものも。

「きみがそこにいるから」ハリーは片手でオリヴィアの脇を撫でおろし、腰を抱いた。「きみがそこにいるから、キスをせずにはいられなかった。どうしようもないことだったんだ」

〝バターワース嬢の本〟のいかれた男爵が口にした美辞麗句なんて忘れてしまおう。こんなにも胸がときめく言葉ははじめて聞いたのだから。

「きみがいる」ハリーの声が欲望で深みを増した。「ゆえに、きみを求める」

いいえ、いまの言葉のほうが先ほどよりもっと胸がときめいた。

それからハリーは耳もとで何かささやいた。唇や手や、肌の熱さのことを何かささやかれ、それもまたきっとさらに胸がときめく言葉に違いないとオリヴィアは信じた。

これまでにも男性に求められたことならあった。愛していると明言した男性たちもいた。でも、これは――今度はそのときとは違う。彼の身体や、息遣いや、その肌の下を流れる血の脈動から切迫が感じとれた。自分はハリーに求められている。必要とされている。彼からすれば、言葉でもそのほかのどんな方法でも説明しようのないことなのだろう。けれどオリヴィアにはちゃんと汲みとれたし、身体の奥のほうで感じとることができた。

だからこそ快いほどに力が湧いた。でも同時に、ハリーを駆り立てているものがなんであれ、同じものが自分のなかにも流れ込み、鼓動が速まり、息が吸いづらくなってきたせいで心もとなさも覚えた。全身がどうしようもないくらい駆り立てられ、ハリーに触れずにはいられそうになかった。彼をつかんで、抱きしめたい。そばに近づきたい。だから両腕を伸ばし、ハリーの首の後ろに届かせた。

「ハリー」ささやきかけた。自分の声から喜びが聞きとれた。この瞬間を、このキスを、ずっと待ち望んでいたような気がする。

どんなことより、そうしたい。

それも数えきれないほど何度も。

ハリーに背中を下へたどられ、壁から引き離されると、ふたりでくるくるまわるようにして絨毯の上を進み、肘掛けを乗り越えてソファに倒れ込んだ。ハリーがのしかかってきて、その温かなしっかりとした身体の重みでオリヴィアはクッションに沈んだ。ほんとうは慌てふためいてもふしぎではないことなのだろう。上から押さえつけられて、思うように身動きがとれないのだから、怖くなっても仕方がないはずだ。それなのにこうして仰向けになり、熱く逞しく、いとおしいこの男性にのしかかられているのが、オリヴィアにはいたって当たり前で、なにより自然なことに感じられた。

「オリヴィア」ハリーがささやき、唇で首筋に炎を焚きつけていく。オリヴィアは鎖骨の上の薄く敏感な肌に口づけられると、どきりとして背を反らせた。さらにハリーはゆっくりと下へ進み、襟ぐりのひらついたレースの縁どりに行き着いた。同時に親指と人差し指でつまむようにして両脇を撫で上げ、最後には乳房に至った。

オリヴィアははっと息を呑んだ。ハリーの手はいつの間にかドレスの前身頃にのせられ、薄いモスリンの布地の上から乳房を包み込んでいた。オリヴィアは切なげに彼の名前を呼び、それからまたほかにも、まったくなんの意図もなく意味も成さない言葉を不明瞭につぶやいた。

「きみはとても……すてきだ」ハリーが唸るように言った。やさしく乳房を揉み、目を閉じて欲望で身をふるわせている。「とてもすてきだ」

オリヴィアは微笑んだ。誘惑されているさなかに笑みを浮かべていた。美しいとか、愛らしいとか、輝いているとは言われなかったことがかえって嬉しかった。ハリーがちゃんとした言葉を考えられなくなるくらい自分に惹かれ、「すてきだ」と口にするだけで精いっぱいなのだと思うと胸が躍った。

「きみに触れたい」ハリーがささやき、唇をオリヴィアの頰に擦らせた。「きみを感じたいんだ……肌で……この手で」手をそっとのぼらせてドレスの襟ぐりに触れ、引いて、軽く引っ張り、さらにしっかり引くと、ドレスの肩口が滑り落ち、さらに引きおろされて、ついには胸もとがあらわになった。

オリヴィアはふしだらとは思わなかった。淫らでもない。ただ正しいことだと感じた。自分らしいことだと。

ハリーの荒く速い息遣いだけが聞こえた。切迫で空気がばちばちと音を立てているかのようで、そのうちに息遣いはもう聞こえなくなったかと思うと、その呼気が肌にひんやりと触れ、さらに唇が近づくにつれ今度は熱く感じられてきた。

そしてまたハリーがキスをした。オリヴィアはその衝撃と、それに熱さから、さらには身体の奥のほうからとぐろを巻くようにもたげてきた悦びのせいで、叫びそうになった。「ハリー」喘ぐように呼び、するとたんにふしだらな気分に陥った。どう考えても完全に淫らなことだ。ハリーの頭が乳房の上にあり、自分にできるのはその髪に手をくぐらせて、引き離すのか、いっそそのまま胸にずっと押しつけてしまうかしかないように思えた。

ハリーがオリヴィアの脚に手を移し、握り、撫でて、上へたどり、そのうちに――

「なんの音?」オリヴィアはすばやく上体を起こし、ハリーは押しのけられた。凄まじい物音が響きわたっていた。木が裂けて、ガラスが割れ、間違いなく叫び声も聞こえた。

ハリーは床に坐り、呼吸を整えようとしていた。まだ熱っぽいままの目をじっと向けられ、オリヴィアはドレスがはだけていたことにはたと気づいた。手早く引き上げ、身体を守るように両腕を胸の前で交差させて両肩をつかんだ。ハリーに怯えているわけではなく、あのような物音がしたからにはいまにも誰かが駆け込んできそうな気がして恐ろしかったからだ。

「何があったのかしら？」オリヴィアは問いかけた。

ハリーは首を振りつつ立ち上がった。「あの音は客間からだ」

「確か？」

ハリーがうなずき、どうしてなのかはわからないもののオリヴィアはひとまず安堵した。すぐに今度はまったく逆の思いが湧いた。ここまで聞こえてきたということは、屋敷のほかのところにいる人々の耳にも届いたはずだ。そうだとすれば、上階にいる人々、たとえば母も聞きつけていたなら、何があったのかを確かめに急いで降りてくるだろう。そのときに、違う部屋のドアをあけてしまうこともあるかもしれない。

そうして、あられもない姿の娘を目にしたら。

とはいえ自然に考えれば、母はまず客間に向かうだろう。ドアがあけ放たれているのだし、階段を降りてまず行き当たる部屋でもある。けれどそこにいるのが三人の紳士たちと、巨体の護衛と、執事と、三人の女中たちだけで……。

娘がいなかったとしたら。

オリヴィアはたちまち恐怖に襲われ、立ち上がった。「この髪！」

「――は、びっくりするほど乱れていない」ハリーが言葉を補った。

オリヴィアは疑念をあらわに見返した。

「いや、正確には」ハリーはほんとうにいくらか驚いているようなそぶりで続けた。「ほんとうにほとんど――」自分の頭のそばに手をやって……何をかはわからないが示そうとしているらしい。「――同じだ」

オリヴィアは暖炉の上にある鏡の前へ急ぎ、爪先立った。「まあ、ほんとうだわ」サリーがこれまでにないほどきっちり仕上げてくれたのに違いなかった。すっかり崩れていてもふしぎではないほどたしかにハリーに触れられていたはずなのに、ほんのひと房、ほつれている程度だった。

オリヴィアはヘアピンを二本抜いて留め直してから、あらためて鏡の前に立ち、映し出された姿を確かめた。頬が上気している以外は、いたってきちんとしているように見える。頬が赤らんでいる点についても、そのようになる理由ならきっといくらでも考えられる。もちろん疫病もそのひとつだけれど、やはりべつの言いわけを探しておいたほうが賢明だろう。

ハリーを見やった。「きちんとしているように見える？」

ハリーがうなずいた。けれどそのあとで言った。「セバスチャンにはわかるだろうが」

思わぬ言葉にオリヴィアは口をあけた。「どういうこと？　どうして？」

ハリーが片方の肩だけをすくめてみせた。そのしぐさには男性ならではの考えが透けて見えた――女性同士なら、たったそれだけの問いかけにも懇切丁寧に答えるんだろうが、これくらいで勘弁してくれよ、と。

「どうしてあの人ならわかるの？」オリヴィアは訊き直した。

ハリーは先ほどと同じような目を向けた。「とにかく、そうなんだ。だが心配いらない、けっして何も言わないはずだから」

オリヴィアは自分のドレスを見おろした。「皇子にはわかるかしら？」

「皇子に知れたところで、何か問題でもあるのか？」ハリーはいくらかぶっきらぼうに訊き返した。

「だってわたしの――」評判がどうなるか考えてみてとオリヴィアは言おうとしたのだが、言い換えた。「嫉妬してるの？」

ハリーは、きみの頭は少しどうかしてしまったんじゃないのかとでもいわんばかりに見返した。「嫉妬して当然だろう」

オリヴィアは膝がくずおれそうになりながら、吐息をついた。「ほんとうに？」

たちまち夢みがちな乙女のようになってしまったオリヴィアに、ハリーはじれったさをあらわにして首を振った。「ぼくは帰ったとみんなに伝えてくれ」

オリヴィアは何を言われているのかわからず、目をしばたたいた。

「ぼくたちがここでしていたことをみんなに知られてしまっていいのか？」

「あの、いいえ」少し言葉がつかえてしまったかもしれないが、後ろめたいからというわけではなかった。後ろめたいとは思っていない。それでもこのことはふたりだけの秘密にしておきたかった。

ハリーが窓辺に歩いていく。「十分前にぼくを見送ったと伝えるんだ。家に戻らなければいけない用事ができたと言えばいい」

「窓から出ていくつもり?」

すでにハリーは窓敷居に片脚をかけていた。「ほかにもっといい案があるかい?」

少し時間をもらえれば、思いつけたかもしれない。「地面まで高さがあるわ」オリヴィアは忠告した。「だから――」

「ぼくが出たら窓を閉めるのを忘れないように」そう言うとハリーは飛び降りて消えた。オリヴィアはすぐさま窓に歩み寄って覗き込んだ。実際には高さと言うほどのものはなかった。プリシラ・バターワースが一階の窓下にしがみついて怯えていたのとほとんど変わらないのだから、いまとなってはもうばかげたことだとは笑えない。

オリヴィアはぶじを確かめる言葉をかけようとしたものの、早くもハリーはいたって元気に両家の敷地を隔てる壁を乗り越えようとしていた。

それにオリヴィアにもう話している時間はなかった。誰かが階段を降りてくる足音が聞こえたので、急いで音楽室を出て、玄関広間に行き着いたところでちょうど母が降りてきた。

「叫び声がしなかった?」レディ・ルドランドが問いかけた。「何かあったのかしら?」

「わからないわ」オリヴィアは答えた。「わたしは洗面所にいたから。でもちょっとしたお芝居が披露されて――」

「お芝居？」

「客間で」

「いったいなんの話をしているの？　それにどうして――」母は手を伸ばし、娘の髪から何かをつまみ取った。「――髪に羽根が付いているの？」

「どうしてかしら」オリヴィアはあとで捨てようとその羽根を手にした。クッションのどれかから詰め物が飛びだしてしまっていたのだろう。どれも羽根がぎっしり詰められているが、羽柄はあらかじめ取り除かれているものとばかり思っていた。

そこにハントリーがひどく慌てた様子で廊下に出てきたので、オリヴィアはその一件についてそれ以上母と話すことは免れた。「奥様」執事はオリヴィアの母に頭を垂れた。「予期せぬことが起こりまして」

オリヴィアはすぐさまハントリーの脇をすり抜けて客間に入っていった。なぜか床にセバスチャンがいて、片腕が不自然な角度に曲がっていた。その背後には、花瓶が落下したらしく、ガラスの破片、切り花が散らばり、床が水浸しとなっている。

「まあ、大変！」オリヴィアは声をあげた。「どうしてこんなことに？」

「腕の骨が折れてるかもしれない」エドワード・ヴァレンタインが伝えた。

「ハリーはどこだ？」セバスチャンが苦しげな声で訊いた。歯を食いしばり、痛みをこらえて額に汗が滲んでいる。

「帰られたわ」オリヴィアは答えた。「何があったの？」

「演技をしていたんです」エドワードが説明した。「バターワース嬢が崖にいて――」

「バターワース嬢というのはどなた？」オリヴィアの母がドア口から尋ねた。

「あとで説明するわ」オリヴィアは約束した。あんなばかげた小説のせいで誰かが命を落とすことにもなりかねない。セバスチャンに向きなおった。「ミスター・グレイ、外科医を呼びましょう」

「ヴラディーミルが治す」アレクセイ皇子が高らかに言葉を挟んだ。

セバスチャンが不安げに目を見開いてオリヴィアを見上げた。

「お母様」オリヴィアは呼びかけて、母を手招きした。「外科医を呼ばなくてはいけないわ」

「ヴラディーミル！」皇子が呼ばわり、さらにロシア語でよどみなく何か指示を伝えた。

「あの男に触れさせないでくれ」セバスチャンが声をひそめて訴えた。

「今夜ベッドに入るまでには詳しくきっちり説明してもらいますからね」レディ・ルドランドは娘に耳打ちした。

オリヴィアはもっともらしい言いわけを考える時間が少しでも与えられたことにほっとして、うなずきを返した。とはいうものの、真実に勝るものがあるとは思えない。より正確に言うなら、慎重にいくつかの点をそつなく省いた真実だ。この午後の騒動にハントリーも巻き込まれることとなったのはオリヴィアにとってきわめて都合がよかった。おかげでせめても、娘の大勢の来客がレディ・ルドランドに知らされていなかった理由は明白だ。

「ハリーを呼んできてくれ」セバスチャンがエドワードに言った。「すぐに」

　ハリーの弟は断わりを入れ、あっという間に立ち去った。

「ヴラディーミルにまかせてくれ」アレクセイ皇子が割り入ってきた。そのすぐそばからヴラディーミルが吟味するかのように目を狭め、セバスチャンを見おろした。

「腕の骨折を治せるの？」オリヴィアはヴラディーミルを見つめ、とうてい信じられない思いで尋ねた。

「いろいろなことができるのだ」アレクセイが答えた。

「殿下」レディ・ルドランドが低い声で呼びかけ、さっと膝を曲げて会釈した。そこにいるのはなにしろロシア皇帝の親族で、たとえ手脚を捻挫していたとしても礼儀作法は怠れない。

「ペリャローマ　ルキ　ウ　ニャヴォ　ニェット」ヴラディーミルが言った。

「腕の骨は折れていないそうだ」アレクセイが通訳し、セバスチャンの肩をしっかりとつかんだ。セバスチャンがその力強さに叫びをあげ、オリヴィアはたじろいだ。

　ヴラディーミルがまた何か言い、どうやら問いかけだったらしく、それにアレクセイが低い声で答えた。ヴラディーミルがうなずき、さらにはほかの誰も反応することができないうちに、アレクセイがセバスチャンの腰の辺りを、ヴラディーミルが肘の少し上をつかんで、ふたりがかりで押さえつけた。ヴラディーミルがセバスチャンの腕を引いてひねった――いや、ひねって引いたのかもしれない。骨から恐ろしげな音がして、ああ、当然ながらオリヴィアにはその骨に何が起こったのかは知る由もなかったが、セバスチャンが血も凍りそうな叫びをあげたのだから、おぞましいことが起きたのに違いなかった。

オリヴィアは気分が悪くなりかけた。

「どうだろう？」アレクセイ皇子が身ぶるいしている患者を見おろして訊いた。

セバスチャンは呆気にとられて口が利けないらしい。

「よくなったたな」アレクセイが自信たっぷりに断言した。それからセバスチャンに言う。「数日は痛むだろう。もう少し長引くこともある。きみは……ええと……こちらではどのように言うのかな？」

「脱臼《ダツキユウ》だ」セバスチャンが哀れっぽい声で答えて、おずおずと指を動かした。

「そうだ。肩の」

オリヴィアはヴラディーミルに遮られている向こう側をもっとよく見ようと重心を移し替えた。セバスチャンは具合が悪そうだった。ふるえているし、呼吸もだいぶ速く、顔色が……。

「顔色が少し悪いのではないかしら？」誰にともなく問いかけた。

傍らでアレクセイがうなずいた。母も進み出てきて、言った。「それなら――まあ！」

セバスチャンが白目を剝き、そのあとには頭を絨毯に打ちつけた音がどすんと響いた。

ハリーはルドランド邸の玄関先の階段に着いたとき、叫び声を耳にした。あれは悲鳴で、しかも女性の声だと即座に聞き分けた。

オリヴィア。

ぞっとして心臓が跳ね上がり、エドワードには声もかけずに階段を駆け上がって玄関を入っていった。ノックはせず、足をとめずに息つく間もなく客間に飛び込んだ。

「いったい何があったんだ？」息せき切って訊いた。オリヴィアはぶじだった。どう見ても、すこぶる元気そうだ。その隣りに立っている皇子が従者にロシア語で何か話しかけていて、当のヴラディーミルはひざまずいて……もしやセバスチャンを介抱しているのか？

ハリーは不安を抱きつつ従兄弟を見つめた。セバスチャンは椅子の脚に寄りかからされて坐っている。顔は蒼ざめ、片腕をしっかり押さえていた。

執事が『バターワース嬢といかれた男爵』を開いてセバスチャンを扇いでやっている。

「セブ？」ハリーは問いかけた。

セバスチャンが片手を上げて頭を振り、〝心配無用〟と言いたいのだろうとハリーは受けとった。

だから従兄弟にはかまわず、オリヴィアに尋ねた。「大丈夫か？」オリヴィアがけがをしたのかもしれないという怖れのせいでいまだ鼓動が早鐘を打っていた。「女性の悲鳴が聞こえた」

「ああ、それならぼくだろう」セバスチャンが言った。

ハリーは仰天して、こわばった顔で従兄弟を見おろした。「きみがあんな声を出したのか？」

「痛くてな」セバスチャンが苦々しげに答えた。

ハリーは必死に笑いをこらえた。「乙女っぽく叫ぶんだな」

セバスチャンが睨みつけた。「わざわざドイツ訛りで言う必要があるのか?」

「まったくない」ハリーはこみあげる笑いをこらえきれずに軽く鼻息を洩らした。

「あの、サー・ハリー」背後からオリヴィアの声がした。

ハリーは振り返り、ひと目見るなり笑いだした。ひたすらこらえていたものが、オリヴィアを目にしたとたん噴きだしてしまっただけのことに過ぎない。このところオリヴィアにはあらゆる感情を引き出されている。それもだんだんと、けっして悪いことではないように思えてきた。

ところがオリヴィアは笑わなかった。「母を紹介するわ」弱々しい声で告げ、隣りに立つ年配の婦人を示した。

ハリーはすぐさま表情を引き締めた。「大変失礼しました、レディ・ルドランド。そちらにおられたとは気づかなかったもので」

「大きな叫び声でしたものね」レディ・ルドランドは淡々と言った。これまでハリーはこの婦人を大広間で遠くからしか見たことがなかったが、こうして近づいて見るとたしかに娘ととてもよく似ていた。髪に白いものが混じり、小皺も見てとれるが、顔の造作はまさしくそっくりだ。レディ・ルドランドを将来の兆しと見るならば、オリヴィアの美貌が衰える心配はないだろう。

「お母様」オリヴィアが言った。「こちらは、サー・ハリー・ヴァレンタイン、南側の隣家を借りられた方よ」

「ええ、お聞きしていましたわ」レディ・ルドランドが言った。「ようやくお目にかかれましたわね」

その声に警告が含まれていたのかはハリーには判然としなかった。わたしの娘と戯れていらしたでしょう、もしくは、二度と娘に近づかせるものですかと言ったようには聞こえなかっただろうか？

それとも、まったくの思い過ごしなのかもしれない。

「セバスチャンに何があったんだ？」ハリーは尋ねた。

「肩を脱臼したのよ」オリヴィアが説明した。「ヴラディーミルに治してもらったの」

心配すればよいのか感心すればよいのかハリーは決めかねた。「ヴラディーミルに？」

「そうだ《ダ》」ヴラディーミルが誇らしげに応じた。

「それがほんとうに……とても……」オリヴィアは言葉を探した。「見事で」結局はそう締めくくった。

「ぼくからすればまた違った言い方になるだろうが」セバスチャンが言葉を差し入れた。

「あなたはとても勇敢だったわ」オリヴィアは息子を褒める母親さながらうなずいて言った。

「こういったものはもう何度も治している」アレクセイがヴラディーミルを身ぶりで示して言った。床に坐ったままのセバスチャンを見おろして言う。「あれを飲んでおくといいな

――」手ぶりで示してみせてから、オリヴィアを見やった。「痛みを抑えるのに」

「アヘンチンキ？」

「そう、それだ」

「ぼくの家にある」ハリーは請け合った。セバスチャンの肩に手をかけた。

「あたたたっ！」

「おう、すまない。反対側の肩をつかもうとしたんだ」ハリーがほかの人々を見まわすと、ほとんどが咎めるようにこちらを見ていた。「元気づけようとしただけだ。そういうときには肩をぽんと叩くものじゃないか」

「そろそろセブを連れて帰ろう」エドワードが言った。

ハリーはうなずき、従兄弟に手を貸して立たせた。「二、三日、うちに泊まるか？」

セバスチャンは嬉しそうにうなずいた。ドア口へ進みながら、ヴラディーミルを振り返って言った。「ありがとう《スパシーボ》」

ヴラディーミルは得意げな笑みを浮かべ、こちらこそすばらしい御仁を助けられて光栄だと返した。

皇子が通訳し、付け加えた。「私も同感だ。きみの朗読はじつに見事だった」

ハリーはオリヴィアと愉快げな視線を交わした。そうせずにはいられなかった。

だがアレクセイがさらに言葉を継いだ。「来週のパーティにお迎えできれば、これほど喜ばしいことはない。私の親類の家で開かれる。大使公邸だ。ロシア文化を称える会となる」

ほかの面々を見まわした。「むろん、みなさんをご招待する」ハリーのほうを向き、ふたりの目が合った。皇子は暗に、きみですらもとでも言うように肩をすくめた。

ハリーはうなずきで応じた。もう、このロシアの皇子を見張る必要はないわけだが、オリヴィアが行くのなら自分も行く。ただそれだけのことだ。

レディ・ルドランドが皇子の親切な招待の申し出に感謝の言葉を述べてから、ハリーのほうを向いて言った。「ミスター・グレイを休ませてさしあげたほうがいいわ」

「そうですね」ハリーは低い声で応じた。別れの言葉を告げ、セバスチャンを助けながら客間のドア口を出た。オリヴィアも横に並んで進み、玄関扉の前まで来ると言った。「あとでまた、けがの状態を知らせてくださる？」

ハリーはほんのちらりと、いかにもひそやかな笑みを返した。「今夜六時に窓辺で」

それだけで去るべきだったのだろう。周りにはたくさんの人がいて、セバスチャンはあきらかに痛がっているというのに、ハリーは最後にもう一度だけオリヴィアの顔を振り返らずにはいられなかった。そしてそのときようやく、人々がよく口にする、瞳が輝くとはどのようなことを指していたのかをハリーは知った。

なぜなら六時に窓辺でと告げたとき、オリヴィアが微笑んだからだ。その目を見つめると、まるで世界全体が柔らかな幸福の輝きに包まれ、しかも喜びと楽しさと幸せのどれもが含まれたその輝きは、すべてオリヴィアのなかからあふれでているように思えた。メイフェアの屋敷の玄関先で自分の隣りに立っている、たったひとりの女性のなかから。

そのときやっと、ハリーは気づいた。何が起こっていたのかを。ロンドンのいまこの場所で、起こっていたことを。

ハリー・ヴァレンタインは恋に落ちていた。

19

その晩、六時きっかりにオリヴィアは窓をあけて窓敷居に前のめりにもたれて見おろした。ハリーも同じように窓から身を乗りだすようにしてこちらを見上げていた。どことなく少年っぽさが感じられ、ちょっぴりいたずらっぽさも含んだ完璧な笑みを浮かべていて、ほんとうに満足そうに見える。こんなふうに楽しげにくつろいでいるときのハリーはとりわけすてきだ。黒っぽい髪ももうきちんと整えられてはいない。オリヴィアはふいにどうしてもその髪に触れて、手をくぐらせ、もっと乱してしまいたい衝動に駆られた。

ああ、つまりはやはり、恋に落ちてしまったのに違いない。

思いがけないことであるはずだった。きっと卒倒してもふしぎではないくらいのことだというのに、オリヴィアは喜びしか感じられなかった。信じられないほど、このうえなくすばらしい気分だ。

愛、愛、愛。胸のうちで様々に言い方を変えて唱えてみた。どのように言っても、すばらしいことにしか聞こえない。

ほんとうに、それくらい希望に満ちた感情だった。

「こんばんは」オリヴィアは自分でも呆れるほど顔をほころばせた。

「こんばんは」

「待たせてしまったかしら？」

「一、二分だ。きみはすばらしく時間に正確だ」

「人をお待たせするなんて、わたしには考えられないことだもの」オリヴィアは身を乗りだすようにして、もう少しで大胆にも唇を湿らせかけた。「懲らしめるためでもないかぎり」

その言葉にハリーは興味を引かれたらしい。なおさら徐々に窓の外に上体を伸び上がらせ、互いにどちらもいくぶん危ぶまれるくらい身を乗りだす格好となった。ハリーは何か言いかけたが、ふいにいたずら心にそそのかされたのか、いきなり笑い声をあげた。

オリヴィアもつられて笑った。

それからふたりともただ……笑うばかりで、しまいにはどちらも涙目となっていた。

「ああもう」オリヴィアはどうにか息をついて言った。「やっぱり、わたしたちは……たまには……きちんとお会いする機会をもうけたほうがいいのではないかしら？」

ハリーが目をぬぐった。「きちんと？」

「ダンスをするとか」

「ダンスならしたじゃないか」ハリーが言った。

「一度だけだわ。それに、あのときあなたはわたしを好きではなかったし」

「きみだって、ぼくを好きではなかった」ハリーは念を押すように言い返した。

「あなたのほうがもっとわたしを好きではなかったわ」

ハリーは少し考えてから、うなずいた。「たしかに」

オリヴィアは顔をしかめた。「わたしはそんなにいやな女性だった？」

「まあ、そうだな」ハリーはずいぶんとあっさり認めた。

「なんでも肯定してくださる必要はないのよ」

ハリーはいたずらっぽく笑った。「必要なときに恐ろしい態度をとれるのはよいことだ。役立つ能力だとも」

オリヴィアは片肘をついて、その手に顎をのせた。「どういうわけか、わたしの兄弟たちはそう思ってはいないようだけど」

「兄弟とはそういうものさ」

「あなたも？」

「ぼく？　とんでもない。反対に、大いに歓迎する。姉が憎らしい態度をとればそれだけ、大変な窮地に陥る姿を眺められる機会も増えるというわけだ」

「悪賢い人」オリヴィアはつぶやいた。

ハリーは肩をすくめて返した。

「でもやっぱりわからないわ」オリヴィアはまだ話題を変えようとは思えずに続けた。「恐ろしい態度をとれることがどうして役立つ能力なのかしら？」

「非常にいい質問だ」ハリーはまじめくさって言った。

「あなたも答えられないということ？」

「わからない」ハリーはすなおに認めた。

「わたしなら女優になれるのではないかしら」オリヴィアはそれとなく言ってみた。

「お嬢様には体裁が悪いだろう」

「それなら、密偵でもいいわ」

「さらによくない」ハリーはやけに力を込めて言った。

「わたしでは密偵になれないと言うの？」オリヴィアはすっかり心浮かれてしまっているのは承知しつつも、あまりに楽しくて、あとには引けなくなっていた。「わたしのような女性はきっとイングランドのお役に立てるわ。戦争だってあっという間に終結できていたかも」

「それについては間違いない」意外にもハリーは本気でそう思っているかのような口ぶりだった。

けれどオリヴィアはなんとなく気が引けた。調子に乗って冗談にはそぐわない話題を持ちだしてしまった。「軽々しく言うべきことではなかったわ」

「気にすることはない」ハリーが言う。「誰にでもあることさ」

それからオリヴィアはふと、この人はこれまでにどんなものを目にし、どんなことをしてきたのだろうと考えた。何年も軍隊にいるあいだ、連隊の一員としてただ街中を行進し、軍服姿で若い娘たちの胸をときめかせていたばかりではなかったはずだ。戦い、突撃し、敵を殺しもしたのだろう。

想像しづらいことだ。馬をすばらしく巧みに乗りこなしていたし、きょうの昼間には逞しく頼りがいのあるところも目の当たりにしたとはいえ、オリヴィアにとってハリーはやはり運動能力より知性に秀でているという印象が強かった。たぶん、日がな一日机に張りついて書類と向きあい、羽根ペンをなめらかに走らせている姿を見つづけていたからだろう。

「そこで何をなさってるの？」尋ねた。

「何を？」

オリヴィアはハリーのほうに手を振り向けた。「そちらの執務室で。ずいぶん長い時間、机について過ごしていたから」

ハリーは一瞬ためらってから、口を開いた。「いろいろと。ほとんどは翻訳だ」

「翻訳？」オリヴィアは思わず口をあけた。「そうなの？」

ハリーは少し姿勢を変え、この晩はじめて少しばかり気詰りそうなそぶりを見せた。「フランス語ができることは話しただろう」

「そんなにも堪能だとは思わなかったわ」

ハリーは控えめに肩をすくめた。「何年も大陸にいたからな」

翻訳。つまり考えていた以上に賢い男性なのだとオリヴィアは驚かされた。自分も釣り合いのとれる女性だと思いたかった。きっと大丈夫だ。ほとんどの人々から思われているよりもずっと知性は高いと自負している。だからこそ耳にした話題になんでも興味のあるふりを装いはしない。それに、自分に向かない話題や物事をわざわざ追い求めることもない。

分別のある人間とはそういうものだからだ。

オリヴィアの見解では。

「だいぶ違うのかしら、翻訳は？」そう問いかけた。

ハリーが片側に首を傾けた。

「話すだけなのと比べて」オリヴィアは説明を加えた。「わたしは英語以外の言語はほとんどできないから、なかなか想像がつかなくて」

「まったく違う」ハリーが明言した。「どう説明すればいいかわからないんだが。いっぽうが……意識せずに憶えるものだとすれば、もういっぽうは数学のようなものとでも言えばいいんだろうか」

「数学？」

ハリーはいくらか気恥ずかしげだった。「どう説明すればいいかわからないと言っただろう」

「いいえ」オリヴィアは考え込みつつ言った。「わかるような気がするわ。きっとパズルのピースを組み合わせていくようなものなのよね」

「そうとも言えるかな」

「わたしはパズルが好きなの」オリヴィアはしばし間をおいて、言葉を継いだ。「そうね、でも計算は嫌い」

「同じようなものじゃないか」ハリーが言った。

「いいえ。違うわ」

「ひょっとしてきみは教師に恵まれなかったんじゃないか」

「それだけは言うまでもないことだわ」

ハリーがのんびりとした温かな笑みを投げかけ、オリヴィアは胸がじんわり熱くなった。もし今朝誰かに数学とパズルについての会話で自分がぞくぞくするくらい嬉しい気持ちになると予言されていたとしても、お腹をかかえて笑い転げていただろう。でもこうしてハリーを見つめていると、できることなら手を伸ばして向こう側の窓に飛び移り、彼の腕のなかに身をゆだねてしまいたくてたまらない気持ちになる。

どうかしている。

それに心から幸せだ。

「もう行ったほうがいい」ハリーが言った。

「どこに？」オリヴィアは吐息をついた。

ハリーが含み笑いをした。「どこでもきみが行きたいところにだ」

それなら、あなたのところよとオリヴィアは答えたかった。けれど窓に片手をかけ、閉める準備をした。「あすの晩も同じ時間に会える？」

ハリーが頭を垂れ、オリヴィアは息がつかえた。ハリーのしぐさには中世の廷臣を思わせる優雅さがあり、オリヴィアは塔の高みに住まうお姫様の気分になった。

「身に余る光栄です」ハリーが応じた。

その晩、オリヴィアはベッドにもぐり込んだときにもまだ顔がほころんでいた。

ええ、やはり愛という感情には希望が満ちあふれている。

一週間後、ハリーは机に向かい、何も書かれていない紙を見つめていた。

何か書こうとしているわけではない。机について、吸い取り紙器《ブロッター》で上端の真ん中を押さえた紙を目の前にしているほうが、がいしてよい考えが浮かびやすいからだ。しかもじつはその前にはベッドに横たわって、ことさら丹念に天井を眺めつつ、オリヴィアへの最も適切な求婚の仕方を探しても見つからず、ひらめきを求めてこちらに移動したのだった。

何も浮かばない。

「ハリー兄さん？」

声をかけられたおかげで気がまぎれてほっとし、目を上げた。ドア口にエドワードが立っていた。

「準備を始める時間になったら教えてくれと言ってただろ」エドワードが言った。

ハリーはうなずいて、弟に感謝を伝えた。ルドランド邸で例の奇妙で、しかもすばらしい午後を過ごしてから一週間が経った。セバスチャンはハリーの家のほうがはるかに快適だと——とりわけ食事は比べ物にならないくらい旨いと——高らかに告げて、ほとんど入り浸りとなっていた。エドワードも家で長い時間を過ごすようになり、あれから一度も酔って帰ってきてはいない。そしてハリーももうアレクセイ・イヴァノヴィチ・ゴマロフスキー皇子のことで神経を煩わされることはなくなった。

といっても、きょうはまたべつだ。今夜開かれるロシア文化の祝宴に出席することになっている。だがじつのところハリーはこの催しを楽しみにしていた。ロシア文化が好きだからだ。料理も。祖母が生前、ヴァレンタイン家の厨房で料理人たちに甲高い声を浴びせていた頃以来、まともなロシア料理は口にしていない。キャビアまで供されるのは期待できないとしても、楽しみであることに変わりはない。

それにもちろん、オリヴィアも出席する。

ハリーはオリヴィアに求婚するつもりだった。あす。まだ片づけなければいけない細かなことは残されているものの、これ以上はとても待てない。この一週間は、陽射しのようなブロンドの髪に青い瞳をした女性にすっかりのめり込み、至福と責め苦を日々味わわされた。

こちらの心が決まっているのはオリヴィアもむろんわかっているはずだ。ほんの一週間のうちに公園をともに散策したり、ルドランド伯爵家の人々と対面したりと適切な手順はすべてきちんと踏み、もはや求愛しているのは火を見るよりもあきらかだった。おまけに不適切なこともたくさんした――人目を盗んでキスをしたり、真夜中に互いの部屋の窓をあけて話したり。

ハリーは恋に落ちた。そのことに気づいてから、じゅうぶん時は経っている。ほかになすべきことはもう求婚以外にない。

結末はその返答しだいだが、オリヴィアは承諾してくれるとハリーは信じていた。愛しているとは言われていないが、オリヴィアがそう言わないのも当然ではないだろうか？　先に言うべきは紳士のほうであり、ハリーはまだその言葉を口にしていない。

ハリーはふさわしい時を待っていた。まずはふたりきりにならなくてはいけない。日中でなくてはだめだ。なぜならオリヴィアの顔をしっかり見て、感情による表情の変化をすべて記憶に焼きつけておきたいからだ。オリヴィアに愛の告白をして、結婚を申し込む。それから気を失わせるほどのキスをする。たぶん自分も気を失いそうになるくらいのキスを。

いつからこんなにも浮かれたことを考える男になったんだ？

ハリーはふっと笑って椅子から腰を上げ、のんびりと窓辺に歩いていった。オリヴィアの部屋のカーテンは両脇に引かれ、窓もあいている。興味をそそられ、こちらの窓も押し上げて、温かな春らしい陽気のなかに顔を突きだした。オリヴィアが窓をあけた音に気づいたかもしれないのでしばし待ってから、口笛を吹いた。

何秒も経たずにオリヴィアが明るい瞳で晴れやかに顔を覗かせた。「こんにちは」潑剌として言う。

「ぼくを待っていてくれたのかい？」ハリーは尋ねた。

「そうではないわ。でも、部屋にいるのに窓を閉め切っておかなくてはいけない理由はないでしょう」オリヴィアは窓敷居に前のめりに身を寄りかからせ、笑いかけた。「そろそろ支度しないと」

「何を着ていくんだ？」これではまったく、噂好きな女友達みたいではないか。だがハリーはそれでかまわなかった。オリヴィアを見ていると楽しくて仕方がないので、そんなことも気にならなくなる。

「母には赤いビロードのドレスを勧められてるんだけど、あなたにも見分けられるものを着たいの」

オリヴィアが自分のために赤と緑を避けようとしてくれているのが、ハリーは自分でも滑稽なくらい嬉しくてたまらなかった。

「青にしようかしら？」オリヴィアが思いめぐらせて言う。

「青はきみにとてもよく似合う」

「きょうはずいぶん褒めてくれるのね」

ハリーはとんでもなく締まりのない笑みに違いないものをなおも隠しきれずに肩をすくめた。「格別にいい気分なんだ」

「今夜はアレクセイ皇子と過ごさなくてはいけないのに？」

「三百人は招待しているだろう。それなら、ぼくなどにかまっていられないさ」

オリヴィアがくすりと笑った。「あの方を好きになりはじめているのかと思ってたわ」

そうなのかもしれないとハリーは思った。あの皇子はいまもいけ好かない男ではあるが、セバスチャンの肩を治してくれた。いや、正確に言うなら、治してくれたのはあの男の従者だ。それでも同じようなものだろう。

それ以上に重要なのは、皇子がついに負けを認めてオリヴィアを訪問するのをやめたことだ。

ハリーにとっては残念ながら、皇子のオリヴィアへの情熱はセバスチャンへの友達としての熱意に取って代わられた。アレクセイ皇子はセブを新たな親友となれる男だと思い定めたらしく、毎日のようにけがの快復ぶりを確かめにやって来る。ハリーはその訪問のあいだはなるべく執務室にこもり、あとでセバスチャンから聞いたことを逐一オリヴィアにも話して楽しませていた。つまるところ、どれもきわめて愉快な話ばかりで、アレクセイ皇子がおおよそ無害な人物であることがなおさら裏づけられた。

「あら、母だわ」オリヴィアが言い、身をひねって後ろを振り返った。「一階から呼んでるみたい。行かないと」

「ではまた今夜」ハリーは言った。

オリヴィアが微笑んだ。「待ちきれないわ」

20

ハリーがロシア大使公邸に着いたときには、舞踏会はすでに宴たけなわとなっていた。いったいロシア文化のどのような面が称えられているのか、ハリーには見きわめがつかなかった。ドイツの音楽が流れ、フランス料理が供されている。だが誰も気にかけている様子はない。ウォッカがふんだんにふるまわれ、けたたましい笑い声が響きわたっている。

ハリーはすぐさまオリヴィアを探したが、どこにも見当たらなかった。すでに到着しているのはまず間違いない。自分が出かける一時間以上も前に隣家の馬車は発っていた。とはいえ、大広間は人でごったがえしている。そのうちに見つけられるだろう。

セバスチャンはもうほとんど肩を動かすのに差し支えはないにもかかわらず、ご婦人がたの気を惹くには好都合だからと上着の下に三角巾で腕を吊るしてやって来た。しかも実際にその効果はてきめんだった。たちまち人々が従兄弟に押し寄せてきたので、ハリーは喜んで後ろに退き、セバスチャンがロンドンの華やかな淑女たちから競って気遣われ心配される姿を面白がって眺めた。

けがをした経緯をセバスチャンはけっして正しく伝えていなかった。それどころか詳細はほぼあいまいにごまかしている。テーブルの上に立ってゴシック小説の崖での一場面を演じていたことについてはあきらかに触れていない。正確にはなんと言ったのかは定かでないが、ひとりの淑女がもうひとりの淑女に、ほんとうにお気の毒にも盗賊に襲われたんですってとささやいた声がハリーの耳にも届いた。

このぶんでは今夜の催しが終わる頃には、セバスチャンがフランスの一連隊を撃退したといった話が聞こえてくることもじゅうぶんありうる。

従兄弟がとりわけ豊満な未亡人からたいそう心を痛めているらしい気遣いの言葉をかけられて丁重に応じているあいだに、ハリーはエドワードに身を寄せた。「間違っても、ほんとうに起こったことを誰にも言ってはだめだ。けっして許してもらえないぞ」

エドワードはうなずいたが、かろうじてわかる程度に首を動かしただけだった。セブを見習うのに忙しく、兄に注意を向ける暇はないらしい。

「おこぼれを授かれるぞ」ハリーは弟に耳打ちし、自分はもう、セバスチャンの関心を引けずに取り残された女性たちの相手をせずともよいのだと思うと笑みがこぼれた。

人生とはよいものだ。ほんとうにとても。じつのところ、こんなにもこのうえなくすばらしいものだとは思いもしなかった。

あす、求婚して、あす、オリヴィアから承諾を得る。

きっと承諾してもらえる。オリヴィアの気持ちを取り違えているなどということはありえない。

「オリヴィアを見なかったか？」エドワードに訊いた。

弟は首を振った。

「探しにいってくる」

エドワードはうなずいた。

これほど多くの若い女性たちが舞うようにそばを行き交うなかで弟と会話を成立させようとしても無駄だとハリーは判断し、その場を離れ、人々の頭越しに目を凝らして、大広間の向こう側を目指して進んだ。パンチが入った深皿のそばに小さな人だかりがあり、アレクセイ皇子がその中心に立っているが、オリヴィアはいない。青色のドレスを着ると言っていたのですぐに見つけられそうなものなのだが、もともと夜になるとハリーは色を見分けづらかった。

でも髪は……そうとも、髪ならばまた話はべつだ。オリヴィアの髪は灯台のごとくひときわ輝いているだろう。

ハリーは人混みを縫って歩きつづけ、きょろきょろと見まわし、そのうちさすがにいらだちはじめたとき、背後から声がした。

「どなたかをお探し？」

振り返ると、わが人生がまさにその笑顔に照らしだされたように思えた。「ああ」わざと当惑したふりをして言った。「だがどうも見当たらなくて……」

「もう、よして」オリヴィアが言い、ハリーの腕を軽くぶった。「いったいいままで何をなさってたの？　わたしは何時間も前から来てたのに」

ハリーは片方の眉を上げた。

「ええ、ほんとうはそんなに前ではないけれど、一時間前には来てたわ。もしかしたら九十分は経ってるかも」

ハリーが眺めやると、従兄弟と弟はまだご婦人がたに取り囲まれていた。「セバスチャンの上着の下に三角巾を吊るさせるのに手間どってしまって」

「それなのにどうして女性のほうが一般に細かいことにこだわると思われてるのかしら」

「ふだんなら世の男たちのために反論しておくところだが、従兄弟を咎めるぶんにはいつでも喜んで加勢する」

オリヴィアは耳に心地よい朗らかな笑い声を立てて、ハリーの手をつかんだ。「来て」

どこに向かうのであれ、オリヴィアがそこを目指そうとするひたむきな熱意にハリーは圧倒されつつ、手を引かれて人混みに入っていった。オリヴィアはずっと笑いながら右へ左へ人混みを縫って進み、ついには大広間の反対端に至り、アーチ型の扉の前に行き着いた。

「どこへ行くんだ?」ハリーはつぶやいた。

「しいっ」オリヴィアが合図した。導かれるままハリーは廊下に出た。誰もいないわけではなかった。ぽつぽつと少人数の輪が見えるが、大広間よりははるかに人が少ない。

「探検してたのよ」オリヴィアが言った。

「そのようだな」

先の角を曲がり、またも曲がると人の数は着実に減っていき、静かな画廊に来てようやくオリヴィアが足をとめた。片側には部屋のドアがずらりと並び、そのどの隙間にも縦長の肖像画が、それも二枚ずつ同じように揃えて嵌め込まれていた。反対側には整然と窓が列を成している。

オリヴィアはひとつの窓の前に立った。「見て」と言う。

ハリーは言われたとおりにしたが、これといったものは何も見えなかった。「あけたほうがいいかな？」少しでも手がかりを得られるかもしれないと考えて尋ねた。

「どうぞ」

鍵を探りあてて外し、窓を押し上げる。音もなくなめらかに上がり、ハリーは首を突きだした。

木々が見えた。

それにオリヴィアが。オリヴィアも隣りで顔を突きだしていた。

「じつのところ、とまどっている」ハリーは打ち明けた。「何が見えるのかな？」

「わたし」オリヴィアがさらりと言った。「わたしたち。ふたりとも、同じ側の窓にいるわ」

ハリーは横を向いた。オリヴィアを見た。それから……そうするしかなかった。そうせずにいられるだろうか。手を伸ばし、抱き寄せると、オリヴィアはふたりの前に広がる未来を物語るような笑みを浮かべ、進んで身をゆだねてきた。

ハリーは頭をかがめて唇を重ね、熱っぽく貪欲に口づけた。そうしてこれはただのキスではないと悟り、ふるえはじめた。何かもっと崇高で神聖な真実の瞬間なのだと。

「きみを愛している」ハリーはささやいた。この言葉はまだ口にするつもりではなかった。

求婚のときに言う計画だったからだ。だが言わねばならなかった。温かな活力が湧きあがってきて、身体にあふれんばかりに張り、こらえきれなかった。「きみを愛している」もう一度告げた。「きみを愛している」

オリヴィアが頬に触れてきた。「わたしもあなたを愛してるわ」

ハリーは畏敬の念に打たれ、その思いが身体じゅうに沁みわたり、少しのあいだ見つめることしかできなかった。そのうちにそうした感情はもっとほかの何かに、本能から生じる荒々しいものに取って代わられ、ハリーはオリヴィアを抱きしめると、なんとしてもわが物にしなければと激しく駆り立てられて口づけた。

いまよりもっとオリヴィアに触れ、感じ、香りを嗅ぎたかった。張りつめた切迫がとぐろを巻いて立ち上がってきて、自制心も分別も、彼女以外のものは何もかも持ちこたえられなくなっていくのをハリーは感じた。

オリヴィアの温かくなめらかな肌に触れたい一心でドレスをつかんだ。「きみが欲しい」呻くように言い、唇をオリヴィアの頬から顎へ、さらに首筋に擦らせた。

ともにくるくるまわるようにして窓から離れ、ひとつのドアに突き当たった。ハリーは取っ手をつかんでまわし、部屋に入り、つんのめって足をもつれさせながらもどうにか転ばずに踏みとどまった。

「ここはどこ？」オリヴィアが尋ね、身をふるわせて息を吸い込んだ。

ハリーはドアを閉めた。鍵を掛ける。「どこでもいいさ」

それからまたオリヴィアをつかみ、抱き寄せた。紳士らしく気遣わなければいけないのはわかっていた。だがいまはどうしようもなかった。まったく自制が利かなくなるほど何かに衝き動かされたのは生まれてはじめてのことだ。抗えない何かに押し流されていた。もはやこの女性と、互いの身体のことと、できるかぎり率直なやり方でどんなに彼女を愛しているのかを伝えたいということしか考えられなかった。

「ハリー」オリヴィアが苦しげに呼び、身体を押しつけてきた。布地の上からでも柔らかなふくらみやくびれが感じられ、ハリーはそうせずには――もう自分をとめられず――

オリヴィアに触れずにはいられなかった。どうしても知らなければならない。

名前を呼んだ声は欲望でかすれ、とても自分の声とは思えなかった。「きみが欲しくてたまらない」するとオリヴィアが切なげに言葉にならない声を返して、先ほど自分がされたように耳たぶを唇で探ってきたので、ハリーはあらためて言った。

「いますぐ、きみが欲しい」

「ええ」オリヴィアが言う。「ええ」

ハリーはふるえる息を吐いて、わずかに身を離し、オリヴィアの顔を両手で包んだ。「ぼくが何を求めてるのか、わかってるのか？」

オリヴィアがうなずいた。

だがそれだけではまだ足りなかった。「わかってるのか？」切迫のせいで問いつめるような口調になった。「ちゃんと答えてくれ」

「わかってるわ」オリヴィアがささやくような声で言う。「わたしもあなたが欲しい」

それでもハリーは理性と分別をどうにか繋ぎとめている最後の糸を断ち切れず、ためらった。すでにこの女性に一生を捧げる覚悟はできていても、その思いを教会で、彼女の家族の前で口に出して誓ったわけではない。だがもうほんとうに、オリヴィアがここでとどめておきたいのなら、いますぐとめてもらわなくてはこらえきれる自信がない。

オリヴィアが動きをとめ、束の間呼吸さえとまったかのように見えたが、すぐにまた自分がされたのとまったく同じように両手でハリーの顔を包み込んだ。ふたりの目が合い、ハリーはオリヴィアの顔から、あまりに深く果てしない愛情と信頼の気持ちを読みとり、すくみあがるくらい気圧された。

そんなふうに信じてもらえるほど自分はりっぱな男なんだろうか？　オリヴィアをずっと安全に守り、幸せにして、いつなんどきもどれほど愛しているかを感じてもらえるようにすることはできるのか？

オリヴィアが微笑んだ。まずはやさしさが、それから聡明さも滲み出てきて、さらにはちょっぴり茶目っ気も加わった。「あなたはわたしに結婚を申し込んで」小声で言う。「くれるのよね？」

ハリーは唖然となって唇を開いた。「ぼくは――」

ところがオリヴィアに手で口を押さえられてしまった。「何も言わないで。もしそうなら、黙ってうなずいて」

ハリーはうなずいた。

「いまは言わないで」オリヴィアはまるで周りの誰もを思いのままにすることができる女神のごとく気高く見えた。「時も場所もふさわしくないわ。ちゃんと求婚してほしいから」

ハリーはもう一度うなずいた。

「でもあなたがそうしてくれるとわかっていれば、わたしは気持ちを決められるわ、つまり……」

納得のいく許しが得られた。ハリーはもう一度オリヴィアを抱き寄せると焦がすような口づけをしながら、背中の布ぐるみのボタンを探った。どれもたやすくボタン穴から外れ、ドレスは瞬く間に衣擦れの音を立てて滑り落ちて足もとに溜まった。

ハリーの目の前に立つオリヴィアはシュミーズとコルセットだけをまとい、その薄い布地が、そこにたったひとつしかない窓のカーテンの上に半月形に空いたところから射し込む月明かりにやさしく照らされた。オリヴィアはあまりに美しく、透き通るように清らかで――身体がどれほど親密に触れたがって熱く疼いていようとも、ハリーはまだしばらくじっと見入っていたい気持ちに駆られた。

ハリーも上着を脱ぎ、クラヴァットの結び目をほどいた。そのあいだオリヴィアはずっと興味深そうに生きいきと目を見開き、ただ黙って見つめていた。ハリーはシャツの上のほうのボタンをいくつか外して頭から脱ぎ去り、どうやら少しは残っていたらしい理性が働いて、皺にならないよう椅子にきちんと広げて掛けた。オリヴィアが口を手で覆って、くすっと笑いを洩らした。

「どうしたんだ？」

「とても几帳面なのね」いくらか困惑ぎみに指摘した。

ハリーはわざとらしく肩越しを振り返った。「このドアの向こうには四百人もいるからな」

「それなのにわたしを穢そうとしてるのよ」

「そちらもきっちりやればいいんじゃないか？」

またもオリヴィアがぷっと茶目っ気のある笑いを洩らした。かがんでドレスを拾い上げ、ハリーに差しだす。「これもたたんでいただけないかしら？」

ハリーは笑わぬよう唇を引き結んだ。無言で腕を伸ばし、ドレスを受けとる。

「もし困窮するようなことがあっても」オリヴィアはハリーが椅子の背にドレスを掛けるのを見ながら言った。「あなたならいつでも生真面目な侍女として働けるわ」

ハリーは向きなおり、口の片端を上げ、皮肉っぽく頭を垂れて応じた。左目の脇を指で打ちつつ、つぶやく。「ただし色が分からないからな、念のため」

「まあ、そうだったわ」オリヴィアはいかにもとりすましたしぐさで両手を組み合わせた。

「それは問題ね」

ハリーは一歩踏みだして、食い入るようにオリヴィアを見つめた。「欠点は並外れた熱意で補えるかもしれない」

「誠実さと忠誠心は使用人として働く上でつねに高く評価される点よ」

ハリーは徐々に歩を進め、ついにはオリヴィアの口の片端に唇が触れそうなところまで近づいた。「では夫に求められるものとは？」

「夫としてもそのような点はとても高く評価されるわ」オリヴィアはささやき返し、息遣いが乱れはじめた。そしてとうとうその肌に触れると、ハリーの鼓動は速まった。

コルセットの結び目に触れる。「ぼくはとても誠実だ」

オリヴィアがぎこちなくうなずいた。「いいことだわ」

ハリーはリボンを引いてまずは蝶結びの輪をほどき、それから結び目の下に指を差し入れた。「ぼくは忠誠心を二つの言語で言える」

「ほんとうに？」

ほんとうだし、オリヴィアに解してもらえずともかまいはしない。これからはそのどの言語でも愛しあうつもりだが、まずは英語だけを使おうとハリーは決めた。いや、ほとんどはになってしまうかもしれないが。

「忠誠心《フィデリティ》」ささやきかけた。「フィデリテ、ヴェラノスチェ」

ハリーはキスをして、オリヴィアからのさらなる質問を封じた。いつか何もかもを明かすつもりだが、いまではない。いまはシャツを脱いで、コルセットを外して滑り落としてやったところだからだ。さらにシュミーズのふたつのボタンを探り、肩にぴたりと引っかけられている紐を外しにかかった。

「愛している」前のめりになり、鎖骨のくぼみに口づけた。

「愛している」もう一度言い、優美な首筋を唇で上へたどる。「愛している」今度は耳もとに熱くささやきかけながら、肩紐を外し、オリヴィアの身体にまとわれていた最後の布地を剝がした。

オリヴィアが両腕で自分の身体を覆い、ハリーはまたも唇に軽く口づけてから、ズボンの留め具に手をかけた。欲望に昴らされて熱く猛烈にオリヴィアを求めているせいで、いったいどうやってそんなにも速くブーツを脱ぎ捨てられたのかすらわからなかったが、ほとんど息つく間もなくオリヴィアを抱き上げ、背もたれのない長椅子に行き着いていた。

「ほんとうは頑丈なベッドがあればよかったんだが」ハリーはつぶやくように言った。「シーツも枕もきちんと備えられているところで……」

だがオリヴィアはすぐさま首を振り、ハリーの首の後ろに両手を届かせて引き寄せ、口づけた。「いまはきちんとなんてしてなくていいの」ハリーの耳に唇を寄せてささやいた。「わたしはあなたが欲しいだけ」

避けられないことなのはとうにわかっていた。求婚するつもりがあるのかとオリヴィアに茶目っ気を込めて尋ねられたときからいまに至るまでのあいだには確実に。そうだとしてもやはりこの瞬間、ほとんど外れかけていたハリーの自制の箍《たが》はふつりと切れて、欲情が凄まじい熱狂に変貌したかに思えた。

ハリーはオリヴィアを仰向けに横たえさせるとすぐさまのしかかった。密着するなり、しびれるような刺激に打たれた。ふたりの肌が重なり、ぞくぞくするほど親密に互いを押しつけ合った。もはやハリーはすぐにも彼女のなかに沈み込んで、むさぼり、知りつくしたくてたまらなかったが、急ぐことはできなかった。オリヴィアを極みに導いてやれる確信がなかったからだ。これまで純潔の女性とは身を重ねた経験がなく、可能なのかすらわからない。それでもどうにかしてオリヴィアに快い思いをさせてやらなければとハリーは胸に誓った。終えたときに、心から慈しまれたと思ってもらえるように。

愛されていることがわかってもらえるように。

「思ったとおりに伝えてほしい」ハリーは低い声で言い、キスをしてから、唇で首筋を下へたどった。

オリヴィアが気の高ぶりからかすれた、とまどいらしきものもわずかに感じられる声でささやき返した。「どういう意味?」

ハリーは片手でオリヴィアの乳房を包んだ。「これはどう感じる?」

はっと息を吸い込む音が聞こえた。

「どうだろう?」やさしく問いかけて、唇を下のほうへ鎖骨まで滑らせた。

オリヴィアが慌てたように即座にうなずいた。「ええ」

「思ったとおりに伝えてくれ」ハリーはもう一度言い、唇で乳首を探りあてた。軽く息を吹きかけてから、舌で円を描くようになぞり、ついには先端を口に含んだ。

「それは好き」オリヴィアが吐息まじりに言った。

ぼくもだとも、とハリーは胸のうちで応じ、釣り合いが肝心だと考えて、もう片方の乳首に口を移した。じつを言えば、ほんのわずかでもオリヴィアから離れるのは耐えがたかったので、お互いのためでもある。

　オリヴィアが背を反らせてみずから乳房を口に押しつけてくると、ハリーは片手を下へ滑らせ、尻を包み込んだ。そのふくらみを握ってから、さらに手をずらして太腿の内側の柔らかな肌を探る。それからまた太腿をぎゅっとつかんで、手をじりじりと彼女の中心に近づけていき、とうとう熱さが感じられるところまで迫った。

　あらためて唇を重ねつつ、手で彼女を探り、撫でて、指をなかに入れた。

「ハリー！」オリヴィアが驚いた声をあげたが、うろたえているわけではなさそうだとハリーは聞き分けた。

「思ったとおりに伝えてくれ」ハリーはまたも繰り返した。

「いいわ」オリヴィアは懸命に声を発した。「だけどわたし……」

　ハリーはさらに深く指を入れ、出しては入れてオリヴィアが湿り気を帯びてくるにつれ、自分も欲望を焚きつけられていった。「だけど、なんと言いたかったんだ？」

「わからない」

　ハリーは笑みをこぼした。「何がわからないんだ？」

「何がわからないのかわからないの」オリヴィアはほとんど言い返すように答えた。

　ハリーは笑いを嚙み殺し、束の間手をとめた。

「やめないで！」オリヴィアが声を張りあげた。

だからまたハリーは続けた。

オリヴィアが切なげに名前を呼んでも、間違いなく跡が残るほど強く肩をつかんでこようとも、やめなかった。そのうちに撥ねのけられてしまいそうなほどオリヴィアがせわしなく激しく悶えだしても、けっしてハリーは手をとめなかった。

紳士ならそこまででやめるべきだったのだろう。オリヴィアはすでに極みに達し、しかもまだ純潔なのだから、交わりを求めるのは獣《けだもの》も同じなのかもしれないが、ハリーはもうどうしても……進めずにはいられなかった。

オリヴィアは自分のものだ。

いや、いまや自分が彼女のものだと言うほうがむしろ正しいことにハリーは気づきはじめていた。

オリヴィアが極みから降りてくる前に、突き上げられたところから崩れ落ちるより先に、ハリーは指を抜いて彼女の入口に腰を据えた。「愛している」湧きあがる感情でかすれがかった低い声で言った。「きみに伝えなくてはいけない。きみに知ってほしいんだ。どうしてもいますぐに」

抵抗を覚悟して押し入った。だがオリヴィアは深い愛に慈しまれて熱情に浸りきっていたので、ハリーはすんなりなかに滑り込めた。なんとも言いがたい結びついた感触と、その快さにふるえた。まるで女性と交わったのはこれがはじめてであるかのように欲情に溺れ、われを失った。そうして、もし直前にオリヴィアにちゃんと悦びを味わわせてやれていなかったなら屈辱を覚えていたに違いないほどあっけなくハリーは叫びをあげ、身をこわばらせて、それからとうとう崩れ落ちた。

21

オリヴィアが先に部屋を出た。

平静を取り戻すまでどのくらいのあいだ長椅子に横たわっていたのかはわからない。ようやくふだんどおり呼吸ができるようになってからも、今度は身なりを整えるのにまた少し時間がかかった。ハリーは近侍にしてもらったとおりきっちりとはクラヴァットを結び直せなかったし、オリヴィアもいままでハンカチをこのように使ったことはなく……。

ああ、ほんとうにもう、どのように言えばいいのか考えることすらできない。自分がしたことを後悔してはいない。後悔できるはずがない。生まれてからこれまでなにより新鮮で、驚かされた、すばらしい体験だった。ただ、いまはちょっと……べとついているけれど。

それからまた何度かの軽い秘めやかなキスと、いまにも長椅子に戻ってしまいかねないくらい熱っぽい見つめ合いが少なくとも二度、さらにはいたずら心たっぷりにお尻をつまみもしたせいで、なおさら部屋を出るのが遅れた。

それでも最後にオリヴィアもちょっぴりやり返すことができて得意な気分だった。

そしてやっとどちらも着飾った人々のなかに加わっても見劣りしない程度にまで装いが整えられると、オリヴィアが先に部屋を出ることをふたりで決めた。さらに五分遅れて、ハリーもあとを追う。

「わたしの髪はちゃんと整ってるわよね？」オリヴィアは問いかけて、ドアの取っ手に手をかけた。「いや」ハリーは正直に否定した。

オリヴィアは懸念から目を見開いた。

「乱れてるわけじゃない」多くの殿方と同じでハリーも女性の髪型についてはやはり的確に表現することができないらしい。「でも、ここに入ったときとまったく同じとまでは言えないんじゃないかな」この手のことに疎いのは自覚があるようで苦笑いを浮かべた。

すぐさまオリヴィアはその部屋にたったひとつしかない鏡の前に戻ったが、炉棚の上にあるので背伸びをしても顔全体を映すことはできなかった。「よくわからないわ」ため息まじりに言った。「まずは洗面所に行かないと」

それならばと計画を変更することにした。オリヴィアが部屋を出て、洗面所に行き、そこに少なくとも十分はとどまり、ハリーは五分遅れて部屋を出て、オリヴィアより五分早く大広間に入るというわけだ。

そのような芝居を打たねばならないことにオリヴィアはうんざりした。誰でもこのようなときには泥棒みたいにこそこそして取りつくろうものなの？　自分にはきっと密偵は向かないのだろう。

いらだちが顔に出てしまったらしく、ハリーがそばにきて、頬にもう一度やさしく口づけてくれた。「ぼくたちはもうすぐ結婚する」そう断言した。「そうすれば、もう二度とこんな煩わしいことはせずに済むんだ」

少なくとも三カ月は婚約期間を持つよう母が主張するはずであるのをオリヴィアは指摘しようと口を開きかけたが、ハリーが片手を上げて制した。「心配いらない、きみから申し出る必要はないんだ。ぼくが求婚するのだから、まかせておいてくれ。約束する」

オリヴィアは自然と顔がほころび、小さな声で別れの言葉を告げ、まずはドアの外を覗いて誰も来ないのを確かめてから、月明かりに照らされた画廊に静かに踏みだした。

今夜はすでに一度洗面所に行っていたので、どこにあるかはわかっていた。ふだんどおりの歩調で進もうと努めた。速すぎて急いでいるとは思われないように。遅すぎてもいけない。いかなるときも、目指す場所は決まっているといった歩き方をするのが望ましい。

誰にも会わずにぶじ洗面所に行き着き、オリヴィアは胸をなでおろした。ところがドアをあけ、女性たちが手を洗ったり装いを確かめたりすることができる控室に入るなり、声がした。

「オリヴィア！」

びくりと身体を跳ね上げかけた。メアリー・カドガンが鏡の前に立ち、頰をつねっていた。

「もうやめてよ、メアリー」オリヴィアは呼吸を整えようとしながら言った。「驚かせないで」メアリー・カドガンとのお喋りで足どめされるのはどうにかして避けたいものの、出くわしてしまったのが友人だったことにむしろ安堵する思いもあった。メアリーになら装いの乱れにたとえ驚かれはしても、その理由を見抜かれることはない。

「髪型がすっかり崩れてしまってるでしょう？」オリヴィアは髪を撫でつけながらそれとな

く訊いた。「足を滑らせたの。誰かがシャンパンをこぼしていたのよ」

「まあ、いやね」

「大丈夫かしら？」オリヴィアはどうにかメアリーの気をそらして質問をさせないよう問いかけた。

「それほどでもないわよ」メアリーはなぐさめるように言った。「手伝ってあげるわ。妹の髪を何度も整えているから」オリヴィアを椅子に坐らせ、ピンを留め直しはじめた。「ドレスは汚れずに済んだようね」

「きっと裾には染みが付いてしまってるわ」オリヴィアは言った。

「どなたがシャンパンをこぼしたのかしら？」メアリーが問いかけた。

「知らないわ」

「ひょっとしたら、ミスター・グレイではないかしら。なにしろ片手を包帯で吊っていたでしょう」

「わたしも見たわ」オリヴィアはくぐもった声で答えた。

「伯父様に階段から突き落とされたそうなのよ」

そのとんでもない噂話への驚きをオリヴィアは懸命に押し隠した。「そんなことはありえないでしょう」

「どうして？」

「どうしてって……」オリヴィアは目をしばたたき、もっともらしい返答を探した。セバスチャンが自分の家でテーブルから落ちたことは言いたくない——とっておきの情報を引き出せるとなれば、メアリーが問いつめてくるのは目に見えている。だからこう答えた。「階段から落ちたのなら、もっと大変なけがを負っていたのではないかしら？」

メアリーは考え込んでいるらしかった。「低いところから落ちたのかもしれないわ。玄関先の踏み段とか」

「そうなのかもしれないわね」これでこの話が終わることをオリヴィアは祈った。

「それにしても」メアリーは言葉を継いで、オリヴィアの祈りを打ち砕いた。「外で起こったことだとすれば、目撃者がいるはずよね」

オリヴィアは返答を控えた。

「だけど夜に起こったのなら、そのかぎりではない」メアリーが思いめぐらすふうに言う。

メアリーになら〝バターワース嬢の本〟のような小説が書けるのではないかとオリヴィアは考えはじめた。あの本の作家に匹敵する想像力を備えているに違いない。

「どうかしら」メアリーが得意げに告げた。「結い直したみたいでしょう。だいたいのところはだけれど。耳の上の小さな巻き毛は直しきれなかったの」

オリヴィアは友人が耳の上の巻き毛を憶えていたことに感心すると同時に少しばかり恐れも抱いた。自分はまったく憶えていなかったからだ。「ありがとう。ほんとうに助かったわ」

メアリーは嬉しそうな笑みを浮かべた。「お役に立ててよかった。一緒にパーティに戻らない？」

「先に行って」オリヴィアは言った。洗面所のもっと奥まったところをそれとなく示した。

「もう少しかかるから」

「待ってましょうか？」

「あら、いえ、いいの、ほんとうに」必死さからではなく、なにげなく否定の言葉を重ねただけのように受けとってもらえることを願った。ほんとうにもう少しだけ時間が欲しい――あとちょっとだけここにいて、考えを整理し、深呼吸をして、落ち着きを取り戻したかった。

「そう、わかったわ。それならまたあとで会いましょう」メアリーがうなずいて小部屋を出ていき、オリヴィアはそこにひとり残された。

しばし目を閉じて、ようやく待ち望んでいた深呼吸をすることができた。いまもまだ自分がしたことに驚いているし、頭がぼんやりとして、身体がぞくぞくするし、同時に嬉しさで心は舞い上がっている。

いったい何にいちばん驚かされているのか自分でもよくわからなかった――ロシア大使の公邸で純潔の身を捧げてしまったことになのか、まるで何事もなかったかのようにまたパーティに戻ろうとしていることになのか。

この顔から誰かに何か勘づかれてしまうおそれはないの？　わたしのなかの何かが変わってしまったことは見た目からわかるものなの？　人目にはどうあれ、オリヴィアは自分の奥深いところが変わったのを感じていた。

少し前かがみになって、鏡に映った姿を注意深く眺めた。頰がほんのり赤らんでいるのは隠しようがない。それに瞳もいつもより明るくて、輝いているようにすら見えるのではないかしら。

考えすぎかもしれない。気づく人などきっといない。

ハリー以外には。

胸がどきりとした。ほんとうに心臓が跳ねたように思えた。

ハリーなら気づく。どれほどささいな違いも見逃さない。欲望に満ちたあの熱っぽい目で見つめられたら、またとろけてしまいそうな気がする。

オリヴィアはとたんにいつものような顔をしてやり過ごす自信がまるでなくなった。誰も先ほどふたりがしていたことを見抜くことなどできないだろう。だけどハリーと相対しているところをたまたま誰かに見られてしまったら……。

オリヴィアは椅子から立ち上がった。肩をいからせた。気を引き締めようとした。大丈夫だと。レディ・オリヴィア・ベヴルストークなら、どのような社交の場でもくつろいでいられるはずでしょう？　そのレディ・オリヴィア・ベヴルストークはもうすぐ……。

そう考えるなり、きゃっと小さな声が出た。もうすぐ、レディ・オリヴィア・ヴァレンタインになる。耳に快い響きだ。レディ・オリヴィア・ヴァレンタイン。なんてすてきなの。ほんとうに、これ以上に望ましい名前があるかしら。

オリヴィアはドアのほうを向いた。取っ手に手をかける。

ところが先に誰かが向こう側からそのドアを開いた。オリヴィアはドアにぶつからないよう思わずあとずさった。

けれど避けきれず――

「まあ！」


オリヴィアはいったいどこにいるんだ？

ハリーは三十分以上も前にパーティに戻っていたが、いまだオリヴィアの姿を目にすることができなかった。何人もの華やかな令嬢たちとお喋りし、スマイス－スミス一族の令嬢のひとりとはダンスを踊りすらして、自分の役割は完璧に演じていた。セバスチャンの様子も確かめた――すでに数日前から肩を動かすのになんの差し支えもないのだから、気遣うまでもないのだが。

オリヴィアはご婦人用の化粧室で身なりを確かめると言っていたので、すぐに戻れないのは仕方がないとしても、さすがにもう現われてもいい頃ではないのか？　先ほど別れたとき、ハリーの目にはますます美しくなっているようにも見えた。それなのにいったいどこを直すというのだろう？

「まあ、サー・ハリー！」

女性の声を聞いて、振り返った。先日公園でオリヴィアとベンチに坐っていた令嬢だ。まずい、なんという名前だっただろう。

「オリヴィアを見かけませんでした？」その令嬢が訊いた。

「いや」ハリーは答えた。「この広間に入ってからだいぶ経つのですが、まだ」

令嬢は眉をひそめた。「居所がわからないんです。先ほど会ったのに」

ハリーはにわかに興味を抱いて令嬢を見つめた。「お会いになったのですか？」

令嬢がうなずき、片手を横に振り、どうやらどこかべつの場所を指し示しているつもりらしかった。「髪を直すのを手伝ったんです。どなたかにシャンパンをドレスにこぼされてしまったとかで」

それでどうして髪を直すことになるのかハリーには定かでなかったものの、当然ながら尋ねるのは控えた。オリヴィアがどのような作り話をしたにしろ、この友人を納得させることができたのだから、わざわざぶち壊す必要はない。

令嬢が眉をひそめ、きょろきょろと人混みを見まわしている。「どうしても話したいことがあったのだけれど」

「最後に見かけたのはいつですか？」ハリーは娘を案じる父親さながら丁寧な調子で問いかけた。

「ええと、はっきりとはわからないわ。一時間くらい前だったかしら。いえ、やっぱりそんなには経ってないわね」令嬢は相変わらず舞踏場に目を走らせているが、オリヴィアを探しているのか、招待客の顔ぶれを確かめているだけなのか判然としない。

「いますか？」ハリーはなにげなく問いかけた。こうして大広間じゅうを見まわしている令嬢の隣りに突っ立っているのがやけに気詰りで、ほとんど手持ち無沙汰に口を開いたようなものだった。

令嬢が首を振り、それから突如、より重要と見なされる誰かを発見したらしい。「オリヴィアを見かけたら、わたしが探していたとお伝えください」そう言うと小さく手を振り、人混みのなかへ戻っていった。

こうしていてもどうにもならないとハリーは判断し、庭園に通じる扉のほうへ歩きだした。オリヴィアが外に出たとは考えづらいが、大広間は床が低く造られていて、三段高いところにその扉がある。そこからならもっとオリヴィアを探しやすいだろう。

だがいざ見晴らしのよいところに立ってみると、またも行き詰まった。ほかの知りあいは誰もが出席しているのではないかと思うくらい見つかるのに、オリヴィアの姿だけがない。セバスチャンはいまだ勇ましい作り話でご婦人がたを魅了しているし、その傍らでエドワードは実際より年上に見せようと懸命のようだ。オリヴィアの友人（まだ名前を思いだせない）はレモネードを飲みつつ、わめくように話す年配の紳士に耳を傾けているふりをしている。さらに、奥まったところの壁に退屈そうに寄りかかっているのはオリヴィアの双子のきょうだいだ。

ヴラディーミルまでもが、詫びの言葉もなしに紳士淑女を掻き分けて、どこかをしっかり目指して舞踏場を突っ切って歩いている。やけに深刻そうな顔をしているとハリーは思った。念のため事情を確かめたほうがいいだろうかと考えているうちに、巨体のロシア人は自分のほうに向かってきた。

「一緒に来てくれ」ヴラディーミルが言った。

ハリーは唖然とした。「英語を話せるのか？」

「ニャ　タク　ハラショ　カク　ティ　ガバリシュ　ポアロスキ」

〝おまえのロシア語ほどではないけどな〟。

「どういうことなんだ？」ハリーは訊いた。用心のために英語で。

ヴラディーミルは確固たる意志を込めた目でハリーを見据えた。「ウィンスロップを知っている」

それだけでも信頼に値する情報だ。

さらにまたヴラディーミルが言った。「レディ・オリヴィアが消えた」

もはや信頼してよいかどうかを考えている場合ではなかった。


オリヴィアにはそこがどこなのか見当もつかなかった。

自分がどのようにそこに来たのかについても。

どうして両手を背中で縛られ、両脚も括られ、猿ぐつわを噛まされているのかも。

さらには、薄明かりのなかで目の焦点を合わせようと慌しなく瞬きを繰り返しながら、なぜ目隠しはされていないのだろうと考えた。

ベッドに横向きに寝て、壁を見ている。このようにさせたのが誰であれ、動けず、声も出せないのなら、どうせ目が見えたところで何もできはしないと判断したのだろう。

だけど誰がこんなことをしたの？　どうして？　わたしの身にいったい何が起こったの？

オリヴィアは動揺を鎮めて、考えようとした。洗面所に行ったのは憶えていた。そこでメアリー・カドガンと鉢合わせをして、メアリーが先に出てから、ひとりでどれくらいのあいだそこにいたのだろう？　少なくとも数分はいた。五分くらいだろうか。

それからようやくパーティに戻ろうという気力を奮い起こし、ドアをあけようとしたのだけれど……。

そのとき何が起こったの？　どうなったの？

考えるのよ、オリヴィア、考えて。

どうして思いだせないの？　まるでその部分の記憶だけ大きな灰色の染みでぼやかされてしまっているかのようだ。

呼吸がしだいに荒くなってきた。速く、激しい。オリヴィアはうろたえた。ちゃんと考えられない。

無駄なことだと知りながら、もがきだした。どうにかこうにか寝返りを打って壁に背を向けた。それでも気分は落ち着きそうにないし、集中できないし、それに――

「目が覚めたか」

びくりとした。とたんに静止し、胸だけが速い呼吸に合わせて上がっては下がる動きを繰り返した。

聞き憶えのない声だ。こちらに歩いてくる男の顔にも見憶えはない。

あなたは誰？

けれど当然ながら話すことはできない。だが男はあきらかにその問いかけをオリヴィアの動揺した目から読みとっていた。

「誰だろうと同じだろう」その声から訛りらしきものが聞きとれた。どこの訛りなのかはオリヴィアには判別できなかった。もともと言語を憶えるのは苦手なのだから、どこの訛りなのかをすぐに特定できるはずもない。

男はさらに近づいてきて、そばの椅子に腰を降ろした。両親ほど年嵩ではないもののオリヴィアよりは年上で、白いものがだいぶ混じる髪は短く刈り込まれている。目は――薄暗くて瞳の色は見きわめられない。褐色ではない。もう少し明るい色だ。

「アレクセイ皇子がきみに入れ込んでいる」男が言った。

オリヴィアは目を見張った。アレクセイ皇子がこんなことを指示したというの？

誘拐者が含み笑いをした。「レディ・オリヴィア、きみは気持ちを隠すのが下手だな。皇子の指示でここに連れて来られたのではない。だがあの皇子なら――」呼気の匂いがオリヴィアの鼻につくほど、男は前のめりに脅すように身を乗りだした。「――きみを取り戻すために金を払ってくれるだろう」

オリヴィアは首を振り、皇子が自分に入れ込んではいないことを、より正確に言うなら、以前は入れ込んでいたとしても、いまは違うことを伝えようと唸った。

「抵抗はやめたほうが賢明だ」男が言う。「どうせ自分ではほどけないのだから、あがくだけ骨折り損じゃないか？」

そうだとしてもオリヴィアはもがくのをやめられそうになかった。恐怖心がどうしようもなく増していくばかりで、じっとしていられるわけがない。

銀髪の男が立ち上がり、わずかに口もとをゆがめてオリヴィアを見おろした。「あとで食事を持ってきてやる」男が部屋を出ていき、ドアが閉まり、さらに二重に鍵が掛けられた音が響くと、オリヴィアはとてつもない不安に喉を締めつけられるように感じた。

ここから出られない。自分ひとりの力では。

だけど姿を消したことに、いったい誰が気づいてくれるのだろう？

22

オリヴィアはどこにいる？

皇子につかみかかるより先にハリーがどうにか口にできたのはそれだけだった。ヴラディーミルのあとについてロシア大使公邸の奥のほうへ歩を進めるにつれ不安はつのった。これは罠かもしれないのだから、無防備なことをしているのは承知していた。陸軍省の仕事をしているのを知られているのは間違いない。そうでなければロシア語を話せるのをヴラディーミルが知っているはずがあるだろうか？

みずから絞首台に向かっているのも同じなのかもしれない。

だがそのくらいの危険は冒さざるをえない。

それでもハリーは行き着いた部屋に入って、飾り気のないテーブルにたったひとつ灯された蠟燭に照らされて立つ皇子を目にするなり、ためらわずつかみかかった。不安のせいでかえっていきり立ち、凄まじい勢いで皇子とともに床に倒れ込んだ。

「オリヴィアはどこにいる？」ハリーはわめかんばかりに問いただした。「彼女に何をしたんだ？」

「待て！」ヴラディーミルがふたりのあいだに割り入って引き離した。ハリーはまだ手を伸ばせば届くところで立ち上がってからようやく、アレクセイには応戦する気がはなからなかったことに気づいた。

恐怖に胸を突き上げられた。皇子は青白く険しい顔をしている。恐れている。

「どうなってるんだ?」ハリーはかすれがかった声で訊いた。

アレクセイが一枚の紙を手渡した。ハリーはその紙を蠟燭に近づけて読んだ。キリル文字で書かれていた。やむをえない。読めないふりをしている場合ではない。


協力すれば、女の命は保証する。気前よく払ってもらう。誰にも言うな。


ハリーは目を上げた。「オリヴィアのことだとどうしてわかるんだ? 女の名前は書かれていない」

アレクセイは無言で片手を突き出した。ハリーが見おろすと、皇子の手には髪の房が握られていた。オリヴィアのものではないかもしれない、そのように陽射しとバターが絶妙に混じりあったような色の、完全な巻き毛ではないがウェーブよりは丸まった髪の女性ならほかにもいると言いたかった。

だがそうではないのはハリーにもわかっていた。

「誰がこんなものを書いたんだ?」ロシア語で訊いた。

ヴラディーミルが先に口を開いた。「想像するに――」

「想像するにだと?」ハリーは声を張りあげた。「想像してどうなる? もうとっくに調べていていいはずだし、いますぐにでもやるべきだろう。もし彼女に万が一のことでもあれば……」

「そんなことがあれば」皇子が冷ややかに鋭く言葉を差し入れた。「その者たちの喉をこの手で切り裂いてやる。裁きがくだされる」

ハリーは喉もとにせり上がってきた苦いものを押し戻し、ゆっくりと皇子に向きなおった。「裁きなど求めていない」憤りのこもった、抑揚のない低い声で言った。「彼女を返してほしい」

「だからわれわれが取り戻す」ヴラディーミルが即座に言った。皇子に警告するような眼差しを投げた。「彼女に手出しはさせない」

「あなたは何者なんだ?」ハリーは強い調子で訊いた。

「どうでもいいことだ」

「そんなことはないだろう」

「私も陸軍省の仕事をしている」ヴラディーミルが言った。小さく肩をすくめた。「たまにだが」

「悪いがとても鵜呑みにはできない」

ヴラディーミルは大広間でもハリーをぎょっとさせた、あのいかめしい目つきでまたも見据えた。これまで装っていた恐ろしげな従者というだけではないのはあきらかだ。

「フィッツウィリアムを知っている」ヴラディーミルが低い声で言った。

ハリーはたじろいだ。フィッツウィリアムを知る者はいない――本人に対面を求められた者以外は。ハリーはめまいを覚えた。すでにヴラディーミルに付き添わせていたのなら、どうしてウィンスロップはアレクセイ皇子を見張れなどという指令を出したんだ?

「きみに指令を出したウィンスロップは私のことを知らない」ヴラディーミルがハリーの質問を先読みして言った。「私を知る地位にはないからだ」

ハリーの知るかぎり、ウィンスロップより高い地位にある人物はフィッツウィリアムだけだ。「どうなってるんだ?」懸命に平静な声をつくろって尋ねた。

「私はナポレオンの支持者ではない」アレクセイ皇子が言った。「父はそうだったが私は――」床に唾を吐いた。「違う」

ハリーはヴラディーミルを見た。

「私は彼の従者というわけではない」ヴラディーミルは頭を傾けて皇子を示して言った。「だが……協力を得ている。資金を提供してくれている。それに土地の使用も認めてもらっている」

ハリーは首を振った。「それとこれとがどう関係していると――」

「皇子を利用しようとする人々がいる」ヴラディーミルは遮って答えた。「生かすも殺すも、利用価値があるからだ。私が警護している」

驚かされた。ヴラディーミルはほんとうにアレクセイの護衛だった。嘘だらけのなかのささやかな真実だ。

「本人の言葉どおり、親類を訪ねるために来た」ヴラディーミルが説明を続けた。「私にとってもロンドンの友人たちと会えるので好都合だ。残念ながら、皇子がレディ・オリヴィアに関心を寄せたことに目ざとく付け入られてしまったわけだが」

「誰が連れ去ったんだ?」

ヴラディーミルがいったん目をそらし、ハリーはよくない兆候だと察した。目をまともに見られないのは、オリヴィアが深刻な危機にある証しだ。

「定かではない」ヴラディーミルはようやく答えた。「政治的なもくろみからなのか、単なる金欲しさなのか、まだ判断できない。皇子は大変な資産家だ」

「財産は目減りしていると聞いたが」ハリーはそっけなく返した。

「そうだ」ヴラディーミルはひとまず肯定し、抗弁しようとしたアレクセイを片手を上げて制した。「それでもまだ相当に裕福だ。土地、宝石類もある。犯人が近親者を捉えて身代金を要求する相手としてはじゅうぶんすぎるほどに」

「だが彼女は――」

「犯人は私が彼女に求婚するつもりだと思っているのだ」アレクセイが言葉を差し入れた。

ハリーは顔を振り向けた。「そうなのか?」

「いや。考えたことはあったかもしれないが、彼女は――」皇子は煩わしげに片手をひらりと振った。「彼女はきみに恋している。必ずしも自分を愛してもらう必要はないが、ほかの男を愛しているのはとても耐えられない」

ハリーは腕組みをした。「どうやらそんな思いは敵対者たちには伝わっていないらしい」

「その点についてはお詫びする」アレクセイが唾を飲み込み、ハリーと出会って以来はじめて気まずそうな顔をした。「他人にどのように思われるかは私にはどうしようもないことだ」

ハリーはヴラディーミルのほうに顔を戻した。「これからどうするんだ？」

ヴラディーミルが気の重そうな目を向けた。「待つ」と答えた。「また連絡があるはずだ」

「ここでじっとしているなんて――」

「それならどうすればいいというんだ？　招待客を一人残らず調べるのか？　あの紙には誰にも言うなと書かれていた。きみに話したことですでにその指示に背いた。私の見立てどおりの相手だとすれば、不愉快にさせるのはまずい」

「でも――」

「彼女を傷つける口実を与えていいのか？」ヴラディーミルが強硬に訊いた。

ハリーは息がつかえた。まるで胸の奥のほうから手が伸びてきて、がんじがらめに締めつけられているような気がする。ヴラディーミルの言うとおりであることは、いや、少なくとも自分にはそれ以上によい案を思いつけないことはわかっていた。

だからこそ生きた心地がしなかった。恐ろしいし、情けない。「誰かが何か見ていたはずだ」ハリーは言った。

「探ってみよう」ヴラディーミルが答えた。

ハリーはすぐさまドアへ向かった。「ぼくにもやらせてくれ」

「いや」ヴラディーミルが片手を上げてとどめた。「きみは感情的になっている。冷静な判断ができないだろう」

「何もせずにはいられない」ハリーは言った。またもこうして問題をただ見つめるだけで何ひとつ解決策を見いだせなくなってしまったことに、情けなさと未熟さと無力さを痛感させられた。

「気にするな」ヴラディーミルが請け合った。「きみには大いに働いてもらう。ただしもう少しあとでだ」

ハリーはドアへ向かうヴラディーミルをじっと見ていたが、部屋を出るまぎわに呼びとめた。「待ってくれ！」

ヴラディーミルが振り返った。

「彼女は洗面所に行ったんだ」ハリーは言った。「あのあと……洗面所に行った」咳払いをした。「それは間違いない」

ヴラディーミルはゆっくりとうなずいた。「ありがたい情報だ」そして速やかにドアの外に出ていった。

ハリーはアレクセイに視線を移した。

「ロシア語を話せるのだな」アレクセイが言った。

「祖母が」ハリーは言った。「英語を使うのをいやがっていた」

アレクセイがうなずいた。「私の祖母はフィンランドの出身だ。同じだった」

ハリーは長々と皇子を見つめたあと、椅子に沈み込み、両手で頭をかかえた。

「きみがわれわれの国の言葉を話せるのはいいことだ」アレクセイが言う。「この国で話せる者はほとんどいない」

ハリーは聞き流そうとした。考えなければならない。何から考えればいいのか、オリヴィアの居場所を突きとめる手がかりになることを自分が知っているのかどうかすらわからないが、頭を働かせなければならないのは確かだ。

ところがアレクセイは話をやめようとはしなかった。「私がいつも驚かされるのは――」

「静かにしろ！」ハリーは思わずわめいた。「少し黙っててくれ。話すな。オリヴィアを見つけるのに役立つこと以外はひと言たりとも口にするんじゃない。わかったか？」

アレクセイはいったんぴたりと動きをとめた。それから静かに書棚に歩いていき、ボトルとグラスをふたつ引きだした。両方のグラスに液体を――おそらくウォッカだろう――注ぐ。何も言わず片方のグラスをハリーの前に置いた。

「ぼくは飲まない」ハリーは目を上げもせず言った。

「助けになる」

「いや」

「きみはロシア人でもあるのだろう？　ウォッカを飲まないのか？」

「何も飲まない」ハリーはそっけなく返した。

アレクセイはしばしふしぎそうに眺めたあと、部屋の反対端にある椅子に腰を降ろした。

グラスに手がつけられないまま一時間近くが経ち、アレクセイはようやくハリーがほんとうのことを言っているのだと納得し、みずからそのグラスを手にして飲んだ。

十分ほど経って、オリヴィアはどうにか落ち着きを取り戻すにつれ冷静に考えられるようになってきた。自力で逃れる方法はまったく見当もつかないけれど、どのような情報でもできるかぎり整理しておくことが役立ちそうに思えた。

閉じ込められている場所を突きとめるのは無理だ。それとも突きとめられるのだろうか？　オリヴィアは懸命に起き上がって坐り、できるかぎり丁寧に部屋のなかを観察した。この暗さでは何があるかを見分けるのもむずかしい。唯一灯されていた蠟燭もあの男性が持っていってしまった。

部屋は狭く、家具調度も少ないが、けっしてどれも粗末な物ではない。オリヴィアは壁ににじり寄って、漆喰に目を凝らした。頰を擦らせてみる。清潔にきちんと保たれていて、欠けや塗料の剝がれたところも見当たらない。見上げると、壁と天井の接する部分には廻り縁がめぐらされていた。それにドアも――ベッドの上からではは っきりとは確かめられないものの、上質な取っ手が付いているように見える。

まだロシア大使の公邸のなかにいるということ？　そうなのかもしれない。オリヴィアは頭をかがめ、頰を剝き出しの腕に触れさせた。肌は温かい。外に連れだされたのなら、寒さを感じていたはずよね？　もちろん、どのくらい気を失っていたのかはわからない。ここに来て何時間も経っていることも考えられる。それでもやはり、一度外に出たようには感じられない。

急に泣き笑いのようなものがこみあげて、吹きだしかけた。いったい何を考えてるの？　一度外に出たようには感じられないですって？　だからどうだというの？　気を失っていたあいだに何があって何がなかったかといったことを直感を頼りに判断するつもり？

オリヴィアはひとまず息を吸い込んだ。落ち着かなくてはいけない。五分おきに一喜一憂していたら、何ひとつうまくいかない。もっと自分は賢いはずだ。いつもなら冷静に頭を働かせられるのだから。

冷静に頭を働かせなくては。

ロシア大使の公邸についてわかっていることは？　これまでに二度訪れていて、一度は昼間にアレクセイ皇子に招かれて謁見を賜り、二度目は夜の舞踏会に出席するためにやって来た。

大きな建物で、このロンドンの街なかに鎮座する、まぎれもない大邸宅だ。人をこっそり閉じ込められる部屋ならたぶんいくらでもある。ここは使用人用の住居棟ということも考えられる。オリヴィアは眉をひそめ、ルドランド邸の使用人用の部屋がある一角を思い起こそうとした。壁と天井の接する部分に廻り縁はめぐらされていた？　ドアの取っ手は屋敷のほかのところと同じくらい上質なものだった？

まったく思いだせない。

なんてこと。どうしてそんなことも知らないの？　知っていて当然のことでしょう？

向こう側の壁を見やった。窓がひとつあるが、厚いビロードのカーテンで閉ざされている。くすんだ赤色のカーテン？　それとも暗青色？　見分けられない。周りの物すべての色が夜闇にまぎれ込んでしまっている。唯一の明かりは、長方形のカーテンで閉ざされた窓の上に半円形に空いたところから射し込む月光だけだ。

オリヴィアは息をついて、考えた。記憶のなかに何か引っかかるものがあった。

あの窓を覗ければ、どうにかしてベッドから降りられればと思いめぐらせた。むずかしそうだ。両方の足首をぴたりと合わせてきつく結ばれていて、ほんの少しずつでも進める望みは乏しい。しかも両手を後ろで縛られているとこんなにもバランスを取りづらいものだとは知らなかった。

いうまでもなく、何をするにもいっさい物音は立てられない。もし誘拐者が戻ってきて、ベッドにおいていったはずの女性がべつのところにいるのを見たら、どんな行動に及ぶかわからないからだ。オリヴィアはきわめて慎重に、ほんとうにゆっくりと、両脚をベッドから垂らし、じりじりと腰を端にずらして、床に足をつけた。同じようにまた用心深く重心を移し、どうにか立つことに成功すると、あらゆる家具調度を支えに頼りつつ窓へ進んだ。

窓。どうしてこの窓に見憶えがある気がするのだろう。

きっとどこにでもある窓だからだとオリヴィアはじれったい思いで自分に言い聞かせた。とりたてて独特な細工を凝らされているようにも見えない。

目指す場所にたどり着くと、頭でカーテンを脇に押しやろうと慎重に身をかがめた。まずは頬を隙間に差し入れ、ほんの少しだけ布を脇に押しやってから、今度は顔をまわすように動かして鼻にカーテンの裾を引っかけようとした。三度も失敗したが、四度目でようやく片端を鼻に引っかけると、カーテンが戻ってきてしまわないよう肩を突きだして押さえた。

頭を窓ガラスに押しつけると……何も見えなかった。自分の呼気で曇ってしまっていた。また顔を横向きにして、ガラスの曇りを頬で擦り消した。今度は息をとめて正面を向く。

それでもあまりよく見えなかった。確かなのは、かなり高いところ、たぶん五階か六階にいるということだけだ。ほかの建物の屋根が見えるだけで、あとはほとんどわからない。

月。月は見えた。

ほかの部屋からも、ハリーと愛しあったところからも、月は見えていた。四角い窓の上にあいた小窓から。

小窓！

オリヴィアはバランスを崩さないよう気をつけてあとずさった。この窓の上部にも半円形の小窓が付いている。これだけでは何も確かなこととは言えないとはいえ、小窓の底部の中心から両側に向かって仕切りが伸びていて、扇を広げたような模様に見える。

下の階にあった小窓とまったく同じ。

つまりここはロシア大使の公邸だということだ。まったく同じ小窓のあるほかの建物に連れて来られたのかもしれないけれど、その可能性はどれほどのものだろう。それにロシア大使の公邸は大きい。宮廷と変わらないくらいに。ロンドンの中心部ではないものの、こうした建物がわりあい多く立ち並ぶケンジントンの外れにある。

オリヴィアは窓のそばに戻り、今度は一度でカーテンの裾を顔に引っかけるのに成功した。窓ガラスに耳を押し当てた。何か聞こえるかもしれない。音楽は？　話し声はする？　同じ建物のなかで盛大なパーティが開かれていれば何か聞こえるはずでしょう？

聞こえないのなら、ここはロシア大使の公邸ではないのかもしれない。いいえ、そうはいってもなにしろ大きな建物だ。まったく音が届かないくらい離れた部屋にいることもじゅうぶん考えられる。

そのとき、足音が聞こえた。鼓動が大きく激しく響いて、オリヴィアは摺り足と跳ねるのを半分ずつ繰り返してベッドに戻り、どうにかどさりと倒れ込むのと同時に、二重に掛けられた鍵が外される音がした。

ドアが開くやオリヴィアはもがきはじめた。息を切らしている言いわけになることといえばそれしか思いつけなかった。

「そんなことをしても無駄だと言っただろう」誘拐者が咎めた。ティーポットとふたつのカップを載せた盆を運んでくる。茶葉が浸出した匂いがオリヴィアのところまで漂ってきた。

「どうだ、礼儀を心得ているだろう？」男が問いかけ、盆をわずかに上げてみせてから、テーブルに降ろした。「そんなふうに猿ぐつわを嚙まされたことがあるんだ」男はオリヴィアの口をふさいでいるものを身ぶりで示した。「口がぱさぱさに乾いてしまうよな」

オリヴィアはじっと男を見つめた。どのように答えろというのだろう。文字どおり答えようがない。この男は相手が口を利けないのを承知しているはずなのに。

「茶を飲めるようにそれを外してやる」男が言った。「だが、おとなしくしなければだめだ。もし騒いだら、小声で礼を言う以外に大きな声を出したら、また気を失ってもらうことになるぞ」

オリヴィアは目を大きく見開いた。

男が肩をすくめた。「たやすいことだ。さっきも、それも言わせてもらえば、なかなかうまくできたからな。頭痛すらしなかったんじゃないのか」

オリヴィアは目をしばたたいた。頭に痛みは感じなかった。いったいどんなことをされたのだろう?

「おとなしくできるか?」

オリヴィアはうなずいた。口を自由にさせてもらわなくてはいけない。話せるようになれば、こんなことをするのは大変な過ちだと説得できるかもしれないのだから。

「大それたことをしようと思うなよ」男は警告したが、どうせ自分を少しでも驚かせるようなことはできまいと決めてかかっているらしく、いくらか愉快げな目をしていた。

オリヴィアは首を振り、真剣な目つきを保とうとした。口が自由になるまでは、この目しか意思を伝える術はない。

男が前のめりに腕を伸ばしかけて急にとまり、身を引き戻した。「茶がもうちょうどいい具合だろう。これ以上長引かせると……どのように言うんだったかな？」

ロシア人だ。いまの最後のひと言で、オリヴィアはようやくどこの訛りであるかを聞き分けられた。言葉の調子がアレクセイ皇子ととてもよく似ている。

「何を言ってるんだろうな」男がつぶやき、ふたつのカップに茶を注いだ。「きみは話せないのに」それからやっとオリヴィアのそばに来て、猿ぐつわを外した。

オリヴィアは咳き込み、どうにか話せるくらいまで口のなかを湿らせるとすぐに誘拐者をまっすぐ見て言った。「蒸らしすぎ」

「なんだって？」

「お茶よ。蒸らしすぎないようにとおっしゃりたかったのよね」

「蒸らしすぎ」男は繰り返し、実際に口に出して憶えようとしているらしかった。納得の表情を浮かべ、カップを差しだした。

オリヴィアは顔をしかめて小さく肩をすくめた。どうやってカップを受けとれというの？両手はまだ背中で縛られている。

男は笑ったが、冷酷な笑みではなかった。蔑みも感じられない。むしろ……申しわけなさそうにすら見えた。

オリヴィアは希望を抱いた。大いにとまでは言えないけれど。

「悪いが、手をほどいてもいいと思えるほどには、きみを信用できない」

「約束するわ、けっして――」

「守れない約束はするな、レディ・オリヴィア」

オリヴィアは言い返そうと口をあけたが、先を越された。「ああ、きみが嘘の約束をすると思ってるわけじゃないが、何かの拍子にいいきっかけだときみが感じれば、みすみす逃すことなどできずに愚かな行動に出るだろうし、そうなればこちらとしても痛い目に遭わせざるをえなくなる」

議論を終わらせるにはこれ以上にない演説だった。

「納得してもらえたようだな」男が言った。「それなら、ぼくを信用して、この手で持ち上げたカップから飲んでくれるな？」

オリヴィアはゆっくりと首を横に振った。

男が笑い声を立てた。「聡明なお嬢さんだ。それも格別に。こっちももともと愚か者は我慢ならない性質でな」

「心から尊敬する人に、自分を信用しろと言う相手を信用してはいけないと言われたの」オリヴィアは静かに言った。

誘拐者はまた少し低い笑い声を立てた。「その人物とは、男か？」

オリヴィアはうなずいた。

「よき友だな」

「そうね」

「さあ」男はカップをオリヴィアの口もとに持ち上げた。「今回にかぎってはぼくを信用するしか、きみに選択の余地はない」

オリヴィアはひと口含んだ。喉が渇ききっていて、実際に選択の余地はなかった。

男がカップを降ろし、自分のカップを手にした。「同じポットから注いだものだ」そう言うと、ひと口含んだ。飲み込んでから言い添える。「だから信用しろと言ってるわけじゃない」

オリヴィアはしっかり目を合わせて言った。「アレクセイ皇子とはおつきあいはしてないわ」

男が口の片端を上げた。「見くびるなよ、レディ・オリヴィア」

オリヴィアは首を振った。「お気持ちを寄せてくださっていたのはほんとうよ。でも、いまは違う」

誘拐者が少しだけ身を乗りだした。「レディ・オリヴィア、きみは今夜一時間近くも姿を消していた」

オリヴィアは思わず唇を開いた。自分でも顔が赤らむのがわかり、薄暗いなかで男には気づかれていないことを祈った。

「アレクセイ皇子もだ」

「一緒ではなかったわ」オリヴィアは即座に言った。

銀髪の男はのんびりと茶を飲んだ。「どのように言えば失礼にならないのかわからないんだが」低い声で言う。「きみからする匂いは……どのように言えばいいんだろう?」

今回はわざと知らないふりをしているのだとオリヴィアは察した。恥を忍んでも、こう答えざるをえなかった。「男性と一緒だったわ。べつの男性よ。アレクセイ皇子ではないの」

その返答が男の興味を引いた。「ほんとうなのか？」

オリヴィアはそっけなく一度だけうなずき、せめても持ってまわった言いわけをするつもりはないことを伝えた。

「皇子はそれを知ってるのか？」

「あの方にはかかわりのないことだわ」

男は茶をもうひと口含んだ。「それでは皇子の意にそぐわないだろう」

「どういうこと？」

「アレクセイ皇子からすれば一大事ではないか。怒りをかうんじゃないのか？」

「知らないわ」オリヴィアは正直に話そうと努めた。「もう一週間以上も訪問なさっていないし」

「一週間はさほど長い時間ではない」

「そのべつの紳士ともお知り合いだから、わたしの気持がどこにあるかは気づいてらっしゃるのではないかしら」

誘拐者は深く坐り直し、新たな情報を吟味しているらしい。

「もう少しお茶をいただける？」オリヴィアは尋ねた。おいしかったからだ。それに喉が渇いていた。

「もちろんだ」男は低い声で応じ、またカップを持ち上げて近づけた。

「信じてくださる？」オリヴィアはお茶を飲んでからすぐに尋ねた。

男はゆっくりと答えた。「どうだろう」

オリヴィアはべつの紳士、つまりはハリーについて尋ねられるのを待ったが、ふしぎと男はその点には触れようとしなかった。

「わたしをどうするつもり？」静かに尋ね、この問いかけが藪蛇にならないことを願った。

男はオリヴィアの肩越しのどこか一点を見つめていたが、すばやくオリヴィアの顔に視線を戻した。「状況しだいだ」

「どのような？」

「アレクセイ皇子にとってきみがまだ重要な存在なのかを見きわめる。きみの浮ついた行為について明かすつもりはない。皇子はまだきみを妻にしたいと望んでいるかもしれないからな」

「そんなことはな――」

「口を挟むな、レディ・オリヴィア」男は友人同士で茶会をしているわけではないことを思い起こさせる程度には凄みの利いた声で言った。

「ごめんなさい」オリヴィアは小声で詫びた。

「まだ皇子がきみを求めている場合には、純潔だと思わせておくほうがきみのためにもなる。そうじゃないか？」

オリヴィアは黙り込み、どうやら仮定の問いかけではないことを知り、仕方なくこくりとうなずいた。

「身代金が支払われたら――」男はいわば宿命なのだから仕方がないといったふうに肩をすくめた。「――あとはきみの好きなようにその辺りのことは片づけてくれ。こちらにはどうでもいいことだ」静かに揺るぎない眼差しでひとしきり見つめてから、言葉を継いだ。「さてと、もうひと口飲んだら、また口をふさがせてもらう」

「どうしても？」

「あいにく、どうしてもだ。想像していたよりもはるかにきみは賢い。武器になる物はなんであれ、きみの好きにさせるわけにはいかない。むろん声もだ」

オリヴィアはお茶を最後にもうひと口飲んで、目を閉じ、また猿ぐつわを嚙まされた。男が離れると、仰向けに倒れて、睨みつけるように天井を見つめた。

「少し休んでおいたほうがいいぞ、レディ・オリヴィア」男がドア口から言った。「せめてここでの時間を有意義に使ってくれ」

オリヴィアは顔を向けさえしなかった。どうせ返答など、眼差しひとつですら求められてはいない。

男はそれ以上は何も言わず、ドアが閉まった。二重に鍵が掛けられる音がして、この恐ろしい苦難に陥ってからはじめて、オリヴィアはとうとう涙がこみあげた。もがきたいのでも怒りたいのでもなく、ただ泣きたかった。

熱い涙が静かに両頬を伝って枕の下に流れ落ちた。顔をぬぐえない。どういうわけかそのことになにより屈辱を覚えた。

これからどうすればいいのだろう。ここに横たわって待つだけ？　誘拐者が言ったようにただ休むしかないの？　とても無理だ。何もしないでいるのは耐えられない。

ハリーならいま頃、いなくなったことに気づいてくれているだろう。気を失っていたのがたとえほんの数分のことだったとしても、ハリーならきっと気づいてくれたはずだ。この部屋に閉じ込められてからもう少なくとも一時間は経っている。

でもだからといってハリーに何ができるというのだろう？　たしかに兵士だったとはいえ、ここは戦場ではなく、敵に目印が付いているわけでもない。それにほんとうにここがロシア大使の公邸だとすれば、誰に尋ねることができるのだろう？　使用人の半分以上がロシア語しか話せない。ハリーはたとえポルトガル語で「どうぞ」や「ありがとう」を言えたとしても、それだけではできることは知れている。

どうにかして自分で抜けだすか、せめて誰かに救いだしてもらえるよう、できるかぎりのことはしなくてはとオリヴィアは心を決めた。

脚をベッドから降ろして坐り、自分を哀れむ時間をきっぱりと打ち切った。ここでじっとしているわけにはいかない。

この束縛から逃れるためにできることはきっと何かある。きっちり縛られてはいるものの、肌に食い込むほどにはきつくない。足首を手に届かせることならできるかもしれない。背を反り返らせなければいけないので、相当につらい姿勢になるとはいえ、やってみる価値はあるでしょう。

オリヴィアは横向きに寝そべり、両脚を後ろに引き上げて、背を反らせ……反り返らせて……。

届いた。足首が手に触れた。ロープではないけれど細長い布のような物でずいぶんと固く結ばれている。呻き声が出た。いつもならこういった物はほどくより断ち切ってしまうほうを選ぶのに。

もともと地道な努力が必要なことに粘り強く取り組める性質ではない。刺繍は苦手だし、口実をつけて授業を逃れたことも数知れず……。

この結び目をほどけたら、フランス語も習得できるかもしれない。いいえ、ロシア語を学ぼう！　そちらのほうがきっともっとむずかしいはずだもの。

この結び目をほどけたら、『バターワース嬢といかれた男爵』を最後まで読み通そう。謎の大佐が主人公の本も手に入れて、そちらもまた読んでみよう。

ミランダにだけではなく、手紙をもっと書こう。慈善の贈り物を用意するだけではなくて、みずからの手で届けよう。取りかかったことはいい、なんでも最後までちゃんとやり通そう。

なんでも。

だから、サー・ハリー・ヴァレンタインと恋に落ちてしまったからには結婚しないなんてことはありえない。

何があろうと。

23

ハリーはアレクセイが二杯目のウォッカを飲んでいるあいだもじっと黙って坐っていた。皇子が三杯目に進み、さらにもともとハリーのために注いだものを四杯目として飲みはじめても、ハリーは言葉を発しなかった。だが皇子が五杯目を注ごうとボトルに手を伸ばしたとき――

「やめろ」ハリーはきつく言い放った。

アレクセイが驚いた顔を向けた。「どうしたんだ」

「もう注がなくていいだろう」

皇子はほんとうにただ困惑しているらしかった。「私に飲むなと言ってるのか？」

ハリーは片手をきつく握りしめた。「オリヴィアを見つけるのにあなたの助けが必要になったときに、ふらついて嘔吐しながら廊下を歩くようなことはしてほしくないと言ってるんだ」

「言っておくが、私はけっしてふらつかない。それに――その〝おうと〟というのはどういうことだろう？」

「ボトルを置け」

アレクセイは応じなかった。

アレクセイはしばし黙って見つめたあと、手にしたグラスとボトルに注意を戻し、注ぎはじめた。

ハリーは立ち上がった。「いまはぼくを逆なでしないほうがいい」

アレクセイはじっと見つめ返した。「わけがわからない」

「ぼくは何も忘れはしない。これはしっかり胸に留めといてくれ」

「私が誰かを忘れているようだな」

「それ、を、降ろせ」

ハリーは怒り心頭に発して、視界が赤く染まった。

その色を目にしたのは生まれてはじめてのことだったが、実際に本心から周りの世界ががらりと一変して燃え盛っているように見えた。山頂に登ったかのごとく耳の奥が張りつめ、さらには轟音に聾された。もはや自制は利かなかった。どんなことにであれ。身体が勝手に跳び上がり、頭もそれをとめようとはしなかった。弾丸さながら皇子に突進し、ふたりともテーブルにぶつかり、床に転げ落ちて、どちらもこぼれたウォッカを浴びた。

強烈なアルコールの匂いにハリーは吐き気をもよおした。服は濡れ、そのせいで肌がひんやりとして寒い。

それでも自分をとめられなかった。とめようがなかった。何も言えず、言葉を考えることすらできない。ハリーが完全に言葉を失ったのもこれがはじめてだった。ひたすら怒りに駆り立てられていた。怒りが全身をめぐり、どくどくと脈打ち、猛々しい咆哮をあげ、こぶしを皇子の顔に突きだそうとしたとき――

「やめろ！」

ヴラディーミルが揉みあっているふたりのあいだにすばやく割って入り、ハリーをアレクセイから引き離し、反対側の壁に押しやった。「いったい何をやってるんだ？」

「この男はいかれている」アレクセイが喉をさすりながら言い捨てた。

ハリーはただ息をしているだけだったが、その音が怒気を含んで荒々しく響いた。

「口を閉じろ」ヴラディーミルが言った。言葉を差し挟まれるのを先読みしたかのようにさらにハリーをひと睨みした。「どちらもだ。私の話を聞け」踏みだすと、その足が床に転がっていたボトルに当たった。ボトルがころころと転がり、なかに残されていたウォッカを垂れ流した。ヴラディーミルは厭わしげに唸り声を洩らしたが、言葉は発しなかった。値踏みするようにふたりの男を見たあとで言葉を継ぐ。「建物のなかを調べたところ、レディ・オリヴィアはまだここにいると見ていいだろう」

「どうしてわかるんだ？」ハリーは訊いた。

「すべての出入口に護衛をおいている」

「このパーティのために？」

ヴラディーミルは肩をすくめた。「この屋敷を守らねばならないのにはいろいろとわけがある」

ハリーはその先を待ったが、ヴラディーミルはそれ以上詳しい説明はしなかった。これではまるでウィンスロップと話しているのと同じだ。いまさらながらハリーはそうした会話を自分がどれほど嫌悪していたかに気づかされた――これがわれわれの流儀だといわんばかりに、あいまいな言いまわしばかりを連ねる。

「護衛は誰ひとり、この屋敷を彼女が出るのを見ていない」ヴラディーミルが続けた。「見咎められずに出られるドアは、パーティが開かれている大広間の正面の出入口だけだ」

「パーティには戻っていない」ハリーはそう言ってから、説明を加えた。「洗面所に行ったんだが、パーティには戻らなかった」

「確かなのか?」

ハリーはさっとうなずいた。「確かだ」

「そうだとすれば、この建物から出ていないと考えてまず間違いないだろう。洗面所にたどり着けたのかどうかはまだ――」

「たどり着けている」ハリーは言葉を差し入れた。なぜもっと早く話しておかなかったのかと自分の愚かさに呆れる思いだった。「少しのあいだはそこにいたはずだ。友人の女性からそこで顔を合わせたと聞いた」

「その友人とは誰だ?」ヴラディーミルが訊いた。

ハリーは首を振った。「名前を思いだせない。だが役立つことは何も知らないだろう。オリヴィアより先に出たと話していた」

「何か見ている可能性もある。その女性を探せ」ヴラディーミルが指示した。「私のところに連れてきてくれ、直接、問いただす」

「それはまずいんじゃないか」ハリーは言った。「その女性を人質にとるつもりでもなければ。他人がどうなっていようと自分の命がかかってでもいないかぎり、秘密を守れる女性じゃない」

「それなら、きみが訊いてきてくれ。ここでまた落ち合おう」ヴラディーミルはアレクセイのほうを向いた。「あなたはここにいてくれ。新たな指示が届けられるかもしれない」

アレクセイは何か答えたが、ハリーには聞こえなかった。オリヴィアの友人の名前がなんであれ、あの女性を探しに行くため、すでに廊下を歩きだしていた。

「待て！」ヴラディーミルが呼びとめた。

ハリーはつと足をとめ、いらだたしげに振り返った。もたもたしている時間はない。

「その女性を探す必要はない」ヴラディーミルがぶっきらぼうに言った。「彼を残らせて――」アレクセイがいる小さな客間のほうに顎をしゃくった。「――きみに部屋から出てもらうための方便だ」

ハリーは内心で動揺しつつも努めて平静な声で訊いた。「彼もかかわっているというのか？」

「いや《ニエット》。だが、あの男がいると面倒なのでな。きみはもうそろそろ落ち着いてきただろうし……」

「落ち着いてなどいられるものか」ハリーはつっけんどんに否定した。

ヴラディーミルは眉を上げはしたものの、上着の内側に手を入れて拳銃を取りだし、握り手をハリーのほうに向けて差しだした。「きみがばかな真似はしまい」

ハリーは拳銃の握り手をつかんだが、ヴラディーミルはまだ手放さなかった。「そうだよな？」念を押した。

ばかな真似をするかだと？「しない」ハリーは答えた。そしてほんとうにせずに済むことを祈った。

ヴラディーミルはさらに何秒か握りつづけ、いきなり手放し、ハリーがその拳銃をあらためるのを待った。「一緒に来てくれ」そう指示し、ふたりは足早に廊下を進んで角を曲がった。ヴラディーミルがひとつのドアの前で足をとめ、左右を見てからすばやく空き部屋に入って、ハリーにも入るよう促した。唇に指を当てて音を立てないよう合図し、部屋のなかを入念に見まわし、誰もいないことを確かめた。

「彼女を捉えているのは大使だ」ヴラディーミルが言った。「正確には、大使の部下たちだが。本人はまだパーティに出ている」

「なんだと？」大使も今夜のパーティの出迎えの列にいたにしろハリーには対面した記憶がなかったが、それにしても信じがたい話だった。

「金目当てだ。もうすぐロシアに呼び戻されることになっているが、本人の資産は乏しい」

ヴラディーミルは肩をすくめ、それから片腕を大きく振り向けて、贅沢な家具調度を示した。「この大邸宅暮らしに慣れきってしまった。それで以前から親類の皇子をうらやんでいた」

「その男がオリヴィアを捉えたと、どうしてわかったんだ?」

「ここにはほかにも仲間がいる」ヴラディーミルは謎めかした口ぶりで答えた。

「ぼくに言うべきことはそれだけか」都合よく話を端折られることにハリーはもうさすがに辟易して、億劫そうに言った。

「話したかったのはこれだけだ、友よ」ヴラディーミルはまた肩をすくめた。「そうしておいたほうが身のためだ」

ハリーは押し黙った。口を開けば何を言ってしまうかわからない。

「レディ・オリヴィアの両親は娘がいなくなったことに気づいている」ヴラディーミルが言った。

ハリーは驚かなかった。いなくなってからゆうに一時間は経っている。

「私の知るかぎり、ほかに気づいている者はいない」ヴラディーミルが続けた。「なにせウォッカが気前よくふるまわれている。あのレモネードに何か含まれているとは誰も思うまいが」

ハリーは鋭く見返した。「なんだと?」

「きみも気づかなかったのか?」

ハリーは首を振った。レモネードを何杯飲んだだろう? なんてことだ。頭ははっきりしているが、考えてみれば、もとの味を知らずに区別できるはずもなかった。酒は昔からいっさい飲まず、ほんのわずかでも酔ったことはない。

「皇子がいなくなったことも気づかれている」ヴラディーミルが言う。「彼女の両親はふたりが一緒ではないかと心配している」

ハリーは唇をきつく引き結んだ。オリヴィアの両親が案じている理由には胸がじりじりさせられたが、いまは嫉妬などしている場合ではなかった。

「彼女の両親は内密にしてほしいと望んでいる。いまは大使と一緒だ」

「そうなのか？　その男は――」

「気遣う招待主を完璧に演じている」ヴラディーミルは床に唾を吐いた。「もともと信用ならないやつなのだ」

ハリーは少しばかり驚いて床の汚された部分を見おろした。このロシア人がここまで感情をあらわにしたのは出会ってからはじめてのことだ。顔を上げると、ヴラディーミルはあきらかにハリーがけげんに思ったことに気づいていた。

巨体のロシア人は鋼鉄のように冷ややかな目をくれた。「女性を食いものにする連中はことさら虫が好かない」

そこまで言うからにはそれなりの経緯があるのだろうが、ハリーはむろん尋ねるといった野暮な真似はしなかった。一度だけうなずいて敬意を示してから、問いかけた。「それで、どうする？」

「皇子の居場所は知られている。書付を届けにくるだろう。皇子には何もしないようきつく言い聞かせてあるし、あの男はそれを破るほど愚かではない」

ほんとうにそうであることをハリーは願った。アレクセイ皇子がそこまで愚かではないことに異論はないが、なにせあれだけ酒を飲んでいる。

「皇子を待たせておいて、われわれで捜索する」

「この霊廟みたいな屋敷はどれだけばかでかいんだ？」

ヴラディーミルは首を振った。「正確には私にもわからない。四十部屋くらいはあるだろう。もっとかもしれない。だが私が誰かを閉じ込めるとすれば、北棟に連れていく」

「北棟とはどこだ？」

「人目につきにくいところにある。それに小さな部屋ばかりだ」

「だがそれなら真っ先に探される場所だと考えるんじゃないのか？」

ヴラディーミルがドアへ歩きだした。「探している人間がいるとは気づいていない。私のことは能無しの従者だと思っているからな」重たげな瞼の下からハリーを見やった。「それにきみについてはまったく知られていない」ドアの取っ手に手をかけた。「準備はいいか？」

ハリーは拳銃を握り直した。「案内してくれ」


三十分近くかかって、オリヴィアはもう間違いなく両肩の関節が外れていると思いながらも、どうにか結び目から指を引き抜き、少しは手を動かせるようになっていた。ひと息つき、じっと耳をそばだてた——あれは足音かしら？

反り返らせていた脚を伸ばし、誘拐者が出ていったときと同じ姿勢をとった。

ところが何も起こらなかった。鍵を外す音はしないし、ドアも開かない。もう一度身をくねらせて反り返らせ、踵を背中の手の結び目に届かせた。確実に小さくなっているが、まだ努力しなくてはいけない。相当に。はっきりとはわからないけれど、二重に結ばれている気がする。いいえ、いまはきっともう一重半だ。でも、あと少しほぐせたら……。

それでもまだ動けない。

オリヴィアは大きく息を吐き、身も心も萎んだ。結び目をほんの少し緩めるのにこんなに時間がかかっていたら……。

だめよ、と自分を叱りつけた。努力しつづけなければ。あと二カ所緩められれば、今度こそ残りはもうちょっと身をくねらせるだけですんなりほどけてしまうかもしれない。できる。きっと。

歯を食いしばり、また作業に気持ちを集中させた。やり方はわかったのだから、これからはもっと早く進められるはずだ。隙間に指を引っかけてから、くねくねと動かして、結び目を広げていく。

もしくはいっそ肩の感覚が麻痺してしまえば、もっと早く進められる。痛みを感じなければずっとやりやすくなるはずだ。

指を引っかけて……くねらせ……引っかけて……くねらせ……背を反り返らせて……いったん伸ばし……転がり……転がり戻って……。

バランスを崩した。

床にどさりと落ちた。ほんとうに大きな音が響いた。オリヴィアは縮みあがり、足首の結び目がひと目でわかるほど変わっていないようにと祈りつつ、鍵が外される音に耳をすました。

でも何も起こらなかった。

あの男にはいまの音が聞こえなかったというの？　とても信じられない。オリヴィアはしとやかさを保つことはとうにあきらめていた。両手脚を縛られ、口にはしっかり布を噛まされている。当然ながら、静かに着地するなどといったことができるはずもない。

ドアの外には誰もいないのかもしれない。あの誘拐者がドアの外に椅子を置いて坐っているものと思い込んでいたけれど、考えてみれば、どうしてそう思ったのかもわからない。ここから逃げ出せるはずはないと男は判断したのだろう。ということは、この建物のなかでもあまり人けのない一角である可能性が高い。先ほどは足音がしてすぐに銀髪の男が現われた。

オリヴィアは念のため床に落ちた場所でもう一分ほど男が入って来ないか待ってから、床板に尻を滑らせてドアのほうへ行き、下から覗き込んだ。ドアの下の隙間はわずか二センチほどしかなく、たいして何も見えなかった――廊下も部屋のなかよりほんの少し明るい程度だ。それでも人がいれば、影が見えてもいいはずなのだけれど。

ドアの外に人がいるとは思えなかった。

つまり監視されてはいない。まだ手脚の自由が利かない状態では、だからどうということでもないのだけれど、きっと知っていて損にはならない情報だ。それにいまはもう、ここからベッドの上まで戻れるかすら自信がない。ベッドの脚にでも身を寄りかからせれば立てるかもしれないが、それを阻むようにベッドの頭板にぴったり付けられているテーブルにはティーポットも置かれていて――

ティーポット!

意欲と活力がいっきに湧きあがり、オリヴィアは文字どおり身体をばたつかせて急いでそのテーブルを目指した。腰を床に滑らせ、さらに滑らせ、ぐいと前進し――たどり着いた。でもどうすればティーポットを勢いよく落とせるのだろう? ポットを壊せれば、その破片で手脚を縛っている紐を断ち切ることができる。

オリヴィアはどうにかこうにか尻の下に足を戻し、ベッドの側面に寄りかかりながら、身体の節々の痛みをこらえてゆっくり上がっていき、ついに立った。しばし息を整え、小さなテーブルのほうに後ろ向きで近づき、膝を徐々に曲げて、ティーポットの取っ手に手を触れさせてつかんだ。

ドアの外に誰もいませんように、誰もいませんように、誰もいませんように。オリヴィアは目できるだけ弾みをつけなければいけない。床に落とすだけでは割れない。オリヴィアは目に見えない力を求めて、部屋のなかにぐるりと視線をめぐらせた。それから跳んでまわりはじめた。

お願い、お願い、お願い。

まわる速さがどんどん増して――

手放した。

ティーポットは勢いよく壁にぶつかり、オリヴィアは誰かが部屋に飛び込んでくるのを恐れて、ひょこひょことベッドに戻って仰向けに横たわった。ティーポットが向こう側の壁ぎわで砕けているのをどう言いわけすればいいのかについては見当もつかなかったけれど。

誰も入ってこなかった。

オリヴィアは息を凝らした。起き上がり、足を床に降ろして——

足音がした。誰かが足早に近づいてくる。

ああ、神様。

話し声もした。ロシア語だ。慌てている口調だ。怒っている。

痛めつけられはしないはずよね？　大事な人質なのだから。アレクセイ皇子から身代金を引き出すためには——

だけどもし、アレクセイ皇子がちょうどいい腹いせができたとでも答えていたとしたら？　もう気持ちを寄せてくれてはいない。ハリーに気を惹かれているのは皇子にも知られている。そのことを皇子が屈辱に感じていたら？　懲らしめてやろうと考えないと言いきれる？

オリヴィアはベッドの上にそそくさと戻って片隅に縮こまった。どんなことが待ち受けていようと勇ましく微笑みすら浮かべ、髪を肩から払いのけて立ち向かえたならりっぱなのだろうけれど、自分はけっして白いドレス姿で断頭台に立ち、もしうっかり足を踏んでしまったらごめんなさいと執行人に気品高く言ってのけられるマリー・アントワネットではない。

そう、わたしはオリヴィア・ベヴルストークで、品位を重んじて死にたいわけではない。こんなところで、胸を掻きむしられるような恐怖に耐えていたくなんてない。

誰かがドアを叩きはじめた——強く、立てつづけに、乱暴に。

オリヴィアはふるえだした。できるかぎり小さく身を丸め、膝のあいだに頭を埋めた。どうか、どうか、どうか、何度も何度も胸のうちで祈りを唱えた。ハリーを思い浮かべ、家族のことを考え——

木製のドアが裂ける音がした。

オリヴィアは正気を失わないよう祈りつづけた。

そしてついにドアが打ち破られた。

喉の奥のほうから声を絞りだして悲鳴をあげた。嚙まされている布が舌に擦れ、喉に焼けつくような乾いた空気が吹き込んだように感じられた。

そのとき、誰かが名前を呼んだ。

埃と暗さに視界を遮られ、見えたのはこちらに向かってくる大柄な男性の輪郭だけだった。

「レディ・オリヴィア」男性のしわがれた太い声がした。それに訛りがある。「けがはないか？」

アレクセイ皇子の寡黙な巨体の従者、ヴラディーミルだ。突如オリヴィアの頭に、この男性がセバスチャンの腕を引っ張り上げて関節を嵌め込んだときの光景がよみがえった。ああ、神様、あんなことができる人なら、この身を真っぷたつに折るくらいは簡単に——

「手を貸そう」ヴラディーミルが言った。

いまのは英語？　いつから英語を話せるようになったの？

「レディ・オリヴィア？」ヴラディーミルはほとんど唸るように低い声で繰り返した。ナイフが取りだされ、オリヴィアは怯んだものの、猿ぐつわが頭の後ろで断ち切られた。

オリヴィアは咳き込み、ヴラディーミルが大きな声で今度はロシア語で何か言ったのがぼんやりと聞こえた。

誰かが同じようにロシア語で答え、こちらに駆けてくる……足音がどんどん近づいてきて

――


ハリー？

「オリヴィア！」ハリーが叫び、そばに駆けつけた。

ヴラディーミルが何か言い――ロシア語だ――ハリーがさらりと何か答えた。

これもロシア語で。

オリヴィアは呆然とふたりの男たちを見つめた。何が起きてるの？　どうしてヴラディーミルが英語を話せるの？

どうしてハリーがロシア語を話してるの？

「オリヴィア、ほんとうによかった！」ハリーはオリヴィアの顔を両手で包んだ。「けがはしてないか。さあ、何があったのか聞かせてくれ」

けれどオリヴィアは動けず、考えることすらままならなかった。ロシア語で話していたハ

リーは、まったく別人のようだった。声が違ったし、顔つきも変わり、口や表情の動きがこれまでとはあきらかに違っていた。

オリヴィアはハリーに触れられて思わずびくりと身を引いた。これが自分の知っていた人なの？　そもそもほんとうに知っていたのだろうか。ハリーは、父親が大酒飲みで、祖母に育てられたようなものだと話していたけれど、それもどこまでほんとうのことだったの？　いったい自分は何をしていたのだろう。ああ、もしかしたら、ほんとうの素性も定かではない、信用できない男性にこの身を捧げてしまったのかもしれない。

ハリーがヴラディーミルから何か手渡されてうなずき、またもロシア語で何か言った。オリヴィアはあとずさろうとしたものの、すでに壁に背が付いていた。呼吸が速まり、追いつめられて、ここにいるのも、あのハリーではない男性といることも耐えられず――

「じっとしててくれ」ハリーが言い、ナイフを構えた。

オリヴィアは目を上げ、銀色に輝く物が迫ってくるのを見て、叫びをあげた。

そのような声をハリーは二度と聞きたくなかった。

「ぼくがきみを傷つけるわけがないだろう」できるかぎり穏やかに元気づけられるような声でオリヴィアに言った。力強い手つきで紐を切ったが、心はまだふるえていた。

この女性を愛していることを思い知らされた。自分にはオリヴィアが必要で、彼女なしではけっして幸せにはなれないだろう。だがこの瞬間まで、その存在の計り知れない大きさ、失えば自分には何もなくなってしまうという、まぎれもない事実を理解できていなかった。

それなのにオリヴィアがこのぼくを……恐れ、悲鳴をあげた。

あまりのつらさにハリーはむせびかけた。

先に足首を縛っていた紐を切り、それから手首を解き放ったが、励まそうと手を伸ばしたとき、オリヴィアは人の声とは思えないほどの叫びを発し、ベッドから飛び降りた。とめる間もないすばやさで床に着地したとたん、だいぶ足がしびれていたらしく、がくんと膝を折って転んだ。

あろうことか、オリヴィアに怖がられてしまった。このぼくを怖がっている。犯人たちにいったい何を吹き込まれたのだろう？　いったい何をされたんだ？

「オリヴィア」ハリーは慎重に呼びかけて、ゆっくりと落ち着いて手を差し伸べた。

「さわらないで」オリヴィアが泣きそうな声で言った。力の入らない脚を引きずるように動きだし、這ってでも逃げようとしていた。

「オリヴィア、手助けさせてくれ」

だがその言葉すら聞こえていないようだった。

「もう行かねば」ヴラディーミルがぶっきらぼうにロシア語で言った。

ハリーは目も向けず、自然と口からほとばしり出たロシア語でもう少しだけ待つよう伝えた。

オリヴィアが目を見開き、必死の形相でドアのほうを向き、あきらかにそこから逃げだそうと考えていた。

「もっと早く話しておくべきだった」ハリーはオリヴィアを動揺させている理由にやっと思いあたって言った。「ぼくの祖母はロシア人だった。子供のときにはロシア語でしか話してもらえなかったんだ。だから――」

「説明などしている時間はない」ウラディーミルが語気鋭く遮った。「レディ・オリヴィア、もう行かねばならない」

その有無を言わせぬ口調にオリヴィアはおそらく気圧されて応じただけに違いなかった。というのも黙ってうなずき、なおも不安げに怯えた表情のまま、ハリーに助け起こされたからだ。

「すぐにすべて説明する」ハリーは言った。「約束する」

「どうしてわたしがここにいることがわかったの？」オリヴィアがかすれがかった声で訊いた。

ハリーは部屋の外へ急ぎながらオリヴィアに目をくれた。目つきが変わっていた。まだ揺らいではいるものの、その瞳の深みにまた彼女らしさが戻ってきていた。つい先ほどまでは怯えしか見てとれなかったところに。

「物音が聞こえたんだ」ヴラディーミルが答え、拳銃を構えつつ角の向こう側を覗いた。

「きみは非常に幸運だった。下手をすれば大ばか者になっていただろうが。結果からすれば、きみがしたことが助けとなった」

オリヴィアはうなずき、それからハリーのほうを向いて言った。「どうしてこの人は英語を話せるの？」

「ただの護衛というわけではないからだ」ハリーは答えて、ひとまずこれで納得してもらえることを願った。ここで一部始終を説明してはいられない。

「こっちだ」ヴラディーミルが付いてくるよう合図した。

「この人は誰なの？」オリヴィアが小声で訊いた。

「ぼくもほんとうのところはよくわからない」ハリーは答えた。

「もう二度と会うことはないだろう」ヴラディーミルがぞんざいにも聞こえる口調で言った。

ハリーはこのロシア人に好感と敬意を抱きはじめていたが、それでも本人の言うとおりとなるのを心から祈った。もうこれきりでいい。この場を切り抜けられたら、陸軍省に辞職を申し出る。オリヴィアと結婚してハンプシャーに移り住み、子をたくさんもうけて多言語を話せるように育て、これからは毎日机に向かうとしても帳簿の計算をする以外に変わったことなどいっさいしない。

退屈でいい。ぜひとも退屈になりたい。

残念ながら、その後もまだ退屈という言葉とは似ても似つかぬ晩となったのだが……。

24

　建物の一階に降り立つ頃には、オリヴィアは足の感覚を取り戻し、ハリーにさほど頼らずとも歩けるようになっていた。

　それでもハリーの手を放さなかった。

　いまだ動揺は収まらず、鼓動も速く、全身の血がどくどくと脈打っている。どうしてハリーがロシア語を話し、拳銃を持っているのか納得がいかなかったし、信用してよいのか判断できず、さらに問題なのは、いまや自分を信じていいのかすらわからなくなっていることだった。実際には存在しない空想上の男性を愛してしまったのかもしれないという恐れに捉われていた。

　そうなのだとしてもやはりハリーの手を放せなかった。この恐ろしくてどうしようもない状況で、唯一ほんとうに頼れるものだからだ。

「こっちだ」ヴラディーミルがそっけなく言い、案内していく。三人はオリヴィアの両親が待つ大使の執務室へ向かっていた。目指す部屋はまだだいぶ先だ。実際にはどうあれ、廊下の静けさからすればそうとしかオリヴィアには思えなかった。近くなれば、パーティの喧騒が聞こえてきてもいいはずなのだから。

　しかも速やかに進んでいるわけではい。角に至るたび、あるいは階段を降りはじめるときも最下段に着いたときも、ヴラディーミルはいちいちとまり、唇に指を当てて静かにするよう合図し、壁に背を擦らせて進路を用心深く覗き込む。さらにハリーも必ずそれに倣って、オリヴィアを後ろにまわらせ、身を挺して守った。

用心しなければいけないのはオリヴィアにもわかっていたが、胸のなかでじりじりする何かが破裂しそうな思いだった。ほんとうは顔に風を感じるくらいすばやく廊下を駆け抜けて、さっさと逃げ出してしまいたい。

家に帰りたい。

母に会いたい。

ドレスを脱ぎ捨てて燃やし、身体を洗って、甘いものか、酸っぱいものか、すっきりするものを、ともかく口から恐怖の味をいちばん早く消し去ってくれるものを飲みたい。

ベッドにもぐり込み、今夜のことは何も考えずに済むよう、枕に顔を埋めてしまいたい。今回にかぎってはどんなことにも好奇心など抱きたくない。あすになればたぶん何がどうなっているかが知りたくてたまらなくなるのだとしても、いまはただともかく目を閉じたかった。

それもハリーの手を握ったまま。

「オリヴィア」

ハリーを見ようとして、はっと、目を閉じていたことに気づいた。そのせいでバランスを崩しかけた。

「大丈夫か？」ハリーがささやいた。

オリヴィアはうなずいたが、本心ではなかった。でもきっと、どうにか持ちこたえられるだろう。これから何をしなければいけないにしろ、どうにか今夜だけなら。

「乗り越えられるか？」ハリーが訊いた。

「そうしないと」ほかに選択の余地などないのでしょう？

ハリーが手を握った。

オリヴィアは唾を飲み込み、ふたりの肌が触れ合っているところに視線を落とした。ハリーがしっかり握ってくれている手は温かく、熱いくらいで、その手のひらにはもしや自分の手が細く尖った氷柱のように感じられているのではないかと、オリヴィアは思った。

「もうさほど距離はない」ハリーが励ますように言った。

どうしてあなたはロシア語を話してたの？

もう少しでその言葉が口から出かかった。けれどオリヴィアはぐっとこらえて呑み込んだ。いまは尋ねるときではない。自分がすべきことに、ハリーが自分のためにしてくれていることに集中しなくてはいけない。ロシア大使の公邸は広大で、オリヴィアは気を失っているあいだにその上階の小部屋まで運ばれていた。自分ひとりでは大広間まで戻れなかっただろうし、たとえ戻れたとしても、途中で相当に迷うことになったはずだ。

ハリーが安全に連れていってくれることを信じなくてはいけない。ほかに選択肢はない。

ハリーを信頼しなくては。

そうしなくてはいけない。

そうしてオリヴィアはハリーを見た。ヴラディーミルとともに助けに来てくれてからはじめて、じっくりと見つめた。すると頭のなかで波立っていた鬱陶しい薄い靄がしだいに晴れ、ようやく自分の気持ちがはっきりと表われてきた。むしろ、それだけははっきりしていることだからこそそなのかもしれないと、オリヴィアは唇をわずかに引き攣らせて苦笑を浮かべた。

ハリーが信じられる人なのはじゅうぶんすぎるくらい、はっきりとわかっている。

そうしなければいけないからではない。ただほんとうに信じているだけのことだ。愛しているから。それに、どうしてハリーがあらかじめロシア語を話せることを教えてくれなかったのかはわからなくても、彼の人となりはわかっている。その顔を見れば、〝バターワース嬢の本〟を朗読中に口出しをされてむっとしたときの表情がよみがえってくる。客間に押しかけてきて、皇子からきみを守らなければならないと居坐ろうとしたときのことも。

あの笑顔も。

あの笑い声も。

そして心を映しだすその瞳は、きみを愛していると告げていた。

「あなたを信じるわ」オリヴィアはささやいた。ハリーには聞こえていなかったが、それでかまわなかった。ハリーに言ったのではない。

自分自身に言ったのだから。

ハリーはこうしたことがいかに苦手だったかをすっかり忘れていた。戦場で戦うあいだには、進んで危険に挑みたがる男たちがいることや、それ以上に自分がそのうちのひとりではないことを思い知らされていた。

つねに冷静に、明確な意図を持って行動することはできても、あとになってもう安全だという思いに布でくるまれるようにまとわれると、たちまちふるえだしてしまう。呼吸がどんどん速くなり、吐いてしまったことも何度もあった。

恐怖は好きではない。

しかもこれほどまでの恐怖は感じたことがなかった。

オリヴィアを連れ去った男たちは非情だと、捜索しているときにヴラディーミルから聞かされた。長年ロシア大使に仕えていて、数々の悪行により私腹を肥やしてきたのだという。忠実で凶暴、これはおぞましい相乗効果を生む。唯一の救いは、オリヴィアがアレクセイ皇子にとって大事な存在だと犯人たちが思っているかぎり、まず危害は与えないだろうということだった。だがこうしてオリヴィアが逃げだしたとなれば、犯人たちは彼女をどのように見なすだろう？　不用のもの、もはや捨石とすら考えるかもしれない。

「もうさほどかからない」階段を降りきったところでヴラディーミルがロシア語で言った。あとは長い画廊を抜ければ、この屋敷のなかでおおやけに使われている一角に至る。そこまでたどり着けたら安心だ。パーティはまだ盛大に開かれている真っ最中で、イングランドでもとりわけ上流の人々が何百人も顔を揃えている場所で、あえて暴力沙汰を起こそうとする者はいないだろう。

「もうそろそろだ」ハリーはオリヴィアにささやいた。手はまだひんやりしているものの、オリヴィアの表情はだいぶ生気を取り戻したように見える。

ヴラディーミルがじわじわと歩を進めた。使用人用の階段を降りてきたところで、三人は不運にも閉じたドアに行き当たっていた。ヴラディーミルがドア板に耳を押し当てて音を探った。

ハリーはオリヴィアをそばに引き寄せた。

「行こう」ヴラディーミルが静かに言った。ドアを慎重にゆっくりと開き、足を踏みだしてから、ふたりにあとに続くよう合図した。

ハリーは一歩踏みだし、さらに一歩進めてから、オリヴィアを後ろに付かせた。

「急ぐぞ」ヴラディーミルがひそやかな声で告げた。

三人は足早に音を立てないよう壁ぎわを進み――

パーン。

銃声がするやハリーはオリヴィアの手をぐいと引き、守るためにとっさに死角へ押しやろうとしたのだが、盾になる物も身を隠せる場所も見当たらなかった。広々とした廊下が延びているだけで、そのどこかで誰かが拳銃を手にしている。

「走れ！」ヴラディーミルが叫んだ。

ハリーはオリヴィアの手を放し――両手を使えたほうが速く走れるはずだ――大きな声を

かけた。「行こう！」

三人は駆けだした。廊下を走り抜け、ヴラディーミルのあとに続いてふたりも角を曲がる。後ろからロシア語で「とまれ」と怒鳴る声が聞こえた。

「走りつづけろ」ハリーはオリヴィアに叫んだ。また発砲音が轟き、今度は銃弾がさらに近くを、ハリーの肩の脇をすり抜けた。

あるいは肩をかすめたのかもしれない。はっきりとはわからなかった。

「こっちだ！」ヴラディーミルが指示し、ふたりはそのあとについてまた角を曲がり、さらに廊下を進んだ。銃声は途絶え、追ってくる足音も消え、それからほどなく、気がつけば大使の執務室に飛び込んでいた。

「オリヴィア！」レディ・ルドランドが甲高い声をあげ、娘を抱きとめた。少なくともハリーが見ていたかぎりでは一滴の涙もこぼしたことのなかったオリヴィアが、母親の腕のなかに身をゆだねて泣きだした。

ハリーは壁に寄りかかった。めまいがした。

「大丈夫か？」

目をしばたたいた。アレクセイ皇子が心配そうに自分を見ていた。

「血が出ている」

ハリーは視線を落とした。無意識に肩を押さえていた。その手を外し、血が出ているところを眺めた。ふしぎと痛みはない。自分の肩ではないみたいだ。

膝から力が抜けた。

「ハリー！」

そうして……暗闇に包まれたわけではなかった。どうしてみな卒倒したときには目の前が暗くなったと言うのだろう？　赤いじゃないか。それとも緑色なんだろうか。

そうでなければたぶん……。

二日後

オリヴィア・ベヴルストークが、二度と経験したくないこととは——

オリヴィアは両親の気遣いにより大皿に盛られたビスケットとともに寝室に運ばれてきたお茶を飲みつつ、しばし考え込んだ。このような題目を掲げてはみたものの、いったいどれから挙げるべきなのだろう？　まずはやはり、気を失わされたことだ（何か薬剤を沁み込ませた布を口にあてがわれたのだろうとあとから教えられた）。それに、布を嚙まされて口をふさがれ、足首を、さらには両手まで縛られたこともけっして忘れられない。

ああ、それに、そのすべてについて責めを負う男に淹れたての熱いお茶を飲まされたことも外せない。むしろ、なにより品位を貶められた出来事と言うべきなのかもしれないけれど、こちらの題目のほうでもかなり上位に挙げざるをえない。

オリヴィアはつねに品位を大切にしている。

そのほかには、そう……ドアが蹴破られるのを目で見て耳で聞いたこと。あれはとうてい楽しめるものではなかった。娘がようやく手もとに戻ってきたときの両親の表情——たしかにほっとしてはいたけれど、それだけ恐怖を感じていたからこそ安堵したわけで、オリヴィアはそのような思いを愛する人々に二度と味わわせたくなかった。

それに、これがきっと間違いなく、なによりぞっとしたことだ。ハリーがロシア大使の執務室の床に崩れ落ちたのだ。ハリーが撃たれていたことにオリヴィアはまったく気づいていなかった。どうしてそれほどのことに気づけなかったのだろう？　母の腕のなかでむせび泣くだけで精いっぱいで、ハリーが顔から血の気を失っていたのも、肩を押さえていたこともわからなかった。

それまでも恐ろしい思いはさせられていたとはいえ、ハリーが倒れてからヴラディーミルに深手ではないと教えられるまでの三十秒に味わった恐ろしさに比べれば、どれも、どれひとつとして、たいしたことではなかった。

そしてほんとうに、すべてが解決した。ヴラディーミルの言葉どおり、ハリーは翌日にはもう元気に動けるようになっていた。オリヴィアが朝食をとっている最中に訪問し、何もかもを説明した——なぜロシア語を話せることをあらかじめ伝えなかったのか、オリヴィアがこっそり覗いていたときにハリーが机に向かってほんとうは何をしていたのか、あのすばらしく晴れた午後にどうしてハリーがそもそも『バターワース嬢といかれた男爵』を持って突拍子もなく、はじめて訪問したのかさえも。隣人の礼儀としてでもなければ、そのときハリーはオリヴィアに呆れている以外のなんの感情も抱いてはいなかった。そうしろと命じられたから訪問したまでのことだ。陸軍省の権威筋による、じきじきの指令によって。

半熟卵とお茶とともに聞き通すには盛りだくさんの内容だった。

それでもオリヴィアは耳を傾け、理解した。そして綻びはどれもきちんと繕われ、すべてが繋がった。ロシア大使は、あの銀髪の誘拐者や、ほかの手下たちとともに拘束された。アレクセイ皇子はロシア国家の名のもとに正式な詫び状を送ってきたし、ヴラディーミルは本人の言葉どおり、姿を消した。

というわけでハリーとは最後に会ってからもう二十四時間以上も経っている。朝食の席を去ったあと、あらためて訪問してくれるものとオリヴィアは思っていたのだが……。

それきりだ。

心配してはいない。気を揉んでいるわけでもない。でも、妙だった。どうもおかしい。

オリヴィアはお茶をもうひと口飲んで、カップを受け皿に戻した。それから、受け皿ごと〝バターワース嬢の本〟の上に置いた。というのも、この本を開きたくて仕方がなかったからだ。

いまは手に取るつもりはない。ハリーがいなければ。

なにしろまだ新聞も読み終わっていない。後ろのほうの半分はすでに読んだ。前面のより硬い記事になるほど興味が増す。ムッシュー・ボナパルトがきわめて重篤な病状にあるとの噂が取りざたされていた。まだ亡くなってはいないのだろう。そのようなことがあればきっと目を引く見出しで大きく報道されるはずなので、見逃しようがない。

でもどこかに何か少し触れられているかもしれないと思い、オリヴィアがまた新聞を手にして、ある記事に目を留めて読もうとしたとき、ドアがノックされた。

小さな紙を届けに現われたハントリーだった。近づいてくると、執事の手にあるのが三つ折りにして真ん中のところを紺青色の封蠟で閉じた書状だとわかった。オリヴィアは礼の言葉をつぶやいて受けとり、執事が部屋を出ていくまで封蠟をまじまじと眺めていた。いたって飾り気のない封蠟だ。渦巻模様から始まって飾り書きで終わるなかなか優美な書体で、Vとだけ記されている。

オリヴィアは封蠟の内側に指を差し入れて剝がし、丁寧に紙を広げた。

窓に来てくれ。

それだけだった。たった一文。オリヴィアは微笑んで、もう少しだけその言葉を眺めてから、ベッドの端に腰を滑らせた。軽やかに床に降り立ったものの、歩きだすまでにまたしばし間をおいた。時間が必要だ。ここでこの瞬間を嚙みしめたい。なぜかと言えば……。

なぜかと言えば、あの人が与えてくれたものだからだ。ハリーがこのひと時を生みだした。

そしてわたしはあの人を愛している。

窓に来てくれ。

オリヴィアは自然と口もとがほころんで、いまにも笑いだしてしまいそうだった。いつもなら人に指示されるのはいやなのに、今回は嬉しくてたまらない。

窓辺に歩いていき、カーテンを開いた。ガラス越しに、隣家の一階の窓辺に立って自分を待っているハリーの姿が見えた。

オリヴィアは窓を押し上げた。

「おはよう」ハリーが言った。とても真剣な顔つきだ。より正確に言うなら、口もとがいかめしいと言うべきかもしれない。眼差しはどことなくいわくありげに見える。

自分の瞳が輝きだしているのをオリヴィアはなんとなく感じた。妙なことなの？　でもほんとうにそう感じられる。「おはよう」と答えた。

「ご気分はいかがかな？」

「おかげさまで、だいぶいいわ。休息が必要だったのね」

ハリーがうなずいた。「衝撃を受けたあとには時間が必要だ」

「ご経験から言ってるの？」オリヴィアは尋ねた。けれど尋ねるまでもないことだった。ハリーの表情を見れば、そうであることはわかる。

「軍隊にいたときの」

ふしぎだった。なんのことはない会話なのに、少しもつまらなくはない。気まずくもない。ただ胸が温かくなってくる。

しかもオリヴィアはすでに期待せずにはいられない兆しを感じていた。

「〝バターワース嬢の本〟をもう一冊手に入れた」ハリーが言った。

「そうなの？」オリヴィアは窓敷居に前のめりに寄りかかった。「読み終えたの？」

「いかにも」

「少しは面白くなる？」

「どうかな、鳩については、驚くほど詳細に描かれている」

「そんな」ああ、そんな痛ましい物語を読み通そうとしていたなんて。著者がほんとうに、人が鳩に殺される場面を書いているとすれば……いいえ、むしろ読んでみる価値はある。

「まさしく、そんな、と言うべき話だ」ハリーは言った。「バターワース嬢はその哀しい出来事を目の当たりにしていた。その光景を夢にまで見る」

オリヴィアは身ぶるいした。「アレクセイ皇子なら気に入りそうね」

「実際、あの本をすべてロシア語に訳す仕事を依頼された」

「冗談でしょう！」

「いや」ハリーがいたずらっぽさと満足感の両方を含んだ眼差しを投げかけた。「さっそく第一章に取りかかってる」

「でも、なんだか面白そうだわ。つまり、もう一度読まなければいけないのは大変だけれど、報酬をいただいて訳すのなら、きっとまたまったくべつのことなのよね」

ハリーは含み笑いを洩らした。「たしかに、陸軍省の書類を訳すのとはだいぶ違うな」

「わたしならそちらのほうがきっと向いてるのでしょうけど」淡々と事実のみを退屈なくらい述べられているほうが、オリヴィアにはずっと気持ちよく読めた。

「きみはそうなんだろうな」ハリーがうなずいた。「だが言い換えるなら、きみは類いまれなご婦人のわけだ」

「いつもながら褒めるのがお上手ね、サー・ハリー」

「言葉選びの専門家としては当然のことだろう」

オリヴィアはすっかり顔をほころばせていた。窓から身を乗りだすようにして顔をほころばせている。こうしていられるだけで心から幸せだった。

「アレクセイ皇子はずいぶんと気前よく払ってくれるらしい」ハリーは言い添えた。「〝バターワース嬢の本〟はロシアで大きな評判を呼ぶと見込んでいる」

「実際に皇子とヴラディーミルは楽しんでいたわ」

ハリーはうなずいた。「おかげで陸軍省の仕事から退けそうだ」

「あなたはそれでいいの？」オリヴィアは訊いた。どのような仕事なのかは教えてもらったものの、やりがいを感じているのかどうかまでは読みとれなかった。

「ああ」ハリーはそう答えた。「数週間前なら、ここまではっきりとは言えなかったかもしれない。でももう、秘密ばかり扱うのにはうんざりなんだ。翻訳は楽しいが、ゴシック小説というのもまた――」

「身の毛もよだつゴシック小説よ」オリヴィアは言い添えた。

「たしかにそうだ」ハリーは同意した。「ぼくは――おっと、失礼、待ち人がいらした」

「待ち人――」オリヴィアは困惑して目をしばたたき、きょろきょろと見まわした。「どなたがいらしたの？」

「ルドランド卿だ」ハリーは言い、オリヴィアの左下の窓のほうへうやうやしく頭を垂れた。

「父？」オリヴィアはぎょっとして見おろした。それにたぶん、気恥ずかしさもいくらか覚えながら。

「オリヴィア？」父が窓から上半身を乗りだして、ぎこちなく斜め上を見やった。「何をしているのだ？」

「まったく同じことを訊こうとしたところよ」オリヴィアの声には不作法な振る舞いへの後ろめたさが滲み出ていた。

「サー・ハリーから、この窓のところに来てほしいと書付をもらったのだ」ルドランド卿は身体のひねりを戻してハリーと向きあった。「きみ、これはどういうことかね？　それにどういうわけで、うちの娘は魚売り女のように窓から顔を出しているのだ？」

「お母様は？」オリヴィアは訊いた。

「やはり、ここに呼ばれているのか？」ルドランド卿は怒鳴るように訊き返した。

「そうではなくて、お父様がそこにいるから、もしかしたらと思っただけで――」

「ルドランド卿」ハリーが大きな声で言葉を差し入れ、父娘の会話を打ち切らせた。「お嬢さんへの求婚をお許しいただけないでしょうか」

オリヴィアは息を吞み、それからきゃっと喜びの声をあげ、飛び跳ねて、はしゃぎ過ぎたことを思い知らされた。窓に頭をぶつけ、「痛いっ」と小さく叫んだ。あらためて窓の外に顔を突き出し、目に涙を浮かべてハリーに笑いかけた。「ああ、ハリー」吐息をついた。ちゃんと求婚することは約束してくれていた。それがこうして叶えられた。これ以上にすてきなことはない。

「オリヴィア？」父が問いかけた。

オリヴィアは目をぬぐって見おろした。

「どうしてこの若者は窓越しにこのようなことを私に尋ねるのだ？」

オリヴィアはその問いかけを反芻し、返答の選択肢を考え、正直に答えるのが最善だと判断した。「その質問の返答は、聞かないほうがお父様のためなのは間違いないわ」

父は目を閉じて、かぶりを振った。そのしぐさならこれまでにも目にしていた。まったくわが娘は手に負えないという気持ちを表わしている。そんな娘の引き取り手が現われたのだから、父にとっては幸いだ。

「あなたのお嬢さんを愛しています」ハリーが言った。「それにまた、心から好きなのです」

オリヴィアは胸に手を当てて小さな叫びをあげた。どうして叫んだのかはわからない。純粋な喜びが小さな泡となって弾けたように、口から声がこぼれ出た。ハリーの言葉は——考えられるかぎり最上の、いたって率直な愛の告白だった。

「彼女は美しい」ハリーが続けた。「歯が疼くほどに美しいが、だからぼくは愛しているわけじゃない」

　ああ、歯が疼くほどにだなんて、これもまた最上の誉め言葉だ。

「毎日、新聞を読んでいるところも大好きだ」

　オリヴィアは父を見おろした。父は正気を疑うようにハリーを見ている。

「愚か者は我慢できないところも」

　たしかにそうなのだとオリヴィアは満面の笑みをこぼした。ハリーはほんとうによくわかってくれている。

「彼女よりぼくのほうがダンスをうまく踊れるところもいい」

　オリヴィアは笑みを消したが、それもまた事実であるのは認めざるをえなかった。

「幼い子供や大きな犬に親切なところも大好きだ」

　なんですって？　オリヴィアはハリーにいぶかしげな目を向けた。

「いや、つまり」ハリーはみずから言い直した。「そうではないかと思ったわけだ」

　オリヴィアは唇を引き結んで笑いをこらえた。

「でもなによりも」ハリーはルドランド卿をまっすぐ見据えていたが、オリヴィアには自分が見つめられているように感じられた。「ぼくは彼女を愛しています。心から深く。そしてどんなことより、これからの人生を彼女の夫として、その傍らで過ごせることを願っています」

　オリヴィアは父に視線を移した。父は呆然とした表情でハリーをじっと見ていた。

「お父様？」オリヴィアはためらいつつも呼びかけた。

「きわめて異例の方式だな」父が言った。けれど憤っているわけではなく、驚きのあまり口から出た言葉のようだ。

「彼女にぼくの一生を捧げます」ハリーは言った。

「ほんとうに？」オリヴィアは希望と期待に満ちた小さな声で問いかけた。「ああ、ハリー、わたし――」

「静かに」ハリーが言った。「きみの父上と話してるんだ」

「認めよう」ルドランド卿が唐突に言った。

オリヴィアは憤然とぽっかり口をあけた。「この人がわたしを静かにさせたから？」

父が見上げた。「人並み外れて分別を備えている証しだ」

「なんですって？」

「ついでに自衛能力も十二分に」ハリーが言い添えた。

「気に入った」父が宣言した。

そのときなんともだし抜けに、またも窓があく音がした。

「何をしているの？」父のいるところから窓を三つ隔てた客間から母が顔を出した。「どなたと話しているの？」

「なんと、オリヴィアが結婚する」父が伝えた。

「おはようございます、お母様」オリヴィアは言葉を差し入れた。

母が見上げ、目をしばたたかせた。「何をしているの？」

「結婚することになったみたい」オリヴィアは答えて、いくぶん得意そうな笑みを浮かべた。

「ぼくと」ハリーがさらりと名乗り出た。

「あら、サー・ハリー、いえ……お元気そうでよかったわ」レディ・ルドランドはハリーを見つめ、何度か瞬きをした。「そちらにいらしたのね」

ハリーは未来の妻の母親に礼儀正しく頭を垂れた。

レディ・ルドランドは夫のほうを向いた。「あの子は彼と結婚するの？」

ルドランド卿がうなずいた。「快く了承した」

レディ・ルドランドはしばし考え込んでから、ハリーのほうに顔を戻した。「四カ月、お待ちいただけるかしら」娘のほうを見上げる。「あなたとわたしで、準備しなければいけないことがたくさんあるのよ」

「最長でも四週間後にはと、思っていたのですが」ハリーが言った。

レディ・ルドランドがすかさずハリーに顔を向け、右手の人差し指をぴんと立ててみせた。母のこのしぐさについてもオリヴィアはじゅうぶん心得ていた。異を唱えれば危険であることを示している。

「きみには学ぶべきことが山ほどあるな」ルドランド卿が言った。

「おっと！」ハリーがいきなり声をあげた。オリヴィアに向かって手ぶりをつけて指示した。

「そこを動かないでくれ」

オリヴィアが待っていると、ハリーはすぐさま小さな宝石箱を手にして戻ってきた。「指輪だ」見るからにあきらかだったが、そう告げた。ハリーが箱をあけたものの、オリヴィアのところからではきらりとした輝きしか見てとれなかった。

「見えるか？」ハリーが訊いた。

オリヴィアは首を振った。「きっとすてきなのよね」

ハリーが窓からさらに身を乗りだし、目を凝らして距離を見定めた。「取れるか？」

母が息を呑む音が聞こえたが、ふさわしい答えはひとつしかないことをオリヴィアは知っていた。自信満々の顔つきで未来の夫を見つめて言った。「あなたが投げられるのなら、受けとれるわ」

ハリーが笑った。そして投げた。

オリヴィアは取り落とした。わざと。

指輪を探すために真ん中で落ち合ったほうがいいと思ったからだ。ちゃんとした求婚にはちゃんとしたキスが欠かせない。

とはいえ実際に落ち合ってからハリーがささやいたように、両親の目の前ではかえって不適切なことだったのかもしれないけれど……。

やはりそうだったとオリヴィアはふたりの唇が重なったときに思った。まぎれもなく、不適切なことなのよね。

訳者あとがき

ジュリア・クインの作品のなかでも本国アメリカでとりわけ人気が高く、三度目のＲＩＴＡ賞（全米ロマンス作家協会賞）受賞作にもなった *What Happens in London* の邦訳を満を持してお届けします。

物語の舞台は、摂政時代が終わり、ジョージ四世が即位して一年後の一八二一年、英国のロンドン。メイフェアに住まう伯爵家令嬢のオリヴィアは、隣家に越してきた独身の准男爵が婚約者を殺害したとの噂を聞き、二階の寝室の窓からこっそり隣家の覗き見を開始します。持ち前の好奇心により五日にわたって熱心に、ほぼ一日じゅう覗き見を続けるうち、殺人犯らしき行動こそ見受けられないものの、この男性のささいな行動の端々にもしだいに興味をつのらせていきます。

いっぽう、当の准男爵、ハリーは陸軍省から届けられるロシア語の機密書類を日がな一日机に張りついて英語に翻訳する仕事をしているのですが、元兵士だけにオリヴィアの覗き見にはむろん初めから気づき、お嬢様の暇つぶしにしてはずいぶんと粘り強いものだと呆れ、困惑するばかり。ところがそんなある日、陸軍省に突如呼びだされ、反逆を企てる輩に加担していると疑われるロシアの皇子がロンドンを訪れているため、見張るようにとの指令を受けます。しかもその皇子は目下、花嫁候補としてレディ・オリヴィアに求愛中とのこと。つまり今度は反対に、ハリーが密かにオリヴィアの動向を探ることとなったのでした。

そうした経緯を考えれば当然のごとく、ふたりは最悪とも言うべき初対面を果たしますが、イングランドの慣習もおかまいなしになにしろ熱烈に求愛するロシアの皇子の行動に振りまわされるなか、いつしか互いへの見方は徐々に変化しはじめ……。


原題に謳われているとおり、今回は全編を通してロンドンで展開される物語です。ヒロインのオリヴィアは、著者二度目のＲＩＴＡ賞受賞作『ミランダの秘密の日記』（ランダムハウス講談社文庫刊）の主人公ミランダの親友で、本作は *Ten Things I Love About You* と合わせ、ベヴルストーク家三部作の一冊として刊行されました。ですからもちろん当初は前作と関連させたプロットを構想していたようなのですが、書き進めるうちにまったく別の趣きの物語となってきたため、ミランダとそのお相手のターナー（オリヴィアの兄）は回想場面で触れられるのみでこの作品では登場させないことにしたとのこと。その思いきりのよさもかえって功を奏したのか、結果的に二作連続のＲＩＴＡ賞受賞となりました。

本作のいちばんの読みどころは、なんといっても隣りあう家に住まうふたりならではの窓辺での対話です。といっても、ロンドンのメイフェアの高級住宅地にある上流階級のお屋敷同士ですから、日本の密集した家屋の窓からご近所さんと互いにうっかり目が合ってしまうのとはだいぶ風情も違いますが、田園の本邸ではなく都会のロンドンで隣りあう家なので、ぎりぎり対話が成り立ちそうな位置関係というところもまた面白味となっています。隣人との恋はロマンス作品では昔ながらに多く見られる設定とはいえ、初めはたまたま目を合わせていたのが心の距離の縮まりとともにしだいに約束の時間に窓を開くようになり、その時を待つ互いの心理描写も丁寧に織り込まれ、ヒロインとヒーローの窓辺でのやりとりが、ジュリア・クインらしいウィットを含んだロマンティックな場面として上手に使われています。それぞれの窓が二階と一階というのも、かの『ロミオとジュリエット』と同様、ふたりのあいだに物理的な高さと距離があるからこそ心の思うままに行動するわけにもいかず、恋物語には必須とも言える、容易には通じ合えないじれったさも生みだしているのではないでしょうか。

ふたりを振りまわすロシアの皇子アレクセイ、その皇子につねに付き添う強面でわけありの従者ヴラディーミル、ハリーの従兄弟のセバスチャンといった、いつにもまして魅力的な脇役たちも本作に彩りを添えています。この三人がいたく気に入る『バターワース嬢といかれた男爵』は、ブリジャートンシリーズ第七作『突然のキスは秘密のはじまり』で主人公のヒヤシンスが社交界最強の老婦人レディ・ダンベリーに読み聞かせていた本と同じです。著者曰く、〝こんなとんでもない本〟を二度と登場させるつもりはなかったとのことですが、ハリーがオリヴィアに類いまれな贈り物をするとすればこれしかないと突如ひらめいたのだとか。架空の本として「悪趣味な物語を好き勝手に創作できるのはものすごく楽しい」とも公式ウェブサイトに記しています。

本作についても、ジュリア・クインは執筆中にインスピレーションを得た音楽を選んでいますので、日本の読者のみなさんにもご紹介しておきましょう。

"Viva La Vida" コールドプレイ
もともと好きな曲で、今作を推敲するあいだにはなんと三十二回（iTunes の再生記録によれば）も聴いていた。一説に言われているように、もしほんとうにナポレオンのことを歌っているのだとすれば、物語の時代にもふさわしい。

"Nonagon" ゼイ・マイト・ビー・ジャイアンツ
ハリーなら、九角形（Nonagon）も角の数をいちいち数えなくても、ひと目で見分けられるはず。

"Two Princes" スピン・ドクターズ
とても耳に残る曲調で、歌詞もぴったり嚙み合っている気がするから。

"Single Ladies" ビヨンセ
大好きな曲。わたしもこんなふうにダンスが踊れたらいいのに……。

毎回意表を突く著者の選曲ですが、今回は日本でも広く知られ、訳者もとても好きな曲も含まれていて、なおさら親しみが感じられます。

本作もニューヨークタイムズ紙のベストセラーリスト（ペーパーバック小説部門）で初登場第四位（二〇〇九年七月）を獲得。さらに、ジュリア・クインはこの本で三度目のＲＩＴＡ賞を受賞したのち、まだ十六人しかその栄誉を与えられていない、アメリカロマンス作家協会の殿堂入りを果たしています。ちょうど勢いに乗ってきた時期の作品のひとつと言うこともできるでしょう。

春はまだもう少し先ですが、思わず微笑みを誘われるこの物語で心温まっていただけましたら幸いです。

二〇一七年一月　村山美雪

Fantasy

龍のすむ家 小さな龍たちの大冒険

クリス・ダレーシー／三辺律子［訳］

初めて明かされる龍たち誕生の秘密！ グラッフェン＆ゲージはなぜ、どのようにして生まれたのか⁉ 大人気シリーズ番外篇。

不可解な国のアリッサ 上下

A・G・ハワード／北川由子［訳］

不思議の国のその後のその後――奇妙な世界観で紡がれた、ダークで美しい、もうひとつの『不思議の国のアリス』。

CINDER シンダー 上下

マリッサ・メイヤー／林 啓恵［訳］

全米を代表する娯楽誌＆経済誌も絶賛した、心打たれる魅惑的なサイバー＆ファンタジー〈シンデレラ〉ストーリー！

Science Fiction

寄港地のない船

ブライアン・オールディス／中村 融［訳］

その船はどこから来て、どこへ向かうのか。もはや知る者は誰もいない。英国SF界を代表する巨匠の幻の傑作、待望の邦訳。

X―ファイル2016 VOL.①〜③

クリス・カーター／有澤真庭・平沢 薫［編著］

伝説の超常現象サスペンス復活！ 真実は「まだ」そこにある――。モルダー＆スカリーの真実の探求が、いま再び始まる！

レディ・オリヴィアの秘密の恋

2017年2月17日　初版第一刷発行

著 ································ ジュリア・クイン
訳 ···································· 村山美雪
カバーデザイン ······················ 小関加奈子
編集協力 ···················· アトリエ・ロマンス

発行人 ································ 後藤明信
発行所 ·························· 株式会社竹書房
〒102-0072 東京都千代田区飯田橋2-7-3
電話：03-3264-1576(代表)
03-3234-6383(編集)
http://www.takeshobo.co.jp
印刷所 ······················ 凸版印刷株式会社

定価はカバーに表示してあります。
乱丁・落丁の場合には当社までお問い合わせください。

ISBN978-4-8019-1000-3 C0197
Printed in Japan